novum pocket

Sophie Wörner

Ein Funke in der Dunkelheit

Verlorene Erinnerungen

novum ⬟ pocket

Bibliografische Information
der Deutschen Nationalbibliothek:

Die Deutsche Nationalbibliothek
verzeichnet diese Publikation in der
Deutschen Nationalbibliografie.
Detaillierte bibliografische Daten
sind im Internet über
http://www.d-nb.de abrufbar.

Gedruckt in der Europäischen Union
auf umweltfreundlichem, chlor- und
säurefrei gebleichtem Papier.

© 2023 novum Verlag

ISBN 978-3-903382-87-9
Umschlagfoto:
Margarita Basarab | Dreamstime.com
Umschlaggestaltung, Layout & Satz:
novum Verlag

www.novumverlag.com

Climate neutral
Print product
ClimatePartner.com/16547-2201-1002

Inhaltsverzeichnis

1. Wo sind deine Erinnerungen geblieben?

Ich erinnerte mich nur an unerträgliche Schmerzen. Als ich meine Augen öffnete, wusste ich nicht, wo oder wer ich war. Gurte banden mich an einen Tisch und hinderten mich daran, mich zu bewegen. Ich war verängstigt und verletzt und konnte nichts sehen. Dann tauchte plötzlich ein Licht auf und ich hörte Schritte, die näher an mich herankamen. Ich war es nicht gewohnt Geräusche zu hören, was jeden Schritt extrem laut machte. Ich konnte die Wellen spüren, die sie aussendeten. „Val! Gott sei Dank. Ich habe ich dich endlich gefunden", sagte ein Mann erleichtert. Ich versuchte, meinen Kopf in seine Richtung zu drehen, aber alles war einfach nur so verschwommen. Ich sah kaum, dass sich etwas auf mich zubewegte. Dann fühlte ich warme Hände, die versuchten, mich vom Tisch zu lösen. Er schien Schwierigkeiten zu haben, die Gurte zu lösen, also zog er ein Messer heraus und schnitt sie durch. Seine Berührungen fühlten sich warm und leicht an, aber ich war zu schwach, um etwas zu sagen. Dann legte er eine Hand um meinen Rücken und die andere unter meine Beine, um mich hoch zu heben und trug mich weg von diesem schmerzhaften und kalten Ort. Es war mir egal, wer er war oder wohin er mich brachte. Ich war einfach zu müde, um mir Sorgen zu machen und bemerkte kaum, was um mich herum geschah. Mein Kopf lehnte an seiner Schulter, während ich die Hitze, die er ausstrahlte, genoss. Ich konnte mich nicht erinnern, jemals Wärme gefühlt zu haben, aber es fühlte sich so vertraut an. Ich wollte, dass er mich nie wieder los lässt. „Du bist in Sicherheit, Liebste", sagte er, bevor ich bewusstlos wurde. Als ich wieder aufwachte, war ich an einem wärmeren, helleren und viel komfortableren Ort, wo die Luft nach Lavendel duftete. „Val, kannst du mich hören?", hörte ich einen Mann neugierig fragen. Ich erkannte seine Stimme. Er war der Mann, der mich gerettet hat und mich an diesen wunderbaren Ort gebracht hat, an dem ich das Licht sehen konnte, was sich wie das erste Mal anfühlte. Ich erkannte, dass ich mich an keine Zeit erinnern konnte, in der ich das Licht gesehen habe und fing an, ängstlich zu werden. Ich versuchte mich aufzusetzen, aber der Mann drückte mich sanft wieder zurück. Jetzt bemerkte ich erst, dass ich in einem Bett lag und er neben mir saß. „Geh es langsam an. Du bist immer noch schwach", sagte er. Ich war so verwirrt. Ich kannte weder diesen Mann noch diesen Ort und sogar meinen Namen wusste ich nicht. Ich konnte mich an nichts erinnern, was vor den Schmerzen gewesen war. Aber es schien, als würde er mich kennen. Er nahm meine Hand in seine. „Wer bist du?", flüsterte ich. Ich war immer noch so schwach. „Val? Ich bin es. Erkennst du mich nicht?", seine Augen weiteten sich und er begann besorgt zu klingen. Ich schüttelte den Kopf. „Wer bist du?", wiederholte ich meine Frage. Er sah mich mit Schock in den Augen an. Ich schaute verwirrt zu ihm zurück. Er schien in meinen Augen nach etwas zu suchen, aber er konnte es nicht finden. Dann ließ er meine Hand los und sagte emotionslos: „Harry. Mein Name ist Harry Evans", er schaute sofort weg und stand auf. Ich sah ihn genauer an und bemerkte, dass er trostlos aussah. Dunkle Ringe schienen sich um seine Augen über eine lange Zeit gebildet zu haben, auch seine Haare waren unordentlich, sodass er wie jemand aussah, der seit

Wochen nicht geschlafen hat. Dann setzte er sich auf einen Stuhl neben dem Bett. „Was ist das Letzte, woran du dich erinnern kannst?", hörte ich einen anderen Mann fragen. Ich hatte ihn bis jetzt nicht bemerkt, was mich aufschrecken ließ, als ich seine Stimme hörte. Ich sah ihn an und dachte darüber nach, was ich sagen sollte, aber da ich mich an keinerlei Interaktionen erinnern konnte, musste ich nicht lange nachdenken. „Schmerzen, nur Schmerzen", antwortete ich trocken. Allein der Gedanke daran ließ mich schaudern. Sie tauschten Blicke aus. Beide schienen besorgt zu sein. „Was haben sie dir angetan?", Harry hatte das Gesicht eines geschlagenen Mannes. Ich sah eine Träne aufsteigen und als er es bemerkte, vergrub er sein Gesicht in seinen Händen. Der andere Mann ging zu ihm und legte seine Hand auf Harrys Schulter. Ich wollte allein sein. Ich war immer noch so verwirrt. Dann kam eine Frau rein. „Val, du bist endlich wach. Es ist so schön dich wieder zurückzuhaben. Wir alle haben dich so sehr vermisst", sie sah Harry an und dann mich. Ich war überwältigt von ihrem energischen Auftreten und dem, was sie zu sagen hatte, dass ich mich sofort sehr unwohl fühlte. „Was ist los?", fragte sie besorgt. Harry stand auf. „Sie erinnert sich an nichts", sagte er kläglich. „Was?" Die Frau schaute schockiert. „Es tut mir leid", sagte ich. „Es ist nicht deine Schuld", knurrte Harry wütend. Ich fühlte mich unwohl wegen seiner plötzlichen Bitterkeit. „Ich muss hier weg", er sah mich ein letztes Mal an und ging raus aus dem Zimmer. „Ich werde ihm nachgehen", sagte der andere Mann und ging dann auch. Die Frau setzte sich an das Bett und legte eine Hand gegen meine Wange. Ich fühlte mich immer noch sehr schwach und wusste nicht, was los war. „Woher kennst du mich?", fragte ich. Sie atmete tief ein. „Du bist meine beste Freundin", sagte sie mit einem halbherzigen Lächeln. „Es tut mir leid, aber ich erinnere mich nicht an dich", sagte ich mit schlechtem Gewissen. „Es ist nicht deine Schuld", sie schaute weg. Ich spürte eine neue Welle der Müdigkeit und musste gähnen. „Du musst immer noch sehr müde sein. Ich gehe besser", sie stand auf und ging auch, aber nicht ohne ein letztes Mal zu mir zurückzublicken. Schließlich war ich endlich allein, aber auch sehr müde. Also schloss ich meine Augen und schlief schnell ein. Zu meinem Pech war es kein traumloser Schlaf. Ich konnte mich nicht erinnern, wovon ich geträumt hatte, aber ich konnte mich daran erinnern, dass ich mich ängstlich und schuldig gefühlt hatte, als ich dann schreiend aufwachte. „Valerie, hey Val, es ist okay. Alles wird gut. Du bist in Sicherheit. Niemand wird dich hier verletzen", Harry saß neben mir mit seinen Händen um mich herum. Ich zitterte immer noch ein wenig, aber ich fühlte mich seltsamerweise sicher in seinen Armen, sodass ich mich langsam beruhigen konnte. Er bemerkte es und ließ mich vorsichtig los. „Ich bin in Sicherheit", wiederholte ich. Die Sonne war schon eine Weile weg und das einzige Licht, das diesen Raum erfüllte, waren die Sterne am Nachthimmel. „Du fragst dich wahrscheinlich, warum ich in deinem Zimmer bin?", er schien nervös. „Eigentlich nicht", meinte ich und schaute ihn an. Seine Haare waren nass vom Duschen. „Oh", sagte er und schaute weg. „Worum ging es in deinem Traum?", fragte er dann nach einer kurzen Stille neugierig. „Ich weiß es nicht. Ich hatte einfach ein schlechtes Gefühl", antwortete ich kurz. Es war mir unangenehm, dass ich nichts über ihn wusste, aber er auf der anderen Seite mich sehr gut zu kennen schien. Trotzdem vertraute ich ihm. „Ich sollte jetzt wahrscheinlich gehen", er stand auf und ging ein paar Schritte zur Tür. „Warte", ich hielt ihn auf. „Ja", er klang hoffnungsvoll und drehte sich um. „Darf ich dich etwas fragen?" „Ja, natürlich. Was auch immer du willst", sagte er. „Warum fühle ich mich so wohl in deiner Nähe?", wollte ich wissen. Er lächelte und ich lächelte schwach zurück. „Es ist wahrscheinlich so etwas wie ein Muskelgedächtnis. Wenn wir etwas immer und immer wieder tun oder etwas ständig fühlen, dann erinnern sich unsere Muskeln daran. Wir denken nicht, wir fühlen uns einfach durch. Du hast mir viel bedeutet und ich war dir auch sehr wichtig. Wir standen uns sehr nahe und du hast mir vertraut", versuchte er zu erklären. Es machte Sinn für mich. Wenn er die Wahrheit sagte und wir uns wirklich sehr nahe waren, dann würde ich mich wahrscheinlich tief im Inneren an ihn erinnern können. Ich atmete tief durch. „Ich wünschte, ich könnte mich an dich erinnern", sagte ich mit einem Seufzer. „Du bist nicht die Einzige", antwortete er und starrte durch das Fenster zu den Sternen. „Du scheinst immer noch müde zu sein. Ich gehe jetzt lieber", er zögerte, aber ich hielt ihn dieses Mal nicht auf, also ging er. Das nächste Mal, als ich aufwachte, war am Morgen. Die Sonne war bereits aufgegangen und schien durch mein Fenster. Zum ersten Mal bemerkte ich den Raum. Das große Bett bildete das Zentrum. Auf meiner rechten Seite war ein Stuhl in meine Richtung gedreht. Dahinter nahm ein riesiges Fenster die ganze Wand ein. Mir gegenüber stand ein Schreibtisch mit einem Stuhl und daneben ein Schrank mit einem Spiegel. Ich bemerkte auch, dass es zwei Türen gab. Die eine auf der rechten Seite, war die Tür, durch die Harry letzte Nacht gegangen war und die andere war neben dem Schreibtisch. Ich versuchte mich zu bewegen und fühlte mich noch etwas wund, aber ich schaffte es aufzustehen und bemerkte, dass ich ein weißes langes Hemd trug. Ich ging langsam zur anderen Tür und öffnete sie. Dahinter war ein Badezimmer, in das ich rein ging. Ich betrachtete mich selbst im Spiegel über dem Waschbecken und war schockiert von dem, was ich sah. Meine Haare waren unordentlich und ich hatte blaue Flecken und Schnitte am ganzen Körper. Ich berührte einen blauen Bluterguss an meinem Arm. „Autsch", sagte ich leise und atmete tief aus. Dann sah ich eine Haarbürste und entwirrte sanft das Durcheinander in meinen Haaren. Ich wusch mein Gesicht mit kaltem Wasser, wodurch meine Wangen ein wenig Farbe bekamen. „Das ist besser", lächelte ich mich im Spiegel an. Dann ging ich zum Schrank und öffnete ihn. Ich wollte nicht, dass man meine blauen Flecken sehen konnte, also zog ich ein T-Shirt und eine Jogginghose an. Es war ein bisschen kalt, also wollte ich etwas Warmes über dem T-Shirt anziehen und war schockiert, dass meine einzigen beiden Möglichkeiten ein Pullover und eine Strickjacke waren, also zog ich die Strickjacke an. Als ich mich wieder im Spiegel ansah und in meine Augen starrte, fühlte ich mich, als würde ich eine Fremde sehen. Dann schaute ich aus dem Fenster in den Himmel. Ich atmete tief durch und setzte mich auf den Boden. Dort lehnte ich mich an mein Bett, nur um weiter in die Wolken zu starren. Es fühlte sich zum ersten Mal seit sehr langer Zeit einfach und komfortabel an. Dann hörte ich jemanden an meine Tür klopfen. „Val bist du wach?", es war die Frau von gestern. Sie betrat langsam den Raum und sah mich überrascht an. „Warum sitzt du auf dem Boden?", fragte sie. Ich wusste nicht, was ich sagen sollte, also sagte ich nichts. Sie kam langsam zu mir und setzte sich neben mich. „Du siehst besser aus", sagte sie sanft. „Wie fühlst du dich?", sie schaute mich an. „Immer noch wund und ein bisschen kalt", lächelte ich unsicher. „Ich könnte dir einen Tee machen. Der dürfte dich im Nu wieder aufwärmen. Wir haben bereits gefrühstückt, also wird unten niemand sein", sie klang hoffnungsvoll. „Klingt gut", antwortete ich und hoffte, dass ich mich bald wieder warm fühlen würde. Ich erinnerte mich an Harrys warme Arme, als er mich aus dem schrecklichen Ort trug und erwischte mich dabei, wie ich mir wünschte, sie wieder spüren zu können. Dann folgte ich ihr die Treppe runter und war überrascht, wie groß dieser Ort war. Wir gingen in ein großes Wohnzimmer mit einer Küche und einem großen Tisch in der Mitte. Ich setzte mich auf einen Stuhl und beobachtete, wie sie mir etwas Tee in eine Tasse einschenkte. „Mein Name ist übrigens Clary", sagte sie, während sie mir den Tee reichte. Ich legte meine Hände um die Tasse und fühlte, wie sie langsam meine Finger wärmte. Clary setzte sich auf die andere Seite. Es war still, bis ein Mann den Raum betrat. „Clary, kommst du?", fragte er. Das war der Mann, der gestern mit Harry in meinem Zimmer war, erinnerte ich mich. „Ich denke, jemand sollte bei Valerie sein", antwortete sie. Der Mann sah mich an und ich nutzte die Gelegenheit, wie sie sich bot. „Es würde mir nichts ausmachen, allein zu sein", sagte ich. Es war mir unangenehm mit Leuten zusammen zu sein, an die ich mich nicht erinnerte. Sie wussten alles über mich, während ich nicht einmal wusste, wer ich war. „Bist du dir sicher?", fragte sie. „Sie schafft

das schon", versicherte ihr der Mann. „Aber James ..."
„Clary, du weißt, wozu Valerie fähig ist. Sie wird's überleben", unterbrach er sie. Dann seufzte sie und ging mit
ihm die Treppen nach unten. Ich nahm einen Schluck
von meinem Tee und schaute aus dem riesigen Fenster.
Die Sonne schien durch das Fenster. Ich stand auf und
ging näher ran, um im Sonnenlicht zu stehen, welches
sich auf meiner Haut warm anfühlte. Ich nahm noch einen Schluck und starrte in den blauen Himmel. Dann
schloss ich meine Augen und lächelte, während ich die
Wärme der Sonne genoss. Es fühlte sich so schön an.
Dann bemerkte ich plötzlich, dass jemand den Raum betrat, also öffnete ich meine Augen und drehte mich um.
„Harry", erkannte ich. Er lächelte sanft. „Wie fühlst du
dich?", wollte er wissen. „Ein bisschen kalt, aber ansonsten besser", antwortete ich und setzte mich auf die große graue Couch im Zimmer. Ich bemerkte, dass er mich
auf eine bestimmte Weise ansah. Ich wusste nicht, was
es zu bedeuten hatte, aber ich fühlte mich unwohl dabei,
also starrte ich auf die Tasse in meiner Hand und nahm
einen weiteren Schluck von meinem Tee. Er kam zu mir
und setzte sich auch hin. „Willst du mir sagen, was passiert ist, als du weg warst?", fragte er. „Ich habe dir gesagt, dass das einzige, woran ich mich erinnern kann,
Schmerzen sind", antwortete ich. „Gibt es sonst nichts,
woran du dich erinnern kannst?", er war verzweifelt.
„Nein, es tut mir leid", ich sah ihn an und fühlte mich
schuldig, weil ich mich nicht an ihn erinnern konnte. Er
war eindeutig unglücklich, also legte ich meine Hand
über seine und hoffte, dass er sich dadurch besser fühlen würde. Er schaute auf in meine Augen. Irgendwie
machte mich sein Schmerz auch traurig. „Wie lange war

ich weg?", fragte ich. „Einhundertdreiundzwanzig Tage, ungefähr vier Monate, bis wir dich vor fünf Tagen gefunden haben", antwortete er. „Habt ihr mich nicht gestern gefunden?", ich war überrascht über diese lange Zeitspanne. „Du hast drei Tage durchgeschlafen", antwortete er. „Drei Tage", flüsterte ich mehr zu mir selbst. „Ich mache dir keine Vorwürfe, nach dem, was du durchgemacht hast. Du bist immer noch schwach und wund. Ich kann mir nur ansatzweise vorstellen, was du durchgemacht haben musst", nur darüber zu reden, schien ihn in Leid zu versetzen. Es war herzzerbrechend zu beobachten. Er muss bemerkt haben, dass ich ihn anstarrte und wechselte dann das Thema. „Deine Hand ist wirklich kalt", sagte er und ich erkannte, dass ich sie noch bei ihm hatte und nahm sie wieder zurück. Dann nahm er eine Decke und legte sie um mich herum. „Danke", sagte ich, während er sich wieder neben mich setzte. Ich nahm noch einen Schluck von meinem Tee. Er sah mich wieder so an, dass ich mich unwohl fühlte. Sein Blick war einfach so intensiv. Er legte eine Hand auf meine Wange, was mich automatisch dazu brachte, zu ihm zurückzuschauen. Dann kam ein Mann herein, den ich nicht erkannte. Harry ließ mich los und richtete sich auf. „Schon fertig, Mike?", fragte er scherzhaft. „Noch nicht. Ich brauch einfach nur eine Pause", sagte er und goss sich etwas Wasser in ein Glas. „Vor allem von James", flüsterte er. Ich bemerkte, wie Harry ein Lachen zurückhielt. „Valerie, es ist schön, dich wieder auf den Beinen zu sehen. Du siehst viel besser aus im Vergleich zu dem Tag, an dem wir dich gefunden haben", er schien froh zu sein, mich wieder zu sehen. „Immer noch keine Erinnerung, nehme ich an", fügte er hinzu. „Keine Erinnerung", bestätigte ich und war erleichtert, dass er nichts Großes daraus machte. „Nun, dann viel Glück Harry. Sie wird wahrscheinlich …", er konnte seinen Satz nicht beenden, weil Harry ihn unterbrach. „Halt die Klappe oder ich schwöre, ich werde dir in den Arsch treten", sagte er drohend. Mike hob die Hände. „Ich schätze, ich habe einen Nerv getroffen", sagte er lächelnd und verließ dann den Raum. „Was hat er damit gemeint?", fragte ich neugierig. „Nichts. Mike benimmt sich nur wieder mal wie ein Idiot", sagte er genervt. „Willst du nach draußen gehen?", fragte er dann. „Klar", antwortete ich. Nachdem Harry mir eine Jacke besorgt hatte, gingen wir spazieren. Draußen fiel mir auf, wie riesig dieses Gelände war. Es gab sogar einen See, zu dem wir langsam gingen. Er setzte sich auf eine Bank unter einem Baum und ich nahm neben ihm Platz. Ich starrte auf das Wasser und dachte darüber nach, wie schön es war. „Was geht dir durch den Kopf?", fragte er neugierig. „Es fühlt sich vertraut an", antwortete ich und starrte weiterhin auf das Wasser. „Früher warst du sehr oft hier, nur um auf den See zu starren. Ich habe dich einmal gefragt, warum du diesen Ort so sehr mochtest, und deine Antwort war, dass du das Unschuldige daran liebst. Es ist simpel und friedlich hier, wodurch du immer wieder etwas Ruhe finden konntest", sagte er lächelnd und dachte an die Vergangenheit. Ich sah ihn an, als er seine Augen zu mir wandte. Ich bemerkte den Baum hinter ihm und bekam ein komisches Gefühl dabei. Also stand ich auf und ging zum Baumstamm. „Ist was?", wollte er wissen. „Ich bin mir nicht sicher", antwortete ich. „Ich habe so ein Gefühl", ich starrte auf den Stamm. „Es wird ein bisschen kalt, vielleicht sollten wir zurückgehen", schlug er vor, plötzlich in Eile.

„Warte, da ist etwas in den Baum geritzt", bemerkte ich und ging ein paar Schritte zur Seite, um es klarer zu sehen. Es war ein Herz und darin waren die Initialen „H+V" eingraviert. Ich war fassungslos. „Es steht für Harry und Valerie", sagte er leise. „Dachte ich mir", antwortete ich und starrte es an. „Das erklärt eine Menge", fügte ich hinzu. „Lass uns wieder reingehen", schlug er vor. Ich nickte. Dann schaute er auf meine Hand, als wollte er sie nehmen, aber er entschied sich dagegen. Er war sich meiner Gefühle nicht sicher und ich war froh, dass er sie nicht nahm. Da ich nicht wusste, was vorher passiert war, musste ich erst mal herausfinden, wie meine Gefühle ihm gegenüber waren. Es war ein stiller Spaziergang zurück zum Haus. Als wir drinnen waren, ging ich in mein Zimmer. Er folgte mir. Ich setzte mich auf mein Bett. „Wie lange waren wir zusammen, bevor ...?", ich brachte meinen Satz nicht zu Ende. „In einem Monat wäre unser dreijähriges Jubiläum", antwortete er leer. Ich schwieg. Drei Jahre waren eine sehr lange Zeit. „Könntest du mir bitte sagen, was du denkst?", fragte er ungeduldig, aber ruhig. „Ich sollte mich an dich erinnern können", sagte ich schuldig und starrte auf den Boden. Er kniete vor mir nieder und sah mir in die Augen. „Ich mache dir keine Vorwürfe. Außerdem glaube ich wirklich, dass deine Erinnerungen irgendwann zurückkommen werden", sagte er ermutigend. „Was, wenn sie es nicht tun?", ich machte mir Sorgen. „Dann machen wir neue", antwortete er. „Ich liebe dich nicht", sagte ich ihm. „Wie könntest du eine Person lieben, die du nicht kennst?", lächelte er und ich lächelte schwach zurück, froh darüber, dass er so verständnisvoll war. „Ich werde hier sein, wann immer du mich brauchst und ich werde so lange bleiben, wie du es willst", versicherte er mir. „Danke, aber ich wäre jetzt lieber alleine", sagte ich. „Kein Problem, ich bin nebenan", versicherte er mir und ging. Ich legte mich auf das Bett und starrte an die Decke. Harry war in mich verliebt und ich konnte mich nicht an ihn erinnern. Ich würde lügen, wenn ich sagen würde, dass ich keine Zuneigung für ihn empfinden würde. Aber wie er sagte, konnte ich jemanden, den ich nicht kannte, nicht lieben. Ich wünschte nur, ich hätte meine Erinnerungen. Ich stand auf und beschloss dann, mich im Haus umzusehen. Also verließ ich mein Zimmer. Ich vermutete, dass diese Räume auf dieser Etage die Zimmer von den hier lebenden Menschen waren. Ich zählte sechs, also gab es wahrscheinlich eine andere Person, die ich noch nicht kannte oder genauer gesagt, vergessen hatte. Dieses Haus hatte keine höhere Etage, also ging ich nach unten in den Keller. Ich konnte mich nicht an diesen Ort erinnern, aber es fühlte sich wie alles andere auch vertraut an. Ich hörte Stimmen aus einem Raum und ging neugierig rein. Zwei Leute kämpften, aber ich erkannte, dass es nur Training war. Ich setzte mich auf den Boden und schaute zu. Einer von ihnen war James, aber den anderen erkannte ich nicht. Sie bemerkten mich und hörten auf. „Valerie, können wir dir helfen?", fragte James. „Du weißt nicht zufällig, wie ich meine Erinnerungen zurückbekommen kann, oder?", ich schaute nach unten. „Tut mir leid", lächelte er. „Also, du erinnerst dich wirklich an nichts", fragte der andere. „Nichts", lächelte ich nervös. „Das tut mir leid. Mein Name ist übrigens Andrew", sagte er. Dann wandte er sich an James. „Armer Harry, er hat nie den Glauben verloren", sagte er. „Andrew!", James sah ihn an, als hätte er gerade etwas Falsches gesagt. „Das weiß ich schon", warf ich ein. „Woher?", fragte James überrascht. „Der Baum am See", antwortete ich und sie schienen zu verstehen. Dann sah er Andrew an und ich sah, dass sie beide Mitgefühl für Harry hatten. „Was ist das für ein Ort?", versuchte ich, das Thema zu wechseln. „Wir sind eine Gruppe von Agenten des White Stars, einer riesigen Organisation, die gegründet wurde, um die Menschen auf diesem Planeten zu schützen. Es gibt viele Quartiere auf der ganzen Welt und wir sind die in Großbritannien", antwortete Andrew. „Wovor schützen wir sie?", fragte ich. „Im Moment ist unser größter Feind eine Organisation namens Octopus. Sie sind auch diejenigen, die ..." Andrew hatte Mühe, den Satz zu beenden und mir wurde klar warum. „Sie haben mich entführt, nicht wahr?", setzte ich zusammen. „Ja", bestätigte James. Großartig und jetzt waren wir wieder bei dem Thema. Ich startete einen neuen Versuch, es zu wechseln. „Gibt es hier irgendwelche Aufzeichnungen aus der Zeit, als ich trainiert habe?", ich war hoffnungsvoll. „Ja, sie sind alle auf dem Computer, aber vielleicht solltest du ein wenig warten, bevor du wieder in dieses Trainingszeug einsteigst. Es ist schon eine Weile her und du hast genug durchgemacht", schlug James vor. Ich sah den Computer auf einem Schreibtisch in einem separaten Raum durch ein Fenster. „Wenn du meinst", seufzte ich. Ich würde mir das Filmmaterial vorerst nicht ansehen, aber ich hatte definitiv vor, es mir anzusehen, wenn meine Erinnerungen nicht bald zurückkommen würden. Ich verließ den Raum und ging zurück ins Wohnzimmer. Der Fernseher war an und Mike schaute Fußball, worauf ich nicht wirklich achtete. Clary kochte in der Küche, was den Raum danach riechen ließ. Ich hatte aber keinen Hunger, also genoss ich den Geruch nicht wirklich. „Val, ich hoffe, du hast Hunger, ich mache Lasagne", sagte sie lächelnd. „Tut mir leid, nicht wirklich. Ich will nur etwas trinken", sagte ich und goss mir Wasser in ein Glas. „Sicher? Wann hast du das letzte Mal gegessen?", fragte sie besorgt. „Ich weiß es nicht", antwortete ich ehrlich. „Ich lasse etwas für dich im Kühlschrank", sagte sie. „Danke", ich schätzte ihre Fürsorge. „Alles okay bei dir?", fragte sie so leise, dass Mike nichts hören konnte. „Mein Gedächtnisverlust macht alles so kompliziert", antwortete ich ihr. „Das dachte ich mir schon", seufzte sie und lächelte mich mitfühlend an. „Wenn du jemals jemanden zum Reden brauchst, bin ich hier", fügte sie hinzu. Ich lächelte dankbar. Dann ging ich nach oben in mein Zimmer und setzte mich auf meinen Schreibtisch. Ich bemerkte, dass da ein paar Schubladen waren und wurde neugierig. In der ersten waren einige Papiere und Buntstifte. Die zweite hatte viele kleine Notizen. Ich zog einen heraus. ‚Triff mich bei unserem Platz. 16 Uhr. Liebe Grüße, Harry.‘ „Warum habe ich das behalten?", fragte ich mich laut. „Warum hast du was behalten?", ich zuckte zusammen, weil ich nicht bemerkt hatte, dass Harry in meiner Tür stand. „Tut mir leid, ich wollte dich nicht erschrecken. Deine Tür war einfach offen und als ich vorbeigekommen bin, habe ich dich gehört", erklärte er. „Ist okay, du hast mich nur gerade überrascht", sagte ich zu ihm. „Kann ich reinkommen?", fragte er hoffnungsvoll. Ich nickte und starrte ihn an, als er auf mich zukam und sich an meinen Schreibtisch lehnte. „Also, warum hast du was behalten?", lächelte er. Ich gab ihm die Notiz, die ich gerade gelesen hatte und beobachtete seinen Gesichtsausdruck, als er es las. Er musste sich an etwas erinnert haben, denn sein Gesicht wurde nostalgisch. „Ich wusste nicht, dass du sie behalten hast", er war selbst überrascht und starrte sie weiter an. Ich wurde traurig, als ich ihn ansah. Es schien so, als wären wir wirklich verliebt gewesen und ich hasste es einfach, dass ich mich nicht daran erinnern konnte. Seine Aufmerksamkeit richtete sich wieder auf mich. „Gibt es noch mehr?", wollte er wissen. „Diese Schublade ist voll damit", antwortete ich und zeigte mit dem Finger darauf. Er schmunzelte, als er sah, wie voll die Schublade wirklich war und legte den Zettel zurück. Ich schloss sie und öffnete die nächste. „Das ist dein Tagebuch", bemerkte er, als er das Buch darin liegen sah. Ich nahm es heraus und wollte es öffnen, aber Harry hielt mich davon ab. „Vielleicht willst du das nicht lesen", sagte er zu mir. „Warum?", fragte ich mich. „Du könntest dich unwohl fühlen, wenn du es liest", vermutete er. „Warum denkst du das?", wollte ich wissen. „Weil ich sehen kann, wie zurückhaltend du mit mir bist und wenn du die Sachen über unsere Beziehung liest, die passiert sind, bevor du deine Erinnerungen verloren hast, fühlst du dich vielleicht noch unwohler in meiner Nähe als jetzt", erklärte er. „Macht Sinn, aber wie soll ich meine Erinnerungen zurückbekommen, wenn ich nichts über meine Vergangenheit lernen kann?", argumentierte ich. „Warum willst du deine Erinnerungen zurück?", er sah mich mit dem gleichen Blick an, den er zuvor benutzt hatte. Der, bei dem ich mich so unwohl gefühlt habe. „Willst du nicht, dass ich meine Erinnerungen zurückbekomme?", ich war verwirrt. „Du wurdest vor vier Monaten entführt und das Einzige, woran du dich erinnern kannst, sind Schmerzen. Hast du eine Ahnung, wie viel Trauma du von dort bekommen haben könntest?", sagte er. Darüber dachte ich ein paar Sekunden nach. Er hatte Recht. Außerdem, bin ich nicht erst mitten in der letzten Nacht wegen eines Albtraums schreiend aufgewacht? „Diese Entscheidung muss du für dich selbst treffen. Ich würde es lieben, wenn wir zu dem zurückkehren könnten, wie es zuvor war, aber ich werde dir keine Erinnerungen aufzwingen", er streichelte eine Strähne hinter mein Ohr und starrte mir kurz in die Augen, bevor er dann ging. Ich war überrascht, wie gut er mich lesen konnte und wie verständnisvoll er war. Es machte für mich Sinn, dass ich mich in ihn verliebt hatte. In jemanden, der so mitfühlend war. Mir wurde plötzlich wieder kalt, als er weg war. Dann schaute ich auf das Tagebuch und versuchte herauszufinden, was ich als nächstes machen wollte. Meine Neugier überkam mich sofort, also öffnete ich es dort, wo das Lesezeichen war. „Mein letzter Eintrag", wurde mir klar. Aber ich konnte mich nicht dazu durchringen, es zu lesen. Ich konnte mich an keine einzige Erinnerung erinnern und dieses Tagebuch zu lesen wäre wie das Tagebuch eines Fremden zu lesen, also legte ich es zurück in die Schublade und schloss sie wieder. Verärgert über diese ganze Situation, in der ich feststeckte, fiel ich in mein Bett und schloss meine Augen für eine Weile.

2. Es kann so einfach sein

Es war der späte Nachmittag, als ich in meinem Bett lag und an die Decke schaute. Ich fühlte mich unruhig, als würde mich etwas stören, aber ich wusste nicht was. Ich stand auf und starrte aus dem Fenster. Der Himmel war wunderschön erleuchtet in rötlich orangenen Farben, als die Sonne kurz davor war unterzugehen. Mein Kopf fühlte sich gleichzeitig voll und leer an, also beschloss ich, mit Harry zu sprechen. Ich wollte einen Weg finden, zumindest einen Teil meiner Erinnerungen zurückzubekommen, denn im Dunkeln zu leben, war für mich keine Option. Da ich wusste, dass Harry und ich eine sehr bedeutungsvolle Vergangenheit hatten, hoffte ich, dass er in der Lage sein würde, einige Erinnerungen wieder in mir hervorzurufen. Also ging ich aus meinem Zimmer und klopfte an seine Tür. „Komm rein", sagte er, aber als ich das tat, konnte ihn nicht sehen. Sein Zimmer war sehr gemütlich. Neben dem Bett stand eine schwarze Couch und auf seinem Tisch stand ein Computer. Seine Möbel sahen anders aus als meine, aber ansonsten sahen unsere Zimmer sehr ähnlich aus. Dann kam er aus dem Badezimmer. „Valerie", er schien überrascht, mich zu sehen, aber auch glücklich darüber. Ich bemerkte, dass er nur eine kurze Hose trug. „Tut mir leid, ich wusste nicht, dass du dich umziehst." Ich drehte mich um, um den Raum zu verlassen und fühlte mich unwohl ihn so gesehen zu haben, aber er hielt mich auf. „Warte, es macht mir nichts aus. Wolltest du mit mir über etwas sprechen?", fragte er. Ich war kurz von seinem muskulösen nackten Oberkörper abgelenkt und vergaß ihm zu antworten.

„Meine Augen sind hier oben", lächelte er schelmisch. Ich war beschämt und schaute sofort weg. „Tut mir leid, ich wollte nicht ..." „Mach dir keine Sorgen", er trat näher an mich ran und schaute mir mit einem sanften Lächeln in die Augen. „Ich ... Nun, ich habe nachgedacht ...", fing ich an. „Was willst du wissen?", fragte er und nahm meine Hand in seine. Er starrte mir in die Augen, so dass ich mich durch diese Intensität, die ich zwischen uns spüren konnte, verunsichert fühlte. „Was geht dir durch den Kopf?", fragte er neugierig. Ich nahm meine Hand zurück, um mich besser konzentrieren zu können, wie ich mein Anliegen formulieren wollte. „Das Tagebuch", sagte ich. Er nahm meine Hand wieder in seine und mit der anderen strich er eine verlorene Strähne hinter mein Ohr. „Hast du es gelesen?", wollte er wissen, während er seine freie Hand auf meine Wange legte und sich zu mir lehnte. Mein Herz begann etwas schneller zu schlagen. „Kannst du bitte damit aufhören?", flüsterte ich und schloss die Augen. „Warum?", er schaute mich an. „Weil ich versuche, mit dir zu reden und du mich die ganze Zeit ablenkst", antwortete ich nervös. „Du findest mich ablenkend", fragte er amüsiert. „Wenn du so weitermachst, können wir auch nervig dazufügen", sagte ich, während ich mir sehr bewusst war, dass er und seine nackte Brust sehr nah an mir waren und seine Hand immer noch auf meiner Wange war. Er lächelte entschuldigend. „Tut mir leid, ich habe es wirklich vermisst, dich erröten zu sehen", gab er zu. „Ich bin nicht rot", reagierte ich defensiv. „Nun, warum sind deine Wangen dann so rosig wie immer?", fragte er neckend. Ich reagierte nicht und nahm einfach seine Hand von meiner Wange, meine andere Hand zurück und drehte mich zur Tür. Aber bevor ich gehen konnte, packte er meinen Arm genau dort, wo ich meine blauen Flecken hatte. Es tat ein bisschen weh, sodass ich ihn zurückzog. „Warte, es tut mir leid. Du wolltest mit mir reden?", entschuldigte er sich sofort. Ich drehte mich zu ihm um und schaute ihm in die Augen, als ich sah, dass er wirklich wollte, dass ich blieb. Mein Arm schmerzte immer noch von seinem festen Griff, also rieb ich meine Hand an der Stelle, an der es weh tat. Er bemerkte es. „Ich habe nicht so fest zugegriffen", sagte er beleidigt. „Es sind die blauen Flecken", erklärte ich ihm. „Stimmt", sagte er ruhiger mit einem Hauch von Feindseligkeit. „Ich habe es nicht gelesen", sagte ich dann zu ihm. „Warum nicht?", fragte er sich. „Es fühlt sich an wie ein fremdes Tagebuch." Er schaute weg und seufzte. „Also hast du dich dazu entschieden, deine Erinnerungen nicht zurückzubekommen", vermutete er. „Nein, ich wollte nur einen anderen Weg finden, um sie zurückzubekommen", ich sah ihn an. „Was schwebt dir vor?", fragte er interessiert. „Du hast gesagt, dass du mir keine Erinnerungen aufzwingen wirst, aber es wäre etwas anderes, wenn ich genau das von dir will", sagte ich entschlossen. „Also soll ich mich nicht zurückhalten", er sah mich an und wartete auf ein Zögern, aber er konnte es nicht finden. Ich nickte und sah ihm direkt in die Augen. „Also, wenn ich dir sage, dass ich dich immer geliebt habe und ich es immer werde und als sie dich mir weggenommen haben, es sich angefühlt hat, als hätten sie den wichtigsten Teil von mir mitgenommen, würdest du dich nicht unwohl fühlen?", testete er mich. Mein Atem stolperte, als seine Worte mich trafen, aber ich fand meine Fassung schnell wieder. „Die Dinge haben sich geändert und sie werden wahrscheinlich nie wieder so sein wie zuvor. Ich weiß nicht, was mit meinen Erinnerungen oder meinen Gefühlen für dich passieren wird. Irgendwie vertraue ich dir immer noch und du bist mir wichtig, also wäre es eine Schande, es nicht einmal zu versuchen", ich sah, wie er langsam eine Fassade lockerte, die er zuvor aufgebaut hatte, um seine Gefühle vor der Realität zu schützen. Er setzte sich auf das Bett und ich setzte mich zu ihm. „Gibt es etwas, mit dem du anfangen willst?", fragte er mich, nach einer Weile und brach die Stille. Ich dachte kurz darüber nach und beschloss, mit dem Letzten zu beginnen, an das er sich erinnern konnte. „Wie bin ich entführt worden?" Er atmete tief durch und ich sah, dass ihm das auch nicht leicht fiel. „Wir waren auf einer Mission. Sie haben dich gefangen genommen, während du versucht hast alle zu retten. Als ich es endlich zu dir geschafft habe, warst du bereits weg. Ich war nicht stark genug, um dich zu beschützen", seine Stimme brach am Ende. „Es ist nicht deine Schuld", ich fühlte seinen Schmerz und wollte, ihn weg haben. Unsere Gesichter waren so nah. Er legte seine Hand auf meine Wange und beugte sich hinein. „Ich kann das nicht", flüsterte ich. So wichtig er mir war, konnte ich mich nicht an die Liebe erinnern, die ich einst für ihn empfunden hatte. Er war wie ein Fremder für mich. Dann ließ ich ihn langsam los und stand auf. „Bitte bleib", flehte er mich an. „Vielleicht sollten wir das ein anderes Mal fortsetzen", ich sah, wie sehr ich ihn verletzte, weil ich mich nicht erinnern konnte. Er schaute mich an und sah zwei verschiedene Menschen. Die Frau, die ihn einst liebte und eine Fremde. Also nickte er. „Nur noch eine Sache", fügte er hinzu. „Ja", wandte ich mich zu ihm. „Ich werde um dich kämpfen und wenn du willst, dass ich aufhöre, musst du es laut und deutlich machen, weil ich bereits meine Zukunft mit dir gesehen habe, und ich wäre verdammt, wenn ich dir nicht alles gebe, was du jemals wolltest und was du immer verdient hast", ich sah neue Hoffnung in ihm aufsteigen. Ich nickte und schaute weg, ohne zu wissen, was ich antworten sollte. Dann ging ich zurück in mein Zimmer und ließ mich auf das Bett fallen. Ich dachte darüber nach, wie es sein würde, sich an ihn zu erinnern. Seine Liebe war so intensiv, dass ich mich fragte, wie es wohl wäre, wenn ich wollte, dass er sich so fühlt. Ich war neugierig, wie unsere Beziehung war und ob mich wirklich glücklich gemacht hat. Plötzlich traf mich eine Welle der Müdigkeit. Die Sonne war bereits untergegangen und ich beschloss, schlafen zu gehen. Aber es war kein traumloser Schlaf. Ich wusste nicht, ob es ein Albtraum oder eine Erinnerung war. Ich schrie vor Schmerzen, aber ich konnte nicht sagen, woher es kam oder was es ausgelöst hatte. Sterben fühlte sich wahrscheinlich so an und alles, woran ich denken konnte, war, dass ich lieber tot wäre, als diesen nie endenden Schmerz zu fühlen. Dann hörte ich jemanden lachen. „Du kannst so laut schreien, wie du willst, aber niemand wird dich hier finden. Wo sind jetzt deine wundervollen Freunde? Oder dein Harry? Sie denken, du bist tot und du wirst für immer allein sein", sagte der Mann amüsiert. Neben dem Schmerz spürte ich nun auch tiefe Einsamkeit. Ich wachte schreiend auf und versuchte dann Luft zu holen. Langsam atmete ich tief durch. Der Schmerz war weg, aber ich fühlte immer noch die Einsamkeit. Ein paar Tränen begannen mir über das Gesicht zu laufen. „Eine Erinnerung", sagte ich mir. Ich war mir sicher, dass das wirklich passiert war. Dann kam Harry herein und sah, dass ich weinte.

Er setzte sich zu mir und nahm mich in seine Arme, was mich noch stärker aufschluchzen ließ. „Ich habe dich schreien gehört", sagte er ruhig und streichelte mein Haar. „Ich glaube, es war eine Erinnerung", flüsterte ich, immer noch traumatisiert von meinem Traum. Ich brauchte seine Nähe, weswegen ich ihn nicht wegdrückte. Aber nachdem ich mich wieder beruhigt hatte, lockerte er langsam seine Arme um mich herum und nahm stattdessen meine Hände in seine. „Sie kommen zurück?", fragte er. „Ich bin mir nicht sicher, aber die hat mir definitiv nicht gefallen", lächelte ich halbherzig. „Ich wette, du hättest eine von unseren geliebt", lachte er. „Vielleicht", ich schaute weg. Dann strich er mir mit seinen Fingern die letzten Tränen aus dem Gesicht. „Schon viel besser", er sah mir tief in die Augen. Als ich einen Blick auf die Uhr an meiner Wand warf, bemerkte ich, dass es fast Mitternacht war. „Habe ich dich geweckt?", fragte ich ihn. „Nein, wir waren alle unten", antwortete er, während er meine Wange streichelte. Ich gähnte und er lächelte. „Ich lass dich jetzt schlafen", sagte er und stand auf, aber das war nicht das, was ich wollte. „Könntest du bleiben?", fragte ich und sehnte mich nach seiner Wärme und seinem Trost. Als er sich wieder zu mir umdrehte, sah er zufrieden aus. „Sicher", sagte er. Ich rutschte weiter nach hinten, um Platz für ihn auf meinem Bett zu machen und legte meinen Kopf auf ein Kissen. Er setzte sich neben mich und legte seinen Arm um mich. „Erzähl mir von dem Tag, als das Herz in den Baum geritzt wurde", bat ich und schloss meine Augen, um seine Wärme zu genießen. Mir war immer noch so kalt. „Es war ein sonniger und warmer April. Ich war draußen, um ein paar Pfeile zu machen und du hast dich zu mir gesellt oder besser gesagt, du wolltest mich ablenken und es war so nervig, ich habe es geliebt, weil du immer noch so bezaubernd dabei warst", lachte er. „Es hat dich gestört, dass ich dir weniger Aufmerksamkeit geschenkt habe, also hast du mein Messer weggenommen und mich dazu gebracht, dir hinterherzurennen", fügte er hinzu. Plötzlich sah ich es vor meinen Augen. „Du hast mich am Baum erwischt und während du mich geküsst hast, hast du dein Messer zurückgenommen", sagte ich überrascht. „Du erinnerst dich?", er war erstaunt. „Nur die eine Sache. Es ist irgendwie plötzlich in meinem Kopf gewesen", antwortete ich. Er lächelte glücklich. Ich sah ihn an und fühlte eine Welle des Glücks. Ich erinnerte mich an die Liebe, die ich in dieser Erinnerung für ihn empfunden hatte. Sie war unschuldig und rein und ich sah es in seinen haselnussbraunen Augen. „Ich erinnere mich, dass ich dich geliebt habe", sagte ich, ohne meine Augen von ihm zu nehmen. Sein Lächeln wurde heller und er strich mir eine Haarsträhne aus dem Gesicht. „Willst du wieder schlafen gehen?", fragte er und ich nickte. „Kannst du bleiben, bis ich eingeschlafen bin?", ich wollte nicht alleine sein. Er lächelte sanft und kam näher, damit ich meinen Kopf auf seine Beine legen konnte. Er spielte mit meinen Haaren und summte ein Schlaflied, während ich langsam in den Schlaf driftete. Als ich wieder aufwachte, war Harry immer noch neben mir und schaute aus dem Fenster. „Du hättest nicht die ganze Nacht bleiben müssen", ich hatte ein schlechtes Gewissen. „Du hast sehr unruhig geschlafen. Ich war mir nicht sicher, ob du wieder einen Albtraum hattest und ich glaube, nach einer Weile bin ich selber eingeschlafen", lächelte er und schaute weg. Dann stand er auf. „Ich ziehe mich besser um, nachdem ich die ganze Nacht in diesen Klamotten verbracht habe", sagte er zu mir und ging dann aus dem Raum. Danach stand ich auch auf und ging ins Badezimmer. Ich zog mein Hemd aus und schaute auf meine blauen Flecken. Ich konnte sehen, dass sie heilten, aber sie waren immer noch sehr sichtbar. Gestern fühlte ich mich den ganzen Tag kalt, also beschloss ich, etwas Wärmeres anzuziehen. In meinem Schrank war nur ein Kleidungsstück, das ich als warm genug empfand. Es war der blaue Pullover. Ich kombinierte eine schwarze Jeans dazu und zog sie an. Nachdem ich fertig war, ging ich aus dem Zimmer, wo Harry auch gerade aus seinem Zimmer kam. Er betrachtete den Pullover in einer gewissen erfreuten Art und Weise und lächelte zufrieden. „Was ist?", wollte ich wissen. „Schöne Kleidungswahl", antwortete er. Ich wusste nicht, was er meinte und nachdem er das riesige Fragezeichen in meinem Gesicht sah, grinste er nur. „Das war mein Pullover, bevor du ihn mir weggenommen hast", erklärte er. „Du kannst ihn zurückhaben, wenn du willst", sagte ich zögerlich, weil ich nicht wusste, was ich sonst noch anziehen sollte, um warm zu bleiben. „Du kannst ihn behalten. Es ist das einzig Warme in deinem Schrank", lächelte er. „Woher ...?", ich war verwirrt. „Wir waren ein paar Jahre zusammen und du hast immer gesagt, dass es warm genug ist, bis du zu spät gemerkt hast, dass es nicht so war. Also habe ich dir immer meine Sachen gegeben", antwortete er. „Danke", ich war dankbar, weil dieser Pullover so warm und so gemütlich war, dass ich ihn wirklich nicht ausziehen wollte. Wir gingen gemeinsam nach unten, wo die anderen schon am Tisch saßen. „Ich bin ziemlich toll", hörte ich Mike sagen. Sie waren mitten in einem

Gespräch oder ähnlichem. „Habe ich dir nicht gestern während des Trainings in den Arsch getreten?", fragte Andrew sarkastisch. „Ja, das war cool", erinnerte sich Harry und lachte. Wir beide setzten uns zu den anderen an den Tisch. „Ich hatte einen schlechten Tag", sagte Mike und verschränkte seine Arme vor der Brust. „Oh bitte. Er könnte dir an seinem schlechtesten Tag in den Arsch treten, genauso wie ich", sagte Clary, während sie Mike leicht in den Arm stieß. Er stöhnte empört auf, während alle anderen lachten. Dann fielen ihre Augen auf mich. „Hey Val. Wie fühlst du dich?", fragte sie. „Gut", antwortete ich. Sie alle hatten einen seltsamen Gesichtsausdruck, ein bisschen besorgt und ich wusste genau wieso. „Ich denke, wenn Harry mich letzte Nacht gehört hat, habt ihr es alle auch?", nahm ich an. „Es war nichts", spielte ich die Situation runter. „Eine Erinnerung", korrigierte Harry. „Was?" James schaute überrascht. „Von der Zeit, in der ich nicht hier war", fügte ich hinzu. „Sie erinnerte sich auch an etwas anderes. Ich glaube, ihre Erinnerungen kommen langsam zurück", Harry hörte sich aufgeregt an. Jeder in diesem Raum war verblüfft von den Neuigkeiten. Ich stimmte Harry nicht so ganz zu. Ja, ich habe mich an diese beiden Dinge erinnert, aber ich glaubte nicht, dass sie langsam zurückkommen werden. Ich vermutete, dass sie durch etwas ausgelöst wurden. Es gab wahrscheinlich eine wichtige Erinnerung, an die ich mich nicht erinnern wollte und die mich davon abhielt, mich an alles zu erinnern. Aber ich hielt den Mund. Sie begannen bereits mit dem Frühstück, also goss ich mir etwas Saft in mein Glas und nahm einen Schluck. Ich hatte heute keinen großen Hunger, also habe ich einfach nur ein bisschen was getrunken. Die anderen unterhielten sich, während ich aus dem Fenster starrte. Als ich sah, wie sie miteinander interagierten, fühlte ich mich sehr allein. Ich fühlte mich wie ein Fremder in dieser Gruppe. Nachdem wir mit dem Frühstück fertig waren und alle außer Harry zum Training aufgebrochen waren, stand ich auch auf und ging zum großen Fenster. Er schloss sich mir an und legte eine Hand auf meine Schulter. „Einen Penny für deine Gedanken?", sagte er und ich lächelte. „Behalten deinen Penny. Mein Kopf ist einfach leer", antwortete ich schmunzelnd und legte meine Hand über seine. „Und was fühlst du?", fuhr er fort. „Ich fühle mich wie in einer Sackgasse. Als ob ich etwas tun möchte, aber es gibt nichts für mich zu tun", ich starrte weiter aus dem Fenster. „Willst du es einmal mit dem Training versuchen?", bot er an. „Ich wüsste nicht einmal, was ich tun sollte", gestand ich. „Was willst du dann tun?", fragte er. Ich wollte Antworten auf Fragen, die ich nicht hatte. Ich wollte meine Vergangenheit zurück. Ich brauchte meine Triggerpunkte oder einfach nur die eine große. Es war wahrscheinlich keine gute Idee, aber ich wollte es alleine machen. Ich hatte keine Ahnung, wo ich anfangen sollte, aber ich würde mir etwas einfallen lassen. „Ich will etwas Zeit für mich alleine. Du könntest ja mit den anderen trainieren gehen", schlug ich vor. „Okay", sagte er verständnisvoll und nahm seine Hand weg. Dann ging er und ich ging zurück in mein Zimmer. Ich wollte eine schöne Erinnerung auslösen, also schaute ich mich in meinem Zimmer um und versuchte jedes Detail aufzunehmen. Vielleicht würde eines von ihnen eine Erinnerung auslösen. Ich fuhr mit meiner Hand über mein Bett, aber es funktionierte nicht, also beschloss ich mich im Haus umzusehen. Vielleicht könnte ich dort etwas finden. Ich ging zurück nach unten, wo ich eine Tür sah, durch die ich noch nicht gegangen bin, seit ich hier war. Also beschloss ich dort anzufangen. Dort befanden sich drei Autos in drei verschiedenen Grautönen. Hinter ihnen waren zwei Motorräder. Einer war ein leuchtendes Rot und das andere ein schwarzes. Ich fuhr mit meinen Fingerspitzen über das Schwarze, aber es kam nichts. Ich setzte mich drauf, aber es kam immer noch nichts. „Warum funktioniert es nicht?", sagte ich frustriert. „Es funktioniert, wenn man den Motor startet", sagte Harry mit einem Lächeln, während er reinkam. Ich zuckte vor Schreck zusammen. „Du hättest mir fast einen Herzinfarkt gegeben", warf ich ihm vor. „Tut mir leid, Liebste, aber möchtest du mir sagen, wo du hin willst?", fragte er. „Nirgendwo hin", ich stieg vom Motorrad. „Autsch. Lügen. Das ist neu", er runzelte die Stirn. „Ich lüge nicht", sagte ich ihm genervt. Er kam langsam zu mir und legte seine Hand unter mein Kinn, um mir tief in die Augen zu schauen. Ich fing an, mich sehr nervös zu fühlen und konnte meinen Atem nicht kontrollieren. Dann schlug ich seine Hand weg. „Hör auf damit", fauchte ich. „Ich habe nur eine Theorie getestet", erklärte ich, weil er mir nicht zu glauben schien. Ich sah, dass er anfing zu realisieren, dass ich die Wahrheit sagte. „Welche Theorie?", wollte er wissen. „Ist das ein Verhör?", ich wollte nicht, dass er von meinem Plan erfuhr, obwohl es wahrscheinlich wirklich nützlich wäre, aber ich hatte das Gefühl, dass er nicht allzu glücklich darüber sein würde, dass ich versuchte hatte, meine Erinnerungen alleine zurückzubekommen. „Was ist los? Du bist normalerweise nicht so", er kam näher und versuchte, meine Hand zu nehmen, aber ich zog sie weg. „Falls du es vergessen hast, ich habe meine Erinnerungen verloren", erinnerte ich ihn. „Ich habe es nicht vergessen", er wurde auch wütend. „Aber du hast gesagt, dass du mir immer noch vertraust", fügte er hinzu und ich konnte hören, dass er sich verletzt fühlte. Ich wurde leise, also schaute er weg und atmete tief durch. Dann drehte er sich wieder zu mir um und kam wieder näher. Er bewegte langsam seine Hand an meine Wange und sah mich an. „Was fühlst du?", fragte er mich. „Was machst du da?", mir war seine Berührung unangenehm. „Eine Theorie testen", sagte er und schaute mir weiterhin in die Augen. „Sag mir, was du fühlst", wiederholte er und zwang mich ihn anzusehen. Ich starrte ihm in die Augen und blieb kurz leise. „Ich fühle mich unwohl, wenn du mich so berührst. Ich weiß, dass du mich küssen willst, aber das will ich nicht. Ich habe Angst vor den Dingen, die du mich fühlen lässt, weil ich dich nicht kenne, aber ein Teil von mir erinnert sich an dich und möchte, dass ich dir näher komme. Es ist ein nie endendes Dilemma, jedes Mal, wenn du mich so ansiehst", ich sah ihn beunruhigt an. „Du willst also nicht, dass ich dich küsse?", er legte seine andere Hand auf meine andere Wange. „Ich weiß nicht, was ich will", gab ich zu. Sein Gesicht kam meinem näher. „Du musst mich wegdrücken, wenn du nicht willst, weil ich nicht aufhören kann", er atmete schwer. „Tu es nicht", flehte ich, aber das war nur mein Mund, der sprach. Ich wollte ihn näher haben. „Ich kann nicht, du musst mich stoppen", er lehnte sich rein. Plötzlich kam jemand in den Raum und unterbrach uns. Ich atmete tief durch und war froh Clary im Türrahmen zu sehen. „Tut mir leid, ich wollte euch beide nicht stören", sie sah uns überrascht an. „Ich brauche nur einen Schraubenzieher", sagte sie und ging zum Regal, um sich aus der obersten Schublade das zu holen, was sie brauchte. Dann ging sie genauso schnell, wie sie gekommen war. Harry drehte sich zu mir um und wir tauschten einen tiefen Blick aus, bevor er näher an mich herantrat, aber diesmal trat ich zurück und streckte meine Hand aus, um ihn aufzuhalten. „Sorg dafür, dass ich mich wieder erinnern kann, warum ich mich in dich verliebt habe und wenn ich meine Gefühle für dich wieder zurück sind, kannst du mich küssen", sagte ich zu ihm. Er nickte. „Du hast hier unten nach Erinnerungen gesucht", realisierte er. Ich nickte. „Nun, dieses Motorrad birgt viele Erinnerungen in sich. In einer dieser Erinnerungen habe ich dich an den Strand mitgenommen. Das war das erste Mal, dass du mir gesagt hast, dass du mich liebst", lächelte er sanft in Erinnerung verloren. Plötzlich sah ich es vor meinen Augen. Ich lehnte mich mit dem Rücken an seine Brust. Er küsste immer wieder meine Schulter und meinen Nacken, während wir beide lachten. Dann flüsterte er mir ins Ohr, dass er mich liebte. Ich drehte meinen Kopf lächelnd zu ihm und sah ihm tief in die Augen, als ich ihm sagte, dass ich ihn auch liebte. Der Kuss danach war sehr leidenschaftlich. „Val?", fragte Harry, als ich mit meinen Gedanken zurück im Raum war. Ich verspürte unerwartet den Drang, ihn zu küssen, also schaute ich weg. „Du hast es zuerst gesagt", sagte ich ihm und strich mir eine Strähne aus dem Gesicht. „Du erinnerst dich", sagte er erstaunt. „Was glaubst du, wie es funktioniert?", fragte er dann. „Beide Male musste ich etwas sehen, das mit der Erinnerung verbunden war, und ich brauchte dich, um mir davon zu erzählen", erinnerte ich mich. „Macht Sinn. Willst du die Theorie testen?", fragte er gespannt.

„Ja. Hast du eine im Sinn?", ich sah ihn abwartend an. Er lächelte nur und nahm meine Hand, um mich ins Wohnzimmer zu führen. Während ich unbeholfen in der Mitte des Raumes stand, wählte Harry ein Lied aus. „Wie heißt es?", fragte ich, nachdem es angefangen hatte zu spielen. Es war ein sehr ruhiger Song, bei dem ich mich extrem entspannt fühlte. „This is why I need you", antwortete er. Dann kam er näher und legte langsam seine Hände auf meine Taille und kam näher. Ich legte meine Hände auf seine Schultern. Dann fingen wir an uns langsam zu der Melodie hin und her zu bewegen. Ich legte meinen Kopf sanft an seine Schulter und schloss meine Augen. „Wir hatten unser erstes Date hier. Die anderen waren alle weg und wir hatten das Haus für uns alleine. Ich habe für uns gekocht und nachdem wir gegessen hatten, wolltest du mit mir tanzen", sagte er leise. Plötzlich sah ich es direkt vor meinen Augen. Er versuchte, das Essen zuzubereiten, aber es ging alles schief. Ich habe es halbwegs erfolgreich richten können. Trotz der Katastrophe, lachten wir und hatten unseren Spaß. Dann wollte ich mit ihm tanzen, wodurch alles plötzlich perfekt wurde. Ich drehte meinen Kopf zu ihm und er küsste mich sanft. Ich öffnete meine Augen wieder. „Du hast das Abendessen vermasselt", lachte ich und er stimmte mit ein. „Ja, aber du hast unser Date gerettet. Du schaffst es immer, das Beste aus den schlimmsten Situationen zu machen", er schaute mir mit so viel Liebe in die Augen und wieder spürte ich diesen Drang, ihn zu küssen. Nur einen unschuldigen Kuss, versuchte ich mich selbst zu überzeugen. Es müsste nicht zu einer großen Sache werden. Ich wollte mich hineinlehnen und Harry auch, aber dann unterbrach uns Mike. „Wie geht es der Erinnerung?", fragte er. Harry ließ mich los und wandte sich ihm zu. „Wir arbeiten dran", antwortete er. Ich konnte nicht glauben, was wir fast zweimal gemacht hätten, wenn wir nicht unterbrochen worden wären, und ging in mein Zimmer. Ich wollte ihn so sehr küssen, aber wie konnte das sein. Ich hatte gerade mal drei Erinnerungen an ihn zurück bekommen und ja, sie waren alle märchenhaft und so schön, aber ich verstand immer noch nicht, warum ich so über ihn dachte, oder was mich überhaupt dazu brachte, mich in ihn zu verlieben. Ich brauchte mehr von meinen Erinnerungen zurück, aber ich konnte nicht anders, als mir vorzustellen, wie es sich angefühlt hätte, ihn zu küssen. Ich spürte eine innere Unruhe und ging auf und ab in meinem Zimmer, während ich nachdachte. Wenn ich die Gelegenheit wieder bekäme, würde ich ihn küssen? „Kann ich reinkommen?", klopfte Harry an die Tür, was mich kurz aufschrecken ließ. „Ja", ich blieb stehen und versuchte still zu bleiben. „Warum bist du weggegangen? Habe ich etwas getan?", er war verunsichert. „Nein, du warst perfekt", antwortete ich zu schnell. Ich konnte ihm nicht in die Augen schauen und er bemerkte es. Dann kam er näher, legte seine Hand unter meine Wange und zwang mich ihn anzusehen. „Was sagst du mir nicht?", er war neugierig. Ich wusste nicht, was ich tun sollte. Wollte ich, dass etwas zwischen uns passierte oder nicht? Ich musste eine Entscheidung treffen. „Ich hab nur ...", fing ich an. „Ehm, ja, eh, ich ...", stotterte ich. Komm schon, Valerie, entscheide dich. Was sollte passieren? Ich schaute ihm in die Augen und atmete tief durch. Dann lehnte er sich langsam zu mir, während ich meine Augen schloss. Das ist es, was ich wollte. Unsere Lippen berührten sich zuerst sanft, aber dann legte er eine Hand auf meinen Rücken und zog mich so nah an sich, dass es keinen Platz mehr zwischen uns gab. Er fing an mich stärker und mit so viel Sehnsucht in einer einzigen Berührung zu küssen, dass ich nicht anders konnte, als ihn mit der gleichen Intensität zurück zu küssen. Er löste sich sofort von meinen Lippen, aber blieb ganz nah. Unsere Augen waren ineinander verschmolzen, als wir beide versuchten, wieder Luft zu holen. Er schloss die Augen und atmete tief durch, dann ließ er mich vollständig los. „Es tut mir leid. Ich konnte einfach nicht anders. Ich habe dich so sehr vermisst und dich wieder in meinem Arm zu haben ...", er fing an, sich zu entschuldigen. „Du hast mir gesagt, ich soll dich wegdrücken, wenn ich nicht will, dass du mich küsst. Das habe ich nicht", unterbrach ich ihn. Er sah mich erleichtert an und streichelte eine verlorene Strähne hinter mein Ohr. Dann zog er mich zurück zu sich und küsste mich wieder. Ich warf meine Arme um seinen Hals und zog ihn noch näher, während ich meinen Körper gegen ihn drückte. Ich konnte nicht mehr denken. Es war nur er überall um mich herum.

3. Bei mir bist du in Sicherheit

Es sah aus wie ein kleines silbernes Medaillon mit einem Rubin in der Mitte. Wie aus einer anderen Zeit und wunderschön, baumelte sie von meinem Hals, während ich über Harry in seinem Bett lag und ihn küsste. Wir lachten, während er damit spielte. Wir waren beide Oberkörperfrei, als ich ihm mit meinen Fingern über seine Brust fuhr. „Ich liebe dich", flüsterte ich. Er küsste mich und zog mich so nah an sich, dass sich unsere Körper berührten. Dann drehte er mich um, sodass er jetzt über mir war. Er küsste meinen Hals, was mich zum Kichern brachte. Seine Küsse gingen über meinen Hals und kamen näher an mein Ohr. „Ich liebe dich mehr", sagte er. Ich drückte ihn weg. „Es tut mir leid. Ich wollte nicht … Ich dachte, du wolltest …", stotterte er und ließ mich sofort los. „Was?", ich war verwirrt. Er wollte gehen und mir wurde klar, was er gedacht haben musste. „Nein, warte", versperrte ich ihm den Weg. „Ich …, ich habe gerade eine andere Erinnerung bekommen", erklärte ich. Er sah mich nur verwirrt an. „Woran hast du dich erinnert?", er wurde neugierig. Ich errötete. „So gut?", grinste er. „Lass das", sagte ich und schlug ihn leicht in den Arm. „Was?", fragte er unschuldig, aber konnte nicht aufhören zu lachen. „Ich hab eine Halskette gesehen", versuchte ich, auf das Thema zurückzukommen. „Mit einem roten Rubin", erklärte ich weiter. Er steckte seine Hand in seine Tasche und zog eine Halskette heraus. „Diese?", fragte er. „Ja", sagte ich überrascht. „Sie gehört dir. Ich habe es an der Stelle gefunden, an der du …", er brach den Satz ab und ich verstand. „Ich habe sie dir geschenkt und mit mir herum getragen, bis du zu mir zu-rückkehren würdest", erklärte er lächelnd und bot mir an, sie an meinen Hals zu machen. Ich ließ es zu und sah, dass er froh war, sie wieder an mir zu sehen. „Also, wo-rum ging es in der Erinnerung?", er wurde wieder neu-gierig und lächelte. Ich wusste, dass er es nicht loslassen würde, also gab ich nach. „Ein Haufen Küsse auf deinem Bett und einige ‚Ich liebe dich‘s‘ wurde herumgeworfen", antwortete ich unbehelligt und schaute überall anders hin, nur nicht in seine Augen. Er lächelte zufrieden, wäh-rend ich nur mit den Augen rollen konnte. Dann lachten wir beide wieder. Er zog mich näher an sich und küsste mich zuerst sanft auf meine Lippen und auf meine Stirn. Dann sah ich, wie sich sein Ausdruck veränderte. Er wur-de ernst „Val, ich muss wissen, was du möchtest, dass ich für dich bin. Du weißt, wie meine Gefühle für dich sind. Ich will das mit uns, aber wenn du noch nicht so weit bist, verstehe ich das natürlich", er hatte seine Hän-de sanft auf meiner Hüfte und wir standen sehr nah an-einander. Ich legte meine Arme um seine Schultern. „Ich will das, aber vielleicht, in Anbetracht der Umstände, könnten wir das Ganze langsam angehen", schlug ich vor. „Was auch immer du willst", er lächelte glücklich. Ich zog ihn näher und küsste ihn. Seine Hand bewegte sich meinen Rücken hinauf und zog mich noch fester an sich. Mit der anderen streichelte er ein paar Strähnen hinter mein Ohr und ließ seine Hand auf der Seite mei-nes Halses. Seine Lippen waren sanft und dringlich zu-gleich. Ich löste meine Lippen von seinen, um Luft zu holen und wir fingen beide wieder verzaubert an zu la-chen. Er zog mich noch mal kurz näher für einen letzten Kuss und nahm dann meine Hände in seine. „Lass uns

nach draußen gehen", schlug er vor und ich stimmte zu.
Er hielt meine Hand, während wir über das Gelände gingen. Es hatte etwas Beruhigendes. Ich verstand, warum er meine immer nahm. Es fühlte sich sanft und sicher an, wie ein Stressabbau. Er lächelte glücklich. „Es ist so ein schöner Tag", sagte ich mit Blick in den Himmel. „Nichts im Vergleich zu dir", sagte er und wirbelte mich herum. Ich landete gegen seine Brust und lachte. Dann ging ich auf meine Zehenspitzen und küsste ihn. Nachdem ich ihn losgelassen hatte, zog er mich zurück. „Ich will mehr", jammerte er und ich kicherte. Dann befreite ich mich von ihm und machte ein paar Schritte zurück. „Fang mich, wenn du kannst", forderte ich ihn heraus und rannte vonihm weg. „Oh, das werde ich", lachte er auch und rannte mir hinterher. Ich schaute zurück und war wie befreit. Doch dann überkam mich plötzlich ein Schwindelgefühl und ich wurde langsamer. „Das war nicht allzu schwer", sagte er, nachdem er mich wieder in seinen Armen hatte. Ich sagte nichts und er erkannte, dass etwas nicht stimmte. Dann sah er meinen Gesichtsausdruck. „Val?", fragte er besorgt. „Ich fühle mich nicht so gut", antwortete ich. Mein Sehvermögen wurde verschwommen und meine Knie gaben nach. „Ich hab dich", Harry fing mich auf, bevor ich auf den Boden fiel. Während er mich zurück ins Haus trug, lehnte ich meinen Kopf an seine Brust, weil ich mich plötzlich so schwach fühlte. Er legte mich auf die Couch. „Was ist passiert?", hörte ich Clary fragen. „Ich weiß es nicht. Ich glaube, sie hat ihr Bewusstsein verloren", antwortete Harry unsicher. Langsam bekam ich mein Augenlicht zurück. „Harry", gelang es mir herauszubringen. Er berührte meine Stirn mit dem Handrücken und ging dann runter zu

meiner Wange. Ich erkannte, was er tat und setzte mich auf. „Mir geht es gut. Es war nur ein Schwächeanfall“, versicherte ich ihm, als ich meine Energie zurückbekam, aber er glaubte mir nicht. „Was ist passiert?“, wollte er wissen. „Es ist nichts. Ich fühle mich nur ein bisschen schwach“, versuchte ich ihn zu beruhigen. „Du hast heute noch nichts gegessen“, erkannte er. „Sie braucht etwas zu essen in ihrem Kreislauf. Du hast recht, sie hat seit Tagen nichts gegessen“, sagte Clary und nahm etwas von der Lasagne von gestern heraus und legte sie in die Mikrowelle. „Warum isst du nicht?“, fragte er ruhiger, aber besorgt. „Ich war nicht hungrig“, antwortete ich. Er streichelte meine Wange. „Du hast mich wirklich erschreckt“, sagte er und ich lächelte entschuldigend. Clary nahm die Lasagne aus der Mikrowelle und servierte sie mir auf einem Teller. „Iss auf“, sagte sie mir mit einem Lächeln und ging dann. Ich nahm ein kleines Stück mit meiner Gabel und es schmeckte gut. Ich aß ungefähr die Hälfte davon und war dann satt. „Ich bin fertig“, sagte ich. „Du machst Witze“, Harry wollte mir nicht glauben. „Clary kann das Dreifache dieser Portion essen und du hast nicht einmal eine geschafft.“ „Mir egal. Ich bin satt“, ich war genervt und er war sichtlich besorgt. „Okay“, sagte er ruhig und räumte das Essen weg. Dann setzte er sich neben mich und legte seinen Arm um meine Schulter. Ich kuschelte mich an seine Brust und wir saßen eine Weile dort. Er streichelte meinen Arm und es fühlte sich beruhigend an. Ich fühlte mich so wohl in seiner Nähe. „Bist du warm genug?“, wollte Harry wissen. Ich nickte und kuschelte mich weiter an ihn. Dann kamen Andrew und James herein. „Schon fertig?“, fragte Harry. „Es ist drei Uhr. Wir haben heute lang trainiert“, erinnerte Andrew ihn. „Drei Uhr?", Harry klang geschockt. „Sieht so aus, als ob dein Tag gut gelaufen ist, wenn du die Zeit aus den Augen verloren hast", vermutete James, während er mich ansah. „Es lief ziemlich gut", gab Harry zufrieden zu. Ich lächelte. Andrew schaltete den Fernseher ein und gesellte sich zu uns auf die Couch. James setzte sich an den Tisch und zog einige Papiere heraus. Ich achtete nicht wirklich auf den Fernseher und döste langsam in den Schlaf in Harrys Wärme. Aber leider hatte ich wieder einen Albtraum. Ich wusste nicht, wo ich war. Ich konnte nichts sehen. Um mich herum spürte ich die Präsenz des Todes und des Schmerzes. Ich fühlte mich allein und verloren. Es war so deprimierend, dass ich es nicht ertragen konnte. Ich versuchte aufzuwachen, aber es funktionierte nicht. Ich hatte solche Angst und wollte, dass es aufhört. Die Stille war so laut, dass meine Ohren weh taten. „Aufhören", sagte ich weinend. Ich fühlte all diese düsteren Emotionen, aber ich konnte einfach nicht aufwachen, was mir noch mehr Angst machte. Es war, als wäre ich eine Gefangene in meinem eigenen Kopf und es gab nichts, was ich dagegen tun konnte. Die Einsamkeit wurde stärker und ich fühlte mich so hilflos. Ich fing an zu schreien, so laut ich konnte, bis es weh tat. „Valerie, Val. Hey, du bist in Sicherheit", hörte ich Stimmen um mich herum sagen. Ich konnte Harrys Wärme wieder spüren und sie beruhigte mich, während ich merkte, dass ich wieder wach war. „Atme tief durch. Mach es mir nach. Ein und aus", Harry sah mir tief in die Augen und holte langsam ein paar Atemzüge. Ich folgte seinen Anweisungen. „Das ist gut. Rein und raus", sagte er ruhig. Dann schloss ich meine Augen und atmete weiter. Nachdem ich ruhig genug war, öffnete ich sie wieder. Jetzt wurde mir klar, dass Clary und Mike auch da waren. „Was soll aufhören?", fragte Mike besorgt. „War es eine Erinnerung?", wollte Harry wissen. „Nicht wirklich eine Erinnerung", sagte ich und sah, wie sich Harrys Gesicht leicht entspannte. „Was war es dann?", fragte Clary. „Eher wie viele Emotionen. Ich fühlte Tod und Schmerz um mich herum. Es war so überwältigend. Überall war Dunkelheit und die Stille war so laut. Es war unerträglich. Das Schlimmste war, dass ich wusste, dass es ein Albtraum war, aber ich konnte nicht aufwachen. Erst als ich angefangen habe zu schreien", erklärte ich, während ich auf meine Hände schaute. Ich versuchte, meine Tränen zurückzuhalten. Ich konnte immer noch einen Schatten dessen spüren, was ich in meinem Albtraum gefühlt hatte und es war entsetzlich. Als ich mich umsah, schienen alle etwas zu wissen. „Was ist?", fragte ich verzweifelt. „Nichts, es ist nur schwer zu beobachten, wie es dich beeinflusst", sagte Harry. Ich wollte in mein Zimmer, also hackte ich nicht weiter nach und stand auf. „Wohin gehst du?", wollte James wissen. „Mein Zimmer", antwortete ich kurz. Ich konnte es nicht länger zurückhalten und fühlte bereits die Tränen in meinen Augen. „Ich komme mit dir", sagte Harry, aber das war nicht das, was ich wollte. „Ich will allein sein", sagte ich und fühlte, wie meine Stimme am Ende abknickte. Verdammt. Harry hatte das gehört. „Val", seine Stimme klang hilflos. Ich konnte nichts anderes sagen, ohne es noch schlimmer zu machen, also rannte ich den Rest der Treppe rauf. Nachdem ich die Tür hinter mir geschlossen hatte, brach ich zusammen. Ich schluchzte und weinte und ich konnte es nicht stoppen. Ich saß mit dem Rücken zur Tür auf dem Boden und ließ alles raus. Was ich in diesem Albtraum gefühlt hatte, war schrecklich. Es war so schmerzhaft. Ich hatte meine Arme um meine Beine geschlungen und wartete, bis mein Weinen nachließ. Nach einer Weile klopfte jemand an meine Tür. „Val, es sind fünfzehn Minuten vergangen. Bitte lass mich rein", er klang besorgt. Ich stand auf und öffnete die Tür. Er kam rein und schloss die Tür hinter sich. Dann sah er, dass ich mit der Welt am Ende war und nahm mich in seine Arme. Langsam wurde ich wieder still, während Harry meinen Rücken streichelte. Ich schloss meine Augen und umarmte ihn noch fester. Er küsste meine Stirn. „Willst du darüber reden?", bot er an. Ich schüttelte den Kopf. Er nahm mein Gesicht in seine Hände und wischte mir die Tränen weg. „Besser?", fragte er und ich nickte. „Meine süße Valerie. Ich liebe dich so sehr. Ich wünschte, ich könnte deinen Schmerz wegnehmen", sagte er, während er mich hielt und mein Haar küsste. „Es wird nur noch schlimmer werden, wenn ich all die schlechten Erinnerungen zurückbekomme, oder?", dachte ich. „Ich wünschte, ich könnte nein sagen", Harry klang bedauernd. „Aber ich werde für dich da sein. Immer wenn du mich brauchst", versprach er. „Danke", ich war sehr dankbar, ihn zu haben. „Fühlst du dich besser?", wollte er wissen. „Ja, ich will wieder nach draußen", sagte ich ihm und das machten wir auch. Harry und ich verbrachten den Rest des Tages am See. Wir saßen da, schauten auf das Wasser und redeten über die Schönheit, die uns umgab, bis die Sonnen unterging und es kalt wurde. Als wir wieder ins Haus kamen, bestand er darauf, dass ich zumindest den Rest der Lasagne aß, bevor ich schlafen ging, also machte ich das. Er gab mir etwas Zeit für mich alleine, als ich in meinem Zimmer war. Ich nahm eine warme Dusche und zog meine Nachthemden an. Nachdem ich bereit war, ins Bett zu gehen, setzte ich mich auf meinen Boden und lehnte mich an mein Bett, um aus dem Fenster zu schauen. Ich war ziemlich müde, aber ich wusste, dass ich nicht einschlafen würde. Ich wollte keinen weiteren Albtraum haben. Also beschloss ich, in Harrys Zimmer zu gehen. Nachdem ich angeklopft hatte, ließ er mich rein. Ich sah, dass er an seinem Computer arbeitete. „Bist du beschäftigt?", fragte ich in der Hoffnung, dass es ihm nichts ausmachen würde, dass ich da war. „Ich muss nur etwas zu Ende machen", sagte er und küsste mich auf die Stirn. Dann ging er zurück zu seinem Computer, während ich mich auf sein Bett setzte. „Woran arbeitest du?", ich wurde neugierig. „Nur ein Bericht für den White Star. Diese Woche bin ich an der Reihe und ich muss es vor morgen abschicken", erklärte er. Nach ein paar Minuten, in denen ich ihm bei der Arbeit zusah, wie er mit den Händen über die Tastatur fuhr, lehnte er sich dann auf seinem Stuhl zurück und schaute zurück zu mir. „Endlich fertig", lächelte er und kam zu mir, um sich neben mich zu setzen. Ich legte meinen Kopf auf eines seiner Kissen, als er dasselbe tat. Seine Hand fing an, mit meinen Haaren herumzuspielen, während er mir in die Augen schaute und ich zurück in seine starrte. Langsam fiel ich in einen traumlosen Schlaf und war dafür sehr dankbar. Als ich dann aber mitten in der Nacht aufwachte, fühlte ich mich etwas ängstlich. Dann wurde mir klar, dass Harry direkt neben mir schlief. Er hatte seinen Arm um mich herum gelegt. Ich beobachtete ihn und seine regelmäßigen langsamen und tiefen Atemzüge machten mich ruhiger. Ich streichelte ein paar Haarsträhnen aus seinem Gesicht und war überrascht, wie weich sie sich anfühlten. Aber ich war hellwach und wusste, dass ich nicht wieder einschlafen würde. Also verbrachte ich einige Minuten damit, ihn zu beobachten. Er sah so schön und unschuldig aus. Ihn anzusehen beruhigte mich immer wieder. Dann beschloss ich aufzustehen und aus dem Zimmer zu gehen. Vorsichtig nahm ich seine Hand von mir und stand auf. Ich fühlte mich ein bisschen kalt, also zog ich einen von Harrys Pullovern an, der herumlag, und ging aus dem Raum. Ich lief die Treppe runter ins Wohnzimmer und setzte mich auf einen Sessel. Es war dunkel draußen, nur der volle Mond schien durch das Fenster ins Zimmer. Dann bemerkte ich eine Pflanze in der Ecke. Sie hatte riesige Blätter, aber sie sah nicht so gut aus. Ich ging näher ran und setzte mich davor, um einen genaueren Blick auf sie zu werfen. Die Blätter waren vertrocknet und von dunklen Flecken übersehen. Ich vermutete, dass sie krank war. Also legte ich meine Hände darauf und schloss meine Augen. Es war wie ein Instinkt, auf den ich reagierte. Plötzlich spürte ich ein Kribbeln in meinen Händen und das Blatt wurde wärmer, während ich spürte, wie sich das Blatt veränderte. Unerwartet hörte ich Schritte und öffnete meine Augen wieder. Es war Harry. „Val?", sagte er in den Raum, weil er mich in der Ecke nicht sehen konnte. Ich stand auf und ging zu ihm rüber. „Da bist du", lächelte er schwach, weil er noch sehr müde war. Dann legte er seine Hand auf meine Wange. „Willst du wieder schlafen gehen?", fragte er müde. Ich nickte und folgte ihm nach oben, aber nicht ohne vorher kurz einen letzten Blick auf die Pflanze zu werfen und sah, dass sie wieder gesund und schön aussah. „Du hast meinen Pullover genommen", bemerkte er. „Er ist warm", gab ich zu. „Ich weiß, ich bin

nur eifersüchtig, weil du darin so viel besser aussiehst",
sagte er und schaute mich an. Ich lächelte und rollte mit
den Augen. Nachdem wir zurück in seinem Zimmer waren, legten wir uns wieder hin und diesmal kuschelte er
sich an mich. Langsam schliefen wir zusammen ein. Als
ich das nächste Mal aufwachte, war die Sonne bereits
aufgegangen und warf ihr Licht durch das Fenster. Harry
hatte immer noch seinen Arm um meinen Bauch gelegt
und streichelte ihn. Ich bemerkte, dass er langsam unter
den Pullover ging, den ich trug. Seine Hand war warm
und weich. Ich fühlte mich wohl bei ihm. Er beobachtete meinen Gesichtsausdruck, um zu sehen, wie ich mich
dabei fühlte. Ich lächelte ihn an und er küsste mich auf
mein Schlüsselbein. „Wie war dein Schlaf?", fragte er.
„Traumlos", antwortete ich glücklich. „Lass uns nach
unten gehen", fügte ich hinzu. Er sah froh aus und nickte. Ich ging in mein Zimmer, um mich umzuziehen. Heute fühlte ich mich wärmer, also zog ich ein Shirt an und
ließ den warmen Pullover im Schrank. Im Badezimmer
bürstete ich mir die Haare und machte sie hoch zu einem
Pferdeschwanz. Als ich in den Spiegel schaute, bemerkte ich aber, dass meine blauen Flecken an meinen Armen
noch sichtbar waren. „Verdammt noch mal", fluchte ich
und ging zurück zum Schrank, um ein Shirt mit langen
Ärmeln anzuziehen, bis mir etwas einfiel. Ich konnte die
Pflanze heilen, also sollte ich wahrscheinlich auch in der
Lage sein, mich selbst zu heilen. Ich legt meine Hand auf
einen blauen Fleck und schloss meine Augen. Sofort spürte ich das Kribbeln wieder und als ich noch einmal auf
meinen Arm schaute, war es verheilt. Ich machte dasselbe mit all den anderen blauen Flecken und kurz darauf
waren sie alle verheilt. Danach ging ich aus meinem Zim-

mer raus. Harry wartete bereits vor meiner Tür. Er sah mich verwirrt an. „Ist dir nicht kalt?", fragte er. „Nein, ich fühle mich ganz gut", sagte ich, aber er war nicht überzeugt. Dann streichelte er sanft meinen Arm und fühlte meine Wärme, aber sein Ausdruck war immer noch sehr seltsam. „Was ist?", wollte ich wissen. „Dir geht es gut, nicht wahr?", realisierte er. „Ja, das habe ich gerade gesagt", erinnerte ich ihn. Er zog mich sanft näher an sich, um seine Arme um meine Taille zu legen, und küsste sanft meine Stirn. „Lass uns gehen", sagte er dann glücklich und ließ mich los. Ich nahm seine Hand in meine und ging mit ihm die Treppe runter. Die anderen saßen schon am Tisch, als wir dazukamen. „Endlich", sagte Mike. Dann fingen alle an zu essen. Ich nahm ein Sandwich und fing an, es langsam zu essen. Ich war nicht wirklich hungrig, aber ich dachte mir, es wäre am besten, zumindest ein bisschen was zu essen. Andrew starrte die ganze Zeit auf etwas hinter mir. Er schaute es verwirrt an. Die anderen fingen an es zu bemerken. „Was ist los?", fragte James. „Diese Pflanze war gestern so gut wie tot. Ich wollte sie heute rausschmeißen und jetzt sieht sie auf einmal wieder gut aus", erklärte er. Harry schien etwas eingefallen zu sein, denn er nahm meinen Arm, um ihn zu analysieren. Ich nahm ihn gleich wieder zurück, weil ich nicht verstanden, warum alle so ein großes Ding daraus machten. „Ich habe sie gestern geheilt", sagte ich. „Und heute habe ich meine blauen Flecken geheilt", fügte ich hinzu und schaute dabei Harry an. Sie alle sahen mich verwundert an, wodurch ich mich sofort unwohl fühlte. „Ihr könnt auch Sachen heilen, oder?", ich schaute Harry hoffnungsvoll an. „Nein, das können wir nicht. Es ist deine Gabe. Ich war mir nicht sicher, ob du deine Kräfte noch hast", erklärte er. „Warte was?", ich war geschockt. „Gibt es nicht jemanden, der oder die auch solche Kräfte hat wie ich?" „Nein, du bist die Einzige", sagte James. „Wie habe ich sie bekommen?", wollte ich wissen und fühlte plötzlich, wie sich die Atmosphäre des Raumes veränderte. Ich schaute Harry an. Er sah aus, als wollte er nicht antworten. Ich nahm seine Hand und schaute ihn weiter an. „Vergiss es. Ich muss es nicht wissen", ich erkannte, dass es wahrscheinlich, Harrys Gesichtsausdruck nach zu urteilen, eine schlechte Erinnerung auslösen würde und nach dem, was gestern passiert war, war ich völlig in Ordnung damit, es nicht zu wissen. Das Frühstück ging still weiter und danach ging ich alleine nach draußen und setzte mich auf die Bank am See. Ich schaute zum Himmel rauf und schloss meine Augen, während ich die Sonne auf meiner Haut spürte. Heute hatte ich viel mehr Energie als die Tage zuvor und war darüber sehr glücklich. Plötzlich sah ich eine Erinnerung. Clary und ich waren im Keller, wo ich Andrew und James vor zwei Tagen zusammen trainieren gesehen hatte. Wir kämpften genauso wie sie. Ich war überrascht, wie gut ich war. „Komm schon, Val. Halt dich nicht zurück", sagte sie lächelnd. „Ich will dich nicht verletzen", antwortete ich spöttisch. Clary versuchte mich anzugreifen, aber ich wich aus. „Ich kann es mit dir aufnehmen", sie versuchte einen weiteren Schlag. Wir kämpften weiter, bis Harry den Raum betrat und ich kurz von ihm abgelenkt wurde. Sie nutzte die Gelegenheit und ließ mich zu Boden fallen. „Ich hab es dir gesagt. Ich kann es mit dir aufnehmen", lachte sie, was mich auch zum Lachen brachte und schüttelte den Kopf. Dann half sie mir hoch. Ich öffnete meine Augen wieder und realisierte wie geschickt ich war. Wenn Harry mich nicht abgelenkt hätte, hätte Clary nicht gewonnen. Ich fragte mich, ob ich es immer noch drauf hatte. Es gab nur einen Weg, das herauszufinden. Also stand ich auf und ging in mein Zimmer. In meinem Schrank fand ich meine Trainingskleidung und zog sie an. Nachdem ich aus dem Zimmer kam und nach unten gegangen war, sah ich Harry aus der Garage mit den Fahrzeugen kommen. „Wo warst du?", fragte ich neugierig. Ich hatte nicht bemerkt, dass er weg war. „Ein paar Besorgungen machen", antwortete er und sah mein Outfit neugierig an. „Wohin willst du?", wollte er dann wissen. „Ich hatte eine Erinnerung an mein Training und wollte es ausprobieren", sagte ich. „Wir könnten zusammen trainieren", bot er an. „Meine Erinnerung war mit Clary, also ...", ich hoffte, dass er verstand, was ich damit sagen wollte. „Sie würde sich bestimmt sehr darüber freuen", er lächelte und küsste mich auf die Stirn. Dann ging er in die Küche und ich in den Keller. Diesmal kämpften Clary und Mike und sie war am Gewinnen. Mike fiel und Clary schwang ihre Haare stolz nach hinten. Dann sahen sie mich. „Hey Val, willst du mal eine Runde mit mir probieren?", fragte Mike. Clary schmunzelte. „Ich wette, sie kann dich auch ohne ihre Erinnerungen schlagen", lachte Clary und streckte ihre Hand aus, um ihm aufzuhelfen. Mike nahm sie und stand auf. „Sei dir nicht so sicher, Missy", sagte er herausfordernd. Ich fühlte mich ein bisschen unsicher. Dann kam Clary zu mir. „Willst du es versuchen?", fragte sie mich. „Klar", sagte ich zögerlich. Ich ging zu Mike und stellte mich ihm gegenüber. „Wie immer?", fragte Clary Mike und mir wurde klar, dass es um die Wette ging. „Warum erhöhen wir nicht die Einsätze? Wenn ich gewinne, kann ich dich auf ein Date einladen", schlug er vor. „Gut, aber wenn ich gewinne, werde ich dein Auto anmalen. Ich denke rosa mit Einhörnern würde gut darauf aussehen", akzeptierte sie. Er verdrehte lächelnd die Augen und drehte sich zu mir um. „Bereit?", fragte er. Ich nahm eine Startposition ein und nickte. Dann versuchte er, mich anzugreifen und ich wich aus. Er versuchte es weiter und ich fand meinen Weg durch seine Hände, ohne anzugreifen. Ich wusste nicht, wie ich es machte. Es war eher wie ein Instinkt. Mike wurde unsicher und versuchte immer weiter mich anzugreifen. Ich blockierte es dieses Mal und fing an, mich zu wehren. Es fühlte sich an wie Tanzen. Jeder Schritt war wie vorher programmiert und ich habe jeden Schritt gemeistert. Ich gewann mehr Selbstvertrauen, bis ich plötzlich ein kleines Flimmern einer Erinnerung vor meinem inneren Auge von Harry und mir sah, wie wir an einem Strand tanzten und in der nächsten Sekunde war ich unten. „Ich denke, ich werde dich jetzt auf ein Date entführen können", sagte Mike und blickte zu Clary auf. Es ging so schnell, dass ich erst jetzt bemerkt, dass Clary die Wette verloren hatte und ich auf dem Boden lag. Ich wusste, dass ich den Kampf fast gewonnen hätte, wenn mich nicht die Erinnerung abgelenkt hätte. „Valerie, was ist passiert? Du hättest ihn fast gehabt", fragte mich Clary und ignorierte Mike. „Ich habe etwas gesehen", antwortete ich. „Was hast du gesehen?", wollte Andrew wissen, als mir klar wurde, dass er und James auch im Raum waren. „Es war eine Erinnerung, aber ich habe nur ein kleines Flimmern gesehen", sagte ich ihm. Dann kam auch Harry rein. Er sah mich auf dem Boden, also stand ich schnell auf. „Das spielt keine Rolle. Ich habe die Wette gewonnen, was bedeutet, dass du mir ein Date schuldest", lächelte Mike triumphierend. „Du nutzt ihre Situation aus", beschuldigte Clary ihn. „Du wolltest in erster Linie eine Wette eingehen", erinnerte Mike sie. „Trotzdem", versuchte Clary hilflos zu argumentieren. „Sag mir nicht, dass du dein Wort nicht halten willst", neckte Mike sie. Harry kam zu mir. „Was ist los?", flüsterte er mir zu. „Sie haben eine Wette darüber gemacht, ob ich Mike schlagen kann", erklärte ich leise. „Als hättest du mich dein Auto lackieren lassen", verteidigte sich Clary. „„Warte, du hast gegen Mike verloren?", fragte Harry überrascht. Ich blieb still und rollte nur meine Augen. „Du hättest es so oder so gemacht", antwortete Mike. „Na gut", gab sie schließlich nach, aber ich konnte ihr Zögern spüren. Ich fühlte, wie Harrys Hand meinen Rücken streichelte. „Willst du jetzt mit mir trainieren?", fragte er mich. Ich stimmte zu, schließlich könnte ich auch an einem anderen Tag mit Clary trainieren.

4. Ich werde dich immer lieben

Gegen Harry zu kämpfen war viel schwieriger als gegen Mike. Es fühlte sich an, als wüsste er genau, was ich tun wollte, bevor ich es tat. Na ja, er wusste es wahrscheinlich, weil er im Gegensatz zu mir alles über mich wusste. Dann überraschte er mich und hatte mich in seinem Griff. Ich lag auf dem Boden, während er meine Arme über meinem Kopf festhielt, damit ich nicht entkommen konnte. „Ich denke, ich bin für heute fertig", sagte ich geschlagen. „Gib noch nicht auf. Du kannst mich immer noch besiegen", ermutigte er mich. Ich schloss meine Augen. Dann sah ich, wie er mich genauso wie jetzt festhielt. Im nächsten Moment warf ich meine Beine um ihn und drehte ihn um. Als ich gegen Mike kämpfte, fühlte es sich wie Tanzen an und jetzt, da ich mich in einer Erinnerung gegen Harry kämpfen sah, sah es auch so aus. Ich fand mich selber sehr anmutig und stark. Jetzt wusste ich, was ich zu tun hatte. Also öffnete ich meine Augen. In meiner Erinnerung habe ich es geschafft, ihn umzudrehen, also versuchte ich es, aber ohne Erfolg. Ich gab alles, was ich konnte, aber ich war zu schwach. Er lockerte seinen Griff und ich nutze es sofort aus, um ihn umzudrehen und ihn am Boden festzunageln. Ich lag nun auf ihm und hielt seine Hände fest auf dem Boden. Es war offensichtlich, dass er sich hätte, einfach wieder befreien konnte, aber er machte es nicht. „Du hast gewonnen", sagte er lächelnd. „Du hast mich gewinnen lassen", warf ich ihm vor. „Und du kannst das nicht beweisen", schmunzelte er. Ich rollte mit den Augen. „Ich habe gerade eine Erinnerung von uns gesehen und darin konnte ich dich schlagen. Hast du mich da auch gewinnen lassen?", wollte ich wissen. „Nein, ich denke, weil du so lange nicht trainieren konntest, hast du etwas von deiner Muskelkraft verloren", seufzte er. „Wir waren beide auf dem gleichen Niveau, aber da du oft geschummelt hast, konnte ich dich nur an deinen schlechten Tagen schlagen oder wenn du nicht trainieren wolltest und mich gewinnen lassen hast", fügte er lächelnd hinzu. „Wie habe ich geschummelt?", fragte ich ihn verwundert. „Du hast deine Kräfte benutzt", erklärte er. Anscheinend steckte mehr hinter meinen Kräften, als ich wusste. Ich küsste ihn sanft, bevor ich aufstand. Er stand auch auf und legte seine Hände unter meine Haare und hielt mein Gesicht, um mich wieder zu küssen. Der erste fühlte sich sehr enthusiastisch und lang an, dann gab er mir viele kurze und schnelle Küsse auf mein Gesicht, die mich zum Kichern brachten. Den letzten Kuss gab er mir auf die Stirn, bevor er seine Arme um meine Schultern legte und mich umarmte. Ich hatte meine Arme um seine Taille gelegt und zog ihn näher heran. Ich liebte es, wenn wir so intim waren. Es brauchte nicht viel, nur dass er mich so hielt, ließ mich schon so ekstatisch und hoch fühlen. Sein Duft beruhigte meinen Geist und ließ mich so viel mehr Zuneigung für ihn empfinden. Ich könnte für immer in seinen Armen bleiben. Dann schloss ich meine Augen und sah den Strand wieder. Diesmal hielten wir Händchen, während wir barfuß am Strand spazieren gingen. Wir sprachen über meine Kräfte. „Ich habe Angst. Ich habe das Gefühl, dass ich eines Tages jemanden verletzen werde", sagte ich ihm. „Du kannst Menschen heilen", argumentierte er. „Ja, aber das ist nicht das Einzige, was ich tun kann. Wenn ich jemanden töten würde, gäbe es nichts mehr, was ich tun könnte", ich klang besorgt. „Ich werde für dich da sein", er blieb stehen und nahm meinen Kopf in seine Hände. „Was ist, wenn ich dich verletze?", ich merkte erst, wie sehr ich ihn wirklich geliebt hatte. Ich hörte es von dem Schmerz in dieser Erinnerung. „Ich weiß, dass das nicht passieren wird", sagte er und bevor ich widersprechen konnte, küsste er mich. Ich kam langsam zurück und öffnete meine Augen, um ihn anzusehen. Ich fühlte, wie die Liebe, die ich einst für ihn empfand, langsam mit jeder vergangenen Erinnerung, an die ich mich erinnerte, und jeder neuen Erinnerung, die wir schufen, zurück kam. „Lass uns an den Strand gehen", schlug ich vor. Er lächelte und ließ mich los, nur um meine Hand wieder zu nehmen. Dann gingen wir nach oben, um uns für den Strand fertig zu machen. Ich zog meine Badesachen an und warf ein weißes Sommerkleid darüber. Ich freute mich darauf, mit Harry etwas Zeit am Strand zu verbringen. Dann nahm ich ein Haargummi aus meinen Haaren und schüttelte sie auf. Ich sah mich im Spiegel an und lächelte zufrieden. Meine Haare fielen perfekt auf meine Schultern. Ich schwang mich von einer Seite zur anderen und beobachtete die Bewegungen des Kleides im Spiegel. Dann schaute ich tief in meine eigenen Augen. Plötzlich sah ich Lichtblitze. Ich fühlte Schmerz und Schuld, Hoffnungslosigkeit und Trauer. Ich hörte Schreie und Weinen. Mein Augenlicht wurde verschwommen und dann wurden meine Knie schwach und ich fiel zu Boden. Ich war wieder in meinem Zimmer und schockiert über das, was ich gerade gefühlt und gehört hatte. Ich konnte es nicht verstehen. Alles, was ich wusste, war, dass es mich bis ins Mark erschüttert hatte. Ich lehnte mich an mein Bett und schaute aus dem Fenster. Der Sturz hatte mich nicht verletzt, aber er brachte mich zurück zur Realität. Ich wickelte meine Arme um meine Knie und schaute auf den Boden. Dann öffnete jemand meine Tür und ich zuckte zusammen. „Bist du bereit?", fragte Harry. Nachdem er bemerkt hatte, dass ich auf dem Boden saß, kam er gleich zu mir. „Was ist passiert?", er war sofort alarmiert. Ich stand auf und legte meine Arme um seine Taille und meinen Kopf gegen seine Brust. Er wickelte seine Arme um mich und hielt mich fest. Er war sich nicht sicher, warum ich so reagierte, aber er erkannte, dass ich ihn gerade einfach nur brauchte, um mich für eine Weile zu halten. Und genau das tat er. Er streichelte meinen Rücken und kombiniert mit seiner Wärme und seinem Geruch und dem langsamen Schlagen seines Herzens beruhigte ich mich wieder. Ich lockerte langsam meine Arme um ihn. Er bemerkte es und tat dasselbe. Dann hielt er meinen Kopf in seinen Händen und ließ mich ihn ansehen. Er wartete geduldig darauf, dass ich was sagte. „Es war nur wieder ein Gefühl", ich sah, wie sich sein Gesicht veränderte. „Es war nicht so wie beim letzten Mal", fügte ich hinzu und merkte, wie er sich ein wenig entspannte. „Was hast du gefühlt?", wollte er wissen. „Lasst uns jetzt nicht darüber sprechen. Ich möchte den Tag mit dir am Strand verbringen", versuchte ich das Thema zu wechseln, weil ich unsere Pläne nicht ruinieren wollte, bevor wir überhaupt damit angefangen hatten. „Später?", beharrte er. Er wollte immer alles über mich wissen und ich genoss es so sehr. Es gab mir das Gefühl, etwas Besonderes zu sein. Ich stimmte zu, es ihm nach heute zu sagen, also nahm er meine Hand und führte mich nach draußen. Das Motorrad stand bereits draußen und hatte einen Korb darauf befestigt. Dann setzte er sich hin und sah mich an. Ich setzte mich hinter ihn und wickelte meine Arme um ihn. Er ließ den Motor aufheulen. „Bereit?", fragte er und ich nickte. Dann startete er das Motorrad. Es fühlte sich an wie Fliegen. Ich liebte die Schnelligkeit, dann schloss ich meine Augen und fühlte die Luft in meinen Haaren. Plötzlich realisierte ich etwas. Ich konnte fliegen. Ich wusste nicht, woher es kam, aber ich war mir sicher. Meine Fähigkeiten waren mir immer noch ein Rätsel, aber ich wusste, dass eine von ihnen fliegen war. Ich war so abgelenkt von meinen Gedanken, dass ich nicht bemerkte, dass wir schon da waren. Ich lockerte meinen Griff um Harry und stieg vom Motorrad. Er stieg auch ab und sah mich mit einem Gesichtsausdruck an, den ich noch nie zuvor gesehen hatte. Es ließ mich erröten. „Was ist?", fragte ich unsicher. „Es ist nur … Ich habe so viele Monate damit verbracht, den Gedanken nicht aufzugeben, dass du noch am Leben sein würdest, dass dein Herz nie aufhören würde zu schlagen. Die Hoffnung war das Einzige, was mich davon abgehalten hat, durchzudrehen und dann fand ich heraus, dass du deine Erinnerungen verloren hattest, was mich dazu gebracht hat, alles in Frage zu stellen. Ich hätte dich fast aufgegeben. Aber dich wieder mit einem Lächeln im Gesicht zu sehen … Ich werde nie wieder an unserer Liebe zweifeln, weil ich dich immer geliebt habe und dich für immer lieben werde", seine Worte machten mich sprachlos. Ich fühlte, wie sich etwas in mir veränderte. Die Liebe, die ich einst für ihn empfand, kam zurück. Er legte seine Arme um meine Taille, während meine Atmung schwerer wurde. Ich wollte ihn küssen und das machte ich auch. Ich presste meine Lippen gegen seine, während ich meine Arme um seinen Hals warf und mich näher an ihn drückte. Seine Hände gingen zu meinem Rücken und hielten mich so nah an ihm wie möglich. Fetzen meiner Erinnerung gingen mir wie ein Wirbelsturm durch den Kopf. Ich erinnerte mich an jeden Kuss, den wir jemals geteilt hatten. Jedes Mal, wenn er mir sagte, dass er mich liebte. Jede Berührung. „Ich liebe dich", flüsterte ich zwischen den Küssen. Seine Hand ging zu meiner Wange, um den Kuss zu kontrollieren. Er küsste mich noch intensiver und mit mehr Sehnsucht. Ich genoss jedes bisschen davon. Dann fühlte ich, wie er mich langsam losließ. Er errötete und lächelte begeistert, während sich mein Atem langsam wieder beruhigte. Seine Hände waren immer noch um meine Taille und hielten mich dicht an ihn gepresst. Meine Hände waren auf seiner Brust und ließen mich seinen Herzschlag spüren. Dann lege ich meine Arme um seinen Hals, um ihn für einen weiteren Kuss näher zu ziehen. Er küsste mich zuerst sanft und wanderte dann mit seinen Lippen zu meinem Hals. „Ich erinnere mich an dich. Jeder Kuss, jede Berührung, jede Erinnerung an dich", flüsterte ich. Er stoppte die Küsse und sah mich fassungslos an. „Ich liebe dich", fügte ich hinzu. Erleichterung breitete sich in seinem Gesicht aus. Dann sah ich eine Träne sein Gesicht runterfließen. „Valerie", sagte er und umarmte mich fest. „Ich bin zurück und werde dich nie wieder verlassen. Ich verspreche es", ich wickelte meine Arme um ihn. Wir standen eine Weile so, während wir dem Rauschen des Meeres lauschten. Ich fühlte mich sicher in seiner warmen Umarmung und kuschelte meinen Kopf in seine Brust, um seinen Duft besser zu riechen. Ich wusste vorher nicht, wie sehr ich ihn eigentlich vermisst hatte.

Nach einer Weile ließ ich ihn langsam los. „Erinnerst du dich an alles?", fragte er dann neugierig. „Nur an dich", antwortete ich. „Gut genug", lächelte er und küsste mich ein letztes Mal, bevor wir schwimmen gingen. Es war wunderschön warm im Wasser, während wir den Rest des Tages hier verbrachten. Nur Harry und ich. Die Sonne ging langsam unter, also beschlossen wir, aus dem Wasser zu gehen und eine Weile am Strand zu sitzen, um trocken zu werden. Harry nahm ein paar Sandwiches aus dem Korb und gab mir eins. Mein Appetit kam nach und nach zurück, was Harry weniger besorgt machte. Dann zog ich mein Kleid wieder an, während Harry mit einem zufriedenen Lächeln auf seinem Gesicht zusah. Ich stecke meine Haare wieder zu einem Pferdeschwanz hoch. Er stand auch auf und zog seine Klamotten wieder an. Die Sonne war schon fast untergegangen, was alles romantischer machte. Ich legte meine Arme um seine Taille und beobachtete den Sonnenuntergang in seiner Umarmung. Er küsste meinen Kopf, nachdem die Sonne verschwunden war. „Lass uns gehen, bevor es dunkel wird", sagte er und nahm meine Hand, um sie mit seiner zu umschließen. Mit seiner freien Hand nahm er den Korb und dann gingen wir zurück zu seinem Motorrad. Nachdem wir fertig waren, fuhr er uns zurück zum Haus. Er ließ das Motorrad in der Garage, bevor wir in mein Zimmer gingen. „Willst du duschen?", fragte er, während er meine Taille näher an sich zog. „Das wäre eine gute Idee", antwortete ich, ohne meine Augen von ihm zu lassen. „Vielleicht sollte ich das auch machen", sagte er dann. „Vielleicht", folgte ich seinen Worten. „Oder vielleicht, wenn wir beide das machen, sollten wir das zusammen machen. Weißt du, um Wasser zu sparen", fügte ich hinzu. „Natürlich, um Wasser zu sparen", wiederholte er schmunzelnd und küsste mich dann lächelnd. Ich lachte und küsste ihn zurück. Meine Hände waren unter seinem Haar und hielten ihn fest. Seine Hand ging zu meinem Haar und zog das Haargummi heraus, wodurch meine Haare herunterfielen. Ich ging mit meinen Händen nach unten, um sein Hemd hochzuziehen. Er folgte meinem Beispiel und ließ es mich abnehmen. Dann öffnete er mein Kleid und ließ es zu Boden fallen. Ich öffnete seinen Gürtel und er zog seine Hose aus. Ich drückte mich gegen seinen nackten Körper, worauf er mich hoch hob, damit ich meine Beine um ihn wickeln konnte, und brachte mich dann in mein Badezimmer in die Dusche, ohne seine Lippen von mir zu nehmen. Er drückte mich gegen die Wand und legte seine Hand unter meine Wange, wobei er kurz das Küssen stoppte, um mich anzusehen. Sein Atem war schwer genauso wie meiner. Ich starrte ihm in die Augen und zog ihn dann wieder näher an mich ran, um ihn weiter zu küssen. Er ließ die Dusche laufen, sodass warmes Wasser auf uns runter prickelte, während unsere Lippen miteinander verbunden waren. Er ließ mich runter, während seine Hände meinen Rücken hinaufgingen, um den BH-Teil meiner Badekleidung zu öffnen. Er zog es aus und drückte mich zurück gegen die Wand. Dann küsste er mich auf den Hals und biss mich sanft mit seinen Zähnen, was mich noch mehr anmachte. Ich stieß ein Stöhnen aus, wodurch er zufrieden knurrte. Seine Hand ging meinen Körper hinunter in mein Höschen, was mich nach Luft schnappen ließ. Seine Finger wussten genau, was zu tun war, um mich in Rage zu bringen. Ich stöhnte noch lauter und zog seinen Kopf näher, um ihn wieder zu küssen, musste aber während der Küsse einige Pausen machen, weil ich mich so erregt fühlte. Ich konnte nicht alles auf einmal nehmen, während ich ihn so viel mehr wollte. Mein Stöhnen wurde lauter und stärker. „Nicht so laut, Liebste", lächelte er. Ich schloss die Augen und lachte amüsiert. Er fuhr fort, mich am Hals zu küssen und seine Zähne zu benutzen, was mich schnell zum Ende brachte. Ich fühlte die Explosion in mir und schnappte nach Luft. „Ich liebe dich", sagte ich, während ich schwer atmete. Das Wasser lief immer noch über unsere nackten Körper und kühlte mich ab. „Gut zu wissen, dass ich es immer noch für dich tue", lächelte er zufrieden. Ich lachte. „Als ob du jemals weniger als unglaublich sein könntest", antwortete ich und küsste ihn wieder. Seine Hände gingen durch mein nasses Haar. Dann nahm er das Shampoo vom Seitenständer und träufelte etwas in meine Haare. Nachdem wir mit dem Duschen fertig waren, ging ich mit einer Bürste durch mein nasses Haar, während er bereits seine föhnte. Ich konnte nicht aufhören, seinen nackten Körper zu betrachten, und er nahm seine Augen nicht wirklich von mir. Nachdem er mit seinen Haaren fertig war, ging er mit dem Föhn hinter mich und trocknete auch meine. Ich schaute in den Spiegel zu ihm, während er so nahe an meinen Rücken kam, dass sich unsere Körper berührten. Mein Haar war halbwegs trocken, also entschied ich, dass es gut genug war. Ich drehte mich um, um ihm ins Gesicht zu sehen und ihn zu küssen. Er legte den Föhn weg und seine Hand auf meine Taille, wobei er mich so nah zog, dass ich seine Erektion spüren konnte. „Ich will dich", flüsterte er. „Dann nimm mich", antwortete ich. Er hob mich wieder hoch, um mich zu meinem Bett zu bringen und mich hinzulegen. Er war zwischen meinen Beinen und küsste mich überall. Er fing an meinem Hals an, ging runter zu meinen Brüsten und legte seine Hände um sie. Ich stöhnte und genoss jedes Bisschen davon. Seine Lippen gingen weiter nach unten, während seine Hände an Ort und Stelle blieben. Dann küsste er meinen inneren Oberschenkel. Ich erzitterte. „Beweg dich nicht", befahl er und fuhr fort. Ich konnte es kaum ertragen, also hielt ich mich an meinem Kissen fest. Er ging dann wieder nach oben, bis er mit einer Hand unter meiner Schulter über mir war und mit der anderen lenkte er seinen Penis in mich. Ich schnappte laut nach Luft, als er es tiefer in mich schob und legte schnell meine Hand über meinen Mund. Das gefiel ihm nicht so ganz. „Ich habe eine bessere Idee, um dich zum Schweigen zu bringen", sagte er und küsste mich fest, während er seinen Körper bewegte und mich mit jedem Stoß noch mehr anmachte. Er bewegte seine Lippen zu meinem Hals und blieb auf der Stelle. Es war so intensiv, dass ich meinen Kopf in seinen Nacken drückte. Meine Hände zogen ihn so nah, dass ich sein Gewicht auf mir spürte. Ich wollte mehr. Ich drehte ihn um und setzte mich auf ihn. Er legte seine Hände auf meine Taille und bewegte sie, um seinen Penis noch weiter in mich hineinzudrücken. Ich übernahm und bewegte meinen Unterkörper zuerst langsam und wurde immer schneller. Es war so viel, dass ich es fast nicht ertragen konnte und langsamer werden musste, aber das war nicht was er wollte. Er drehte mich wieder auf den Rücken und wurde schneller. Ich brach fast unter der Intensität, aber genoss es so sehr. Ich wollte stöhnen, aber er stoppte es, indem er mich so intensiv küsste. Ich kam wieder und nach zwei Stößen war er auch fertig. Er legte sich lachend neben mich, während wir beide außer Atem nach Luft schnappten. Ich drehte meinen Kopf zu ihm. „Du bist ein bisschen dominant", bemerkte ich lächelnd. „Ich weiß, dass es dir gefällt", sagte er grinsend. „Das tue ich", stimmte ich zufrieden zu. Es war nicht das erste Mal, dass wir miteinander schliefen. Als ich alle meine Erinnerungen mit Harry zurück bekommen hatte, habe ich mich auch an die vielen Male erinnert, bevor ich entführt wurde. Er war mein erstes Mal und als wir damals zusammen gekommen sind, wollte ich warten, bis ich mich bereit fühlte, also wartete er monatelang geduldig und drängte mich nie zu irgendetwas. Ich hatte großes Glück, Harry zu haben. Ich drehte mich zu ihm um und streichelte ihm eine Strähne aus dem Gesicht. Seine Augen waren geschlossen, aber er lächelte glücklich. Harry und ich schliefen danach ziemlich leicht ein. Ich lag auf seiner Brust mit seinem Arm um mich herum, als ich wieder aufwachte. Er war bereits wach und streichelte leicht meinen Rücken. Ich legte mein Kinn auf meine Hand, die auf seiner Brust lag, damit ich ihn besser sehen konnte. Er lächelte zufrieden. „Können wir das noch mal machen?", fragte ich. Er lächelte und küsste mich, während er mich auf den Rücken drehte. „Ich würde es lieben, aber es ist schon ziemlich spät und wenn wir jetzt nicht runtergehen, werden wir für den Rest des Tages wirklich nervige Witze von Mike hören müssen", sagte er, küsste mich kurz auf die Stirn und versuchte aufzustehen. „Scheiß auf Mike, wir können einfach den ganzen Tag hier oben bleiben", ich zog ihn zurück und küsste seinen Hals. „Das ist sehr verlockend, aber zuerst möchte ich, dass du etwas isst und trinkst", er sah mich an und küsste sanft meine Stirn. „Ich könnte dich einfach auffressen", lächelte ich ihn an. „Später", versprach er lachend. Ich nahm die Niederlage in Kauf und ließ ihn los, damit wir aufstehen konnten. Er legte seine Arme auf meine Taille und zog mich näher an sich. „Ich werde dich so oft vögeln, wie du willst", flüsterte er mir lachend ins Ohr. Ich mochte diese Antwort und ließ ihn los, um meine Klamotten anzuziehen. Ich entschied mich für eine Jeans und ein Hemd. Im Augenwinkel bemerkte ich, wie Harry eine Kiste unter meinem Bett herausnahm. Dort war Wechselkleidung für ihn drin. Ich sah ihn verwirrt an. „Ich habe es hier aufbewahrt, als wir anfingen, zusammen zu schlafen. Du hast einen in meinem Zimmer. Du kannst nie wissen, wer gerade vorbeigeht, während du deinen nackten Gang zurück in dein Zimmer machst", erklärte er lächelnd. „Macht Sinn", erkannte ich. Er zog seine Klamotten an und kam dann zu mir, um seine Hand auf meinen Hals zu legen. „Ich glaube, ich habe gestern ein Souvenir hinterlassen", sagte er lachend und schaute auf meinen Hals. „Was?", ich war verwirrt und drehte mich zu meinem Spiegel. Dann sah ich einen kleinen Knutschfleck an meinem Hals. „Oh, jetzt verstehe ich, was du meinst", lächelte ich und legte meine Hand darüber, um es zu heilen. „Bereit?", fragte ich und drehte mich zu ihm um. „Klar", antwortete er lächelnd. Er nahm meine Hand in seine und zusammen gingen wir die Treppe runter. Mike und Clary saßen bereits am Tisch, als wir dazukamen. „Etwas ist anders", bemerkte Mike. „Was meinst du damit?", fragte ich unschuldig. Er sah Harry und mich intensiv an. „Ihr habt beide diesen Glanz", fuhr er mit seiner Begutachtung fort. „Ich habe keine Ahnung, wovon du sprichst?", sagte Harry gelangweilt. „Ich sehe es auch", stimmte Clary ihm zu. Dann sah sie mich an.

„Du hattest Sex", sagte sie anklagend. „Was?" Ich war schockiert, dass sie es so schnell herausgefunden hatte. „Harry und ich hatten einen schönen Tag am Strand", versuchte ich zu erklären. „Ich glaube dir gerne, dass es ein unglaublich schöner Tag war", lachte Mike sarkastisch. Dann trat Harry ihn unter dem Tisch. „Autsch", beschwerte sich Mike. Andrew und James kamen herein. „Was ist los?", fragte James. „Valerie und Harry haben geknallt", sagte Mike lachend. Andrew schaute mich an. „Oh ja, du hast den Glanz", bemerkte er. „Könntet ihr jetzt alle den Mund halten? Ihr hattet euren Spaß", sagte Harry genervt. „Du meinst, genauso wie du und Valerie letzte Nacht", lachte Mike. Harry schaute ihn nur böse an. Ich fühlte mich unwohl. Jeder wusste, was ich letzte Nacht getan habe und sie machten das auch sehr deutlich. Ich nahm ein Glas Wasser und nippte daran. „Nie im Leben ist der so gut", sagte Mike, nachdem er mich von der Erinnerung erröten sah. Ich wäre fast an meinem Schluck Wasser erstickt. „Na, woher willst du das wissen", verteidigte sich Harry herausfordernd. Ich hielt ein Lachen zurück und dachte an gestern. „Willst du es ausprobieren?", bot er dann sarkastisch an, was uns alle zum Lachen brachte. „Lieber nicht", jetzt war Mike an der Reihe, sich unwohl zu fühlen. „Du lässt dir da was entgehen", grinste ich. Die anderen lachten noch lauter. „Können wir jetzt essen?", Mike war genervt und nahm einen Toast und etwas Marmelade. Ich sah Harry triumphierend an. Er lächelte zurück und sah stolz aus. Während des Frühstücks erklärte ich allen, dass meine Erinnerungen mit Harry zurück waren und ich beschloss, mit ihnen über meine Theorie zu sprechen, dass ich dachte, dass es eine einzige Erinnerung gab, an die ich mich nicht erinnern wollte, die aber alle meine Erinnerungen auslösen würde. „Auch wenn ich denke, dass es sie zurückbringen wird, will ich es nicht wissen", erklärte ich. „Es macht Sinn", sagte James. „Ich bin mir sicher, dass ihr alle wisst, von welcher Erinnerung ich spreche, aber ich möchte wirklich nicht, dass es mir jemand sagt." Ich erkannte, dass diese Erinnerung das Potenzial hätte, mich emotional zu zerstören. Nachdem wie mich diese Albträume beeinflusst hatten, ohne irgendwelche Erinnerungen zurückzubringen, war ich mir sicher, dass diese eine einzige Erinnerung schrecklich war. „Es ist deine Entscheidung, aber du hast Recht. Wir wissen genau, von welcher Erinnerung du sprichst", sagte Harry und nahm meine Hand in seine. Ich war dankbar für sein Verständnis. „Ich weiß, es ist schlimm, aber willst du deine Erinnerungen nicht zurück?", fragte Clary. „Nein, ich bin glücklich, wie es jetzt ist. Ich fühle mich wohl", antwortete ich. „Wie Harry sagte, es ist deine Entscheidung", Andrew überließ mir auch die Wahl. Dann stimmten alle zu, es mir nicht zu sagen. Nach dem Frühstück gingen die anderen in den Keller, um zu trainieren, Harry wollte auch gehen, aber ich hatte eine bessere Idee. Ich nahm seine Hand und ging nach oben in mein Zimmer. Dann schloss ich die Tür hinter mir und drehte mich lächelnd zu Harry um. Ich schubste ihn auf das Bett, um auf ihn zu steigen. Er sah eifrig aus und legte seine Hände auf meine Taille. Ich fing an, ihn zu küssen. Meine Hand ging unter sein Hemd, um seine nackte Haut zu spüren, dann fing ich an, seinen Hals zu küssen. Ich hielt kurz an, um mein Shirt auszuziehen und küsste ihn dann weiter. Er zog sein Hemd aus, worauf ich meine nackte Haut an seine drückte. Seine Hände gingen meinen Rücken hinauf und dann wieder nach unten und zogen mich noch näher an sich. Als nächstes setzte er sich wieder auf und hielt mich mit seiner Hand fest. Die andere war auf meinem Oberschenkel. Dann drehte er mich auf den Rücken und zog meine Hose aus, während er stand, zog er auch seine aus. Danach kam er auf mich zurück. Ich drehte ihn wieder auf seinen Rücken, sodass ich wieder auf ihm war. Ich hielt seine Handgelenke über seinen Kopf und küsste ihn, während ich meinen Unterkörper im Kreis über seinen bewegte. Langsam fühlte ich, wie seine Erektion aufstieg. Ich nahm ein Kondom aus meinem Nachttisch und öffnete es. Dann nahm ich seinen Penis aus seiner Boxershorts und zog ihn über. Ich zog mein Höschen aus und schob es langsam in mich rein, während ich schwer atmete. Ich hörte Harry auch stöhnen und zufrieden lächeln. Er legte seine Hände auf meine Taille und ich fing an, sie auf und ab zubewegen. Ich hatte meine Hände auf Harrys Brust, während ich mich immer schneller bewegte. Ich schloss meine Augen, um wirklich jeden Moment aufzunehmen. Ich wollte ihn und nichts würde mich aufhalten. Er genoss es und fing an, schwerer zu atmen. Ich wurde schneller und fühlte, wie die Spannung in mir aufstieg. Ich hörte, wie Harry darum kämpfte, es zusammenzuhalten. Dann stieß er ein Knurren aus, woraufhin auch ich kam und von ihm stieg, um mich neben ihn zu legen. Er wandte mir lächelnd sein Gesicht zu und kuschelte sich an mich. Ich legte meinen Arm um ihn und fing an, mit seinen Haaren zu spielen. „Vielleicht sollten wir wieder zu den anderen gehen, um zu trainieren?", schlug ich nach einer Weile vor und versuchte aufzustehen. „Du willst schon gehen?", sagte Harry enttäuscht und zog mich zurück aufs Bett. „Lass uns noch ein bisschen länger bleiben", flehte er und versuchte mich mit seinen Küssen zu überzeugen, aber er brauchte es nicht lange zu versuchen. Ich fing an, ihn zurück zu küssen, als er wieder über mich ging. Seine Finger wanderten langsam zwischen meinen Beinen. Ich war noch nass von vorher. Ich schnappte nach Luft, als er mich an meiner sensibelsten Stelle berührte. Er fing an, sie sanft zu reiben, genau so, wie ich es mochte. Ich zog ihn näher an mich und küsste ihn weiter, bis es zu viel wurde und ich wieder kam. „Ich habe dich wirklich vermisst", lächelte er und küsste mich auf die Stirn. „Das hast du gerade bewiesen", lachte ich. „Ich werde dich nie wieder gehen lassen", sagte er und schloss mich in seine Arme. „Ist das eine Drohung?", fragte ich herausfordernd. „Es ist ein Versprechen", er sah mir tief in die Augen und küsste mich sanft auf die Lippen. „Na ja, du musst mich jetzt gehen lassen, weil ich wirklich auf die Toilette muss", sagte ich zu ihm. Er seufzte und ließ mich widerwillig los.

5. Unvermeidlich

Nachdem ich wieder aus dem Badezimmer kam, sah ich plötzlich vor meinem inneren Auge den Ort, an dem ich gefangen gehalten wurde. Ich schaute mich um, während die Szene von meinem Zimmer zu dem Tisch, an den ich mit Gurten gebunden wurde, wechselte. Dann fühlte ich, wie ein intensiver Schmerz durch mich hindurchging, der mich zu Boden fallen ließ. „Valerie", rief Harry und sprang zu mir, als ich zurück in mein Zimmer kam. Ich holte tief Luft und sah ihn an. Er schaute geschockt. „Was ist passiert?", wollte er wissen. „Vielleicht eine Erinnerung. Es war sehr schmerzhaft", sagte ich ihm, als ich daran zurückdachte. Ich fühlte es immer noch tief in meinen Knochen. Er wollte seine Arme um mich legen, aber ich stand auf, bevor er dazu kam. „Ich denke, ich will jetzt lieber alleine sein", ich schaute von ihm weg. Was auch immer das war, es hat mich so aus der Fassung gebracht und ich konnte immer noch die Nachwirkungen davon spüren. Ich bemerkte, dass er mich anschaute. „Okay", respektierte er meinen Wunsch, aber ich sah, dass er lieber bei mir geblieben wäre, trotzdem verließ er dann mein Zimmer und schloss die Tür hinter sich. Ich wollte dieses Gefühl aus meinem Kopf bekommen und beschloss, laufen zu gehen. Nachdem ich meine Trainingsklamotten angezogen hatte, ging ich nach draußen und trieb mich an mein Limit, um nicht darüber nachzudenken, aber meine Kondition war wirklich schlecht, also musste ich nach kurzer Zeit langsamer werden und schließlich ganz aufhören. Keuchend schaute ich zurück und erkannte, dass ich ziemlich weit gekommen war.

Das Schmerzgefühl kam zurück, aber ich konnte nicht mehr laufen. Es war wie ein Jucken, das ich nicht kratzen konnte. Ich fühlte mich so unwohl und frustriert, dass ich anfing, so laut wie ich konnte zu schreien. Während ich das tat, fühlte ich, wie sich die Frustration bündelte und sich zu meinen Händen bewegte. Ich streckte sie aus und ein Feuerball kam heraus, der einen Baum traf. Ich war so schockiert, dass ich nicht realisierte, was gerade passiert war und einfach nur auf den Baum starrte, den ich gerade zerstört hatte. Nachdem ich meine Fassung langsam zurückbekam, drehte ich mich um und rannte wieder zurück ins Haus. Ich ging in die Küche und füllte ein Glas mit Wasser. Clary kam rein und sah meinen schockierten Gesichtsausdruck. „Was ist passiert?", fragte sie sofort. „Ich ... Ich habe ...", stotterte ich. „Hey, versuch zur Abwechslung mal zu atmen", lächelte sie. Ich atmete ein paar Mal tief durch. Dann sah ich sie an. „Ich habe gerade einen Baum zerstört", erklärte ich. „Was genau hast du gemacht?", wollte sie wissen, aber schien nicht überrascht zu sein, also erklärte ich ihr, wie meine Gefühle mich überwältigt hatten und ich es raus ließ, aber nicht merkte, was ich eigentlich tat. „Solche Dinge sind oft passiert, bevor du gelernt hast, deine Kräfte zu kontrollieren", erklärte sie. „Wenn du deine Erinnerungen hättest, müsstest du es nicht noch einmal lernen", fügte sie hoffnungsvoll hinzu. „Ich will sie nicht", antwortete ich leer. „Ich habe es einmal gelernt, ich kann es wieder lernen." „Es ist deine Entscheidung", sagte sie, aber mir war klar, dass sie es nicht mochte. Ich ging zurück in mein Zimmer und starrte nur auf die Wand. Es war hoffnungslos, ich wusste nicht, was ich tun sollte. Nur der Gedanke, all meine Erinnerungen zurückzubekommen, jagte mir eine Heidenangst ein. Neben der einen großen auslösenden Erinnerung gab es auch etwa vier Monate Folter und Schmerzen, an die ich mich nicht erinnern konnte. Ich dachte einfach nicht, dass ich damit umgehen oder damit leben könnte. Es machte mir Angst, dass sie versuchten, zurückzukommen, und es gab nichts, was ich dagegen tun konnte. Als ich auf die Uhr schaute, war ich überrascht zu sehen, dass es schon Nachmittag war. Ich war so lange in meinem Zimmer gewesen, dass ich nicht einmal bemerkt hatte, wie die Zeit verging. Harry klopfte an meine Tür und kam rein. „Hey", sagte er lächelnd und setzte sich neben mich. „Fühlst du dich besser?", wollte er wissen und verschloss seine Finger mit meinen. Ich nickte und lächelte ihn beruhigt an. Er legte seinen Kopf auf meine Schulter. „Du kannst mit mir über diese Sachen sprechen, das weißt du, oder? Ich möchte nicht, dass du das Gefühl hast, dass du das alleine durchmachen musst", er küsste sanft meinen Hals und legte seinen Kopf wieder auf meine Schulter. „Ich weiß, aber manchmal hilft es mir, über die Dinge selber nachzudenken, wenn du mich nicht ablenken kannst", versuchte ich das Thema mit einem Witz zu wechseln. Er lachte. „Wie war das Training?", fragte ich ihn dann. „Es hätte mehr Spaß mit dir gemacht", antwortete er und sah mich an. „Morgen können wir wieder zusammen trainieren", versprach ich. Er schaute mich glücklich an, bis er langsam merkte, dass etwas los war. „Willst du mir sagen, was dir auf dem Herzen liegt?", fragte er neugierig. „Es ist wirklich nichts", versuchte ich ihm zu versichern, aber er durchschaute mich. „Geht es darum, was heute passiert ist?", wollte er wissen. „Clary hat es dir gesagt?", ich war schockiert. Ich wusste nicht warum, aber ich schämte mich für das, was ich mit diesem Baum gemacht hatte. Ich sollte in der Lage sein, meine Kräfte zu kontrollieren, aber das konnte ich nicht. „Was?", er war verwirrt. Also hat sie ihm nichts erzählt. „Was ist mit Clary?", er war alarmiert. „Es ist nichts. Nur meine Kräfte. Ich habe niemanden verletzt", erklärte ich und ließ den Vorfall mit dem Baum weg, hoffend, dass er die Sache einfach loslassen würde, was er auch tat. „Du bist also nicht sauer auf mich?", fragte er. Jetzt schaute ich ihn verwirrt an. Wovon sprach er? „Ich bin nicht sauer auf dich. Du hast nichts falsch gemacht", ich sah ihn ratlos an. „Du bereust es also nicht, mit mir geschlafen zu haben?", er wollte sichergehen, aber ich verstand immer noch nicht, wieso er das überhaupt denken würde. „Warum sollte ich es bereuen? Bereust du es?", jetzt machte ich mir Sorgen. „Nein, natürlich nicht. Ich dachte nur, dass du vielleicht gedacht hättest, dass wir zu schnell gehen würden, also dachte ich, dass du dachtest, dass ich dich unter Druck gesetzt habe und dass du jetzt schlecht von mir denkst", erklärte er. „Du denkst und benutzt dieses Wort zu viel in einem Satz", neckte ich lachend. „Also ist alles gut zwischen uns?", lachte er. „Ja, ich wollte, dass du mit mir schläfst. Ich weiß, dass die Dinge jetzt anders sind, aber meine Gefühle für dich haben sich nicht geändert", lächelte ich ihn an. Er schaute mich an und beugte sich zu mir, um mich sanft zu küssen. „Gott, ich habe dich vermisst", flüsterte er und küsste meinen Hals wieder. Seine Hand ging nach unten und unter mein Shirt, wobei er mich nach hinten drückte. Ich mochte seine Küsse, aber ich hatte keine Lust auf etwas anderes. „Harry?", er hörte sofort auf. „Ich bin gerade nicht in der Stimmung für mehr", sagte ich ihm. Er reagierte und stand auf. „Aber du kannst mich weiter küssen", ich zog ihn zurück. „Gut genug", lächelte er und fing wieder an. Ich schloss meine Augen, während ich das Gefühl von seinen Lippen auf meiner Haut genoss. Aber das war ein Fehler. Ich fühlte Schmerzen, die durch meinen Körper gingen und stand sofort auf. „Valerie?", fragte Harry besorgt. „Es ist nichts", log ich, genervt von mir selber und vergrub meinen Kopf in meinen Händen. „Hey Valerie", sagte er leise und drückte meine Hände weg, um mein Gesicht in seine eigenen Hände zu nehmen und zwang mich ihn anzusehen. „Tu das nicht", versuchte ich zu betteln. Er kannte mich so gut. Ich wollte nicht, dass er seine Meinung ändert und mich dazu bringen würde, alle meine Erinnerungen zurückzubekommen. Seine Zustimmung zu meiner Entscheidung bedeutete mir so viel, dass ich mir nicht sicher war, ob ich bei diesem Thema nicht einknicken würde. „Bitte, sag es mir. Etwas hat sich heute verändert, nicht wahr?", realisierte er. „Lass uns nicht darüber reden", versuchte ich wieder zu betteln. „Warum?", fragte er leise. Er sah mir tief in die Augen. An diesem Punkt fühlte ich zwei Emotionen in mir. Die erste war Angst. Angst, meine Erinnerungen zurückzubekommen und mit all den Konsequenzen umgehen zu müssen. Die zweite war Frustration. Ich wollte nicht aus meiner Blase mit Harry herauskommen. Mich an jede Erinnerung mit ihm erinnern zu können und auf jede erdenkliche Weise mit ihm zusammen zu sein, machte mich so glücklich, aber ich wusste auch, dass es nicht ewig andauern würde und es gab nichts, was ich dagegen tun konnte. Ich hatte es satt und beschloss, auf die dritte Emotion zu reagieren, die sich langsam in mir aufbaute. Zorn. „Ich habe dir gesagt, ich will nicht darüber reden", explodierte ich. Er war kurz erschrocken über meinen Ausbruch. „Es tut mir leid", er ließ mein Gesicht los und stand auf. „Du willst eindeutig allein sein, wie immer", er war auch frustriert und wollte gehen. Mir wurde klar, was gerade passiert war. „Warte, geh nicht", versuchte ich, ihn aufzuhalten. „Valerie, du kannst nicht beides haben. Entweder du redest mit mir, über deine Gefühle und ich werde für dich da sein, oder du schließt mich aus, aber erwarte nicht, dass ich dann noch bei dir bleibe", er war definitiv wütend. „Hast du eine Ahnung, wie ich mich fühle? Ich muss mich mit allem auseinandersetzen. Es passiert mir, nicht dir", ich wurde auch wütend. Wie konnte er das nicht erkennen? „Nein, ich weiß nicht, wie du dich fühlst, weil du nicht mit mir darüber sprichst. Und es passiert mir auch. Ich wurde verrückt, als du weg warst. Ich fühlte mich schuldig, dass ich dich nicht retten konnte und jetzt versuche ich, es wieder gut zu machen, indem ich für dich da bin, weil ich dich liebe", rief er hilflos. „Du hast eine schöne Art, das zu zeigen", sagte ich sarkastisch. Er konnte nicht glauben, was ich gerade gesagt hatte und ging aus mein Zimmer, wobei er die Tür hinter sich zu schloss. Ich erkannte, was ich gesagt hatte und bereute es sofort. Das war unfair ihm gegenüber. Ich meinte es nicht so, aber ich bin ihm auch nicht hinterhergegangen, wie ich es wahrscheinlich hätte tun sollen. Er hatte Recht. Jedes Wort, das er gesagt hatte, war einfach die Wahrheit, aber ich wurde von meiner Angst so gelähmt, dass ich ihn schließlich ausschloss und jetzt war ich hier. Allein. Ich fiel zurück ins Bett und fing leise an zu weinen. Ich verließ mein Zimmer erst am nächsten Morgen. Ich hörte unten eine Streit und wollte wissen, worum es ging. Also öffnete ich die Tür und setzte mich in die Nähe der Treppe, damit ich nicht in Sichtweite der anderen war, aber immer noch nah genug, damit ich alle hören konnte. „Sie will meine Hilfe nicht. Verstehst du mich? Sie hat mich aus allem ausgeschlossen", schrie Harry. „Du fühlst dich verletzt ...", versuchte James, ihn zu beruhigen, aber Harry unterbrach ihn. „Natürlich bin ich verletzt. Ich liebe sie und sie leidet und es gibt nichts, was ich tun kann, denn anscheinend ist das, was ich tue, nie gut genug. Hat sie selbst gesagt. Ich konnte sie nicht retten und jetzt kann ich ihr nicht helfen", Harrys Stimme begann zu brechen. „Sie hat es nicht so gemeint. Sie hat nur Angst", versuchte Clary ihn zu trösten, aber Harry stand auf. „Du hast sie nicht gesehen", sagte er leer. Es fühlte sich an, als hätte jemand ein Messer in mich gestochen. Ich verletzte ihn. Ich wusste es, aber ich merkte erst jetzt wie stark. Er ging die Treppe rauf und sah mich. Wir tauschten Blicke aus, aber er wusste nicht, was er tun sollte, also ging er einfach in sein Zimmer. Ich dachte kurz darüber nach, was ich tun wollte und erkannte, was für ein schrecklicher Mensch ich war. Ich verletzte den Mann, den ich liebte, es gab nichts, worüber ich nachdenken musste. Also ging ich in sein Zimmer. Er saß auf dem Stuhl an seinem Schreibtisch, die Hände gegen die Stirn. „Was willst du?", er klang feindselig, aber ich machte ihm keine Vorwürfe. „Es tut mir leid. Ich hätte nicht sagen sollen ..." „Aber du hast es gesagt", unterbrach er mich und sah mich an. „Ich habe es nicht so gemeint", versuchte ich zu erklären. „Valerie, du machst mich verrückt", er stand auf und schaute mich an. „Ich weiß, es tut mir leid. Ich werde nicht mehr beides haben wollen, versprochen", ich nahm seine Hände in meine und sah ihn an. Er atmete tief durch. „Willst du mir sagen, was los ist?", fragte er ruhiger. „Ich habe Angst", sagte ich. „Ich weiß, aber was ist mit dir los?", drängte er weiter. „Du hörst mir nicht zu. Ich habe Angst, so sehr", eine Träne begann mein Gesicht runterzufließen. Er sah mich an und erkannte. „Deine Erinnerungen", sagte er. Ich nickte. „Ich habe gestern einen Baum zerstört. Nachdem ich dich weggestoßen habe, bin ich nach draußen gegangen und habe versucht, mit diesen Bildern und Gefühlen umzugehen und alles hat sich einfach gebündelt", erklärte ich weiter. Er nahm mich in seine Arme und hielt mich fest. „Ich will sie nicht zurück. Ich kann nicht mit ihnen umgehen, ich kann es einfach nicht. Ich will meine Erinnerungen nicht", ich wurde hysterisch. Harry hielt mich noch enger. „Das musst du nicht", versuchte er mich zu beruhigen. Ich fühlte mich, als würde ich ersticken und bald explodieren. Harrys Arme hielten mich zusammen. „Atme Valerie, atme", wies er mich an, also versuchte ich, meinen Atem an seinen anzupassen. Es funktionierte langsam. Wir standen da, während er meinen Rücken streichelte und mein Haar küsste. Er schaffte es immer, mich mit seiner Umarmung und Wärme zu beruhigen, sodass ich mich wieder normal fühlte. Ich wollte für immer hier bleiben, aber er hatte andere Pläne. „Wolltest du heute nicht mit mir trainieren? Ich erinnere mich, dass du mir das versprochen hast", sagte er lächelnd, nachdem ich wieder ruhig war und mich anschaute, während er mein Gesicht von meinen Haaren befreite. Ich rollte mit den Augen und nahm seine Hand, um nach draußen zu gehen, aber er zog mich zurück gegen seine Brust, um mich zu küssen. Ich kicherte, während er meinen Kopf hielt und mich über mein ganzes Gesicht küsste. Dann befreite ich mich langsam und ging in mein Zimmer, um mich umzuziehen. Er folgte mir und wartete auf meinem Bett, wobei er mich nie aus den Augen ließ. Er freute sich darüber, wie sich die Dinge entwickelten, genauso wie ich. Wir stritten, aber danach fanden wir unseren Weg zurück zueinander und versuchten den Standpunkt des anderen zu verstehen. Plötzlich fühlte ich einen Schlag von Schmerz. Er war sofort vorbei, aber so stark, dass es mich auf die Knie brachte. Harry stand auf und kam zu mir, wobei er seine Hand beruhigend auf meinen Rücken legte. „Geht es dir gut?", er machte sich Sorgen. „Ja. Lass uns einfach meinen Puls hochschrauben", sagte ich ihm. Er stimmte zu und wir gingen nach draußen. Harry wollte mit dem Laufen anfangen. Ich war sehr schnell außer Atem, während er noch in sehr guter Verfassung war. „Können wir langsamer machen?", fragte ich keuchend. Er änderte sofort seine Geschwindigkeit. „Besser?", lächelte er. Ich nickte. „Also, was siehst du, wenn du diese Einblicke in deine Erinnerung kriegst?", versuchte er, zum Thema zu kommen. „Ich kann nicht reden und rennen", klagte ich, immer noch außer Atem. Dann hörte er auf und ich auch. Er sah mich an und wollte, dass ich darüber sprach. „Ich kann es nicht wirklich erklären. Es ist wie ein Gefühl des Schmerzes und oft begleitet von Schuldgefühlen. Normalerweise sehe ich nur Dunkelheit", sagte ich ihm. „Normalerweise?", er pickte das Wort raus. „Manchmal ist es nur verschwommen", fügte ich hinzu. Er sah verständnisvoll aus. Dann fingen wir wieder an zu rennen und nach einer Weile kamen wir an dem zerstörten Baum von gestern vorbei. Harry zog seine Augenbraue hoch.

„Schöner Schuss", sagte er beeindruckt. „Ich muss wahrscheinlich anfangen, daran zu arbeiten, meine Kräfte zu kontrollieren", dachte ich. „Du wirst den Dreh noch raus kriegen", lächelte er ermutigend. Plötzlich wurde mir etwas klar. An dem Tag, an dem Harry und ich am Strand waren, fühlte ich mich, als hätte ich die Fähigkeit zu fliegen. Ich hatte diesen Gedanken total vergessen, aber hier war er wieder. Ich versuchte, meine Kräfte zu spüren, wie gestern, als ich dieses Kribbeln spürte. Ich schaffte es wieder in meine Hände zu bekommen. Ich blieb stehen und schaute sie an, während ich darüber nachdachte, was ich als nächstes tun sollte. Ich hielt sie nach unten und ließ die Kräfte fließen. Langsam fühlte ich, wie meine Füße den Kontakt zum Boden unter ihnen verloren. Ich war nur ein paar Meter über dem Boden und sah Harry lächelnd an. „Ich habe es dir gesagt", sagte er stolz. Ich versuchte langsam, wieder zu landen und sobald ich den Boden berührte, stellte ich zuerst sicher, dass das Kribbeln weg war, bevor ich in Harrys Arme lief. Er wirbelte mich herum. „Ich habe es geschafft", ich war voller Freude und küsste ihn. Dann setzten wir unseren Lauf fort. Diesmal waren wir schneller. Ich spürte langsam, wie ich wieder stärker wurde. Nach dem Laufen machten wir eine Pause am See. Harry lehnte sich an unseren Baum, während ich mich an sein Bein lehnte. Er ermutigte mich, zu versuchen, das Wasser zu bewegen oder etwas aus dem See zu holen. Ich versuchte und schaffte es, ein wenig davon in die Nähe von uns zu bekommen und bildete damit Figuren. „Rate mal, was das ist?", sagte ich zu ihm. „Hmm. Sieht aus wie ein Hund", schlug er vor. „Wie ist das bitte ein Hund?", lachte ich. „Hier sind vier Beine und da ist der Kopf und auf der anderen Seite ist der Schwanz", erklärte er. Ich ließ das Wasser auf den Boden spritzen und sah ihn ungläubig an. „Das war kein Hund." „Was war es dann?", fragte er, während er mit meinen Haaren spielte. „Es war offensichtlich ein Pferd", sagte ich. „Nein, war es nicht", jetzt war er derjenige, der lachte. „War es doch", sagte ich. Dann drückte er mich zu Boden, sodass er über mir war und meine Hände über meinem Kopf hielt. „War es nicht", widersprach er. Ich drehte ihn um, sodass ich jetzt oben war. „War's doch", sagte ich und küsste ihn. Er zog mich näher an sich, während ich ihn auf den Hals küsste. Plötzlich hörte ich Schritte näher kommen und hörte auf. „Ich dachte, ihr beiden streitet", sagte Mike missbilligend. „Halt die Klappe", fauchte Clary. „Was braucht ihr?", fragte Harry, während er aufstand und mir seine Hand anbot, um mich hochzuziehen. „Wir haben gerade etwas bekommen", antwortete Mike jetzt ernst. „Was?", fragte ich, als ich stand. Mike tauschte einen Blick mit Harry aus und es sah so aus, als hätte er es verstanden. Dann sah ich Harry besorgt an. „Was ist?", wollte ich wissen. „Oktopus", sagte Clary und jetzt verstand ich es auch. Harry nahm meine Hand. „Ich werde es mir anschauen", er war entschlossen. Wir gingen wieder rein, während Harry und Mike in den Keller gingen, blieb Clary mit mir im Wohnzimmer. „Die anderen werden wollen, dass du deine Erinnerungen zurückbekommst", warnte sie mich. „Warum das denn?", wunderte ich mich. „Es geht nicht mehr nur um dich", erklärte sie. Ich setzte mich auf die Couch und schlang meine Arme um meine Beine, um darüber nachzudenken, was Clary gerade gesagt hatte. „Ich verstehe jetzt, warum du sie nicht zurückhaben willst", sie setzte sich neben mich. Ich wollte abwarten, was Harry zu sagen hatte, aber wenn es nicht mehr nur um mich ging und meine Erinnerungen wichtig waren, um anderen zu helfen, könnte ich es dann immer noch rechtfertigen, sie nicht zurückzuwollen? Nach einer Weile hörte ich, wie etwas kaputt ging. „Ich werde sie alle umbringen. Jeden einzelnen von ihnen", rief Harry und kam nach oben. Die anderen folgten ihm. Harry kam direkt zu mir, also stand ich auf. Er nahm mich in seine Arme und küsste meinen Kopf. Die anderen sahen mich unsicher an. „Harry", sagte James. „Es ist wichtig." „Das ist mir scheiß-egal", knurrte Harry und hielt mich noch fester. Ich versuchte, mich zu befreien und sah ihn an. „Sag es mir", ermutigte ich ihn. Er zögerte, es mir zu sagen, also wandte ich mich an James. „Sie haben dein Blut genommen und versucht, Menschen wie dich zu machen", erklärte er. „Waren sie erfolgreich?", ich war geschockt. „Wir sind uns nicht sicher, aber wir denken, dass du uns das sagen könntest, wenn du deine Erinnerungen zurückbekommst", antwortete er. „Das reicht", Harry hielt ihn davon ab fortzufahren. Sie fingen an zu streiten, aber ich hörte nicht wirklich darauf, was sie sagten und setzte mich wieder hin. Wenn ich meine Erinnerungen zurückbekommen würde, könnte ich herausfinden, ob sie mit ihren Plänen, andere wie mich zu machen, erfolgreich waren, aber ich würde auch meinen Verstand riskieren und vielleicht nicht einmal in der Lage sein, jemandem zu helfen. Nach Harrys Reaktion zu urteilen, war diese Möglichkeit nicht so weit hergeholt. Aber wenn ich mich nicht erinnern wollte, gab es nichts, was ich tun könnte, um zu helfen. Ich wünschte, es gäbe eine dritte Option und vielleicht gab es sogar eine. Wenn ich mir das Video anschauen würde, bestand die Möglichkeit, dass ich mich nur an eine einzige Erinnerung erinnern würde. So war es auch bisher mit meinen anderen Erinnerungen. Es wäre eine schlimme, aber ich wusste, dass es nicht die Auslösende war, also könnte es schlimmer sein. Ich traf meine Entscheidung. „Ich will das Video sehen", sagte ich. Alle wurden still. „Du musst nicht ...", fing Harry an, aber ich unterbrach ihn. „Es ist nicht die auslösende Erinnerung, richtig, und wenn ich mich nur an eine Sache erinnere, kann ich zumindest helfen." „Es ist ihre Entscheidung, wie du gesagt hast", erinnerte Andrew ihn an ein früheres Gespräch, das ich nicht miterlebt hatte. Harry sah ihn genervt an. „Deine Worte", verteidigte sich Andrew. Ich nahm Harrys Hand und wollte nach unten, aber er wollte nicht und hielt mich zurück. „Muss ich es alleine anschauen?", fragte ich ihn und machte klar, dass ich es ernst meinte. Er seufzte und folgte mir dann zusammen mit James, der Andrew erwartungsvoll anschaute. „Ich werde es mir kein drittes Mal ansehen. Zweimal war schlimm genug", sagte er. James verstand und folgte uns alleine. Im Keller bemerkte ich, dass ein Spiegel mit einem der Gewichte zerbrochen wurde. Ich nutzte meine Kräfte, um es zu reparieren. „Du wirst besser", bemerkte James. Dann schaltete er den Computer ein und ließ das Video abspielen. Ich sah mich an einen Stuhl gefesselt mit blauen Flecken am ganzen Körper und Schnitte an meinen Armen und in meinem Gesicht. Dann schaltete jemand etwas ein. Ich vermutete, dass es Elektroschocks waren, denn ich fing an, unerträglich laut zu schreien, sodass ich mir selber Angst einjagte. Ich nahm Harrys Hand und erkannte, dass er nicht auf den Bildschirm schaute, aber sein Gesichtsausdruck zeigte, dass er litt. Wenige Augenblicke später kam ein Mann dazu. „Sie ist eine Kämpferin, aber wir werden sie noch brechen", seine Stimme war gruselig und verstörend. Ich erkannte ihn aus einer früheren Erinnerung. Sie folterten mich weiter bis zur Bewusstlosigkeit. Als nächstes nahm jemand etwas Blut von mir und träufelte es in ein Elixier, welches in jemand anderen injiziert wurde. Dann kam eine neue Szene. Derselbe Mann von vorher saß in einem Büro. „Das ist eine Warnung. Wir sind im Besitz von jemandem wie sie und jetzt wollen wir das Mädchen zurück. Gebt sie uns und wir lassen euch leben", sagte er, bevor das Video vorbei war. „Sie bluffen", sagte Harry. „Woher willst du das wissen?", ich war verunsichert. „Deine Kräfte sind einzigartig. Die Art und Weise wie du sie bekommen hast ... Sie können nicht einfach jemanden wie dich erschaffen", antwortete er. „Ich nehme mal an, dass es keine Erinnerung ausgelöst hat", erkannte James. Ich schüttelte leicht den Kopf. „Ich war wahrscheinlich zu schwach, um irgendetwas zu realisieren", sagte ich zu ihm. James nickte und verstand. „Ich denke, wir sind hier fertig", Harry hatte es eilig nach oben zu gehen und zog mich an der Hand mit. Wir gingen in sein Zimmer und nachdem er die Tür hinter sich geschlossen hatte, küsste er mich und zog mich so nah wie möglich an sich ran. Ich fühlte Schmerz und Sehnsucht in diesem Kuss. Als ich ihn langsam wegdrückte, sah ich Tränen in seinen Augen. „Sprich mit mir", flehte ich ihn an. Er streichelte eine Strähne hinter mein Ohr und ließ seine Hand an Ort und Stelle. „Zu wissen, dass sie dich verletzt haben, macht mich so wütend, dass ich sie töten will, aber zu sehen, wie sie dich gefoltert haben, lässt mich verrückt werden. Ich will ihnen die schlimmsten Dinge, die mir möglich sind, antun", erklärte er. „Kannst du mir etwas versprechen?", fragte ich ihn. „Was auch immer du willst", er hörte sich aufrichtig an. „Wenn du jemals die Chance bekommst, das zu tun, was du gerade beschrieben hast, tu es nicht", bat ich ihn. Er sah mich ungläubig an. „Nachdem, was sie getan ...", er war schockiert. „Du bist ein guter Mensch, ich möchte nicht, dass du dich in Wut oder Rache verlierst", erklärte ich. Er verstand. „Was ist, wenn ich es tue?", wollte er wissen. „Ich werde dich daran erinnern", versprach ich und küsste ihn. Bevor ich loslassen konnte, zog er mich noch näher ran. Irgendwie landeten wir auf dem Bett und setzten das Küssen dort fort. Dann erinnerte ich mich an etwas, das er vorhin gesagt hatte. Ich drückte ihn sanft weg. „Wie habe ich meine Kräfte bekommen?", fragte ich ihn neugierig. „Ich dachte, du willst es nicht wissen", er war immer noch auf mir. „Ich habe meine Meinung geändert. Du hast gesagt, dass sie einzigartig sind?", ich schaute ihn an. Er setzte sich neben mich. „Also, ich war nicht dabei, als es passiert ist, aber du hast mir einmal erzählt, wie du sie bekommen hast. Vor etwa sieben Jahren, als du etwa vierzehn Jahre alt warst, bist du in die Nähe eines Kometen gekommen, der vor Jahrtausenden auf dieser Erde gelandet ist. Er hat dir deine Kräfte gegeben", erklärte er. Ich verstand es nicht ganz. „Du hast Details weggelassen, oder?", vermutete ich. „Es steckt mehr hinter der Geschichte, aber du willst nicht, dass deine Erinnerungen zurück kommen, oder hast du deine Meinung geändert?", er schien hin und hergerissen zu sein. „Nein, ich will sie nicht. Ich denke, was du mir gesagt hast, wird ausreichen", sagte ich und zog ihn näher an mich, um ihn weiter zu küssen. Seine Hand ging unter mein Shirt, was mich zum Kichern brachte, weil es kit-

zelte. Dann versuchte ich, seine Hand erfolglos wegzudrücken. „Hör auf damit", sagte ich lachend. „Was ist
denn?", fragte er unschuldig. „Du kitzelst mich", erklärte ich immer noch lachend und versuchend, mich zu befreien. Aber er wollte was anderes und ging wieder über
mich. Er hörte auf mich zu kitzeln und fing an, meinen
Hals zu küssen und zu beißen. Ich wurde so abgelenkt,
dass ich versehentlich eine Druckwelle auf das Fenster
warf und es zerbrach. Harry schaute sofort hoch und
zum Fenster. „Ups", ich errötete und reparierte den Schaden mit meinen Kräften. Wir fingen beide an zu lachen.
„Es scheint, dass ich eine ziemliche Wirkung auf dich
habe", sagte er stolz. Ich verdrehte lachend die Augen,
was er unterbrach, indem er mich wieder küsste. Ich
drehte ihn um und setzte mich auf ihn, um aus meinem
Shirt herauszukommen. Dann zog er mich näher an sich,
um meinen BH zu öffnen, während er mich küsste. Nachdem er es von mir nahm, drehte er mich wieder zurück
und zog sein Hemd aus. Er küsste mich weiter, während
sich unsere Körper berührten. Dann ging er zu meiner
Hose, um sie zu öffnen und mich daraus zu befreien. Als
nächstes zog er mein Höschen herunter und fing an,
meinen inneren Oberschenkel zu küssen. Er wanderte
höher, bis seine Zunge fast meinen Lustpunkt erreichte.
„Ein bisschen höher", sagte ich zu ihm. Er folgte meiner
Anweisung und ließ mich nach Luft schnappen. Seine
Hände gingen um meine Oberschenkel und hielten mich
nah an seine Lippen. Ich stöhnte vor Vergnügen, versuchte aber, leise zu bleiben. Er ließ mich nicht kommen,
stattdessen stand er auf, um seine Hose und seine Boxershorts auszuziehen und nahm ein Kondom aus seiner
Schublade, um es über zu ziehen. Dann ging er wieder

zwischen meine Beine und schob es so schnell in mich rein, was mich vor Lust fast aufschreien ließ, wenn er mir nicht seine Hand über den Mund gelegt hätte. Ich war so nass, dass er perfekt hineinglitt. Er schob es immer wieder rein, während er seinen Kopf gegen meine Schulter legte. Ich hielt ihn fest, während er schneller wurde. Um nicht laut zu sein, drückte ich meine Lippen gegen seine Schulter. Er fickte mich immer härter, bis ich kam. Diesmal waren wir fast gleichzeitig fertig. Unser Atem war schwer. Ich konnte seinen Herzschlag spüren, während er auf mir lag. Ich schloss meine Augen, um meine Atmung zu verlangsamen. Er kam von mir runter und legte sich neben mich. Ich wandte mich ihm zu und streichelte ihm eine Strähne aus dem Gesicht, während er mich weiter ansah. Er legte seinen Arm um mich, damit ich meinen Kopf auf seine Brust legen konnte. Ich schaute aus dem Fenster und bemerkte, dass es bereits dunkel war. Dann schliefen wir beide langsam ein.

6. Die Gegenwart und die Vergangenheit

Als ich aufwachte, schlief Harry noch. Die Sonne war bereits aufgegangen. Ich war nicht mehr müde, also stand ich auf und zog meine Klamotten von gestern an, um zurück in mein Zimmer zu gehen. Dort ging ich unter die Dusche und wusch mir die Haare. Danach machte ich meine Haare hoch zu einem Pferdeschwanz und putzte mir die Zähne, bevor ich zurück in Harrys Zimmer ging. Er zog gerade seine Hose an, als er mich sah. „Hier bist du. Ich dachte, es wäre etwas passiert", er schien erleichtert zu sein. „Tut mir leid, ich brauchte eine Dusche und du hast noch geschlafen", erklärte ich. Er kam zu mir und legte seine Arme um mich. Ich legte meine Hände auf seine Brust, während er mich auf die Stirn küsste. „Ich würde gerne neben dir aufwachen", sagte er. Ich lächelte und biss mir auf die Lippe. „Du weißt doch, dass ich es nicht mag, wenn du das tust", erinnerte er mich lächelnd und berührte meine Lippe mit seinem Daumen, aber ich wusste nicht, wovon er sprach. „Was?", ich war verwirrt. „Das Lippenbeißen?", erklärte er. „Wirklich?", ich war verunsichert. „Ich dachte, du hast dich an alles was mich angeht erinnert", er wurde besorgt. Ich hatte ein riesiges Fragezeichen in meinem Gesicht. „Erinnerst du dich an unseren letzten Streit?", er wollte herausfinden, welche Erinnerung mir sonst noch fehlte. Ich schüttelte den Kopf. „Dein erstes Mal", fuhr er fort. „Ja, daran erinnere ich mich. Du warst sehr geduldig und sanft. Ich habe mich sicher bei dir gefühlt", lächelte ich und erinnerte mich, dann wurde ich besorgt. „Wie haben wir uns kennengelernt?", fragte ich ihn. „Du hast dich anscheinend nicht an alles erinnert", realisierte er. Ich ließ ihn los und drehte mich um. Ich war so frustriert. Ich dachte, dass ich mich zumindest vollständig an ihn erinnern würde, aber jetzt war mir auch das verwehrt. Er berührte meine Schulter, um mich wieder zu sich zu drehen. „Das ist nicht fair", ich war jetzt wütend. „Es ist halt nicht so einfach", er blieb ruhig. „Nichts ist einfach", behauptete ich. „Sicher?", lächelte er leise und legte seine Hand auf meine Wange. Ich schloss meine Augen und gönnte mir diesen kurzen Moment. „Ich kann nicht alles von dir haben, ohne das Trauma zu bekommen", sagte ich. „Wir werden neue Erinnerungen schaffen", er zog mich näher an sich und küsste mich. „Lass uns nach unten gehen", sagte er dann und zog sein Hemd an. Während des Frühstücks bemerkte ich, dass ich viel hungriger war als zuvor. Es hatte wahrscheinlich etwas mit dem Training zu tun und damit, dass ich meine Kräfte einsetzte. Danach gingen Harry und ich laufen. Mir ging es viel besser als gestern und als wir trainierten, hatte ich manchmal sogar die Oberhand. Heute habe ich auch mit den anderen trainiert. Clary war viel besser als ich. Ich konnte nur gewinnen, indem ich meine Kräfte einsetzte, was ich tat, nachdem sie fünf Mal in Folge gegen mich gewonnen hatte. „Das ist Schummeln", lachte sie. „Ich hatte es einfach satt, mir von dir in den Hintern treten zu lassen", lachte ich auch. James hingegen war keine große Herausforderung für mich, aber dann fand ich heraus, dass er eher der Koordinator dieser Gruppe war. Er war gut mit dem technologischen Zeug und der Herstellung von Spezialzubehör für unsere Missionen. Andrew war ziemlich geschickt, ungefähr so gut wie Harry. Sie beide kämpfen zu sehen, war wirklich interessant, weil man nie wusste, wer die Oberhand hatte. Es wechselte immer, bis sie sich auf ein Unentschieden einigten. Mike war besser als James, aber nicht so gut wie der Rest von uns. Er war auch eher ein Waffentyp. Als wir mit Stäben kämpften, war er fast unschlagbar. Bis auf Clary. Sie war wahrscheinlich die Beste von uns. „Wie kommt es, dass du so viel besser bist?", fragte ich sie, während die anderen trainierten. „Meine Eltern fingen an, mich zu trainieren, ab dem Tag, an dem ich anfing zu laufen. Sie waren Agenten beim White Star, bevor ich überhaupt geboren wurde", erklärte sie. Es gefiel mir, Zeit mit den anderen zu verbringen und sie erneut kennenzulernen, nachdem ich meine Erinnerungen nicht hatte. Dann fingen Mike und Clary an, mit den Stäben zu kämpfen. „Ich habe heute eine Reservierung für unser Date gemacht", sagte Mike, während er einen Treffer von Clary blockierte. „Du machst Witze", sie war genervt. „Wettschulden sind Ehrenschulden", grinste Mike. „Ich hasse dich", antwortete sie, dann bemerkte ich, dass ihre Schläge aggressiver wurden. „Nein, das tust du nicht und ich hole dich um sechs ab", lächelte er. Clary rollte mit den Augen und dann glaubte ich zu sehen, wie sie versuchte, ein Lächeln zurückzuhalten. Harry setzte sich neben mich auf den Boden und lehnte sich an der Wand an. „Was willst du heute machen?", fragte er mich leise, während ich Clary und Mike beobachtete. Darüber dachte ich kurz nach. „Lass uns an den Strand gehen", schlug ich vor. Er zog eine Augenbraue hoch. „Es ist heute nicht wirklich warm genug, um schwimmen zu gehen", erinnerte er mich und hatte Recht. Draußen fühlte es sich kälter an. Der Herbst näherte sich langsam. „Wir könnten einen Spaziergang am Strand machen und den Sonnenuntergang beobachten", schlug ich vor. „Klingt besser", lächelte er und küsste mich kurz auf meine Schulter. Nach dem Training ging ich in mein Zimmer und zog mich um. Ich schlüpfte in eine blaue Jeans und zog eine rote Bluse darüber an. Ich kombinierte es mit meiner Halskette, die mir Harry geschenkt hatte. Dann wurde mir klar, dass ich mich auch nicht erinnern konnte, wann oder wie er mir sie gegeben hatte. Großartig. Eine weitere Erinnerung, die ich nicht hatte. Ich wollte mich davon nicht stören lassen, also schob ich sie zurück und ging nach unten. Harry wartete bereits auf der Couch auf mich. Dann gingen wir in die Garage zu seinem Motorrad. Er gab mir eine Jacke, die auf dem Motorrad lag. Ich zog sie an und setzte mich hinter ihn, während ich meine Arme um ihn legte. Er startete das Motorrad und dann fuhren wir auch schon los. Ich lehnte meinen Kopf an seine Schulter, während ich die Geschwindigkeit in meinen Haaren spürte. Am Strand ließen wir unsere Schuhe in der Nähe des Motorrads stehen, um barfuß auf dem warmen Sand zu laufen. „Du wirst ziemlich schnell richtig gut", sagte er mir. „Glaubst du das wirklich?", fragte ich ihn. Ich wusste, dass ich besser wurde, aber ich hatte das Gefühl, dass es schneller gehen sollte. „Ja, das denke ich", sagte er und sah mich an. Ich lächelte glücklich zurück. Er hatte seine Hand mit meiner umschlossen, während wir am Wasser entlang gingen. „Es wird bald ein Ball stattfinden", sagte er mir. „Ein Ball?", fragte ich interessiert. „Das White Star wirft immer einen. Es ist eine jährliche Veranstaltung und ich habe mich gefragt, ob du dort mein Date sein willst", er schaute zu mir rüber. Ich zog meine Augenbraue hoch. „Du musst fragen?", ich sah ihn an, als ob er einen Scherz machen würde. „Es ist formell.

Ich will es richtig machen. Also, willst du mit mir gehen?", fragte er noch einmal und lächelte mich hoffnungsvoll an. „Natürlich will ich das", lachte ich und fiel ihm in die Arme. Er küsste mich und schwang mich herum. „Ich kann es kaum erwarten, mit dir auf dem Ball zu tanzen", sagte er lächelnd. „Wann findet er statt?", wollte ich sofort wissen. „In etwas über einer Woche. Mach dir keine Sorgen, Clary hat dir ein Kleid besorgt. Nachdem wir dich gefunden hatten, brauchte sie eine Ablenkung, weil du noch bewusstlos warst", sagte er und ich war froh, das zu hören, weil ich wusste, dass in meinem Schrank nichts für einen formellen Ball war. „Wie sieht es aus?", wollte ich wissen. „Oh, Clary hat mir verweigert es zusehen", lachte er. Ich lächelte. Ich freute mich sehr auf diesen Ball. Es wäre wirklich schön, nach allem, was passiert ist, dorthin zu gehen. „Die Sonne wird bald untergehen. Lass uns zurück zum Motorrad gehen. Wir können uns den Sonnenuntergang auch von dort anschauen", schlug er vor. Also gingen wir zurück und setzten uns auf eine Decke, die er mitgebracht hatte. Es war romantisch wie immer, als ich in seinen Armen lag und den Sonnenuntergang beobachtete und danach blieben wir sogar noch eine Weile dort, während der Himmel noch seine wundervollen roten Farben hatte. Erst als es dunkel wurde, beschlossen wir, zurückzufahren. „Darf ich fahren?", fragte ich ihn, während er die Decke nahm und sie wieder in sein Motorrad steckte. „Weißt du noch, wie?", fragte er besorgt um sein Motorrad. „Ich denke schon, aber wenn etwas passiert, kann ich es reparieren", versicherte ich ihm. Also ließ er mich und diesmal war er derjenige, der seine Arme um mich legte und mich auf meine Schulter küsste. „Wenn du nicht willst, dass ich dein Motorrad demoliere, solltest du das wahrscheinlich lassen", lachte ich. Er hörte auf und legte stattdessen seinen Kopf auf meine Schulter. „Was für ein Dilemma", seufzte er und lachte. Ich startete das Motorrad und fuhr mit ihm los. Irgendwann auf der Straße hatte ich das starke Bedürfnis, an der nächsten Kreuzung rechts abzubiegen. Ich folgte meiner Intuition und nahm die Kurve. „Wohin fährst du?", fragte mich Harry, als er bemerkte, dass das der falsche Weg war. „Ich hab so ein Gefühl", erklärte ich. Er hatte nichts dagegen, also fuhr ich weiter, aber ich spürte, wie er angespannter wurde. Nach einer Weile sahen wir ein Dorf oder was einmal eines gewesen war. IIch hielt dort an und stieg ab. Dieser Ort fühlte sich vertraut an. „Valerie?", Harry schien besorgt zu sein. Die Häuser waren zerstört und hier war niemand mehr da. Es sah so aus, als wäre etwas explodiert. Ich ging herum und Harry folgte mir. Langsam näherte ich mich der Mitte dieses Dorfes. „Was ist hier passiert?", fragte ich ihn, aber er antwortete nicht. Plötzlich sah ich einen Haufen mit Skeletten und stieß einen Schrei des Entsetzens aus. Mein Kopf fing an zu schmerzen. Harry kam zu mir. „Valerie. Sprich mit mir", er war geschockt. Der Schmerz wurde von Sekunde zu Sekunde schlimmer, bis ich bewusstlos wurde. Ich stand an derselben Stelle, aber es sah anders aus. Ich schaute mich um und sah Leute verängstigt herumlaufen, bis ich mich selbst sah. Ich versuchte, gegen etwas anzukämpfen. Die ganzen Dorfbewohner waren um mich herum und versuchte, wegzurennen und sich in Sicherheit zu bringen. Ich hielt eine riesige kraftvolle Maschine davon zurück, zu explodieren, was mich plötzlich die Kontrolle verlieren ließ.

Ich absorbierte die Kraft der Maschine und sie überwältigte mich so sehr, dass ich eine mächtige Explosion der Zerstörung ausstieß, die alles um mich herum zerstörte. Alles war trüb von dem hochgewirbelten Staub und beruhigte sich nur langsam. Dann sah ich mich bewusstlos auf dem Boden, während ein Mann zu mir kam, um mich mitzunehmen. Mir wurde klar, was ich gerade gesehen hatte. Leichen lagen überall um mich herum. Männer, Frauen und Kinder. Alle waren tot. Die Häuser waren zerstört. Etwas klickte in meinem Gehirn. Ich hatte gerade ein ganzes Dorf getötet. Ich habe sie ermordet. Es war meine Schuld, dass sie tot waren. Sie hatten keine Zukunft mehr wegen mir. Ich war entsetzt über mich selber. Aber bevor ich es verarbeiten konnte, änderte sich die Szenerie. Ein Kind wurde einer Gruppe von Menschen im Austausch für eine riesige Menge Geld übergeben. Das kleine Mädchen weinte und wollte zu ihren Eltern, aber es war, als wäre es ihnen egal. Sie nahmen das Geld und gingen, ohne zurückzublicken. Noch ein Klick. Dieses Mädchen war ich. Meine Eltern hatten mich an diese Organisation verkauft, als ich etwa fünf Jahre alt war. Ich erinnerte mich, dass meine Eltern mich misshandelt hatten und immer stritten, weil sie zu wenig Geld hatten. Sie gaben mir die Schuld dafür und stellten immer sicher, dass ich das auch wusste. Sie waren nicht glücklich mit mir in ihrem Leben und waren immer frustriert wegen mir. Nichts, was ich tat, war jemals gut genug, bis sie mich bei der nächste Chance weggaben. Die Szene änderte sich wieder. Ich war ein paar Jahre älter und hatte mein eigenes Zimmer bei dieser Organisation. Mein Auge war blau und meine Lippe aufgeplatzt. Zwei Männer kamen rein, um mich irgendwohin zu bringen.

Ich kämpfte nicht gegen sie an und ließ es zu, als sie mich an einen Stuhl banden. Ich war verängstigt, während ein anderer Mann etwas in mich injizierte, was so schmerzhaft war, dass es mich zum Schreien brachte. Ein neuer Klick. Das war die Organisation Octopus und jahrelang haben sie an mir experimentiert. Es war normalerweise sehr schmerzhaft und wenn ich aus der Reihe tanzte, bestraften sie mich. Manchmal ließen sie mich für ein paar Tage ohne Nahrung in einer kalten Zelle zurück. Zu anderen Zeiten schlugen und verletzten sie mich. Ich hatte immer blaue Flecken und Schnittwunden an mir. Jedes Mal, wenn ich versuchte zu fliehen, schlugen sie mich, bis ich ohnmächtig wurde. In der nächsten Szene war ich noch etwas älter. Ich sah einen großen Stein, der wie ein Komet aussah. Ich ging näher an ihn ran, während er anfing zu leuchten. Nachdem ich es berührt hatte, flog ich ein paar Zentimeter über dem Boden, während ich seine Kraft absorbierte. Das ist der Moment, von dem mir Harry erzählt hatte. So bekam ich meine Kraft. Ich wusste es in diesem Moment nicht und wie konnte ich auch. Ich wusste nicht, was passiert war. Nachdem ich wieder auf dem Boden gelandet war, bekam ich Angst und wollte zurück in mein Zimmer, aber der Mann, an den ich mich vom Videoband erinnerte, hielt mich auf. „Valerie. Was machst du hier?", er war wütend und gab mir eine Ohrfeige. Dann packte er meinen Arm. „Du steckst deine Nase immer in Sachen, in denen sie nichts verloren hat. Ich habe es bis hier oben mit dir. Ich weiß schon, was ich mit dir machen werde. Vielleicht wird dir das eine Lektion erteilen", seine Augen wurden eifrig. Er band mich an einen Tisch, während ich versuchte, Widerstand zu leisten, aber ich war erfolglos. Er war so viel stärker als ich. „Bitte nicht", weinte und schrie ich, aber er ignorierte mich einfach. Er hatte seine Entscheidung getroffen und es gab nichts, was ich hätte dagegen tun können. Obwohl ich mein Bestes gab, konnte ich nicht entkommen. Er ging über mich und legte eine Hand über meinen Mund. „Vielleicht wirst du dich danach besser daran erinnern können, die Regeln zu befolgen", sagte er und zog meine Hose runter. Dann nahm er seinen erregten Penis aus seiner Hose. Als ich das sah, bekam ich solche Angst. Ich fing wieder an, gegen ihn anzukämpfen. Ich drehte mich von einer Seite zur anderen und plötzlich wurde er weggesprengt. Ich schaffte es, mich vom Tisch zu befreien und flog nach draußen. Das war das erste Mal, dass ich versehentlich meine Kräfte eingesetzt hatte. Noch ein Klick. Sein Name war Egor. Ich schaffte es, ihm dank meiner Kräfte zu entkommen, bevor er das tun konnte, was er vorhatte mir anzutun. Dann kam eine neue Szene, während ich immer noch schockiert war über das, was ich gerade gesehen hatte. Diesmal saß ich mit geschlossenen Augen am Straßenrand, als ein Junge auf mich zukam. Er war etwa drei Jahre älter als ich. „Hallo", lächelte er. „Hallo", quietschte ich mit trockenem Hals. Wir sahen uns an und ein weiterer Klick passierte. Das war der Tag, an dem ich Harry und Clary traf. Ihre Eltern hießen mich in ihrem Haus willkommen und ließen mich dort wohnen. Nachdem sie herausgefunden hatten, aus welcher Organisation ich geflohen war, beschützten sie mich und zeigten mir, wie ich mich richtig verteidigen konnte. Clary, die ein paar Monate älter war als ich, wurde meine beste Freundin und war die erste, der ich von meinen Kräften erzählte. Das war das erste Mal, dass etwas Gutes in meinem Leben passiert war. Clary, Harry und ich standen uns sehr nahe und wir hatten eine tolle Zeit zusammen. Ich erinnerte mich daran, wie sicher ich mich zum ersten Mal seit Ewigkeiten gefühlt hatte. Dann kam die nächste Szene. Ich war in einem Raum mit Harry und Clary und war gerade aus einem Albtraum aufgewacht. „Du bist nicht allein", sagte Harry. „Wir sind für dich da", Clary nahm meine Hand, um mich zu beruhigen. Zu diesem Zeitpunkt war ich schon achtzehn. Ich erinnerte mich, dass ihre Eltern ein neues Team für England zusammenstellten und wir drei uns ihm anschließen würden. Ich hatte immer noch Albträume über meine Zeit bei Octopus, aber sie waren immer für mich da. Ich erinnerte mich auch an die Missionen, die wir hatten. Wir wussten, dass Octopus vorhatte eine Waffe zu benutzen und wir sollten sie stoppen. Die anderen waren schon weg, während ich versuchte, die Maschine zu stoppen. Sie erkannten, dass wir nichts mehr tun konnten, aber ich weigerte mich aufzugeben und flog davon. Ich sah bereits die Erinnerung, als ich das Dorf getötet hatte. Bilder dieser Erinnerung blitzten mir wieder durch meinen Kopf, dann begann eine neue Szene. Ich wurde wieder an einen Stuhl gefesselt. „Schön, dass du wieder da bist", sagte Egor gruselig lächelnd. Ich musste nicht mehr sehen, um den Klick zu bekommen, aber ich sah es trotzdem. Ich erinnerte mich an die Folter. Egor war nicht glücklich darüber, dass ich vor so vielen Jahren entkommen war, also war er sehr glücklich, die Elektroschocks an mir zu benutzen, die mich zu diesem Zeitpunkt wegen meiner Kräfte nicht töten konnten, aber höllisch weh taten. Er genoss meine Schreie. Obwohl ich es jedes Mal versuchte, konnte ich sie nicht zurückhalten. Ich konnte meine Kräfte nicht einsetzen, weil sie einen Weg gefunden hatten, sie zu unterdrücken. Dann erinnerte ich mich an etwas anderes. Er war wütend und wollte Rache für das, was passiert war, als ich geflohen war. Er hatte eine Narbe von diesem Tag, als ich ihn von mir wegstieß und nachdem ich schwach genug war, fesselte er mich an genau denselben Tisch und war diesmal erfolgreich. Ich konnte das Wort nicht einmal denken. Er kam sogar in mir. Ich war so angewidert von dem, was passiert war. Alles war so verschwommen, dass ich nicht viel bemerkte, nur dass es weh tat und er mich mit seinem Gewicht zerquetschen, während es sich anfühlte, als würde es nie enden. Ich erinnerte mich, dass ich jede Nacht weinte, als ich wieder in meiner kalten Zelle war. Diesmal gaben sie mir kein Zimmer und hatten oft ihren Spaß damit, mich verhungern zu lassen. Manchmal verprügelten sie mich zum Spaß. Etwa ein paar Wochen bevor Harry und die anderen mich gerettet hatten, hatten sie es geschafft, mich endlich zu brechen. Ich wollte sterben, aber ich war zu schwach, sodass meine Versuche von ihnen sehr leicht gestoppt wurden. Sie wollten mich foltern, nicht töten. Bis sie eines Tages mit den Elektroschocks so weit gegangen waren, nachdem sie mich am Tag zuvor bis zur Bewusstlosigkeit verprügelt hatten, dass ich endlich meine Erinnerungen verloren hatte. Jetzt hatte ich sie alle zurückbekommen. Ich konnte mich an alles erinnern. All den Schmerz und das Trauma. Ich hatte ein Trauma, bevor ich entführt wurde, aber jetzt war es zu viel. Ich wollte immer noch sterben. Dann öffnete ich meine Augen. Ich lag auf der Couch, während die anderen, um mich herum standen. „Valerie? Wie fühlst du dich?", fragte mich Harry leise. Ich konnte nicht sprechen. Es gab keine Worte. Ich starrte schockiert auf meine Hände. Ich konnte zuerst nicht verarbeiten, woran ich mich erinnert hatte und da ich nie dazu kam die Dinge zu verarbeiten, die mir angetan wurden, nachdem ich wieder entführt worden war, musste ich mich jetzt damit auseinandersetzen. „Valerie, kannst du bitte etwas sagen", Harry machte sich Sorgen. Ich schaute ihn an, sah ihn aber nicht wirklich. Es war nur ein leerer Blick. Langsam begann ich meine Erinnerungen zu realisieren. Meine Atmung wurde schneller, während mir Tränen in die Augen stiegen. Ich schüttelte den Kopf. „Nein", sagte ich. „Nein, nein, nein", ich wurde hysterisch. Harry nahm mich in seine Arme, aber ich befreite mich und stand auf. „Wie konntest du? Du wusstest, dass es meine Erinnerungen auslösen würde. Warum?", schrie ich Harry an, während mein Sehvermögen von meinen Tränen verschwommen wurde. „Valerie", er klang verzweifelt. „Wir wissen, dass deine Vergangenheit voller schrecklicher Erinnerungen ist, aber ...", versuchte Clary mich zu beruhigen. „Nein. Ich habe euch nie von den wirklich schrecklichen Dingen erzählt, die bei Octopus passiert sind, oder von der Wahrheit darüber, wie ich dorthin gekommen bin. Und dann sind da noch die Erinnerungen daran, als ich wieder entführt wurde", ich brach zusammen. Harry zog meinen Kopf an seine Brust und diesmal ließ ich ihn. Ich wollte seinen Trost, aber es war nicht genug. Ich wollte, dass der Schmerz aufhörte. „Bitte töte mich", sagte ich. „Valerie. Du weißt nicht, was du sagst", Clary war wie alle anderen schockiert. Harrys Griff wurde stärker um mich herum. „Bitte, ich will, dass es aufhört. Du weißt nicht, was passiert ist. Sie haben mich gebrochen. Ich will das der Schmerz aufhört", ich war verzweifelt. „Es tut mir leid, Valerie. Ich hätte dich niemals dorthin fahren lassen sollen", Harry hatte solche Angst und machte sich Sorgen um mich. Ich blieb so in seinen Armen und nach einer Weile wurde mein Schluchzen leiser. Ich fing an, mich innerlich tot zu fühlen, also stand ich auf und ging in mein Zimmer. Harry wollte mir folgen, aber ich hielt ihn davon ab. „Nein", rief ich bestimmt und ging alleine in mein Zimmer. Dort starrte ich aus dem Fenster, aber es war, als wäre alles um mich herum surreal geworden. Ich fühlte nichts, nur meine Taubheit. Ich wusste, dass ich wollte, dass der Schmerz aufhörte, aber diese Taubheit half nicht. Ich konnte mich an alles erinnern und nichts zu fühlen, machte es nur schlimmer. Ich wollte einfach wieder glücklich sein, so wie ich war, bevor ich meine Erinnerungen zurückbekommen hatte. Ich ging zu meinem Nachttisch, wo ich wusste, dass ich ein Messer versteckt hatte und nahm es heraus. Ich trug immer noch meine rote Bluse und zog die Ärmel hoch. Meine Arme waren makellos, nachdem ich die Prellungen vor ein paar Tagen geheilt hatte, aber ich erinnerte mich, wie sie aussahen, als ich bei Octopus war. Ich habe sie immer angestarrt, nachdem ich geschnitten wurde. Mit dem Messer ging ich über die Stelle, an der ich einmal einen Schnitt hatte und machte einen Neuen an genau derselben Stelle. Ich fühlte den Schmerz, aber dieses Mal wollte ich ihn. Blut fiel auf den Boden und machte leise Spritzgeräusche. Ich legte das Messer auf eine andere Stelle an meinem Arm, wo ich einen anderen Schnitt hatte und während ich es auf meine Haut drückte, hörte ich, wie sich die Tür hinter mir öffnete. Es störte mich nicht und ich machte einfach weiter. „Valerie, was machst du da?", Harrys Stimme brach, als er näher kam und sah, was ich mir selbst antat. Er versuchte, das Messer aus meiner Hand zu nehmen, aber ich hielt es nahe an meiner Haut, bis er es endlich schaffte, aber mit der Bewegung machte er noch einen tieferen Schnitt. Er traf eine Arterie und als er merkte, wie viel mehr Blut plötzlich aus meinem Arm kam, sah er mich schockiert an. „Heile es", er wurde verzweifelt. Ich schwieg einfach, während ich den Blutstrahl beobachtete. Er packte mich an den Schultern und schüttelte mich leicht. „Verdammt, Valerie. Heil es oder du wirst ausbluten", schrie er, während Tränen über sein Gesicht flossen. „Ich kann so nicht leben", sagte ich ihm ruhig und beobachtete weiter meine Arme, während ich spürte, wie ich schwächer wurde. Harry nahm ein Shirt, welches herumlag und drückte es gegen meine Wunde, damit ich nicht verblutete. Ich versuchte, ihn wegzudrücken, aber alles um mich herum wurde verschwommen. Harry hob mich in seine Arme und dann wurde ich ohnmächtig. Das nächste Mal, als ich mein Bewusstsein zurückbekam, war ich im Keller in unserem medizinischen Raum. Mein Arm war in ein Verband eingewickelt. Als ich mich umsah, bemerkte ich, dass Harry der einzige im Raum war und neben mir saß. Sein Gesichtsausdruck hatte viele Emotionen. Er war wütend, verzweifelt und besorgt zugleich. „Harry", sagte ich ruhig und fühlte mich immer noch schwach. Er sah mich wütend an. „Was zum Teufel, Valerie. Du hättest sterben können", schrie er frustriert. Ich sagte nichts und schaute weg. Ich fühlte mich geschlagen. Ich hatte weder Schmerzen noch war ich taub, nur gebrochen. „Ich gebe auf", flüsterte ich. „Was?", Harry legte seine Hand unter mein Kinn und zwang mich ihn anzusehen. „Octopus hat gewonnen. Ich bin fertig", sagte ich leer. „Woran hast du dich erinnert?", wollte er wissen. „Alles. Angefangen bei meinen Eltern", sagte ich. „Du meinst, bevor du zum ersten Mal von Octopus entführt wurdest und sie deine Eltern getötet haben?", erinnerte er sich an die Lüge, die ich ihm einmal erzählt hatte. „Nein, ich wurde nicht entführt. Meine Eltern haben mich misshandelt und gaben mir die Schuld für ihr Geldprobleme, also verkauften sie mich an Octopus", ich schaute weg von ihm. „Was?", er sah mich ungläubig an, bis er erkannte, dass ich die Wahrheit sagte. „Das ist schrecklich", sagte er und nahm meine Hand. „Nein, das ist es nicht einmal annähernd. Von eins bis zehn, ist das nicht einmal eine eins", seufzte ich. Er sah mich entsetzt an. „Woran hast du dich sonst noch erinnert?", wollte er wissen. „Ich erinnere mich, dass ich als Kind mehrfach von erwachsenen Männern verprügelt wurde, weil ich aus der Reihe getanzt bin. Ich erinnere mich, dass ein paar Minuten, nachdem ich meine Kräfte bekommen hatte, Egor, der Mann vom Videoband, versuchte hat mich zu vergewaltigen. Ich erinnere mich, dass er mich schließlich aus Rache vergewaltigt hatte, weil ich entkommen war, nachdem ich dann wieder von ihnen entführt wurde. Ich erinnere mich, dass ich all diese Leute im Dorf getötet habe, weil ich meine Kräfte nicht kontrollieren konnte. Ich erinnere mich, wie ich hungerte und Elektroschocks erlitt und aus Spaß bis zur Bewusstlosigkeit verprügelt wurde. Ich erinnere mich, dass ich jede Nacht geweint habe und mich nie warm gefühlt habe und jedes Mal, wenn ich am Ende versuchte habe, mich umzubringen, sie mich aufgehaltet haben", Ich erzählte ihm von jeder Sache, an die ich mich erinnerte. Als ich Harry ansah, war er sprachlos und entsetzt. „Ich kann dir nicht sagen, wie leid es mir tut", sagte Harry mit Tränen in den Augen. Ich starrte weg. „Ich gebe auf", wiederholte ich. „Bitte nicht", flehte Harry mich an und zog mein Gesicht näher an seines. „Du wirst nicht aufgeben. Wir werden sie besiegen. Ich verspreche es", er war verzweifelt. „Das habe ich schon getan", sagte ich ihm mit müden Augen. „Ich verbiete es", er schüttelte den Kopf und zog meinen Kopf an seine Brust. „Erinnere dich an all die guten Tage. Die Tage, die wir zusammen verbracht haben, als wir jünger waren. Der ganze Spaß, den wir hatten. Unser erstes Date. Jeden Abend, an dem wir zusammen gelacht haben", er versuchte mich schluchzend daran zu erinnern. Das Problem war, ich erinnerte mich und ich fühlte, wie ein Teil von mir, der weiter kämpfen wollte, immer stärker wurde. „Hör auf", flehte ich ihn an. Ich wollte nicht kämpfen, aber er erinnerte mich an all die Gründe, wieso ich kämpfen sollte. „Ich werde für dich da sein und dir helfen. Nur bitte gib nicht auf", sagte er mir und hielt mich noch fester. Jetzt fing ich auch an zu weinen. Ich fing endlich an, alles wieder zu spüren, auch den Drang weiterzukämpfen, was bedeutete, dass ich all die Dinge ertragen musste, die mir passiert waren. Er hielt mich in seinen Armen und ließ mich nicht los, bis mein Weinen in Schluchzen umschlug und ich dann wieder ruhig wurde. Ich sah ihn an. „Erinnerst du dich, als du jeden einzelnen von ihnen töten wolltest und ich dich angefleht habe, es nicht zu tun, falls du jemals die Möglichkeit dazu bekommen würdest?", erinnerte ich ihn an ein früheres Gespräch. „Willst du, dass ich sie töte? Weil ich genau das tun werde. Vertrau mir", er war voller Hass auf die Männer, die mich gefoltert hatten. „Nein, das

wirst du nicht", sagte ich ihm entschlossen. „Jetzt machst
du Witze", er sah mich schockiert an. „Du wirst es nicht
tun, weil ich es tun werde und sie werden leiden", ich
wollte Blut sehen, von jedem Mann, der mich verletzt
hatte, besonders Egor. Ich wollte sie alle für das bezah-
len lassen, was sie mir angetan hatten.

7. Kein Entkommen

Ich wollte in dieser Nacht nicht schlafen, weil ich wusste, dass Albträume auf mich warteten. In meinem Bett zu bleiben war auch keine Option, weil es einfach zu viele Erinnerungen gab, die mir durch den Kopf gingen. Jedes Mal, wenn ich meine Augen schloss, sah ich alles Schlechte, was mir je passiert war. Nicht einmal Harrys Anwesenheit konnte sie fernhalten. Ich genoss seine Wärme, aber ich brauchte etwas anderes. Also beschloss ich alleine nach draußen zu gehen, da Harry schon seit einer Weile schlief. Ich setzte mich auf die Bank am See mit einer Decke um mich herum, weil es kälter wurde. Ich beobachtete den Nachthimmel und versuchte, meinen Kopf leer zu halten. Ich konzentrierte mich auf meinen Atem. Das Gefühl der kalten und frischen Luft, die durch meine Lungen ging, hielt meine Gedanken für kurze Zeit fern. Aber ich konnte sie nicht ganz aus meinem Kopf bekommen. Was ich über meine Vergangenheit herausgefunden hatte, schien so unwirklich, aber es war real und ich erinnerte mich an alles. Wie konnten so viele schlimme Dinge nur einer einzigen Person passieren? Ich wusste einfach nicht, wie ich damit leben sollte. Ich wusste, dass ich einen Weg finden musste, denn so wie es jetzt war konnte es nicht weiter gehen. Es waren keine Wolken am Nachthimmel, sodass ich die Sterne und den hellen scheinenden Mond sehen konnte. Bald würde es einen Neumond geben. Vielleicht in ein paar Tagen. Der Mondzyklus schien so einfach zu sein. Es beginnt mit nichts und wächst jede Nacht, bis er sich in seiner Fülle zeigt. Ich liebte den Vollmond. Er hatte etwas Magisches an sich. Aber im Moment könnte ich einen Neuanfang wie den Neumond gebrauchen. Ich wollte meinen eigenen Neumond haben. Ich saß ein paar Stunden draußen und dachte darüber nach, was passiert war, als die Sonne langsam aufging. Ich hörte Schritte und drehte mich um. Es war Clary. „Hey", sagte sie leise und setzte sich neben mich. „Hey", erwiderte ich und starrte auf den See. „Seit wann bist du wach?", fragte sie dann. „Ich habe nicht geschlafen", antwortete ich kurz. Ich hörte einen Vogel und lauschte dem Zwitschern, während wir dort saßen. Dann zog ich etwas Wasser mit meinen Kräften aus dem See und ließ es näher an mich herankommen, um damit herumzuspielen. Es war so einfach. Ich konnte die Bewegungen kontrollieren, aber ich konnte nicht meine Gedanken kontrollieren. „Mike und ich waren gerade auf dem Weg nach Hause, als Harry angerufen hat. Wir haben euch beide abgeholt und nach Hause gebracht. Harry hat Schuldgefühle, weil er dich zu diesem Ort fahren lassen hat. Er wusste nicht, dass das passieren würde", brach sie die Stille, als sie mich mit dem Wasser spielen sah. „Er muss sich nicht schuldig fühlen. Sie wären so oder so zurückgekommen. Ich muss nur einen Weg finden, damit umzugehen", sagte ich leer und atmete tief durch. „Also, sind sie wirklich alle zurück?", fragte sie neugierig. „Ich denke schon", sagte ich und sah sie an. „Ich erinnere mich, wie deine Familie mich aufgenommen hat und wie wir beste Freundinnen wurden", lächelte ich halbherzig und wandte mich dann wieder dem Wasser zu, das zwischen meinen Händen schwebte. „Wir hatten damals eine wirklich tolle Zeit. Natürlich hattest du anfangs immer noch fast jede Nacht Albträume. Harry und ich schliefen direkt neben dir, um sie fernzuhalten", schwelgte sie in der Erinnerung an unsere gemeinsame Zeit. „Mit euch beiden zusammen zu sein, war das erste Mal, dass ich mich glücklich oder sicher gefühlt habe", erinnerte ich mich. Wenn meine Eltern mich nie weggegeben hätten, hätte ich sie vielleicht nie getroffen, aber dann müsste ich mich jetzt auch nicht mit meiner Vergangenheit auseinandersetzen. „Gestern hast du gesagt, dass du uns nie ganz erzählt hast, was wirklich passiert ist. Warum hast du dich uns nie anvertraut?", wollte sie wissen. „Ich wollte euch nicht belasten. Was ihr wusstet, war schon schlimm genug", erklärte ich und ließ das Wasser wieder über den See fliegen, damit es in einzelnen Tropfen runtertropfen konnte. „Willst du mir sagen, was passiert ist?", fuhr sie fort. „Frag Harry, ich habe ihm gestern alles erzählt. Ich kann einfach nicht mehr darüber sprechen, weil es sich dann anfühlt, als würde ich es noch einmal erleben", sagte ich, während Tränen aufkamen. Sie verstand. Ich wischte sie weg, während wir noch eine Weile dort saßen. Dann schaute ich auf meinen verbundenen Arm und nahm langsam den Verband ab, um meine Wunde zu heilen. Später beschlossen wir, wieder reinzugehen. Das Frühstück würde gleich beginnen, aber ich wollte nicht dabei sein. „Valerie", sagte Harry, während er seine Hand auf meine Wange legte. Er und die anderen waren schon im Wohnzimmer, als wir reinkamen. Seine Augen waren voller Fragen, die er nicht stellte. Er war sehr besorgt um mich und ich merkte, dass es ihm auch weh tat mich so zu sehen. „Ich werde laufen gehen. Wir können trainieren, wenn du fertig bist. Mach dir keine Sorgen um mich", sagte ich ihm und ging nach oben, um mich umzuziehen. Als ich wieder runterkam, waren sie schon beim Essen, aber es war leiser als sonst. Ich verließ wortlos das Haus und rannte los. Das Laufen war gut. Es hielt meinen Kopf leer. Ich war viel schneller und lief viel länger als zuvor. Wieder ging ich an meine Grenzen, weil ich nur so meinen Kopf leer halten konnte. Nachdem ich fertig war, ging ich wieder rein und holte mir etwas zu trinken. Dann ging ich in den Keller und gesellte mich zu den anderen. Harry kam zu mir und sah, dass ich den Verband nicht mehr trug. Er nahm den Arm in seine Hände und stellte sicher, dass alles wieder normal war. „Ich bin froh, dass du es geheilt hast", sagte er zu mir und sah mir in die Augen. „Es tut mir leid, dass ich dir Angst eingejagt und aufgegeben habe", entschuldigte ich mich. So sehr ich es hasste, ihn zu verletzen, konnte ich nicht für ihn da sein, damit er sich besser fühlte. Ich hatte einfach nicht die Kraft dafür, also fühlte ich mich schuldig, weil meine Handlungen auch einen Einfluss auf Harry hatten und ihn verletzten. „Du brauchst dich nicht zu entschuldigen", lächelte er sanft. „Es ist meine Schuld. Ich hätte dich nicht ..." „Nein, ist es nicht", unterbrach ich ihn. „Du respektierst meine Entscheidungen und ich liebe dich dafür, aber wenn meine Entscheidungen Konsequenzen nach sich ziehen, kannst du dich deswegen nicht schuldig fühlen, weil ich mich dazu entschieden habe, es zu tun. Außerdem haben meine Erinnerungen bereits versucht zurückzukommen. Es gab nichts, was du dagegen hättest tun können", versicherte ich ihm. Er nickte verständnisvoll. Dann fingen wir an zu trainieren und er hatte mich sofort auf dem Boden. „Vielleicht solltest du dich ein wenig ausruhen", schlug Harry vor, während er mir seine Hand anbot, um mir hoch zu helfen. „Das passt schon", sagte ich, als ich sie nahm. „Lass es uns noch einmal versuchen", ich war entschlossen. Er machte sich bereit und diesmal dauerte unser Kampf länger. Wut kam in mir auf und ich wurde aggressiver. Harry hielt sich wirklich gut, aber er geriet außer Atem, während ich grober wurde, bis ich versehentlich meine Kräfte gegen ihn einsetzte. Er prallte gegen die Wand und fiel zu Boden. „Harry", rief ich und erkannte erschrocken, was ich gerade getan hatte. Ich rannte zu ihm, um zu überprüfen, ob es ihm gut ging. „Ich denke, das habe ich verdient", sagte er außer Atem und unter Schmerzen. „Rede keinen Schwachsinn. Wo bist du verletzt?", wollte ich wissen. „Mir geht es gut", er versuchte aufzustehen, aber ich hielt ihn zurück. „Sag es mir", flehte ich, während ich ihn mir genauer anschaute. Sein Hinterkopf blutete, also legte ich meine Hand darüber und heilte es. Dann sah ich ihn erwartungsvoll an. „Mein Rücken fühlt sich etwas steif an", gab er nach, also heilte ich ihn auch da. „Es tut mir so leid. Ich wollte es nicht an dir rauslassen", entschuldigte ich mich. „Mir geht es gut. Mach dir keine Sorgen", sagte er mir. Ich schämte mich und wandte mich ab, aber er packte meinen Arm. „Hey, geht es dir gut?", fragte er. „Warum sollte es mir gut gehen?", ich sah ihn frustriert an. „Lass uns einfach weitermachen", sagte ich dann. Nur Mike und Clary waren noch hier, also wandte ich mich an sie. „Will einer von euch als nächstes?", fragte ich sie. Mike stand auf und kam zu mir. „Du solltest dich ausruhen", sagte er und schaute mich aufrichtig an. „Nein, ich bin ..." „Willst du Clary oder mich wirklich verletzen? Ich weiß, dass du uns wieder heilen kannst, aber du wirst dich trotzdem schuldig fühlen und ich glaube nicht, dass du das jetzt brauchen kannst", unterbrach er mich. Ich schaute von ihm weg, weil er Recht hatte. „Lass uns nach oben gehen", schlug Harry vor und ich nickte und nahm meine Niederlage an. Also brachte er mich zurück in sein Zimmer, um etwas Privatsphäre zu bekommen. Ich setzte mich neben sein Bett auf den Boden und lehnte mich dagegen. Er setzte sich neben mich und legte seinen Arm um mich. Dann lehnte ich mich an ihn an und schloss meine Augen. Ich war so müde, dass ich sofort einschlief und wie ich erwartet hatte, war es nicht traumlos. Ich konnte nicht wirklich etwas sehen, weil alles so verschwommen war. Ein Licht blendete mich, während ich Stimmen hörte, aber nicht verstehen konnte, was sie sagten. Ich wusste, dass ich wieder bei Octopus war. Ich war so schwach, dass ich mich nicht bewegen konnte und hatte große Angst, weil ich wusste, was kommen würde. Dann ging es los. Die Schocks kamen. Es war so schmerzhaft, dass ich anfing zu schreien, aber es half nicht. Ich versuchte zu fliehen, aber das funktionierte nicht. Ich wollte meine Kräfte nutzen, aber ich hatte keinen Zugang zu ihnen. Ich war alleine. Hilflos und allein. Jemand fing an, mich zu schütteln und meinen Namen zu rufen. „Valerie, wach auf. Valerie, bitte wache auf. Es ist nur ein Albtraum. Wach auf", es war Harry. Er hob mich vom Boden hoch und wollte mich nach draußen tragen. Er hatte nicht bemerkt, dass ich schon wach war. Plötzlich realisierte ich etwas. Es fühlte sich sehr warm an in seinem Zimmer. Ein bisschen zu warm. Ich schaute mich um und sah, dass das Bett in Flammen stand. Ich löste mich aus Harrys Armen und löschte das Feuer. Nachdem ich damit fertig war, reparierte ich die Schäden mit meinen Kräften. Immer noch von meinem Albtraum bewegt, fiel ich auf meine Knie und vergrub meinen Kopf in meinen Händen. Harry kniete sich neben mir nieder und

109

nahm meine Hände in seine. „Meine Kräfte sind außer Kontrolle", sagte ich ängstlich. Er zog mich näher an sich, damit ich meinen Kopf auf seine Schulter legen konnte. „Was soll ich tun?", er wollte helfen, wusste aber nicht wie. „Ich habe das Gefühl, dass sich alles in mir anstaut und ich es einfach rauslassen muss", erklärte ich. „James arbeitet an etwas, wo du vielleicht etwas Dampf ablassen könntest", weckte Harry mein Interesse. Also gingen wir zusammen nach unten, wo alle im Wohnzimmer saßen. „James ist der Raum bereit?", fragte Harry ihn. „Ja, aber ich weiß nicht, ob es funktioniert. Wir könnten es trotzdem gerne testen", schlug er vor. „Großartig", antwortete Harry. Die anderen waren auch daran interessiert, was passieren würde und schlossen sich uns an, als wir in den Keller gingen. Gegenüber vom Trainingsraum befand sich ein weiterer Raum, in den wir gingen. Der Raum war ein kleiner, aber wir passten alle rein. Es hatte ein Fenster und eine Tür zu einem anderen Raum. Dieser war viel größer, sah aber sehr seltsam aus, eher wie ein weißer Bunker. James öffnete die Tür und bat mich, reinzugehen. Ich folgte seinen Anweisungen. Durch ein Mikrofon in ihrem Zimmer hörte ich, was die anderen sagten. „Ich habe diesen Raum für dich entworfen, damit du deine Kräfte trainieren kannst. Wenn es funktioniert, solltest du es nicht zerstören können", erklärte James. „Also, soll ich es einfach ausprobieren?", fragte ich. „Vielleicht versuchst du es erst mal langsam und gibst nicht gleich dein Bestes. Dann kannst du die Stärke deiner Kräfte erhöhen", schlug er vor. „Okay", antwortete ich und schüttelte meine Hände aus. „Los geht's", sagte ich zu mir selber. Dann spürte ich wieder das Kribbeln in meinen Armen und zeigte mit einer Hand auf die

Wand. Ich stieß eine Druckwelle aus, die die Wand ohne Probleme aushielt. Dann schoss ich einen Energiestrom heraus. Die Mauer wurde dadurch auch nicht beschädigt. Als nächstes versuchte ich es mit mehr Kraft. Ich versuchte, das Kribbeln zu verstärken und einen viel stärkeren Strom herauszulassen, der die Wand leicht zerstörte. „Ich denke, ich muss noch etwas daran arbeiten", sagte James. Ich reparierte den Schaden, den ich angerichtet hatte und ging zurück zu den anderen. „Wie viel weiter hättest du gehen können?", fragte James. „Viel weiter, das war eher eine leichte Aufwärmübung", erklärte ich. „Hat es geholfen?", flüsterte Harry mir ins Ohr. Ich schüttelte den Kopf. Das war noch Garnichts. Ich hielt mich immer noch zurück. Ich wollte alles rauslassen. Dann nahm ich Harrys Hand und ging wieder nach oben. Ich wusste, wo ich etwas Dampf ablassen konnte, ohne etwas zu zerstören. „Lass uns ins Dorf gehen", schlug ich vor. „Glaubst du, dass das jetzt eine gute Idee ist, nachdem was letztes Mal passiert ist?", er war zögerlich. „Es ist bereits zerstört. Ich werde jetzt keinen Schaden mehr anrichten können. Außerdem habe ich meine Erinnerungen schon zurückbekommen", erklärte ich. Er stimmte dann zu und ging in die Garage, um sein Motorrad zu nehmen. Ich bemerkte, dass es auf einem Geländewagen war. „Könntest du...?", Harry sah mich erwartungsvoll an. Ich verstand und ließ es auf den Boden schweben. „Danke. Mike, Clary und ich hatten wirklich Mühe, es dort hochzubringen", meinte Harry und setzte sich darauf. „Ich werde fliegen", sagte ich zu ihm und hob in die Luft ab. Nachdem ich zurück zu ihm schaute, startete er den Motor. Ich flog neben ihm, während er auf seinem Motorrad fuhr. Es fühlte sich gut an zu fliegen, aber es war noch nicht gut genug. Als wir in dem zerstörten Dorf ankamen, landete ich wieder, während Harry vom Motorrad abstieg. Ich konnte fühlen, wie das Kribbeln stärker wurde und in mir wuchs, als Harry meine Schulter berührte. „Du solltest ein paar Schritte zurückgehen", sagte ich zu ihm, weil ich endlich loslassen, aber ihn dabei nicht verletzten wollte. „Okay. Gib dein Bestes", ermutigte er mich und trat zurück. Ich konnte sehen, wie sich der rote Strom von Kraft und Energie in meinen Händen entfaltete, bis ich ihn schließlich los und fließen ließ. Es fühlte sich an, als könnte ich endlich loslassen und stieg in die Luft, ohne den Stromfluss zu stoppen. Die schlechten Erinnerungen gingen wie Blitze durch meinen Kopf. Ich schrie, um sie aus meinem Kopf zu halten und verstärkte den Stromfluss, bis ich an meine Grenze kam, aber es half nicht. Ich gab dem Kraftfluss alles, was ich konnte, aber es war nur eine schwache und kurze Entlastung. Ich fühlte mich von Sekunde zu Sekunde schwächer und landete langsam auf dem Boden. Es hätte mir helfen sollen. Es hätte funktionieren sollen, aber das hat es nicht. Es erinnerte mich nur wieder daran, was ich nicht konnte und wie schwach ich war. Ich fiel auf die Knie und erkannte, dass meine Augen bereits mit Tränen gefüllt waren. Harry kam zu mir und nahm mich in seine Arme. „Es hat nicht funktioniert", schluchzte ich. „Wir werden einen Weg finden, es besser zu machen. Ich verspreche es", er fühlte sich hilflos und verzweifelt. „Lass uns gehen. Ich will nach Hause", sagte ich. Er stimmte mir zu und setzte sich auf sein Motorrad. Ich setzte mich hinter ihn, weil ich keine Lust hatte zu fliegen. Harry fuhr uns nach Hause, während ich mich an ihn lehnte. Ich wünschte, ich wüsste, was ich tun müsste, um wieder glücklich zu sein. Es musste einen Weg geben. Ich könnte nicht ewig so leben. Der Satz ‚die Zeit heilt alle Wunden' kam mir in den Sinn, aber es fühlte sich nicht so an, als ob es auf mich zutreffen würde. Ich hatte keine Wunden. Es war mehr als das. Es fühlte sich an, als wäre ich mehrmals gestorben. Nicht tot, aber auch nicht lebendig. Wie kann jemand davon zurückkommen? Vielleicht hat es Egor geschafft und ich würde nie wieder glücklich sein und die paar Tage, die ich mit Harry hatte, bevor ich meine Erinnerungen zurückbekommen hatte, waren ein bisschen Frieden, den mir mein Verstand gab, bevor er mich schließlich emotional umbrachte. Ich wollte zu dem zurückkehren, was Harry und ich vorgestern hatten. Ich wollte wieder glücklich sein. Die bedingungslose Liebe, die nicht durch schlechte Erinnerungen aus der Vergangenheit unterbrochen wurde. Ich wollte einfach von allem befreit werden. Aber das war nicht der Fall. Ich war gebrochen und von Albträumen und Traumata gejagt, aber zu müde, um davon zu rennen. Nachdem wir angekommen waren, ging ich zurück in mein Zimmer. Ich war so frustriert. Ich brauchte nur eine Art Ablenkung. Harry kam kurz nach mir rein. Ich sah ihn an. Es gab niemanden, der mich dazu bringen konnte, alles besser zu vergessen als er. Ich schloss die Tür hinter ihm und warf meine Arme um seinen Hals, um ihn näher an mich zu ziehen. Ich würde mich dazu bringen, zu dem zurückzukehren, was wir hatten. Scheiß auf meine Erinnerungen, niemand würde mir mein Leben wegnehmen. Ich fing an, ihn zu küssen, aber er drückte mich sanft weg und sah mich an. „Valerie …", fing er an, aber ich unterbrach ihn. „Ich will dich", Ich zog ihn wieder näher und diesmal leistete er keinen Widerstand. Zuerst war er unsicher, aber dann fing er an, mich zurück zu küssen. Ich zog mein Shirt und dann sein Hemd aus. Als nächstes legte er mich auf mein Bett und ging über mich. Er lag zwischen meinen Beinen und fing an, meinen Hals zu küssen. Ich fühlte plötzlich ein seltsames Gefühl, aber ich versuchte, es zu verdrängen. Dann blieb Harry stehen, um mich anzusehen und sein Gesicht verwandelte sich in Egors. „Ich werde dir eine Lektion erteilen", sagte er und fuhr fort, meinen Hals zu küssen. „Stopp, bitte hör auf", schrie ich entsetzt und versuchte ihn wegzudrücken. Harry reagierte sofort und ging runter von mir. Ich stand auf und zog mein Shirt wieder an. Dann verschränkte ich meine Arme vor meiner Brust. Harry kam zu mir und legte seine Hand auf meine Wange. Ich trat zurück. „Bitte fass mich nicht an", sagte ich mit Blick nach unten. Er nahm seine Hand weg. „Valerie?", er war besorgt. „Ich will allein sein", sagte ich zu ihm. Er war zwiegespalten, weil er mir helfen wollte, aber nicht wusste wie. Das Einzige, was er tun konnte, war auf mich zu hören, aber er war sich nicht sicher, ob es das Richtige war. Er sah mich ein letztes Mal an, bevor er ging. Ich legte meine Hand über meinen Mund und brach weinend zusammen. Den Rest des Tages verbrachte ich in meinem Zimmer und saß einfach auf dem Boden. Meine Hände um meine Beine gewickelt, starrte ich aus dem Fenster und weinte. Nachdem es dunkel wurde, schlief ich auf dem Boden ein. Als ich wieder aufwachte, lag ich in meinem Bett. Harry wollte wahrscheinlich schauen, wie es mir ging und als er mich auf dem Boden fand, legte er mich in mein Bett. Ich wusste, dass ich nicht gut geschlafen hatte, weil ich mich immer noch sehr müde fühlte, aber ich konnte mich auch nicht daran erinnern, geträumt zu haben, also war das zumindest eine gute Nachricht. Ich fühlte mich sehr einsam, nachdem ich aufgewacht war, also beschloss ich, zu Harry zu gehen. Ich zog ein Kleid an und bürstete mir die Haare, bevor ich rüber ging. Harry war schon wach, als ich reinkam. Er saß auf seinem Bett und las ein Buch. „Guten Morgen", lächelte er mich sanft an. „Guten Morgen", ich setzte mich neben ihn und nahm seine Hand in meine, während ich meinen Kopf auf seine Schulter legte. „Wie fühlst du dich?", fragte er, während er sein Buch weglegte. „Schwach und müde", antwortete ich kurz. „Du warst ein bisschen unruhig, als ich nach dir geschaut habe, aber du sahst auch schlechter aus, also habe ich dich nicht geweckt", sagte er. „Ich glaube, ich war zu müde, um zu träumen", dachte ich. „Was ist gestern passiert?", wollte er wissen. „Kennst du das, wenn Menschen mit Trauma anfangen, das Zeug zu halluzinieren, das ihnen passiert ist? Sagen wir einfach, dass so etwas passiert ist", versuchte ich zu erklären und war froh, dass er sofort verstand. Ich wollte nicht ins Detail gehen. Wir saßen da, bis Mike reinkam. „Clary hat gesagt, dass wenn du jetzt nicht runterkommst, du kein Frühstück bekommst", sagte er genervt und merkte dann, dass ich auch hier drin war. „Oh, hey Val. Willst du auch kommen?", fragte er. Harry sah mich an und wartete auf meine Antwort, also nickte ich. Mike ging, während Harry seine Klamotten von gestern anzog. Dann nahm er wieder meine Hand und ging mit mir nach unten. Ich war nicht hungrig, also trank ich nur etwas Tee. Ich merkte, dass etwas zwischen Clary und Mike seltsam war. „Wie ist euer Date gelaufen?", fragte ich sie. Clary verschluckte sich fast an ihrem Kaffee. „Es war schön", sagte sie, ohne wirklich darüber nachzudenken. Mike lächelte nur glücklich und lehnte sich zurück. Ich sah Clary wissend an, aber sie machte klar, dass ich es loslassen sollte. „Willst du heute gegen mich antreten? Wir könnten die Stäbe ausprobieren", schlug Mike mir vor, um das Thema zu wechseln. „Ich werde heute nicht trainieren", sagte ich. „Warum nicht? Liegt es daran, was mit Harry passiert ist?", fragte Andrew. „Nein, ich bin einfach erschöpft. Ich habe mich gestern körperlich zu weit getrieben und bin emotional fertig", erklärte ich. „Was willst du heute machen?", fragte mich Harry dann. Darüber dachte ich kurz nach. „Ich möchte Friends schauen und Eis essen", antwortete ich. Er lächelte mich an. „Kann ich mich euch anschließen?", fragte Andrew. „Natürlich, je mehr, desto besser", sagte ich. Die anderen kamen auch dazu und ließen das Training heute ausfallen. Also zogen wir nach dem Frühstück alle bequeme Klamotten an und setzten uns zusammen ins Wohnzimmer, um eine Komödie mit Eimern voller Eiscreme zu sehen. Wir hatten sechs verschiedene Geschmackssorten, die wir ab und zu durchgaben. Es war schön, den Tag so zu verbringen. Wir hatten alle Spaß und ich hatte ein bisschen Ruhe. Natürlich würde es nicht lange andauern. Als ich in dieser Nacht mit Harry schlafen ging, musste er mich stündlich aufwecken, weil ich einen Albtraum nach dem anderen hatte. „Ist das nicht ironisch? Ich kann jeden heilen und alles reparieren, aber ich kann nicht reparieren, was in meinem Kopf schief läuft", sagte ich frustriert um zwei Uhr morgens. Ich wollte nicht wieder einschlafen. „Du hast es nie versucht", sagte Harry. Er hatte Recht, vielleicht war es so einfach. Ich legte meine Finger auf meinen Kopf und schloss meine Augen. Dann ließ ich meine Heilkräfte durch mich fließen. Harry sah mich hoffnungsvoll an, als ich meine Augen wieder öffnete. Ich atmete tief aus. „Und ...", er nahm meine Hand. „Nichts. Das wäre auch zu einfach gewesen", sagte ich genervt. „Gib die Hoffnung nicht auf", ermutigte er mich. „Du bist stark und hast bisher jedes Hindernis überwunden, das dir in den Weg gelegt wurde. Es wird Zeit brauchen, aber ich bin sicher, dass du deinen Weg finden wirst", er hielt mein Kinn hoch. „Was ist, wenn ich es dieses Mal nicht schaffe?", ich fühlte mich hoffnungslos. „Du bist nicht allein. Du hast so viele Menschen in deinem Leben, die dich lieben. Vergiss das nie", erinnerte er mich. Ich lächelte halbherzig. Dann küsste er mich auf die Stirn. „Willst du wieder schlafen gehen?", fragte er mich dann. „Ich werde wieder Albträume haben, aber vielleicht ...", ich erinnerte mich an etwas. „Haben wir die Kräuter noch in der Speisekammer?", ich schaute ihn hoffnungsvoll an. „Ja. Was ist dein Plan?", er wurde neugierig. Ich ging mit ihm nach unten und nahm etwas Baldrian aus dem Glas. Dann nutzte ich meine Kräfte, um es zu verarbeiten. Ein paar Tropfen kamen heraus und flossen in der Luft zusammen. „Was ist das?", fragte mich Harry. „Es ist konzentrierter Baldrian. Das dürfte mich für ein paar Stunden abschießen. Vielleicht hält es ja die Albträume fern", erklärte ich. „Woher weißt du das?", er sah mich überrascht an. „Ich habe viel Zeit mit Clary verbracht. Sie kennt sich sehr gut mit diesem Zeug aus", ich ließ die wenigen Tropfen, die herauskamen, in meinen Mund fliegen und schluckte sie runter. Den Rest warf ich in den Müll. Dann gingen wir wieder nach oben und nachdem wir wieder im Bett waren, schlief ich ein, sobald mein Kopf das Kissen berührte. Zumindest hatte etwas funktioniert.

8. Ich kämpfe

Ich schlief den Rest der Nacht ohne Albträume durch und als ich endlich aufwachte, fühlte ich mich tatsächlich sehr ausgeruht. „Wie hast du geschlafen?", fragte mich Harry, als er merkte, dass ich wach war. „Wie ein Stein", antwortete ich glücklich und kuschelte mich an ihn. Er lachte und legte seinen Arm um mich. „Willst du heute trainieren?", er sah mich hoffnungsvoll an. „Ja", antwortete ich und küsste ihn, bevor ich aufstand. Ich ging in mein Zimmer und zog meine Trainingskleidung an, dann ging ich nach unten, wo Harry bereits am Tisch saß. „Du scheinst viel zu gut ausgeruht zu sein, dafür, dass du so viele Albträume hattest", beschwerte sich Mike und gähnte. „Um zwei Uhr war ich so frustriert, dass ich mich mit Baldrianextrakt ausgeknockt habe. Das hat geholfen, sie fernzuhalten", erklärte ich entschuldigend. „Darf ich dich etwas fragen?", Andrew schien unsicher zu sein. Ich nickte, während ich ein Sandwich aß. „Worum geht es in den Albträumen?", wollte er wissen. Alle wurden still. Ich schaute auf meinen Teller und hatte Schwierigkeiten, seine Frage zu beantworten. „Es geht normalerweise darum, wie sie mich gefoltert haben. Ich erlebe im Grunde den Schmerz noch einmal, deshalb wache ich schreiend auf", erzählte ich. „Dann ist da noch die Sache mit dem sexuellen Missbrauch", meine Stimme brach und ich hörte auf zu sprechen. Ihre Reaktion zeigte mir, dass niemand davon wusste. Ich nahm einen Schluck von meinem Tee und aß das Sandwich weiter. Dann fühlte ich Harrys tröstenden Arm auf meinem Rücken. Das Frühstück ging still weiter, bis James es brach.

„Ich habe die Information erhalten, dass Octopus einen Angriff auf die Bank in London plant. Es gibt dort etwas, das in einem Safe versteckt ist, sehr wertvoll und in den falschen Händen sehr gefährlich. Es kann zerstörerisch sein, deshalb müssen wir sie davon abhalten, es zu klauen", erklärt er ernst. „Wann werden wir gehen?", fragte Mike und fühlte sich bereit. „Heute Abend werden sie versuchen, es zu stehlen, sobald es dunkel wird", antwortete James, dann wandte er sich an mich. „Wenn du dich nicht wohl fühlst, kannst du hier bleiben", bot er an. „Machst du Witze? Wenn ich Glück habe, kann ich etwas von meiner Wut an ihnen auslassen", ich war hoffnungsvoll. „Valerie, ich muss dich warnen. Bei dieser Mission geht es nicht um Rache, auch wenn du sie verdient hättest. Es ist wichtiger, dass wir das, was sich dort im Safe befindet, von ihnen fernhalten", James wollte sicherstellen, dass ich mir der Situation bewusst war, anstatt mich auf meine Wut zu konzentrieren. „Mach dir keine Sorgen", beruhigte ich ihn, versprach mir aber selber, dass, wenn ich die Chance bekommen würde, ich auch meine Rache bekommen würde. Leider kannte mich Harry zu gut, sodass er als wir aufstanden, mit mir nach draußen ging und mir direkt in die Augen schaute. „Valerie, ich weiß, was du denkst", warnte er mich. „Ich werde die Mission priorisieren, aber wenn ich die Chance bekomme ...", versuchte ich zu erklären. „Ich werde nicht riskieren, dich wieder zu verlieren. Verstehst du mich?", sagte er ernst. „Ich kann damit umgehen", ich war entschlossen. „Mir wäre es lieber, wenn du hier bleibst", er wurde ruhiger und aufrichtig. „Und wer kümmert sich um euch, Jungs?", versuchte ich einen Witz und war erfolgreich. Er lächelte. „Clary macht normalerweise einen tollen Job", lachte er. „Ich will mitkommen", wurde ich dann wieder ernst. „Dann gibt es nichts, was ich dagegen tun kann. Versprich mir einfach, dass du nichts Riskantes tun wirst", er legte seine Hand unter mein Kinn und ließ mich in seine Augen schauen. „Versprochen", antwortete ich und meinte es ernst. Danach gingen wir in den Trainingsraum, wo James uns weitere Informationen für die Mission gab. Auf einer großen Leinwand im Trainingsraum zeigte er uns den Ort. „Wir werden hier auf sie warten. Valerie und Clary ihr zwei werdet drinnen bleiben, falls sie reinkommen. Der Rest von uns wird draußen warten und sicherstellen, dass ihr hoffentlich nichts zu tun haben werdet", erklärte er. „Warum kann ich nicht draußen kämpfen?", wollte ich wissen. „Clary und du seid unsere besten Kämpferinnen, außerdem bist du sehr mächtig. Ihr müsst den Safe schützen", James sah mich ernsthaft an. Dann verschränkte ich meine Arme vor meiner Brust und vermutete, dass Harry wahrscheinlich ein Mitspracherecht hatte, ließ es aber los. Er hatte Recht, aber ich würde trotzdem gerne auch gegen ein paar von ihnen kämpfen. „Was ist im Safe?", fragte Clary dann. „Mir wurde gesagt, dass es sich um eine Art technologisches Gerät handelt. Das Eversorium ist sehr mächtig, aber auch tödlich", antwortete er. Während James den anderen neue Waffen zeigte, wandte ich mich unseren Anzügen zu, die in der Wand waren. Meiner sah anders aus. Es war immer noch violett, aber der Stoff war anders. Die Taschen darauf waren weg und stattdessen war einen Gürtel mit einer kleinen Tasche dran. „Ich habe ihn gemacht, als wir dich wiedergefunden haben, da du deinen alten nicht mehr hast und hab einige Änderungen vorgenommen", sagte Andrew. Ich bemerkte nicht, dass er hinter mir war und drehte mich zu ihm um. „Sieht man", lächelte ich. „Es ist flexibler und weil du ja eigentlich keine Waffen brauchst, habe ich die Taschen weggelassen. Der Gürtel macht es stilvoller und kann praktisch sein. Außerdem ist das Ganze feuerfest", erklärte er. „Es sieht toll aus, danke", ich schaute fasziniert den Anzug an. Er war viel besser als mein alter. Andrew hat sich damit wirklich selbst übertroffen. Er war für unsere Anzüge verantwortlich und versuchte immer, sie zu verbessern, während er sie stilvoll hielt. Wir zogen uns um und machten uns bereit für die Mission. Um undercover zu bleiben, nahmen wir den Van anstelle des Schiffes, welches wir für größere und internationale Missionen benutzten. Die Bank war in London und wir hatten nur eine einstündige Fahrt dorthin. James hatte den Van zu einem Selbstfahrenden umgebaut, also saßen wir alle hinten, um noch mal über den Plan zu gehen und sprachen über verschiedene Situationen, mit denen wir konfrontiert werden könnten. „Warum bringen wir dieses Ding nicht einfach in das White Star-Hauptquartier?", fragte Mike. „Die Regierung hat ein Problem damit, aber ich denke, nach dem heutigen Tag werden sie es endlich akzeptieren", antwortete James. „Und warum zerstören wir es nicht einfach? Es wird dann keinen Schaden mehr anrichten können", schlug Clary vor. „Wenn die Astronomen erfolgreich sind, werden wir in der Lage sein, durch dieses Gerät so viel mehr über das Universum herauszufinden, aber es ist noch nicht bereit, so verwendet zu werden. Sie müssen noch so viel mehr herausfinden, weil einige Teile dieses Geräts uralt sind", antwortete James. „Okay. Ein letztes Mal. Mike, Harry und Andrew, ihr werdet draußen auf mein Signal warten. Clary und Valerie, ihr beide werdet den Tresor von Innen beschützen und auf weitere Informationen von mir warten. Hier sind eure Headsets", James gab sie uns. Wir steckten sie uns in die Ohren und überprüften, ob sie funktionierten. Der Van parkte zwei Blocks von der Bank entfernt. Wir zogen alle unsere Mäntel an und stiegen aus, außer James. Mike und Harry setzten sich draußen in einem Café neben der Bank an verschiedene Tische. Andrew kaufte eine Zeitung und setzte sich auf eine Bank, um sie zu lesen. Clary und ich gingen in die Bank zum Manager, der bereits in der Halle stand und auf uns wartete. „Alles ist vorbereitet. Niemand sollte in der Lage sein, hier einzubrechen", sagte Clary leise zu ihm. Dann führte er uns zu einem Platz im Obergeschoss, wo wir die gesamte Fläche überblicken konnten. „Seht ihr etwas Verdächtiges?", fragte James. „Draußen ist alles normal", antwortete Andrew. „Also, müssen wir jetzt erst mal warten", sagte Mike. Clary schien besorgt zu sein. „Alles gut bei dir?", wollte ich wissen. „Ich habe ein schlechtes Gefühl, als würde heute jemand verletzt werden", antwortete sie. Ich bemerkte etwas Seltsames an ihr, genau wie beim Frühstück heute. „Du machst dir Sorgen um Mike, nicht wahr?" Ich versuchte mehr Informationen aus ihr rauszubekommen und lächelte. Sie errötete. „Das Date lief echt so gut?", lachte ich. „Lach nicht", sie schlug mir leicht auf den Arm. „Ich habe eine neue Seite von ihm gesehen und er ist süß. Er hat etwas an sich und an dem Tag hat es dann Klick gemacht", fügte sie hinzu. „Da sind zwei schwarze Vans, die von der Westseite auf euch zu kommen", informierte uns James. Die anderen konnten unser Gespräch nicht hören, denn um das Mikrofon einzuschalten oder auszuschalten,

musste man erst einen Knopf am Headset drücken. „Ich
sehe sie", sagte Andrew und sie machten sich bereit. James
hatte Recht. Die Vans hielten direkt vor der Bank an und
heraus kamen zehn bewaffnete Männer. Die Jungs verließen ihre Plätze und platzierten sich zwischen den
Männern und der Bank. „Es sind mehr, als ich erwartet
habe", beschwerte sich Mike, während er gegen sie kämpfte. „Braucht ihr Hilfe?", fragte ich gespannt. „Nein, bleib
dort, wo du bist. Fünf sind schon unten", Harry klang
konzentriert. Dann hörte ich einen Schuss und sah, durch
das Fenster wie jemand zu Boden fiel, aber ich konnte
nicht erkennen wer. „Was ist passiert?" Clary fing an sich
Sorgen zu machen. „Es ist Mike. Er wurde angeschossen",
sagte Harry geschockt. Clary wollte runterlaufen, aber
ich hielt sie auf. „Ich werde ihn heilen. Du bleibst hier
oben", sagte ich zu ihr und flog runter. Als ich dort ankam, sah ich, dass sieben von ihnen bewusstlos auf dem
Boden lagen. Während Harry und Andrew mit den restlichen drei kämpften, ging ich zu Mike und suchte nach
der Wunde. Ich fand sie über seiner linken Hüfte. „Das
könnte kurz weh tun", warnte ich ihn und ließ die Kugel
herausfliegen. Er stieß ein Grunzen aus, versuchte sich
aber, so wenig wie möglich zu bewegen. Dann versuchte
einer der drei, mich anzugreifen, aber Harry kam zuerst
zu ihm. „Beeil dich", rief er. „Du musst oben bleiben",
fügte er hinzu. Ich legte meine Hände über Mikes Wunde und heilte sie. Es dauerte eine Weile, weil sie tief war,
aber nachdem ich fertig war, stand er auf, als ob nichts
passiert wäre. „Danke", sagte er im Stehen und schlug
den letzten, der auf uns zukam mit einem Schlag K.O.
„Geh", befahl Harry. Aber bevor ich wegfliegen konnte,
kam eine Frau heraus und ließ die Jungs gegen die Wand

knallen. Ich erkannte sie aus dem Video. „Geht es euch gut?", fragte ich sie, ohne meine Augen von ihr zu nehmen. „Mach dir keine Sorgen", antwortete Andrew. Hinter ihr kam Egor raus. Ich fühlte, wie die Wut in mir Aufstieg und schoss einen Feuerball gegen ihn, aber die Frau blockierte es. „Ich sehe, du erinnerst dich an mich", lächelte er. „Du fragst dich wahrscheinlich, wie Lydia zu ihren Kräften gekommen ist", er schaute sie an. „Ich habe das Video gesehen", knurrte ich wütend. Dann feuerte sie einen Feuerball gegen mich, aber ich blockte es ohne Probleme. Harry und die anderen standen auf und kamen zu mir. „Was ist dein Plan?", fragte Harry leise, sodass nur ich ihn hören konnte. Niemand von uns wäre auf die Idee gekommen, dass jemand wie sie auch da sein würde. „Ich kümmere mich um sie. Ihr könnt euch Egor annehmen, aber töte ihn nicht. Er gehört mir." Ich musste zuerst Lydia stilllegen, bevor ich mich an Egor wenden konnte. Er stimmte zu und dann kamen weitere fünf Männer aus den Vans. Sie schienen stärker zu sein als die, die auf dem Boden lagen. Die Jungs wandten sich an sie, während ich mich auf Lydia konzentrierte. Ich hob in die Luft ab und sie folgte mir. „Warum hilfst du ihnen?", wollte ich wissen. „Sie haben mir Kräfte versprochen und mir gefällt das Ergebnis", lächelte sie boshaft, dann stieß sie einen Strom von Macht aus, dem ich einen entgegen schoss. Es traf sich in der Mitte. Ich fühlte den Druck davon, aber es schien, als hätte sie mehr Schwierigkeiten, es zu halten. Ich flog näher und drückte den kollidierenden Strom in ihre Richtung. „Gib auf. Ich bin stärker als du", versuchte ich mit ihr zu rationalisieren. „Träum weiter", antwortete sie und versuchte, dagegen anzukämpfen, aber es kam immer näher an sie heran, während sie schwächer wurde. Bevor es sie traf, ließ ich los und es löste sich auf. Sie verlor das Bewusstsein und fiel, aber bevor sie auf den Boden knallen konnte, fing ich sie auf und legte sie auf den Boden nieder. Dann wandte ich meine Aufmerksamkeit den anderen zu. Clary hatte sich ihnen angeschlossen. Diese fünf Männer waren so stark, dass mein Team immer noch nicht gewonnen hatte. Egor zog eine Waffe raus und richtete sie auf mich. Ich rollte mit den Augen und ließ es aus seiner Hand fliegen. Dann aktivierte er etwas, wodurch ich mich verändert fühlte. Ich wusste genau, was es war. „Sie blockieren meine Kräfte", informierte ich die anderen und schloss mich ihnen an. Ich bemerkte einen der Männer. Er war einer von denen, die mich verletzt hatten, während ich geschwächt in Octopus war. Ich hielt ihn davon ab, reinzugehen. „Ich wusste, dass du eine Kämpferin bist", sein Lächeln ekelte mich an. „Du hast noch nichts gesehen", antwortete ich und schlug ihm so hart ins Gesicht, dass ich ihn mit blutender Nase ausknockte. Dann bemerkte ich, dass Egor reinging. Ich folgte ihm, während die anderen mit den Männern von Octopus beschäftigt waren. „Du wirst das Eversorium nie bekommen", ich trat ihn, sodass er zu Boden fiel. Dann drehte er sich zu mir um. „Oh Valerie. Was wirst du dagegen tun? Ohne deine Kräfte bist du einfach nutzlos", meinte er, als wäre es eine Tatsache. „Du unterschätzt mich", warnte ich ihn, aber er grinste nur. Die anderen hatten die restlichen Männer ausgeknockt und kamen auch herein. Dann zog er die Waffe wieder heraus. Er hatte sie wahrscheinlich wieder aufgehoben, während ich abgelenkt war. „Weißt du, ich mochte es wirklich, als du so schwach warst, dass ich mit dir alles machen konnte, was ich wollte. Vor allem, als ich dich so hart gefickt habe, während du wehrlos und schwach auf dem Tisch lagst. Ich habe deine Schreie an diesem Tag wirklich genossen. Sie waren anders als deine anderen Schreie", er versuchte mich zu provozieren. Ich fühlte den Blutrausch in mir, als Harry näher kam, um ihn zum Schweigen zu bringen. „Ich bring dich um", schrie er wütend und vergaß die Waffe, die Egor nun auf Harry richtete. Ich hielt ihn zurück und stellte mich vor ihn. „Er gehört mir", zischte ich und entwaffnete Egor nur allzu leicht, wodurch ich die Waffe jetzt in meinen Händen hielt. Ich richtete sie auf ihn. „Du wirst mich nicht erschießen. Dafür bist du zu schwach, mein Kind", lächelte er mitleidig. „Du hast Recht", antwortete ich und richtete es auf das Gerät in seiner Hand, das mich davon abhielt, meine Kräfte zu nutzen und drückte den Abzug. „Ich würde dich lieber so töten", lächelte ich, als ich meine Kräfte wieder spürte. Meine Wut in Kombination mit meinen Kräften ließ ihn ein paar Meter nach oben fliegen, wobei ich ihn an seinem Hals hochzog. Ich grinste. Er bekam Angst und versuchte, dagegen anzukämpfen, aber er konnte es nicht. Dann kam die Polizei rein und ich ließ ihn wieder fallen und dabei mit voller Kraft auf den Boden knallen. Ich hörte, dass ein paar seiner Knochen brachen. „Der Tod wäre zu gut für dich", flüsterte ich ihm ins Ohr, während er auf dem Boden lag und sich nicht bewegen konnte. Ich ging zurück zu Harry, der seinen Arm um meine Taille und seine Hand auf meine Wange legte. „Alles okay?", fragte er leise. „Vorerst", antwortete ich. „Ihr könnt übernehmen", sagte Andrew der Polizei. Dann verließen wir das Gebäude und gingen zurück zum Van, wo James bereits auf uns wartete. Als wir endlich losfuhren, nahm ich mein Headset ab und gab es James zurück. Dann lehnte ich mich zurück auf Harrys Brust. „Wer war diese Lydia?", fragte mich James. „Ich kenne sie nicht. Als ich bei Octopus war, war ich wahrscheinlich zu schwach, um sie zu bemerken, aber sie verlor ihre Kräfte so schnell, dass ich fast nichts tun musste. Diese Art von Kraft scheint nicht von langer Dauer zu sein", antwortete ich. „Was meinst du damit?", Andrews Interesse wurde geweckt. „Es ist wie eine Batterie. Sie werden ihr wahrscheinlich wieder die Substanz injizieren müssen, um ihre Kräfte zurückzubekommen. Bei mir ist es anders. Ich bin die Energiequelle. Sie sind ein Teil von mir", erklärte ich. Er schien es zu verstehen. „Nochmals vielen Dank für die Hilfe", bedankte sich Mike. „Kein Problem", lächelte ich und sah Clary an, die auch dankbar schien. „Warum hast du ihn nicht getötet?", fragte mich James dann. „Ich habe jahrelang unter der Hand dieses Mannes gelitten. Der Tod wäre zu gut für ihn", ich schaute weg, weil ich spürte, wie wieder Tränen aufstiegen. Ihn wiederzusehen, brachte all diese Erinnerungen zurück. Ich starrte aus dem Fenster in den Nachthimmel und spürte, wie Tränen über mein Gesicht flossen. Clary legte ihre Hand über meine und sah mich an. Dann atmete ich tief durch: „Ich erinnere mich nicht an viel, nur daran, dass es weh tat und dass er gefühlt überall auf mir war. Es widert mich jedes Mal an, wenn ich darüber nachdenken muss", vertraute ich mich ihnen an, während mehr Tränen aufstiegen. Clary zog mich näher für eine Umarmung, während Harry meinen Rücken mit seiner Hand streichelte. „Wenn du ihn nicht tötest, werde ich es tun", sagte Mike. „Ich werde dir helfen", schloss sich Andrew an. Sie waren beide wütend.

„Ich möchte ihn zuerst leiden sehen", sagte ich ihnen und wischte meine Tränen weg. Clary nahm Mikes Hand. „Ihn zu töten, wird den Schmerz nicht wegnehmen. Das wisst ihr, oder?", sagte sie aufrichtig. „Es wird ihn zumindest zum Schweigen bringen", fauchte Harry, wobei er sich an seine Worte erinnerte und mich wieder an seine Brust zog. Ich lehnte meinen Kopf an ihn und wartete, bis die Tränen aufhörten. Während James die Mission mit den anderen besprach, hörte ich nur zu. „Ihr habt sie erfolgreich davon abgehalten, das Eversorium zu stehlen, sodass es jetzt sicher vom White Star mitgenommen und aufbewahrt werden kann. Die Männer, gegen die ihr gekämpft habt, werden in ein spezielles Gefängnis gebracht, während Lydia und Egor vom White Star in Gefangenschaft genommen werden. Er ist zu gefährlich, um der britischen Regierung anvertraut zu werden und Lydia wird untersucht werden. Wir müssen herausfinden, wie sie in der Lage waren, eine Art Nachbildung von Valeries Kräften zu machen", sagte er uns. „In ein paar Tagen werden wir sowieso zum Ball in die Zentrale fliegen. Werden wir die beiden dann mitnehmen, zusammen mit dem Eversorium?", fragte Andrew. „Nur das Gerät. Lydia und Egor sind bereits auf dem Weg nach Michigan", antwortete James. Ich war erleichtert, das zu hören. Nur der Gedanke, so viel Zeit mit Egor am selben Ort zu verbringen, machte mir Angst. „Ich dachte, der Ball findet erst in einer Woche statt", erinnerte ich mich, an das, was Harry mir erzählt hatte, als er mich gefragt hat, ob ich mit ihm dorthin gehen will. „Du hast Recht, aber Harry und ich haben unsere Eltern nicht mehr gesehen, seit wir dich vor etwa zwei Wochen gerettet haben. Sie sind gegangen, nachdem wir herausgefunden haben, dass du deine Erinnerungen verloren hast. Also haben sie sich dazu entschieden, dich zu einem besseren Zeitpunkt wieder zu sehen, weil sie dich nicht noch mit ihrer Anwesenheit unter Druck setzen wollten. Sie sind sich deiner Situation bewusst und bestanden darauf, dass wir früher kommen", erklärte Clary. Ich konnte mich nicht mehr daran erinnern, wann ich Lilly und Blake das letzte Mal gesehen hatte. Nachdem sie mich aufgenommen hatten, waren sie wie Eltern für mich und ich konnte es kaum erwarten, sie wiederzusehen. Als wir bei uns zu Hause ankamen, beschloss ich, erst mal duschen zu gehen. Die Ereignisse an diesem Tag hatten mich total fertig gemacht und ich hatte einfach das Gefühl, dass eine heiße Dusche mich entspannen würde. Ich schloss meine Augen und fühlte das dampfend heiße Wasser auf meiner Haut, aber dann kamen wieder Bilder von Egor in meinen Kopf. Ich hörte noch einmal, was er heute zu mir gesagt hatte und was er mir angetan hatte. Ich öffnete meine Augen wieder und stützte mich an der Wand ab. Wut kam in mir auf und ich wollte diese Bilder loswerden. Dann ging ich aus der Dusche und zog meinen Bademantel an, um nach unten zu gehen. Die anderen waren im Wohnzimmer und sahen mir zu, während ich das Glas mit dem Baldrian aus der Speisekammer nahm, um den Extrakt wieder herzustellen. „Was ist los?", fragte Clary verwirrt, als sie mich in Eile sah. Ich fühlte mich wieder überwältigt und stützte mich auf der Küchentheke ab, weil mir Bilder durch den Kopf gingen, als Egor über mir war und versuchte, die Tränen, die aufkamen, zurückzuhalten. Harry kam sofort zu mir und legte seine Hand auf meinen Rücken, um mich zu trösten. „Ich muss diese Bilder aus meinem Kopf bekommen", schrie ich wütend und versuchte dann, einige der Kräuter mit zittrigen Händen aus dem Glas zu nehmen. Harry nahm langsam das Glas weg und legte dann seine Hände um meine, um das Zittern zu stoppen. „Lass uns dir helfen", sagte er und sah mir ruhig in die Augen. Gleichzeitig nahm Clary die Kräuter heraus und begann sie im Mörser zu zermanschen. Ich versuchte, mich zu beruhigen, aber es half nicht, also nahm ich meine Hände zurück und legte sie wieder auf den Tresen, bis Clary fertig war. Als sie fertig war, gab sie es mir. Ich bedankte mich bei ihr und nahm mit meinen Kräften den Extrakt aus der Substanz und trank ihn mit einem Glas Wasser. Dann wandte ich mich den anderen zu. „Wir werden morgen nach Michigan fahren. Ich muss meine Wut an ihm auslassen", sie wussten sofort, von wem ich sprach und wagten es nicht, mir zu widersprechen. Harry nahm meine Hand, und drehte mich zu ihm. „Willst du mich in deinem Zimmer haben?", fragte er leise, während die anderen sich wieder dem zuwandten, was sie vorher gemacht hatten. „Ich werde die ganze Nacht schlafen, also macht es keinen Unterschied. Aber du könntest mit dem Packen anfangen. Ich will gleich nach dem Frühstück gehen", sagte ich und ging nach oben. In meinem Zimmer legte ich mich wieder auf mein Bett und schlief schnell ein und es war zum Glück wieder traumlos.

9. Meine Art und Weise

Das erste, was ich tat, als ich aufwachte, war meine Sachen zu packen. Ich zog eine Tasche unter meinem Bett hervor und stopfte meine Sachen rein. Dann zog ich frische Klamotten an und ging nach unten. Clary war schon im Wohnzimmer. „Hey, Harry hat mir gesagt, dass du mir ein Kleid für den Ball besorgt hast?", ich schaute sie fragend an. „Es ist alles gepackt und schon auf dem Schiff", sie lächelte zufrieden. Ich vermutete, dass ich es erst genau vor dem Ball sehen würde. Clary liebte einfach Überraschungen und ich liebte es, überrascht zu werden. Es war das perfekte Match. Sie gab mir eine Tasse Tee, während die anderen langsam runterkamen. „Alles ist gepackt und bereit", sagte Mike, während er sich an den Esstisch setzte. „Wir können gehen, wann immer du fertig bist", Harry wickelte seine Arme um mich und küsste mich auf die Stirn. „Perfekt", lächelte ich. Wir setzten uns dann zu den anderen an den Tisch und fingen an zu essen. „Meine Sachen sind bereits gepackt, sodass wir direkt nach dem Frühstück abreisen können", informierte ich sie. „Wir müssen in London einen Stopp einlegen, um das Eversorium mitzunehmen", sagte James uns. „Ich habe einen Plan dafür. Harry, du nimmst dein Motorrad und zusammen mit Valerie fährst du von einem Ort außerhalb von London, wo wir das Schiff parken werden, zur Bank und nimmst es von dort wieder mit zum Schiff", fügte er hinzu. „Oder du fliegst das Schiff einfach über die Bank und ich werde alleine runterfliegen, es nehmen und wieder hochfliegen", schlug ich vor. „Oder das", lächelte James und erkannte, dass mein Plan einfacher und besser war. „Nun, da das erledigt ist, was ist mit euren Anzügen?", fragte Clary. „Die Anzüge sind in Ordnung", sagte Andrew verwirrt. „Ich meine nicht die für die Missionen", sie verdrehte verärgert die Augen. „Ich habe einen, aber ich kann meine Krawatte nicht finden", antwortete Mike. „Ich habe eine Krawatte für dich", warf Clary ein. „Echt", Mike war überrascht. „Natürlich, da du mich gefragt hast, ob ich mit dir zum Ball gehen will, habe ich eine Krawatte für dich ausgesucht, die zu meinem Kleid passt", sie errötete, aber Mike schien es zu geniesen. „Warum muss ich meine Krawatte an dein Kleid anpassen und nicht umgekehrt", lächelte er sie dann an. „Weil du keine Krawatte hast", lächelte sie zurück. „Kann ich meine neue Krawatte haben?", fragte er. „Du und Harry werdet eure Krawatten direkt vor dem Ball bekommen", entschied sie. Beide schauten sich amüsiert an und freuten sich wahrscheinlich darauf, uns zum Ball zu begleiten. „Was ist mit euch beiden?", wandte sich Clary an James und Andrew. „Natürlich sind die Anzüge fertig. Ich habe sie vor Wochen fertig gemacht und unsere Krawatten sind aufeinander abgestimmt", Andrew fühlte sich fast beleidigt. „Ich habe nichts weniger von dir erwartet", lächelte Clary erfreut. Ich sah Harry an. Er schien glücklich zu sein und um ehrlich zu sein, fühlte ich mich auch ziemlich gut. Der Gedanke, zusammen mit Harry zum Ball zu gehen, versetzte mich in gute Laune. Ich nahm seine Hand in meine, dann schaute er mich an und legte seine Hand um mich, um mich näher zu ziehen für einen Kuss auf meine Stirn. Nach dem Frühstück nahm ich meine Tasche aus meinem Zimmer. Die anderen waren auch alle bereit zu gehen, also taten wir genau das. In weniger als zehn Minuten erreichten wir

London, weil das Schiff viel schneller war, im Vergleich zum Van. Dann öffnete James die Plattform für mich, damit ich rausfliegen konnte. Wir waren weit oben in der Luft, damit die Leute am Boden nicht misstrauisch werden würden, und damit das auch so bleiben konnte, landete ich an einem ruhigeren Ort und ging den restlichen Weg zur Bank. Der Platz war ziemlich voll mit Leuten, die das schöne Wetter genossen. Drinnen konnte ich den Manager nicht sehen, also ging ich zur Rezeption. „Ich muss mit Mr. Williams sprechen", sagte ich höflich zu dem jungen blonden Mann, der dahinter stand. „Wen soll ich ihm sagen, will ihn sehen?", fragte er nervös. „Valerie Hale", antwortete ich mit einem Lächeln. „Eine Sekunde bitte", sagte er und ging durch eine Tür hinter sich. Als er kurz darauf wieder herauskam, bat er mich, ihm in Mr. Williams Büro zu folgen. Nachdem er mich zu ihm geführt hatte, stand er von seinem Schreibtisch auf. „Ah. Miss Hale. Wie kann ich Ihnen helfen?", er schien es eilig zu haben, als der blonde Typ wieder weg ging. „Ich denke, Sie wissen wie. Ich bin wegen des Geräts hier", antwortete ich und spielte nett, weil ich das Gefühl bekam, dass er ein Problem damit hatte, dies einfach zu machen. „Oh. Also. Ich denke, es ist hier absolut sicher", sagte er. „Nun, die Sache ist die. Da ich und meine Freunde gestern hier gebraucht wurden, glaube ich das nicht", versuchte ich zu argumentieren. „Das geht Sie nichts an", er wusste, dass ich Recht hatte, aber sein Stolz stand im Weg. Er versuchte dann, aus der Tür zu gehen, aber ich schloss sie mit meinen Kräften. „Hören Sie zu. Ich habe heute noch Pläne, also haben Sie drei Möglichkeiten. Entweder Sie geben es mir jetzt, oder ich werde Ihnen zeigen, warum Sie es mir geben sollten, bevor Sie genau das tun werden", warnte ich ihn. „Was ist die dritte Option?", fragte er und wurde nervös. „Ich konnte die anderen gestern davon abhalten, das Eversorium zu nehmen, was lässt Sie denken, dass ich es nicht einfach selbst nehmen könnte", antwortete ich. „Das ist gegen das Gesetz", er war empörte. „Versuchen Sie das, den vielen Toten zu erklären, nachdem sie davon getötet wurden", ich schaute ihm gefährlich in die Augen. „Okay, ich werde es für Sie besorgen", gab er nach, aber ich vertraute ihm nicht. „Nein, Sie werden mich dorthin bringen, es mir zeigen und es mir dann übergeben", befahl ich. „Aber ...", auf seiner Stirn bildeten sich langsam Schweißperlen, die er gleich mit seinem Handrücken wegwischte. „Wie gesagt, ich habe Pläne, bringen sie mich zum Tresor", ich stellte sicher, dass er genau wusste, wie ernst ich es meinte. „Okay", zischte er. Dann zeigte er mir den Weg. Durch mein Headset konnte ich die anderen hören und sie hörten alles, was passierte. „Knallhart", sagte Harry stolz. Ich lächelte. Mr. Williams blieb vor einer Tür stehen und öffnete sie für mich, um mich durchgehen zu lassen. Dann aber schloss er sie hinter mir direkt wieder zu und versuchte, mich einzusperren. Ich rollte verärgert meine Augen. „Ernsthaft", stieß ich genervt aus, denn er fing an, mir auf die Nerven zu gehen. „Was ist passiert?", fragte James besorgt. „Eine kleine Verzögerung, aber nichts, womit ich nicht umgehen kann", antwortete ich. Dann öffnete ich die Tür problemlos mit meinen Kräften und sah einen schockierten und verängstigten Mr. Williams dahinter. „Muss ich es selbst besorgen?", fragte ich ihn genervt. „Ich ... Ich bin ...", stotterte er. „Zeigen Sie mir einfach den Weg. Ich werde Sie schon nicht verletzen", ich wurde wütend, versuchte es aber, auf einem Minimum zu halten. Diesmal, als er eine Tür öffnete, ging er zuerst durch und öffnete den Safe, der dort war. Daraus nahm er einen Koffer und legte ihn auf einen Schreibtisch. Ich öffnete es und scannte das Gerät, das wie ein Glaswürfel mit vielen Drähten aussah, und schickte es an James Computer. „James, ist es das, wonach wir suchen, oder spielt Mr. Schlaumeier wieder Spielchen?", fragte ich ihn. „Es ist das Eversorium", bestätigte er, dann schloss ich den Koffer und wandte mich an den Manager. „Gibt es einen Weg zum Dach? Ich möchte eher ungern Umwege machen müssen, um wegzufliegen", fragte ich ihn. Er hatte immer noch große Angst vor mir und zeigte mir sofort den Weg zum Dach. Wir gingen nach oben und auf dem Dach flog ich, ohne zurückzublicken, zum Schiff zurück und ließ einen sehr verstörten Mr. Williams zurück. Wieder auf dem Schiff gab ich James den Koffer, den er sicher an Bord aufbewahrte. „Warum hast du so lange gebraucht?", fragte Mike. „Ähm. Mr. Williams war nicht sehr kooperativ, also musste ich ihn dazu bringen", erklärte ich verärgert und setzte mich neben Harry, der zufrieden aussah. Clary hingegen sah mich kritisch an. „Ich schwöre, ich habe ihn nicht verletzt", beruhigte ich sie. Sie setzte sich neben Mike, der seinen Arm um sie legte. Ich freute mich für die beiden. Sie gaben ein tolles Paar ab und ich hoffte, dass die Dinge für sie gut ausgehen würden. Harry schien es nicht so zu sehen. Er verkrampfte sich. „Entspann dich", flüsterte ich ihm ins Ohr. „Sie ist meine Schwester", versuchte er zu argumentieren. „Glaubst du etwa, dass sie nicht selber auf sich aufpassen kann?", ich zog eine Augenbraue hoch. „Natürlich nicht", er gab auf. Ich lächelte triumphierend und stand auf. „Andrew, kannst du etwas Musik einschalten?", fragte ich. Er lächelte und machte etwas Schönes zum Tanzen an. Harry stand auch auf und nahm meine Hand. „Willst du mit mir tanzen?", fragte er mit einem Lächeln. „Ich würde mich geehrt fühlen", antwortete ich. Dann legte er seine andere Hand um meine Taille und zog mich näher an sich, während ich meine freie Hand auf seine Schulter legte. „Die Ehre liegt ganz auf meiner Seite", sagte er verschmitzt, als wir anfingen, durch das ganze Schiff zu tanzen, das zum Glück genug Platz dafür hatte. James ging zu Andrew und bot ihm seine Hand zum Tanzen an, dann schlossen sie sich uns ebenso an genauso wie Clary und Mike. Wir lachten und hatten viel Spaß. Harry drehte mich um meine eigene Achse und zog mich wieder näher an sich, dann stolperte ich, aber Harry fing mich rechtzeitig auf. Nachdem er mich wieder aufgerichtet hatte, fing ich an, über meinen eigenen Fehler zu lachen. Er sah mich lächelnd an und küsste mich dann. Außer Atem setzten wir uns wieder hin und sahen den anderen beim Tanzen zu. James und Andrew waren seit etwa zwei Jahren zusammen, aber sie ließen andere Menschen nie wirklich ihrer Liebe sehen. Dies war wahrscheinlich das erste Mal, dass ich sah, dass sie intim miteinander waren und es war wunderschön. James drehte Andrew ein letztes Mal, bevor sie sich wieder hinsetzten. Mike und Clary kamen ebenfalls zum Ende. „Das hat Spaß gemacht", sagte Mike und lächelte Clary an. „Du bist ein guter Tänzer", komplimentierte sie. Harry legte seine Hand um mich, damit ich mich an seine Brust lehnen konnte. Ich nahm seine andere Hand in meine, während ich aus dem Fenster starrte und beobachtete, wie wir an den Wolken vorbei zogen. Wir waren schon eine Weile in der Luft, als ich langsam einschlief. Ich war wieder in der kalten Zelle und weinte, weil ich gerade wieder verprügelt wurde. Ich fühlte Schmerzen am ganzen Körper und sah die blauen Flecken und das Blut auf meiner Haut trocknen. Dann wurde mir klar, dass dies nur eine Erinnerung war und dass ich eigentlich schlief, also schloss ich meine Augen, um wieder aufzuwachen und war froh, dass ich erfolgreich war. Ich zuckte zusammen, als ich meine Augen wieder öffnete, was Harry sofort bemerkte. „Alles gut bei dir?", fragte er. „Nur ein Albtraum", antwortete ich und kuschelte mich näher an ihn. Ich fühlte mich immer noch kalt von der Erinnerung und Harrys Anwesenheit reichte nicht aus, um mich wieder aufzuwärmen. Also stand ich auf und ging zu meiner Tasche, um den Pullover herauszuziehen, den Harry mir einmal gegeben hatte. Ich zog ihn an und setzte mich dann wieder neben Harry, um mich an ihn zu lehnen. „Wir werden in etwa dreißig Minuten landen", teilte uns James mit. Ich schaute mich um und sah, dass Clary auf Mikes Schulter eingeschlafen war. Er wiederum hatte seinen Kopf an ihren gelehnt und wirkte schläfrig. „Wie kann dir gerade kalt sein?" Harry schaute verwirrt auf den Pullover. „Mir ist halt kalt", antwortete ich einfach. Kurz darauf landeten wir auf einem riesigen Gebäude mit vielen Stockwerken und als wir heraustraten, begrüßten uns Lilly und Blake. „Valerie, es ist schön, dich wiederzusehen", Lilly umarmte mich fest. „Ich habe euch vermisst", ich legte meine Arme um sie. Sie waren beide das engste, was ich an Eltern hatte. „Hey Val, ich freue mich, dich wieder lächeln zu sehen", meinte Blake, als er mich auch umarmte. „Es ist zu lange her", sagte ich ihnen. „Wie war der Flug?", fragte sie. „Ohne Komplikationen", antwortete

James. „Wir geben euch etwas Zeit, damit ihr euch in euren Zimmern einrichten könnt, aber bitte kommt doch später zum Abendessen vorbei", bat uns Blake. „Wir werden da sein", lachte Harry. Dann gingen wir in unsere Zimmer im neunten Stock. Harry und ich hatten eins zusammen, also gingen wir rein und räumten unsere Koffer weg. Ich ließ mich ins große Bett fallen und atmete tief durch. „Ich habe das vermisst", sagte ich. „Das Hauptquartier?", Harry legt sich neben mich auf das Bett. „Nein", lächelte ich. „Mit allen zusammen zu sein wie eine große Familie", ich schaute ihn an. „Normalität", atmete er aus. Ich drehte mich zu ihm, während er auf die Decke starrte und ich eine Strähne aus seinem Gesicht strich. „Was?", er bemerkte, wie ich ihn ansah. „Du bist wunderschön", antwortete ich leise lächelnd. Er errötete und zog mich für einen Kuss näher an sich. „Ich liebe dich", sagte er. „Ich liebe dich auch", ich drückte mich an ihn und setzte den Kuss fort. Dann ging er über mich und fing an, meinen Hals zu küssen. „Harry?", ich zog sein Gesicht zu meinem. „Ja, Liebste?", lächelte er. „Können wir einfach so bleiben?", fragte ich. „Das würde mir gefallen." Er legte seinen Kopf auf meine Brust und hörte meinem Herzschlag zu, während ich mit meinen Fingern durch seine Haare ging und seinen Rücken streichelte. Es fühlte sich sicher an mit ihm auf mir. Er erdrückte mich nicht. Dann wurde ich wieder an den Traum erinnert und an die Einsamkeit, die ich damals gefühlt hatte. Es war das totale Gegenteil von dem, was ich mit Harry fühlte. Ich erinnerte mich, dass ich ihn wirklich vermisst hatte und wie er mich zum Lachen und Erröten brachte. Ich hatte seine Wärme und die Erleichterung, dich ich bei ihm fühlte, vermisst. Als ich darüber

nachdachte, kamen mir die Tränen in die Augen. „Hey,
Valerie", sagte er rücksichtsvoll, als ich versuchte, sie
wegzuwischen. Er sah mich an und legte seine Hand auf
meine Wange, um meine Stirn zu küssen. „Ich habe dich
einfach wirklich vermisst", schluchzte ich und lächelte
halbherzig. „Ich weiß. Es ist kein Tag vergangen, an dem
ich mir nicht gewünscht habe, dich wieder in meinen
Armen halten zu können", er stand auf, genauso wie ich.
Dann legte er seine Hände um meine Taille und zog mich
näher an sich. „Aber wir sind jetzt zusammen und nichts
wird jemals zwischen uns kommen", versprach er mir.
„Ich würde es nicht zulassen", schwor ich. „Willst du zum
Abendessen gehen?", bot er mir dann an, nachdem er
mich wieder auf die Stirn geküsst hatte. „Ja, ich werde
nur schnell was anderes anziehen. Es wird mir langsam
richtig warm", bemerkte ich und zog meinen Pullover
aus. Dann ging ich zu meiner Tasche und zog ein dun-
kelblaues Kleid mit dünnen Ärmeln raus, um mich umzuziehen, während Harry mich zufrieden beobachtete.
„Gefällt dir die Show?", fragte ich ironisch und lächelte
ihn an. „Ich kann mich nicht beschweren", antwortete
er. Ich hatte Schwierigkeiten das Kleid zuzumachen, also
kam Harry zu mir, um mir zu helfen. Dann nahm er meine Hand, um mich um meine eigene Achse zu drehen.
Er zog mich abrupt zu ihm, wodurch ich sanft gegen seine Brust stieß. Er nahm mein Gesicht in seine Hand und
küsste mich. Ich drückte mich gegen ihn und legte meine Arme um seine Taille. Nachdem er meine Lippen losgelassen hatte, fing er an, mich über mein ganzes Gesicht
zu küssen, was mich zum Kichern brachte. Dann gingen
wir in den vierten Stock, wo sich die anderen langsam
zum Abendessen zusammenschlossen. Ich saß zwischen

Lilly und Harry, als wir anfingen zu essen. „Wie ist es in London? Ich habe gehört, dass eure Mission erfolgreich war", fragte Blake, um auf den neuesten Stand zu kommen. „Ja, die Mission verlief gut und wir haben das Eversorium mitgebracht. Ich nehme mal an, dass es bereits sicher verstaut ist?", fragte James. „Es könnte nicht besser geschützt sein", versicherte Blake ihm. „Val, wie geht es dir nach allem?", wollte Lilly leise wissen, während die anderen noch über die letzte Mission sprachen. „Den Umständen entsprechend, aber es wird besser", antwortete ich halbherzig. „Ja, Egor ist in einer unserer Zellen eingesperrt", hörte ich Blake sagen, während ich spürte, wie Wut wieder in mir aufstieg. „Was ist mit dem Mädchen?", wollte Mike wissen. „Unsere Wissenschaftler sind dabei, aber es scheint, als habe sie ihre Kräfte ganz verloren", sagte Blake ihnen. Ich ballte meine Hand zu einer Faust unter dem Tisch. Dann begann der Kronleuchter über uns leicht zu schwingen. „Val", flüsterte Harry mir ins Ohr und nahm meine Faust in seine Hände. „Tut mir leid", ich realisierte, was ich machte und verließ den Tisch. „Ich werde ihr folgen", Harry wollte aufstehen, aber Lilly hielt ihn auf. „Lass mich", sie stand stattdessen auf und kam hinter mir her. „Valerie", sie holte mich ein, bevor ich in den Aufzug steigen konnte. „Ich will nicht darüber reden", ich drückte den Knopf, damit sich die Tür öffnete. „Es ist offensichtlich, dass etwas mit dir ist", als sich der Aufzug öffnete, trat sie mit mir rein. „Ich schätze alles, was ihr für mich getan haben, aber du kannst mir dabei nicht helfen", ich drückte den Knopf zum Keller. „Wohin willst du?", sie schaute alarmiert auf die Etagennummer, die ich gedrückt hatte. „Mich mit meinen Problemen auseinandersetzen", ich wurde von Sekunde zu Sekunde wütender. „Sprich mit mir. Sag mir, was dir auf dem Herzen liegt", bettelte sie. „Ich habe keine Lust mehr zu reden oder zu versuchen, über das hinwegzukommen, woran ich mich erinnert habe. Ich will nur meine Wut rauslassen", ich war frustriert. Sie sah mich an und erkannte, dass sie nichts tun konnte. „Okay", sagte sie geschlagen und ließ mich aus dem Aufzug steigen, als sich die Tür öffnete. Dann ging sie wieder nach oben. Ich wusste genau, was ich machen wollte. Egor war hier eingesperrt. Deshalb wollte ich schon ein paar Tage früher hierher kommen und deshalb war ich gerade hier. Ich öffnete die Tür zu den Zellen und fand die, in der er sich befand. Ich sah ihn auf dem kleinen Bett sitzen, mit Bandagen an Armen und Beinen. Ohne zu ihm reinzugehen oder ihn zu berühren, heilte ich ihn. Es wäre schneller gewesen, wenn ich die Verletzungen berührt hätte, aber ich wollte nicht in die Nähe seiner Haut gehen. „Warum heilst du mich?", er bemerkte mich. „Es ist eigentlich ziemlich lustig, weißt du. Ich kann alle deine Knochen brechen und sie dann heilen, nur um sie wieder zu brechen", sagte ich ruhig lächelnd. „Du willst Rache", grinste er. „Genau", ich ließ ihn gegen die Wand krachen, sodass seine Nase zu bluten begann. „Ich kann immer noch unter deine süße weiche Haut gehen", lächelte er mit Blut im Gesicht. Mit einer Handbewegung brach ich ihm das Bein, wodurch er auf dem Boden kniete. Er stieß ein Grunzen aus und setzte sich auf das Bett. „Es ist wirklich eine Schande, dass ich es nicht schon beim ersten Mal geschafft habe. Deine Jungfräulichkeit zu nehmen, hätte so viel mehr Spaß gemacht", er schwelgte dem Gedanken hinterher. „Halt die Klappe", ich ließ ihn an die Decke knallen und ihn dann wieder zu Boden fallen. „Warum bringst du mich nicht einfach um?", fragte er, als er auf dem Boden lag. Ich ließ seine Decke um seinen Hals gehen und zog ihn damit hoch, woran er fast erstickt. „Du würdest es verdienen zu sterben", knirschte ich durch meine Zähne und ließ ihn wieder zu Boden fallen. „Aber ich würde lieber sehen, wie du noch eine Weile leidest", fügte ich hinzu. „Wenn ich wieder die Chance bekomme, werde ich dich noch einmal nehmen", versprach er. „Du hattest nie das Recht mich zu nehmen", schrie ich und brach ihm die Hand, was ihn aufschreien ließ. „Vielleicht bringe ich dich das nächste Mal dazu, es zuerst zu blasen", lächelte er. „Halt die Klappe", schrie ich und brach ihm die andere Hand. Dann sah ich, wie er schwächer wurde und erkannte, dass er sterben würde, wenn ich nicht gleich was tun würde. Ich heilte seine Wunden wieder, bevor das passieren konnte. „Als du jünger warst, hattest du solche Angst. Oh, wie gerne hätte ich dich vor Schmerzen weinen lassen, während ich die Scheiße aus dir gefickt hätte und dein erster gewesen wäre, aber dich später zu nehmen, war befriedigend genug", er lächelte ekelhaft, nachdem er geheilt worden war. Ich wurde wild und schnitt ihn immer wieder mit meinen Handbewegungen, aber nur kleine Schnitte, damit er nicht verbluten konnte, aber tief genug, um ihm Schmerzen zuzufügen. Ich wurde so frustriert, dass ich spürte, wie Tränen in meine Augen kamen, also versuchte ich, ihn noch mehr zu verletzen. „Valerie", rief Lilly. Ich drehte mich schockiert um, als ich ihr verängstigtes Gesicht sah. Ich fühlte, wie meine Tränen versuchten, mich zu überwältigen, während ich versuchte, sie erfolglos zurückzuhalten. „Du bist nicht die Heldin, die du vorgibst zu sein", lächelte

Egor. Lilly nahm mich in ihre Arme. „Lass uns nach oben gehen", sagte sie und ging mit mir zum Aufzug. Wir sprachen erst wieder, als wir in Harrys und meinem Zimmer waren. Auf dem Weg dorthin schämte ich mich für das, was Lilly miterleben musste. Ich mochte diese Seite an mir nicht und dass Egor sie in mir hervorbrachte, machte meinen Hass auf ihn nur größer. Mit meinen Kräften konnte ich viel Zerstörung hinterlassen, deshalb versuchte ich, meine dunklen Emotionen unter Kontrolle zu halten, aber nachdem ich meine Erinnerungen zurückbekommen hatte und mich an die letzten vier Monate in Octopus erinnern konnte, gerieten sie oft außer Kontrolle und ich fand es schwierig, sie in Schach zu halten. Lilly öffnete die Tür und als ich hineinging und mich auf das Bett setzte, sah sie mich besorgt an. „Warum bist du wieder runtergekommen?", fragte ich sie, ohne sie anzuschauen. „Ich wollte wissen, was du tun würdest und schaute mir die Überwachungskameras an. Als ich gehört habe, was er gesagt hat, wurde mir alles klar. Ich konnte dich nicht alleine dort lassen", sie setzte sich neben mich. Ich konnte die Tränen nicht mehr zurückhalten, also zog sie mich zu sich. „Ich wollte, dass er meinen Schmerz spürt", schluchzte ich. „Ich weiß, aber das wird es nicht besser machen. Es wird dich nur weiterhin verletzen", erklärte sie mir. „Du weißt nicht, wie es sich anfühlt", Ich löste mich aus ihrer Umarmung und schaute sie an. „Du hast Recht und so sehr ich es auch gerne tun würde, ich kann dir den Schmerz nicht nehmen", sie strich eine Strähne hinter mein Ohr. „Du bist zu jung, um so viel durchgemacht zu haben und es wird wahrscheinlich für immer ein Teil von dir bleiben, aber vergiss nie, wer du bist. Du bist eine starke und mächtige

Frau mit so vielen Möglichkeiten in deinem Leben. Es gibt so viele Menschen, denen du wichtig bist, die dich lieben und dir immer treu bleiben werden. Versuch dich daran zu erinnern. Liebe ist so viel stärker als Hass und du hast so viel Liebe in deinem Leben. Mit deinen Freunden, die deine Familie geworden sind, und mit uns hast du so viel Liebe geteilt. Vergiss das nie und trage es immer mit dir", erinnerte sie mich. Dann stand sie auf und nahm ein Fläschchen aus dem Nachttisch. „Harry bat mich, das für dich zu besorgen", sie gab es mir. Es war Baldrian-Extrakt. „Danke", ich war dankbar dafür, weil ich auch bemerkte, dass ich vergessen hatte, die Kräuter mitzunehmen. Dann öffnete sie die Tür, hinter der Harry bereits wartete, um reinzukommen. Er sah mich liebevoll an, als er reinkam. Lilly drehte sich ein letztes Mal zu mir um, bevor sie ging und schloss dann die Tür hinter sich. Ich fiel sofort in Harrys Arme und fing wieder an zu weinen. Er streichelte meine Haare und hielt mich fest, bis ich mich beruhigt hatte. Dann ließ er mich langsam los und hielt stattdessen meinen Kopf in seinen Händen, damit ich ihn anschaute. Mit seinen Daumen wischte er sanft meine Tränen weg. „Er treibt mich immer wieder in den Wahnsinn", erklärte ich. „Ich weiß", bemerkte er und küsste mich sanft auf die Stirn, bevor er mich wieder an sich zog.

10. Liebe ist stärker als Hass

Ich fühlte mich schwach und machtlos. Müde, aber nicht genug, um schlafen zu können. Mein Kopf war gefüllt mit dröhnender Stille, als ich in Harrys Armen lag. Da war ich wieder am Tiefpunkt. Jedes Mal, wenn ich versuchte, herauszuklettern, stieß mich etwas direkt zurück. Es war hoffnungslos. Harry ließ mich langsam los, während ich meine Tränen mit dem Handrücken wegwischte. „Lass uns nach draußen gehen und frische Luft schnappen. Es wird dir bestimmt gut tun und dir helfen, deinen Kopf freizubekommen", schlug er vor. Ich mochte seinen Vorschlag und nickte. Draußen war es schon dunkel. Man merkte, dass die Tage kürzer wurden, als der Winter näher rückte. Ich atmete die kalte Luft in meine Lungen ein und fühlte, wie sie meine Kopfschmerzen mit jedem Atemzug beruhigten. Harry nahm meine Hand in seine, als wir unter dem Mondlicht spazieren gingen. „Valerie?", Harry sah mich an, als ich zu den Sternen hinaufstarrte. Ich wandte mich ihm zu. „Ich weiß nicht, wie ich mich in deiner Nähe verhalten soll. Ich möchte dir helfen und dir ein besseres Gefühl geben, aber gleichzeitig habe ich Angst, was Falsches zu tun oder zu sagen. Es tut mir weh, wenn ich dich leiden sehe, besonders diesen emotionalen Schmerz. Ich fühle mich dann immer so machtlos. Ich ... Ich will dich nicht verlieren und ich habe erkannt, dass sich die Dinge zwischen uns vielleicht verändern werden, aber ich weiß tief in meinem Herzen, dass ich nie aufhören werde, dich zu lieben, egal was passiert", er rang immer wieder um Worte. „Harry, du tust so viel, indem du einfach hier bist.

Wenn du mich hältst, fühle ich mich wieder ganz, als würde ich nicht mehr auseinanderfallen. Ich weiß, dass diese Situation nicht ideal ist und vielleicht, wenn die Dinge anders wären, wäre es so viel einfacher. Aber es gibt nichts auf dieser Welt, was mich davon abhalten könnte, dich zu lieben. Du hast mich mehr als nur einmal gerettet und ich könnte nicht dankbarer sein, dich in meinem Leben zu haben, weil ich nicht weiß, wo ich ohne dich wäre", ich schätzte seine Ehrlichkeit. Das war für uns beide nicht einfach und dass er mir von seinen Gefühlen erzählte, bedeutete mir sehr viel. „Nachdem das alles erledigt ist und Octopus für immer weg ist, möchte ich das White Star mit dir verlassen und ein Leben weit weg von hier beginnen", sagte er und legte seine Hand an meine Wange. „Ich werde überall mit dir hingehen", versprach ich. Er zog mich für einen Kuss voller Sehnsucht und Leidenschaft näher an sich und hielt mich so fest, dass ich gerade noch genug Luft bekam, um ihn weiter zu küssen. Meine Finger gruben sich in sein Haar und zogen ihn noch näher. Dann fing er an, mich langsam loszulassen und hielt meinen Kopf nahe an seinem. Wir verschränkten unsere Hände ineinander, während wir uns in die Augen starrten. Ein Regentropfen landete auf meiner Nasenspitze und ließ mich zusammenzucken. „Vielleicht sollten wir wieder reingehen", lächelte Harry. „Vielleicht", seufzte ich und folgte ihm zurück zum Hauptquartier, aber der Regen holte uns ein, bevor wir eine Chance hatten, reinzukommen, also fingen wir an zu lachen, als unsere Kleidung das Wasser vom Regen aufsaugte. „Warte", sagte ich lachend, bevor wir die Tür erreichten. „Warum?", er drehte sich lächelnd zu mir um. Ich warf meine Arme um seinen Hals und küsste ihn, während der Regen auf uns niederprasselte. Seine eine Hand ging um meine Taille, während seine andere meine Wange hielt. Ich ließ ihn langsam wieder los, während er mich immer noch festhielt und kicherte. „Das wollte ich schon immer machen", lächelte ich zufrieden. „Küssen im Regen. Ein bisschen klischeehaft, findest du nicht", lachte er. „Nur weil etwas ein Klischee ist, heißt das nicht, dass es keinen Spaß macht", argumentierte ich. „Da hast du recht", stimmte er mir zu. Wir gingen dann wieder rein. Auf dem Weg zu unserem Zimmer hörten wir Mike und Clary. „Versuch doch mit dir reden zu lassen", Mike schien genervt zu sein. „Wie kannst du es wagen?", Clary wurde wütend und schlug die Tür zu ihrem Zimmer direkt vor seinem Gesicht zu. Harry und ich sahen uns verwirrt an. „Ich werde mit ihr reden", sagte ich. „Ich kümmere mich um Mike", er folgte ihm in die Küche auf unserer Etage. Dann klopfte ich an Clarys Tür. „Geh weg Mike", rief sie und ich bemerkte in ihrer Stimme, dass sie verletzt war. Langsam öffnete ich die Tür. „Ich bin es nur", sagte ich und setzte mich neben sie auf das Bett. Ihre Augen waren rot von ihren Tränen. Sie hielt ein Taschentuch in der Hand, mit dem sie ihre letzten Tränen wegwischte. „Was ist los?", fragte ich ruhig. „Ich ... Ich weiß es nicht. Ich habe das noch nie zuvor gemacht und fühle mich einfach sehr unsicher", sie schien müde zu sein. „Was macht dich unsicher?", ich wusste, dass das ihre erste Beziehung war und ich wusste sehr gut, wie sie sich wahrscheinlich fühlte, denn als ich zum ersten Mal mit Harry zusammengekommen war, hatte ich mich genauso gefühlt. „Wenn er mich berührt, also ehh ... an der Taille zum Beispiel und mich näher an sich heranzieht. Ich ... Ich bekommen dann immer das Gefühl, dass er mehr von mir will, als ich bereit bin zu geben. Es ist alles so neu und ich weiß nicht, wie ich mich verhalten soll. Warum ist das so schwierig?", sie drehte sich zu mir. „Sehr oft machen wir die Dinge kompliziert, besonders wenn wir uns unsicher fühlen. Hast du das Gefühl, dass er Sachen mit dir machen würde, die du nicht willst?", ich versuchte, ihr zu helfen, das Rätsel zu lösen, das ihre Gefühle ihr gaben. „Nein, aber ich will ihn nicht enttäuschen", erklärte sie. „Na ja, glaubst du, dass er glücklich wäre, wenn du Dinge tun würdest, die du nicht machen willst, nur um ihm zu gefallen", lächelte ich sie sanft an. „Nein, ich glaube, er will, dass ich glücklich bin", erkannte sie. „Hast du versucht, mit ihm über deine Gefühle zu sprechen?", schlug ich vor. „Nein, nicht wirklich", antwortete sie. „Jedes Mal, wenn Harry und ich vor einem Problem stehen, sprechen wir miteinander, damit wir wissen, wo jeder von uns steht. Manchmal braucht es Mut, sich zu öffnen und manchmal braucht jeder von uns ein wenig Zeit, um sich über die eigenen Gefühle klar zu werden, aber die Ergebnisse sind es wert", ich stand auf und sah sie an. Sie stand auch auf und folgte mir in die Küche, wo die Jungs waren. Bevor wir dahin kamen, konnten wir hören, was sie sagten, also hielt Clary mich an, um zu lauschen. „Ich werde dir keine Tipps geben, wie du meine Schwester ins Bett kriegst", Harry klang irritiert. „Das ist nicht das, was ich damit sagen will. Ich wünschte nur, dass sie sich mir gegenüber mehr öffnen würde, was ihre Gefühle angeht", seufzte Mike. „Also, habt ihr es noch nicht getan?", Harry schien erleichtert zu sein. Clary verdrehte die Augen und ärgerte sich über ihren Bruder. „Nein, ich glaube nicht, dass sie das will und das ist für mich völlig in Ordnung. Ich mag sie einfach sehr und möchte mehr Zeit mit ihr verbringen. Ich bin schon eine Weile in sie verknallt und sie scheint es endlich bemerkt zu haben", lachte er. Ich sah ein Lächeln auf Clarys Gesicht auftauchen, als sie anfing zu erröten. „Ich weiß, was du meinst. Ich habe Monate gebraucht, um Val endlich nach einem Date zu fragen", lachte Harry. „Frauen", seufzten sie beide. Clary und ich lächelten und beschlossen reinzugehen. Sie lehnten sich beide an die Küchentheke. Clary ging zu Mike, der froh schien, sie zu sehen. „Es tut mir leid, dass ich überreagiert habe", entschuldigte sie sich. „Können wir reden?", schlug Mike vor. Sie nickte und dann gingen sie beide. „Warum hast du Monate gebraucht?", fragte ich, als wir zurück in unser Zimmer gingen. „Hast du das gehört?", er klang überrascht. Ich lächelte verlegen. „Ich war mir nicht sicher, ob du ja sagen würden. Ich dachte, du magst jemand anderen", antwortete er. „Im Ernst", jetzt war ich überrascht. „Ja, ich dachte, du magst Erik, weil du immer V.E. in dein Notizbuch geschrieben hast", erklärte er. Ich errötete. V.E. stand nicht für Valerie und Erik und es war mir peinlich, dass er es überhaupt gesehen hatte. „Was?", er lachte, als er meine Reaktion sah. „Du hast ihn gemocht, nicht wahr?", beschuldigte er mich. „Dieser Idiot? Machst du Witze?", ich fühlte mich beleidigt. „Wofür steht den dann V.E., wenn nicht für Valerie und Erik?", er öffnete unsere Tür und schloss sie, als wir drinnen waren. „Valerie Evans", sagte ich neutral und wandte mich von ihm ab. Er schien davon schockiert zu sein. Meine Kleidung war noch nass und fühlte sich ungemütlich an. „Kannst du mir raushelfen? Ich komm nicht an den Reißverschluss ran", fragte ich Harry. Ohne ein Wort zog er den Reißverschluss runter, dann drehte ich mich zu ihm um. Er lächelte mich an. „Valerie Evans klingt gut", sagte er. „Ich weiß", lächelte ich zurück und legte meine Arme um ihn. „Klingen kleine Baby Evans auch gut für dich?", fragte er neugierig. „Klingt sehr gut für mich", lächelte ich, aber erkannte dann etwas. „Was ist?", er machte sich sofort Sorgen. „Ich habe meine Periode noch nicht zurückbekommen", ich setzte mich auf das Bett. Er setzte sich zu mir und nahm meine Hand in seine. „Was ist, wenn sie mich dauerhaft beschädigt haben und ich keine Kinder mehr haben kann?", machte ich mir Sorgen. „Du hast viel durchgemacht. Ich denke, du musst deinem Körper nur etwas Zeit geben. Es ist erst etwa zwei Wochen her, seit du wieder zurück bist. Und selbst wenn, es gibt andere Wege, aber ich denke, dass es nach ein wenig Normalität wieder so werden wird, wie es war", versicherte er mir. „Glaubst du das wirklich?", ich schaute ihn an. „Ja, und bald wirst du sehen, dass alles gut werden wird", lächelte er sanft. Seine Worte sorgten dafür, dass ich mich besser fühlte. Vielleicht würde ich in ein paar Jahren oder so endlich ein normales Leben führen können. Das wäre alles, was ich mir jemals gewünscht hatte, aber solange Octopus existierte, konnte ich diese Zukunft noch nicht sehen. Er fing sanft an, meinen Hals zu küssen und half mir, aus meinem Kleid raus. Dann zog er sein Hemd aus und schob mich sanft zurück auf das Bett. Er fing an, mich auf die Lippen zu küssen, während seine Fingerspitzen langsam von meinem Hals hinunter zu meinem Bauch wanderten, wo er meine Taille packte und über mich ging. Meine Hände zogen ihn näher an mich heran, während wir uns weiter küssten. Dann löste er seine Lippen von meinen und sah mich an. Seine Hand ging von meiner Taille runter in meine Unterhose, während seine Augen mit meinen verschlossen waren. Er wollte sicherstellen, dass ich das wollte, bevor wir weiter gingen. Ich war entspannt, also ließ er seine Finger mit meinem Lustpunkt spielen. Ich schloss meine Augen vor Genuss. „Schau mich an", befahl er leise und ich gehorchte. Meine Atmung wurde schwerer, als ich versuchte, meine Augen offen zu halten. Er gab mir ein paar Küsse auf den Hals, schaute mich dann aber wieder an. „Ich will mehr", flehte ich. Er lächelte zufrieden und ging dann runter von mir, um ein Kondom aus unseren Taschen zu holen. Als er zu mir zurückkam, zog er seine Hose aus und zog das Kondom über seinen bereits erregten Penis. Dann ging er wieder über mich, um mein Höschen auszuziehen und legte sich zwischen meine Beine. Er legte eine Hand unter meine Schulter und schaute mir tief in die Augen, als er es langsam in mich reinschob. Ich schloss meine Augen und ließ ein Stöhnen raus. Seine freie Hand ging zu meinem Gesicht und ließ mich wieder in seine Augen schauen. Er schob es langsam weiter rein und raus, während er mich nie aus den Augen ließ. Er fing dann wieder an, meinen Hals zu küssen, aber diesmal verließen seine Lippen nie meinen Körper. Ich schnappte nach Luft und musste meine Augen schließen, weil es einfach zu viel war, um es zu ertragen, als ich endlich kam. Er lächelte und küsste meine Stirn und nach ein paar weiteren Stößen kam er auch. „Ich liebe dich", ich drehte mich zu ihm um und strich ihm eine Strähne aus dem Gesicht. „Ich weiß", lachte er. „Hey", ich schlug ihn leicht, weil er es nicht zurücksagte. „Ich liebe dich auch", dann sah er mich an und fing an, mit meinen Haaren zu spielen. „Was war anders als beim letzten Mal?", er wurde ernst. „Das letzte Mal, habe ich halluziniert, dass da jemand anderer war", sagte ich ihm und er verstand sofort, wen ich meinte. „Seitdem haben sich die Dinge geändert, denke ich. Es war etwas, das deine Mutter gesagt hat, nachdem ich bei Egor war. Sie sagte, dass Liebe so viel stärker ist als Hass und dass ich so viel Liebe in meinem Leben habe", versuchte ich zu erklären und setzte mich auf. „Ich denke, ich muss einfach anfangen, den beschädigten Teil an mir zu akzeptieren, weil es sonst jemanden aus mir macht, die ich nicht sein will", ich starrte auf die Wand, als ich ihm das sagte. „Glaubst du wirklich, dass ein Teil von dir beschädigt ist?", er setzte sich auch hin und sah mich an. „Ich denke, dass ich beschädigt bin. Es ist mein Schicksal und ich denke, dass ich, indem ich mit dir zusammen bin, versuche es zu bekämpfen", lächelte ich halbherzig. „Es ist nicht dein Schicksal. Wie kannst du das nur denken?", er sah mich ungläubig an. „Schau dir mein Leben an, nur etwa ein Viertel davon habe ich teilweise glücklich verbracht und selbst dann musste ich mit all dem fertig werden, was in der Vergangenheit passiert ist", ich sah ihn geschlagen an. „Das sind einfach nur unglaublich schlechte Sachen, die einem sehr guten Menschen passiert sind. Ich verspreche dir, dass du glücklich sein wirst", er sah mich entschlossen an. Ich nahm seine Hand und hielt sie an meine Wange. „Ich bin glücklich. Im Moment bin ich so glücklich, wie ich nur sein kann, denn es sind nur wir beide hier", ich lächelte ihn an. Er zog mich näher an sich heran und ich kuschelte mich an seine Brust. Mit ihm um mich herum, schlief ich langsam ein. Es war schon spät und die Nacht war lang. Der Traum, den ich in dieser Nacht hatte, war kein Albtraum. Es war eher eine glückliche Erinnerung. Wir waren zurück in dem

Haus, in dem er aufgewachsen war, in dem Zimmer, in dem wir zusammen geschlafen hatten. Zu dieser Zeit war ich ungefähr achtzehn und Harry war einundzwanzig. Clary schlief bereits, als ich von dem Gewitter draußen geweckt wurde. Harry kam rein, um sich wieder hinzulegen, nachdem er sich etwas zu trinken geholt hatte, aber er bemerkte, dass ich wach in meinem Bett lag und zitterte. Die Geräusche machten mir Angst, weil es das gleiche Geräusch war, das ich hörte, kurz bevor ich Schmerzen bei Octopus gespürt hatte. Es blieb so in meinem Gehirn stecken, dass jedes Mal, wenn ich einen Donner hörte, der Schmerz mich traf. „Valerie?", Harry war besorgt und setzte sich neben mich. Er legte seine Hand um mich, damit ich meinen Kopf auf seine Schulter legen konnte. Mein Zittern verlangsamte sich, aber jedes Mal, wenn ich den Donner hörte, zuckte ich zusammen. „Hast du Angst vor dem Gewitter?", fragte er. „Ich habe das Gefühl, dass es uns jederzeit treffen wird", erklärte ich. „Das Gewitter ist weit weg von hier", versuchte er mich zu beruhigen. „Woher weißt du das?", ich war nicht überzeugt. „Schau aus dem Fenster. Licht bewegt sich schneller als Geräusche. Jedes Mal, wenn der Donner einschlägt, siehst du zuerst das Licht und dann hörst du den Donner. Je weiter sie auseinander liegen, desto weiter weg ist das Gewitter", sagte er mir. Mein Zittern wurde langsamer und hörte auf und während ich weiter aus dem Fenster starrte, beruhigte ich mich auch langsam. Ich bemerkte, dass er mich anschaute und erinnerte mich, dass ich es mochte. Ich sah zu ihm zurück. „Wie stehst du dazu, dass meine Eltern uns nach London schicken?", wollte er wissen. „Ich freue mich eigentlich darauf", lächelte ich. „Wirst du deine Freunde hier nicht vermissen?", fragte er. „Du und Clary kommt beide nach London und die anderen waren nie wirklich meine Freunde", sagte ich zu ihm. „Was ist mit Eric?", wollte er wissen. „Er könnte mir nicht weniger egal sein", ich war verwirrt, aber er schien erleichtert darüber zu sein. Dann gähnte ich. „Es ist spät. Wir sollten wahrscheinlich wieder schlafen gehen", schlug er vor und wollte mich los lassen. „Kannst du bleiben, bis ich schlafe?", ich hielt ihn auf. „Natürlich", lächelte er. Also legten wir uns wieder in mein Bett, während er seinen Arm um mich legte und ich mich zum ersten Mal in seine Brust kuschelte. Ich fühlte mich sicher in seiner Nähe und die Art und Weise, wie ich ihn immer dabei erwischte, wie er mich ansah, als wäre ich etwas Besonderes, war etwas, das ich noch nie zuvor hatte. Ich liebte es, wie ich mich bei ihm fühlte. Nachdem der Traum vorbei war, wachte ich auf. Ich bemerkte, wie ich mich entspannter und glücklicher fühlte. Es war eine gute Erinnerung von früher. Etwa ein paar Wochen, bevor Harry mich zu unserem ersten Date eingeladen hatte. Als ich aus dem Fenster schaute, sah ich, dass die Sonne bereits hinter den Bäumen aufging. Harry schlief immer noch neben mir mit einem Arm um mich herum. Seine Haare waren ein Durcheinander, sodass ich mit meinen Fingern durchging und anfing, damit herumzuspielen. „Du scheinst gut gelaunt zu sein", lächelte er und kuschelte sich näher an mich heran. Ich hatte nicht gemerkt, dass er aufgewacht war und lächelte. „Ich hatte einen Traum von unserer letzten Nacht bei dir zu Hause", sagte ich zu ihm. „Das Gewitter", erinnerte er sich. „Du hattest so große Angst", er sah mich an und ich lächelte zurück. „Gott, ich war so verliebt in dich", lachte er. „Rückblickend warst du ziemlich offensicht-

lich, ich weiß nicht, wie ich das nicht gemerkt habe",
neckte ich ihn und lachte. Er fing an, mich zu kitzeln.
„Und du warst das totale Gegenteil. In dieser Nacht dachte ich zum ersten Mal, dass du mich auch magst", warf
er mir vor und kitzelte mich weiter. „Hör auf damit",
lachte ich und versuchte, seinem Griff zu entkommen.
„Bring mich dazu", forderte er mich heraus. Also hielt
ich seine Hände über seinem Kopf und ging über ihn.
„Du weißt, dass ich stärker bin als du", lächelte er, blieb
aber genau dort, wo ich ihn haben wollte. „Nicht, wenn
ich meine Kräfte benutze", sagte ich lachend. „Das wäre
schummeln", argumentierte er und drehte mich herum,
sodass er jetzt oben war und mich küsste, während er
mein Gesicht von meinen Haaren befreite. „Ich spiele
nicht fair. Außerdem ist alles erlaubt im Krieg und in der
Liebe", ich küsste ihn auch. Dann änderte sich meine
Stimmung langsam. Er bemerkte es und legte sich neben
mich, wobei er sich zu mir drehte und seine Hand auf
meinen Bauch legte. „Möchtest du erzählen, was in deinem wunderschönen Kopf vor sich geht?", fragte er, indem er seine Lippen nahe an mein Ohr hielt. „Ich frage
mich manchmal, was wäre, wenn meine Eltern mich nie
verkauft hätten? Was wäre, wenn sie gute Eltern gewesen wären? Hätten wir uns getroffen? So sehr ich dich
auch liebe, ich weiß nicht, ob ich dieses Leben, wie es
jetzt ist, über ein Leben gewählt hätte, wo all das schlimme Zeug nie passiert wäre. Selbst wenn es bedeutet hätte, dass ich dich nie getroffen hätte", ich sah ihn unsicher
an, schuldig, weil ich es überhaupt gedacht hatte. Er lächelte mich sanft an und hielt mein Kinn mit seinen
Fingern fest. „Ich habe auch darüber nachgedacht. Ich
würde es dir nicht übel nehmen, aber ich denke, dass

wir, egal unter welchen Umständen, immer zueinander gefunden hätten", versicherte er mir. „Du hast deinen Weg zu mir gefunden, als du aus Octopus geflohen bist, und du hast auch deinen Weg zurück zu mir gefunden, nachdem du deine Erinnerungen verloren hast. Es gibt keine Realität, in der wir nicht zusammengehören", sagte er mir und küsste mich kurz. Ich lächelte halbherzig. Ich fühlte mich besser, als ich hörte, was er sagte. Ich wusste, dass er es ernst meinte, wodurch ich mich so wohlig bei ihm fühlte. „Bald gibt es Frühstück", erinnerte er mich, als er auf die Uhr sah. „Ich denke, ich bleibe noch ein bisschen länger, aber du kannst gerne schon gehen", sagte ich zu ihm. Er nickte und lächelte, bevor er aufstand, sich umzog und den Raum verließ, aber nicht ohne mir einen letzten Kuss auf meine Stirn zu geben. Ich stand auch auf und zog frische Klamotten an. Dann ging ich zum Fenster und setzte mich auf die Fensterbank, um in den grauen Himmel zu starren. Wolken kamen auf und versteckten die Sonne hinter sich.

11. 2015

Die Sonne war so hell, dass sie mir in den Augen weh tat.
Das war das erste Mal seit Ewigkeiten, dass ich draußen
war und die Frühlingsbrise auf meiner Haut spüren konnte. Ich fühlte, wie sich meine Lunge mit der frischen Luft
füllte, während ich langsam die Straße entlang ging. Zum
ersten Mal in meinem Leben war ich frei, aber ich konnte nirgendwohin gehen. Es war mir egal. Überall war es
besser als in der dunklen kalten Zelle, in der ich heute
Abend wahrscheinlich gelandet wäre. Aber als die Stunden vergingen, verblasste meine Freude über diese neu
gewonnene Freiheit, als ich anfing die Realität zu realisieren. Meine Füße schmerzten, nachdem ich den ganzen Tag gegangen war und ich war immer noch nicht in
der Nähe einer Stadt oder eines Dorfes. Ich war so durstig und müde. Ich wusste nicht, wie ich überleben würde,
bis ich mich an etwas erinnerte. Vor ein paar Stunden
bin ich aus Octopus geflogen. Ich wusste nicht, dass ich
das könnte. Vielleicht hatte es mit dem Kometen zu tun,
den ich berührt hatte. Ich hatte diese Art von Kraft noch
nie zuvor gespürt. Es fühlte sich an, als ob sie ein Teil
von mir wäre. Also versuchte ich, mich auf die Kräfte zu
konzentrieren, die ich zuvor gefühlt hatte und als ich
langsam spürte, wie sie in mir wuchsen, bemerkte ich,
dass meine Füße den Boden verließen. Ich schaute hoch,
als ich in den Himmel flog. Nach ein paar Minuten hatte ich den Dreh raus und flog die Straße entlang, bis ich
schließlich ein Dorf erreichte. Ich landete hinter einem
Baum neben der Straße, wo mich niemand sehen konnte. Mit meiner Angst vor dem Unbekannten ging ich

dann ins Dorf. Mein Hals fühlte sich trocken an und da ich eine Weile nichts gegessen hatte, war ich auch hungrig. Ich fühlte mich müde und setzte mich neben die Straße, schaute in den Himmel, schloss meine Augen und fühlte die Wärme der Sonne auf meiner Haut. „Hallo", unterbrach ein Typ die Stille. Seine Stimme war die erste, die ich nach meiner Flucht gehört hatte. Sie klang nett und neugierig. „Hallo", quietschte ich. Meine Kehle war immer noch sehr trocken, da ich seit einer Weile nicht gesprochen hatte. „Bist du allein?", fragte er dann. Ich nickte und schaute weiter auf die Straße. Er setzte sich neben mich. „Brauchst du etwas? Vielleicht etwas Wasser?", bot er an. Ich sah ihn hoffnungsvoll an. „Ja", akzeptierte ich, da ich in keiner Verfassung war, um Hilfe abzulehnen. Er stand auf und streckte mir eine Hand entgegen. Ich schaute sie an, nahm sie aber nicht. Stattdessen stand ich alleine auf. „Wie heißt du?", wollte er wissen, als er mir den Weg in sein Haus zeigte. „Valerie Hale", antwortete ich schüchtern. „Die Starke", sagte er. „Was?", ich war verwirrt. Wir erreichten die Küche, wo er ein Glas aus einem Regal für mich nahm, um es mit Wasser zu füllen. „Das ist die Bedeutung deines Namens. Wusstest du das nicht?", er schaute mich an und reichte mir das Glas. Ich schüttelte den Kopf und trank das Wasser viel zu schnell aus, nachdem ich eine Weile nicht getrunken hatte. Er bemerkte es und streckte seine Hand aus, um mein Glas wieder aufzufüllen. „Du bist sehr durstig Valerie Hale. Mein Name ist übrigens Harry Evans", lächelte er und reichte mir wieder das volle Glas, das ich auch voll austrank, aber diesmal etwas langsamer. „Woher kommst du?", fragte er dann. Ich hatte Mühe, zu antworten. „Es ist kompliziert", fing ich an. „Ich habe

Zeit", ermutigte er mich. „Hast du schon mal von einer Organisation namens Octopus gehört?", ich wusste nicht, wie viel ich ihm sagen wollte, aber dann bemerkte ich, wie sich sein Gesicht verdächtig veränderte. „Was hast du mit denen zu tun?", er wurde feindselig. Ich war mir nicht sicher, was ich sagen sollte, weil seine plötzliche Stimmungsänderung mir Angst machte, also zog ich einfach die Ärmel hoch und enthüllte meine Verletzungen. Er kam näher und wollte meinen Arm nehmen, um ihn besser untersuchen zu können, aber ich zuckte zurück. „Es tut mir leid, darf ich?", fragte er ruhig, nachdem er meine Reaktion bemerkt hatte. Ich nickte, als er langsam meinen Arm berührte. Seine Hände waren sehr warm und sanft, während seine Finger langsam über meine Wunden gingen. Jedes Mal, wenn mich jemand berührt hatte, war es sehr rau, weshalb ich von seiner sanften Berührung überrascht wurde. Es fühlte sich bedacht und beruhigend an. „Was ist passiert?", wollte er wissen. „Sie haben mich benutzt. Heute bin ich nach neun Jahren endlich entkommen", erklärte ich kurz. „Wie alt bist du?", er schien besorgt zu sein. „Vierzehn", antwortete ich. Er sah mich schockiert an. Ich nahm meine Hände zurück und zog die Ärmel über meine entblößten Arme, als ich anfing, mich kalt zu fühlen. „Du kannst hier bleiben, wenn du willst. Wir haben ein freies Zimmer und ich denke, dass dir die Kleidung meiner Schwester wahrscheinlich passen wird. Du kannst auch duschen gehen", er schien mir wirklich helfen zu wollen. Ich hatte keine anderen Möglichkeiten und fühlte mich müde, sodass ich einfach akzeptierte. Er zeigte mir einen Raum und gab mir auch neue Kleidung zum Anziehen und ein Handtuch. Ich nahm eine kurze Dusche, um den

Schweiß und die Ereignisse von heute abzuwaschen. Harry zu treffen war nicht nur das Beste, was heute passiert war, sondern auch das Beste, was mir je passiert war. Es fühlte sich zu schön an, um wahr zu sein, also fiel es mir anfangs schwer es zu glauben. Nachdem ich aus der Dusche kam, zog ich die neuen Klamotten an, die Harry mir gegeben hatte und ging in das Zimmer, das er mir angeboten hatte. Ich fühlte mich sehr müde und erschöpft, was mich sehr schnell einschlafen ließ. Aber ich habe nicht sehr lang geschlafen. Schritte und Stimmen weckten mich auf und ich war sofort alarmiert. Ich stand auf und ging zur Tür, um besser hören zu können, was passierte. „Bist du verrückt?", rief eine Frau. „Sie braucht Hilfe", antwortete Harry. Ich verstand sofort, was das Problem war oder besser, wer und verließ den Raum, um nach unten zu gehen. Sie drehten sich zu mir um, als ich in Sicht kam. „Warum trägt sie meine Klamotten?", fragte ein Mädchen, während sie Harry anschaute. „Es tut mir leid. Ich werde gehen", entschuldigte ich mich und wollte nach draußen gehen, aber Harry packte meinen Arm und hielt mich auf. Ich zuckte zusammen, als er mich berührte. „Geh nicht", er sah mir aufrichtig in die Augen. Dann wandte er sich den anderen zu. „Sie hat keinen Ort, an den sie gehen kann. Willst du sie wirklich nach draußen schmeißen? Sie ist nur ein Kind", bettelte er. „Er hat Recht", sagte ein Mann und wandte sich an die Frau, die mich anstarrte. Sie schien keine Angst zu haben, sondern geschockt, als ob sie etwas bestimmtes in mir sah. Dann kam sie langsam näher. „Wie heißt du, meine Liebe?", fragte sie freundlich und legte mir langsam ihre Hand auf die Wange. „Valerie", antwortete ich schüchtern. Ihre Augen bohrten sich in meine und es fühlte sich an, als würden sie direkt in meine Seele schauen. „Du siehst erschöpft aus. Lass uns morgen reden. Ich denke, dass Harry dir dein Zimmer schon gezeigt hat", nahm sie an. Ich nickte. „Danke", sagte ich dankbar. Dann ging ich zurück in das, was jetzt mein Zimmer zu sein schien und legte mich wieder hin. Ich war immer noch sehr müde und schlief ziemlich leicht ein, aber es war nicht traumlos. Ich wurde in seinem Labor an den Tisch geschnallt, während er über mir war, sein Gesicht nahe an meinem und versuchte, mir die Hose auszuziehen. Durch verschwommene Augen sah ich sein Ding von ihm herabbaumeln und wachte dann auf. Verschwitzt und außer Atem setzte ich mich auf und vergrub meinen Kopf in meinen Händen, während ich versuchte, mich zu beruhigen. Tränen füllten meine Augen und ich fing leise an zu schluchzen. Plötzlich klopfte jemand an meine Tür und kam herein. Es war Harry, der mich in Tränen sah und sich neben mich setzte. „Warum schläfst du nicht?", fragte ich ihn. „Ich könnte dich das Gleiche fragen", sagte er leise. „Ich hatte einen Albtraum", sagte ich zu ihm. „Willst du darüber reden?", er schaute mich an, aber ich schüttelte nur den Kopf. Er versuchte, meine Hand zu nehmen, aber ich zuckte zurück, sodass er einfach seine Hand auf seinem Bein ließ. „Ich wollte nicht ...", er schaute weg und beendete seinen Satz nicht. „Ich mag es nicht, wenn mich jemand berührt", erklärte ich. „Warum?", fragte er sich. „Die Leute waren nie nett zu mir. Wenn sie mich berührt haben, taten sie mir immer weh", antwortete ich. „Ich würde dich nie verletzten", versprach er. Ich sah ihn dankbar an und legte meine Hand langsam über seine. Er schaute mich lächelnd an. „Willst du wieder schlafen gehen?", wollte er wissen. Ich nickte. „Okay, dann geh ich", er stand auf und ging aus der Tür, die er hinter sich schloss. Ich atmete tief durch und legte mich wieder hin, wobei ich dann schnell wieder einschlief. Nach einer Weile ging die Sonne auf und ein neuer Tag begann. Als ich anfing, Stimmen außerhalb meines Zimmers zu hören, beschloss ich, rauszugehen. Unten waren die anderen bereits in der Küche, als ich mich ihnen anschloss und unbeholfen im Türrahmen stand. „Guten Morgen", lächelte Harry sanft, als er mich sah. „Guten Morgen", antwortete ich, ohne zu wissen, was ich tun oder wie ich mich verhalten sollte. „Du kannst dich hinsetzen, wenn du willst", bot mir die Frau einen Stuhl am Tisch an. Ich ging langsam zum Stuhl und setzte mich darauf. „Du scheinst nicht sehr gut ausgeruht zu sein, meine Liebe", sagte sie, als sie mich genauer ansah. „Ich hatte einen Albtraum", erklärte ich schüchtern. „Hast du sie oft?", fragte sie dann. Ich nickte. „Was ist mit deinen Eltern? Kennst du ihre Telefonnummer?", sie nahm sanft meine Hand, als sie sich neben mich setzte. „Ich habe sie seit neun Jahren nicht mehr gesehen", antwortete ich. Es gab etwas an ihr, das mich dazu brachte, ihr zu vertrauen. Ihre Anwesenheit gab mir das Gefühl, sicher zu sein. Sie sah mich an, als ich sie anstarrte. „Ich habe keinen Ort, an den ich gehen kann", sagte ich schließlich. „Du kannst hier bleiben. Wir nehmen dich auf", lächelte sie mich an. „Warum helft ihr mir?", ich war froh, dass sie mir helfen wollte, aber ich verstand nicht warum. „Manchmal geht ein wenig Hilfe einen langen Weg", antwortete sie. Ich verstand nicht ganz, was sie damit meinte, aber ich fragte auch nicht weiter nach. Vielleicht würde ich es eines Tages verstehen. Die ersten Wochen, die ich in meinem neuen

Zuhause verbrachte, waren nicht einfach für mich. Ich war es nicht gewohnt, dass Leute nett zu mir waren. Lilly und Blake nahmen mich auf und gaben mir ein Leben. Ich passte mich langsam an diese neue Welt an, der ich mich nun stellen musste. Zusammen mit Harry und Clary besuchte ich eine Schule in der Nähe des Dorfes, in dem ich jetzt lebte. Ich freute mich immer darüber etwas Neues zu lernen, aber da ich nie in einer Schule war, war ich in allem hinterher. Obwohl ich so viele verlorene Jahre nachholen musste, gab ich nicht auf und mit meinen beiden neu gefundenen Freunden schaffte ich es auch. Clary und ich kamen uns näher, sodass ich nach ein paar Wochen, als wir unsere Hausaufgaben im Garten machten, während Harry mit seinen anderen Freunden unterwegs war, endlich den Mut hatte, ihr von meinen Kräften zu erzählen. „Du kannst fliegen?", sie war so aufgeregt, dass sie kaum still sitzen konnte und auch aufstand. Ich sprang in die Luft und flog ein paar Zentimeter über dem Boden, um es zu beweisen. „Das ist unglaublich. Was kannst du sonst noch?", wollte sie dann wissen. „Ich bin mir nicht sicher. Ich habe sie erst vor kurzem bekommen", ich landete wieder auf dem Boden und setzte mich an den Tisch. „Wann?", fragte sie. „Der Tag, an dem ich entkommen bin. Ohne die Kräfte hätte ich das nicht geschafft", ich setzte mich zurück zu den Büchern und bereute es, ihr davon erzählt zu haben, weil ich wusste, dass sie anfangen würde, Fragen zu stellen, auf die ich entweder die Antwort nicht wusste oder die ich nicht beantworten wollte. „Wie hast du sie bekommen?", versuchte sie, meine Aufmerksamkeit wieder auf das Thema zurückzulenken. „Ich weiß es nicht. Können wir einfach unsere Hausaufgaben weiter machen?", bat ich sie. „Du kannst mir so etwas nicht einfach erzählen und erwarten, dass ich nicht reagiere", sie sah mich unzufrieden an. „Es tut mir leid, aber ich weiß nichts über meine Kräfte und wenn du Fragen stellst, ruft das nur Erinnerungen hervor, an die ich mich nicht erinnern möchte", erklärte ich. Ihr Gesichtsausdruck wurde besorgt, während sie sich wieder mir gegenüber hinsetzte. „Du hast immer noch Albträume", sie fragte nicht, sondern stellte es als Tatsache hin. Ich nickte, ohne sie anzusehen, während ich spürte, wie eine Träne aufstieg. Clary bemerkte es und legte ihre Hand auf meine. „Die einzigen Erinnerungen, die ich habe, sind von dort", flüsterte ich, weil ich wusste, dass sonst meine Stimme brechen würde. „Wir können neue machen und ich verspreche dir, sie werden wunderbar und lustig sein", sie hatte so viel Hoffnung in ihrer Stimme, dass es ansteckend war. Ich lächelte halbherzig. „Wir gehen heute Abend aus", lächelte sie dann und stand auf. „Ich weiß nicht. Vielleicht könnten wir einfach hier bleiben?", ich war mir nicht sicher, ob ich heute etwas machen wollte. „Es ist ein Freitag und er wäre verschwendet, wenn wir hier bleiben würden. Also lass uns morgen die Hausaufgaben fortsetzen und uns umziehen. Ich habe gehört, dass es einen neuen Pitch Perfect gibt und den werden wir uns anschauen", wenn sie ihre aufgeregte Stimme aufsetzte, gab es keine Chance mehr mit ihr zu argumentieren, aber ich versuchte es trotzdem. „Ich habe nichts zum Anziehen", versuchte ich da rauszukommen. „Ich habe genug und du hast keine Ausreden mehr, also lass uns zu meinem Schrank gehen", Ihre Energie war so ansteckend, dass ich beschloss, einfach mitzumachen. Clary hatte ihren Spaß, sich Outfits für mich auszusuchen und ich musste zugeben, dass ich es auch irgendwie genoss. Das Outfit, für das wir uns zum Schluss entschieden, gefiel mir sehr gut. Sie hat einen Jeansrock mit lila Top und einer schwarzen Jacke für mich ausgesucht. Clary trug ein weißes Kleid mit Blumen darauf und kombinierte es mit ihrer roten Lederjacke. Danach gingen wir ins Kino und während sie uns Tickets und Popcorn kaufte, wartete ich in der Lobby. „Valerie?", hörte ich eine vertraute Stimme hinter mir. Als ich mich umdrehte, erkannte ich, dass es Harrys war. „Hat Clary dich endlich dazu gebracht, nach draußen zu gehen?", fragte er überrascht, aber lächelnd. „Du weißt, wie sie sein kann", sagte ich zu ihm und er verstand. „Ja, meine Schwester kann sehr überzeugend sein", er schaute dann wieder zu seinen Freunden. „Was wirst du dir ansehen?", fragte ich ihn, als er seine Aufmerksamkeit wieder auf mich richtete. „Nichts wirklich Interessantes. Und du?", während er das sagte, kam Clary zurück. „Den neuen Pitch Perfect", antwortete sie ihm und gab mir einen der beiden Tüten mit Popcorn, die sie in der Hand hielt. „Was für eine Überraschung", er verdrehte sarkastisch die Augen. „Oh, und was wirst du tun?", konterte sie, aber er lächelte nur verlegen. „Evans kommst du?", rief einer seiner Freunde, so laut, dass Harry es hören konnte. „Bis später", er drehte sich dann um und ging zu den anderen. „Bring dich dieses Mal nicht wieder in Schwierigkeiten", sagte Clary laut genug, damit er es noch mitbekam. Er drehte seinen Kopf zu uns und warf einen genervten Blick auf sie, dann schloss er sich aber wieder seinen Freunden an. „Was meintest du damit?", fragte ich sie verwirrt. „Nur dass seine vermeintlichen Freunde vielleicht nicht die richtige Leute sind, mit denen man sich abgeben sollte", erklärte sie uninteressiert. Ich sah sie besorgt an. „Kein Grund, sich Sorgen zu machen", versuchte sie mir zu versichern. „Außerdem beginnt der Film bald, also lass uns zu unseren Plätzen gehen", sie wurde ungeduldig, als sie auf die Uhr schaute. Nachdem wir in den Saal kamen, war es sehr dunkel, wodurch ich mich etwas ängstlich fühlte. Ich folgte Clary zu unseren Plätzen. Meine Angst verblasste, als der Film begann. Er war lustig und wir hatten Spaß dabei ihn zu sehen. Der Saal war nicht sehr voll, nur ein paar andere Leute sahen sich den Film mit uns an. „Diese Harmonien sind erstaunlich. Ich kann nicht glauben, dass sie das nur mit ihren Stimmen machen", flüsterte ich Clary während der Riff-Off-Szene zu. „Ich weiß. Ich wünschte, ich könnte auch so singen", sagte sie neidisch. Als der Film vorbei war, fühlte es sich an, als wären nur ein paar Minuten vergangen. „Hat es dir gefallen?", fragte sie mich, nachdem wir aus dem Kino kamen. „Ich liebe ihn", lächelte ich. „Lass uns etwas essen gehen. Ich bin hungrig", schlug sie dann vor, als sie das Diner sah. „Oh, ich glaube nicht, dass ich nach dieser Menge Popcorn noch irgendetwas essen kann", ich war überrascht, dass sie immer noch hungrig war. Aber sie lachte nur und zerrte mich hinein. Dort sahen wir Harry und seine fünf anderen Freunde wieder. „Na toll", verdrehte Clary die Augen, als sie die anderen bemerkte. „Warum setzt ihr euch nicht zu uns?", bot Harry an, als er uns sah. Ich wusste, dass Clary diese Idee nicht so toll fand, aber da es keinen freien Tisch mehr gab, hatten wir nicht wirklich eine Wahl. Also saßen wir zusammen zwischen zwei seiner Freunde. Der Typ neben mir drehte sich mit einem Lächeln zu mir um. „Ich glaube nicht, dass wir uns vorgestellt wurden", sagte er. „Oh ja. Leute, das ist Valerie, meine Cousine aus England, die bei uns lebt", stellte mich Harry vor. Da niemand wirklich etwas über meine Vergangenheit wissen durfte, beschlossen Lilly und Blake, dass es am besten wäre, allen zu sagen, dass ich ihre Nichte war. „Valerie ist ein schöner Name. Nur passend, dass jemand so schönes, wie du ihn hat", flüsterte er charmant. Ich errötete und lächelte. „Mein Name ist Kyle", fügte er hinzu. „Schön, dich kennenzulernen, Kyle", sagte ich ihm. „Was kann ich Ihnen bringen?", fragte die Kellnerin, als sie an unseren Tisch kam. Sie schien nett zu sein. „Ich werde den Burger mit Pommes nehmen und eine Cola", antwortete Clary. „Und du?", wandte sich die Kellnerin an mich. Ich war mir nicht sicher, was ich sagen sollte. Das war das erste Mal, dass ich irgendwo essen war und ich hatte noch nie etwas bestellt. „Sie wird nur eine Cola trinken", Clary sprang ein, als sie merkte, dass ich unsicher wurde. „Danke", flüsterte ich ihr zu, als die Kellnerin weg war. „Kein Problem", antwortete sie. Nach ein paar Minuten kam das Essen an und während alle anfingen zu essen, starrte ich verwirrt auf mein Getränk. „Soll es so blubbern?", fragte ich. „Sag mir nicht, dass du noch nie eine Cola gesehen hast", sagte Kyle schockiert. „Probier es einfach aus", ermutigte mich Harry. Ich nahm einen Schluck, während die anderen mich erwartungsvoll ansahen. „Es ist so süß und fühlt sich irgendwie komisch an", ich zog eine Grimasse. Die anderen fingen an zu lachen. Nach ein paar Schlucken gewöhnte ich mich daran und fing an, es zu mögen. „Warum bist du aus England hierher gekommen?", fragte mich Kyle, während die anderen tief in unterschiedlichen Gesprächen verwickelt waren. „Es ist kompliziert", antwortete ich, ohne zu wissen, was ich sagen sollte. „Ich versteh schon. Familienprobleme", lächelte er und ich beschloss, einfach seine Vorlage zu nutzen. „War es schwer, in der Mitte des Schuljahres an einer neuen Schule anzufangen?", fuhr er fort. „Es war nicht einfach, aber Harry und Clary haben mir wirklich geholfen", lächelte ich höflich. „Wenn du mal mit jemand anderem lernen willst, kannst du mich einfach anrufen. Ich bin wirklich gut in der Schule", bot er an. „Ich werde darauf zurück kommen", ich schaute zurück auf mein Glas, das inzwischen leer war. Nachdem wir unsere Rechnung bezahlt hatten, gingen wir nach draußen zum Parkplatz. Kyle und ich liefen nebeneinander, als er versuchte, meine Hand zu nehmen. Ich fühlte mich unwohl, also schüttelte ich sie ab. „Warum bist du so schüchtern? Du bist zu schön, um so schüchtern zu sein", lächelte er und zog mich an meiner Taille näher an sich. „Bitte hör auf damit", sagte ich, während ich versuchte, ihn wegzudrücken, aber er war stärker. „Komm schon", lächelte er. „Lass mich los", ich versuchte mich aus seinem Griff herauszuwinden und suchte nach den anderen für Hilfe, aber sie waren viel weiter vorne und waren mit dem Rücken zu uns. Harrys andere Freunde stiegen gerade in ein Auto, um zu gehen. Ich bekam Angst, während mein Kopf schummrig wurde und ich plötzlich Bilder von Egor sah, als er mich auf dem Tisch hielt und über mich ging. „Hör auf damit", schrie ich verschreckt. Es fühlte sich an, als wäre ich wieder bei Octopus. Ich fing an, zu zittern und um mich herum zu schlagen, während ich weiter schrie. Ich war wie außer mir, verängstigt und verwirrt. „Lass sie los, Kyle", hörte ich Harry rufen. Ich fühlte, wie Kyle mich losließ, aber es war, als ob mein Körper es nicht bemerkte, weil ich immer noch zitterte.

„Hör auf damit, hör auf damit", flüsterte ich wieder und wieder. „Valerie", Clarys feste Stimme ließ mich wieder zu mir kommen. Sie sah mich besorgt an. „Geht es wieder? Bist du in Ordnung?", fragte sie und nahm meine Hände in ihre. Sie konnte in meinen Augen lesen, dass ich es nicht war, dann wandte sie sich an Kyle. „Was ist dein Problem?", schrie sie ihn an und haute ihm eine runter. „Ich weiß nicht, welche Sprache du sprichst, aber wenn ein Mädchen dir sagt, dass du aufhören sollst, hörst du gefälligst auf", schrie sie weiter. „Oh bitte, sie wollte es", sagte Kyle dann verärgert über Clary. In einer Bewegung hatte Clary Kyles Arm auf dem Rücken. „Bist du verrückt?", rief Kyle, aber er konnte ihr nicht entkommen. „Hör auf damit", schrie er dann. „Oh, sicher, dass du es nicht magst, weil ich denke, dass du dich amüsierst", sagte sie sarkastisch. „Clary, ich denke, das reicht jetzt", Harry versuchte, die Situation zu beruhigen. Clary schubste Kyle und ließ ihn gehen. „Vielleicht solltest du dir deine Freunde besser aussuchen", sie sah Harry gefährlich in die Augen und kam dann zu mir. „Harry, du solltest deine Mädchen wirklich unter Kontrolle kriegen", lächelte Kyle Harry an, was er nicht hätte tun sollen, denn dann schlug Harry ihm direkt ins Gesicht. „Wenn du es wagst sie noch einmal anzufassen, breche ich dir dein Gesicht", sagte er gefährlich. Aber Kyle wollte es nicht einfach auf sich sitzen lassen und holte aus, um Harry eine runterzuschlagen, der ihn aber abhielt. „Clary, bring Valerie ins Auto", sagte Harry und warf ihr die Schlüssel zu. Sie hörte auf ihn und setzte sich neben mich auf den Rücksitz des Autos. „Was ist passiert? Es war, als wärst du woanders gewesen", sie sah mich besorgt an. „Ich hatte einen Flashback", antwortete ich und sie verstand, dass ich nicht darüber reden wollte. Dann stieg Harry ins Auto und fuhr uns zurück nach Hause. Dort öffnete er mir die Tür. „Valerie, es tut mir so leid, was passiert ist", entschuldigte er sich und ich wusste, dass er es ernst meinte. „Du brauchst nichts zu sagen", sagte ich zu ihm und versuchte es mit einem Lächeln. Ich stieg aus dem Auto. Als Clary mir folgte, stieß sie ihn gegen das Auto. „Ich habe dich gewarnt, dass so bald deine Freunde involviert sind, es immer schlecht enden wird, aber du hörst nie zu", sie war wütend auf ihn. „Clary, was ist los?", Lilly kam heraus, als sie Clary schreien hörte. „Warum fragst du nicht Harry?", sagte sie zu ihr und nahm dann meine Hand, um mit mir nach oben zu gehen. „Danke", lächelte ich Clary halbherzig an. „Niemand hat sich jemals so für mich eingesetzt", ich setzte mich auf mein Bett. „Wir halten zusammen", sie setzte sich neben mich. „Ich werde dich immer beschützen. Wir sind Schwestern fürs Leben", lächelte sie mich an. „Schwestern fürs Leben", es klang schön als ich es wiederholte. Dann ließ sie mich in meinem Zimmer zurück und ging zu ihrem. Ich schaute in den Nachthimmel und erinnerte mich an meinen Flashback. Mein Atem wurde unruhig, also beschloss ich, das Fenster für etwas frische Luft zu öffnen. Dann flog ich nach draußen und setzte mich auf das Dach, um mir den Vollmond anzuschauen. Nach einer Weile hörte ich, wie jemand meinen Namen rief. Es war Harry, der mich in meinem Zimmer nicht finden konnte, weil ich hier oben war. Dann schaute er aus dem Fenster in den Himmel und seufzte. Mein Fuß fing an zu jucken, also bewegte ich ihn, was er hörte. Als er seinen Kopf zu mir drehte, sah ich, wie sich seine Augen weiteten, als er mich auf dem Dach sitzen sah. „Valerie, wie bist du da hoch gekommen?", fragte er besorgt. Ich seufzte und beschloss, ihm auch von meinen Kräften zu erzählen. Also sprang ich ab und flog zurück in mein Zimmer. „Wie ... Wie ...", stotterte er. „Ich habe meine Kräfte an dem Tag bekommen, an dem ich entkommen bin. So bin ich da raus gekommen", erklärte ich kurz und setzte mich auf mein Bett. Er schaute mich immer noch schockiert an. Ich starrte auf meine Hände und spielte nervös mit meinen Fingern herum. Nach einer Weile setzte er sich neben mich und legte seine Hand über meine, um meine unruhigen Bewegungen zu stoppen. „Ich muss mich für das entschuldigen, was heute passiert ist. Es tut mir so leid. Wenn ich gewusst hätte, dass er das tun würde, hätte ich ihn nie in deine Nähe gelassen", sagte er mir. „Es ist nicht deine Schuld. Kyle hat sich falsch verhalten und ich war so naiv zu glauben, dass er mich wirklich mochte", ich schaute wieder weg. „Kyle ist ein Idiot. Viele Jungs sind das", er lächelte mich sanft an. „Du bist kein Idiot", erinnerte ich ihn. „Doch, das bin ich. Ich habe mir die falschen Freunde ausgesucht und viele Mädchen verletzt", er schien sich zu schämen. „Du warst nett zu mir", meinte ich dann. „Weil ich mich ändern wollte und du Hilfe brauchtest", er schaute mich an. „Du hast mich vor Kyle beschützt", betonte ich. „Clary hat das meiste davon gemacht", er wandte sein Gesicht ab von mir und stand auf. „Für dich mag es nicht nach viel aussehen, aber mir bedeutet es viel, dass du am Anfang nett zu mir warst und mich heute beschützt hast", sagte ich, bevor er zur Tür kam. Ich konnte ein Lächeln auf seinem Gesicht sehen, bevor er sich wieder zu mir umdrehte. „Wie hast du deine Kräfte bekommen?", fragte er nach kurzem Schweigen. „Octopus hatte einen Kometen, den sie erforschten.

Ich wurde neugierig und wollte ihn selber sehen, aber als ich näher an ihn kam, glaube ich, dass ich seine Kraft absorbiert habe", erklärte ich. „Warum denkst du, hast du sie absorbiert? Warum nicht die erste Person, die in die Nähe von ihm gekommen ist?", fragte er sich. „Ich weiß es nicht, aber als ich sie bekommen habe, fühlte es sich an, als würden sie mir gehören", sagte ich ihm. „Und wie genau bist du entkommen?", wollte er wissen. Ich atmete tief durch und dachte darüber nach, was ich ihm sagen würde. Ich wusste, dass ich ihn nicht wissen lassen wollte, was wirklich passiert war. „Ich erkannte, dass ich fliegen konnte und bin einfach davon geflogen", sagte ich schließlich. Er sah mich auf eine Weise an, die ich noch nie zuvor gesehen hatte. Ich fühlte mich unwohl und schaute weg. „Ich bin froh, dass du entkommen bist", er nahm meine Hand in seine Hand und schaute sie an. „Ich auch", seufzte ich und gähnte. „Ich lasse dich jetzt besser schlafen", er lächelte mich an und verließ mein Zimmer. Ich schloss das Fenster und legte mich in mein Bett, wobei ich mich wieder an den Tag erinnerte, an dem ich entkommen war und fing still an zu weinen, während meine Tränen über mein Gesicht flossen und ich langsam einschlief.

12. Erkenntnis

Manchmal, wenn ich zurückdachte, an alles, was passiert war, fragte ich mich, wie ich immer noch die Kraft dazu fand, weiterzuleben. Aber die Antwort war einfach. Die Menschen um mich herum, gaben mir einen Grund jeden Tag aufs Neue aufzustehen. Sie machten mein Leben lebenswert. Ich wüsste nicht, was ich ohne sie tun würde. Draußen sah ich einen grauen Himmel. Ich wusste, dass es bald anfangen würde zu regnen und genoss es, die Ruhe vor dem Sturm zu beobachten. Ein Klopfen an der Tür brachte meine Aufmerksamkeit zurück in den Raum. „Komm rein", sagte ich, während ich aufstand. Es war Andrew. „Hey, warum bist du nicht beim Frühstück", meine Stimmung hellte sich auf, als ich ihn sah. „Im Gegensatz zu dir war ich schon da", er schaute mich vorwurfsvoll an. „Nein, wagst es nicht, mich so anzusehen. Ich lasse eine Mahlzeit aus und es ist keine große Sache, okay", ich wurde defensiv. „Du bist wirklich vorhersehbar, weißt du. Du fühlst dich schlecht wegen dem, was passiert ist und hörst dann auf zu essen", sagte er. „Das stimmt nicht", widersprach ich. „Okay, dann erklär mir doch bitte, warum ich gerade eine Wette mit James gewonnen habe, weil du nicht zum Frühstück gekommen bist", argumentierte er. „Du machst Witze?", ich war schockiert, dass er auf so etwas wetten würde. Ich wandte mich ab und setzte mich auf das Bett. Andrew war immer sehr gut darin, zu sehen, was in mir vorging, was manchmal ziemlich nervig war. „Ich kann mir nicht einmal ansatzweise vorstellen, wie du dich nach allem, was passiert ist, fühlen musst, aber du kannst dich nicht weiter so bestrafen", seine Stimme wurde fürsorglich, als er sich neben mich setzte. „Ich bestrafe mich nicht selber", sagte ich genervt. Anstatt zu antworten, starrte er an die Decke. „Ich hatte einfach nie eine gute Beziehung zum Essen", fügte ich hinzu. „Macht Sinn", erkannte er und erinnerte sich daran, was ich ihnen allen über meine Vergangenheit erzählt hatte. „Hast du wirklich eine Wette mit James abgeschlossen?", fragte ich halbherzig lächelnd. „Natürlich nicht", lächelte er zurück. Dann stand er auf und drehte sich zur Tür um. „Wenn du mich brauchst, bin ich im Trainingsraum und wenn du mitmachen willst, bist du willkommen", sagte er, bevor er ging. „Ich denke, ich werde es heute etwas ruhiger angehen lassen, aber ich werde das im Hinterkopf behalten", sagte ich ihm und dann war er weg. Ich war froh, dass er weg und ich wieder allein war, aber mir wurde klar, dass wenn Andrew mein Verhalten bemerkt hatte, Harry es auch schon wusste. Ich ließ mich zurück ins Bett fallen und seufzte laut. Warum war alles so ein großes Durcheinander? „Valerie?", rief Harry, als er mich sah. Ich hatte nicht bemerkt, dass er reingekommen war. „Mmh", stieß ich aus, um ihn wissen zu lassen, dass ich noch wach war. Er kam ans Bett, um sich neben mich zu setzten und legte seine Hand auf meinen Arm. „Alles gut bei dir?", fragte er besorgt. „Können wir kuscheln?", ich begann das Bedürfnis zu bekommen, von ihm umarmt zu werden. „Klar", antwortete er ruhig. Dann näherte er sich mir und legte seine Arme um mich, während ich mich in seine Brust kuschelte. Er streichelte meine Haare aus meinem Gesicht und küsste mich auf die Stirn. „Was ist los, Liebste", fragte er leise. „Ich fühle mich ein bisschen neben der Spur", sagte ich ihm, während ich noch näher an ihn kam. Dann fing er an, wütend zu werden. Ich lege meine Hand auf seine Wange, um seinen Gesichtsausdruck weicher zu machen. Er legte seine Hand über meine, drückte sie an seine Wange und küsste sie dann leicht. „Ich will Egor umbringen", gab er zu. „Das würde es nicht besser machen", erinnerte ich ihn. „Ich habe gehört, wie er gestern mit dir gesprochen hat", er wurde noch wütender und hielt mich noch fester, während er kurz seine Lippen gegen meine Stirn drückte. „Er treibt mich immer wieder in den Wahnsinn", sagte ich frustriert. „Ich mache dir keine Vorwürfe. Nach dem, was er dir angetan hat, will ich ihn nicht einmal im selben Gebäude mit dir haben", er holte tief Luft, um sich zu beruhigen. „Lass uns nicht darüber reden." Ich wollte meine Zeit mit Harry nicht mit Egor verschwenden. Er würde nicht wieder zwischen uns kommen. „Okay", er küsste meine Haare und streichelte sie, während ich spürte, wie er sich entspannte. „Wo willst du hin, wenn das alles vorbei ist?", er wechselte das Thema und versuchte mich abzulenken. Ich dachte ein wenig darüber nach, bevor ich antwortete. „Irgendwo mit einem Strand, wo wir jeden Abend den Sonnenuntergang beobachten können. Vielleicht einen Garten, in dem wir etwas Gemüse anbauen können und wo ein Apfelbaum steht", ich stellte es mir vor und sah mich zusammen mit Harry im Garten mit Blick aufs Meer. „Das klingt schön. Ich mag es", lächelte er. Dann summte sein Telefon. Er nahm es vom Nachttisch und las den Text. „Es ist James. Er arbeitet an etwas und möchte, dass wir es uns anschauen", erklärte er. „Woran arbeitet er?", fragte ich neugierig. „Ich weiß es nicht", er schien selber überrascht. „Lass es uns dann anschauen", sagte ich. Er nickte und so gingen wir dann in James Labor. Es war nicht wirklich seins, eher wie der Ort, an dem die Ausrüstung für den White Star erfunden wird, aber da James der Schlauste war, den wir hatten, wird es jedes Mal, wenn wir nach Michigan kommen, hauptsächlich von ihm benutzt. Als wir reinkamen, saß James an einem Schreibtisch mit drei Computern. Andrew stand hinter ihm und schaute auch auf die Bildschirme. Auf dem Tisch in der Mitte lag ein Gerät, das ich erkannte. Egor hat es benutzt, um meine Kräfte während unserer Mission in England zu unterdrücken. Ich erinnerte mich daran, wie ich es zerstört hatte, also war ich sehr überrascht, es repariert zu sehen. Meine Erinnerungen an dieses Ding waren nicht sehr angenehm, also wollte ich es wieder zerstören, bevor es mich schwächen konnte. „Warte", schrie James fast und nahm es, bevor ich überhaupt meine Hand heben konnte. „Warum hast du es repariert?", fuhr ich ihn an. „Ich analysiere es, um zu sehen, wie wir dem entgegenwirken können", erklärte er ruhig. Ich entspannte mich etwas, war aber immer noch etwas unruhig. „Tut mir leid, dass ich so reagiert habe", entschuldigte ich mich, aber er schien es zu verstehen und dachte nicht weiter darüber nach. „Was hast du herausgefunden?", fragte Harry dann und legte seine Hand auf meinen Rücken. „Octopus verwendet eine sehr hohe Frequenz, die, wenn sie angeschaltet wird, den Teil deines Gehirns blockiert, der auf deine Kräfte zugreift. Ich nenne sie X-Wellen, weil sie deine Kräfte irgendwie aus-X-en", er sagte den letzten Teil etwas leiser, als wäre es ein Insider-Witz. Aus dem Augenwinkel sah ich Harry grinsen und rollte mit den Augen. „Du arbeitest also an einem Ding, das die X-Wellen blockieren kann", nahm ich an. „Genau", bestätigte James meine Theorie. „Funktioniert es?", fragte Harry hoffnungsvoll. „Ich bin mir nicht sicher, deshalb habe ich dich gebeten zu kommen", antwortete James. „Lass es uns versuchen", ich war gespannt, ob es tatsächlich funktionieren würde. James schien sich zu freuen, meine Reaktion zu sehen und nahm einen runden blauen Ball aus der Kiste auf dem Schreibtisch. „Es funktioniert ziemlich einfach. Wenn ich es einschalte, sendet es eine Gegenfrequenz raus, die, wenn sie zwischen dir und den X-Wellen platziert wird, dir freien Zugang zu deinen Kräften gibt", erklärte er. „Wenn es funktioniert", fügte er hinzu. „Klingt einfach genug", antwortete ich und gab ihm ein Signal, um anzufangen. Zuerst schaltete er das Gerät mit den X-Wellen ein, was mir Unbehagen bereitete. Dann tippte er auf den blauen Ball, um ihn einzuschalten. In dem Moment, in dem die Gegenfrequenz eingeschaltet wurde, fühlte ich mich, als würden Nadeln auf meinen Kopf einstechen. „Schalt es aus", schrie ich vor Schmerzen, während ich auf dem Boden kniete und meine Hände über meinen Kopf legte. Harry kniete neben mir nieder und zog mich an seine Brust. Als James es endlich ausgeschalten hatte, konnte ich wieder denken. Ich atmete tief durch. „Geht es dir gut?", Harry war besorgt. „Ja", antwortete ich und stand wieder auf. „Was war das?", fragte ich James. „Ich verstehe es nicht. Du solltest es nicht hören können", er sah frustriert aus. „Vielleicht kann sie das wegen ihrer Kräfte schon", meinte Andrew. „Ja vielleicht", James schaute auf den blauen Ball. Mir wurde klar, dass es für seine Forschung wichtig sein würde zu wissen, ob seine Gegenwellen überhaupt funktioniert hätten. „Lass es uns noch einmal versuchen", sagte ich. „Ist das dein Ernst?", Harry sah mich mit hochgezogenen Augenbrauen an. „Ja. Zumindest werden wir dann wissen, ob die Gegenwellen funktionieren", ich war entschlossen. „Außerdem werde ich dieses Mal wissen, was mich erwartet", fügte ich beiläufig hinzu. James gefiel die Idee. „Bereit?", fragte er. Ich vereinte meine Hand mit Harrys und schloss meine Augen für mehr Konzentration. „Bereit", gab ich das Signal. James startete das Gerät erneut. Diesmal versuchte ich dem Schmerz Stand zu halten, aber es war dennoch sehr überwältigend. Dann ließ ich eine warme Welle durch meine Fingerspitzen in Harrys laufen. „Es funktioniert, jetzt schalte es aus", forderte Harry, als er die Wärme spürte. James tat, was ihm gesagt wurde und ich konnte endlich wieder atmen. Harry legte dann seine andere Hand unter mein Kinn und hielt meinen Kopf hoch, um sicherzustellen, dass es mir gut ging. Ich schaute ihm in die Augen, um ihm zu zeigen, dass alles in Ordnung war. Er lächelte wieder. „Gut gemacht", sagte er mir. „Danke. Das hat mir wirklich weitergeholfen", lächelte James mich an. „Jetzt muss ich nur noch einen Weg finden, die Wellen zu benutzen, ohne dass sie dir weh tun", sagte er mehr zu sich selbst als zu mir. „Ich fühle mich irgendwie hungrig nach all dem", wandte ich mich an Harry. „Es gibt noch etwas Obstkuchen in der Küche", schlug Harry vor. „Uh lecker", lächelte ich. Also gingen wir in die Küche. Harry öffnete den Kühlschrank und nahm das Viertel von einem einst großen Kuchen heraus, schnitt ein Stück davon runter und servierte es mir auf einem Teller auf der Küchentheke. „Danke", sagte ich schnell, bevor ich einen Bissen nahm. Er sah sehr lecker aus und er schmeckte so gut. „Clary hat ihn gestern gemacht", sagte Harry zu mir. „Sie macht das beste Essen aller Zeiten", antwortete ich und nahm einen weiteren Bissen. „Nehmt euch ein Zimmer", lachte er, als er sah, wie ich den Kuchen vernaschte. „Oh, das werde wir", lachte ich und steckte mir den nächsten Bissen in den Mund. Dann ging er hinter mich und legte seine Hände auf meine Taille und seinen Mund nahe an mein Ohr. „Wirklich", flüsterte er ironisch und fing an, meinen Hals zu küssen. Ich lachte. „Tut mir leid, aber ich kann dem Kuchen nicht fremdgehen. Du wirst aufhören müssen, mich zu küssen", lachte ich, während er mein Ohr mit seinen Lippen berührte und sich näher an mich drückte. „Ich denke, der Kuchen wird es überleben", flüsterte er und küsste mich wieder am Hals. „Das wird er nicht, weil ich ihn zuerst essen werde", ich drehte mich zu ihm um. Er lächelte. Ich legte meine Hand auf seine Wange und zog ihn näher, um ihn zu küssen, währenddessen steckte ich meinen Finger in den cremigen Kuchen und als ich mich vom Kuss löste, schmierte ich die Creme auf seine Nase. „Oh, das tut mir jetzt aber leid", sagte ich sarkastisch. Er lächelte herausgefordert und nahm meinen Finger, um den Rest der Creme davon abzulecken. „Vielleicht sollten wir uns ein Zimmer nehmen", lächelte er, während sein Finger langsam von meinem Hals nach unten zu meiner Brust ging. Ich leckte die Creme auf seiner Nase ab und küsste ihn wieder. „Lass uns zurück in unser Zimmer gehen", sagte ich, als ich wieder zu Atem kam. Er nickte und nahm meine Hand, um mich nach oben zu führen. „Warte. Ich nehme den Kuchen mit", ich befreite meine Hand von seiner und nahm den Teller mit meinem halb gegessenen Kuchen. Harry rollte nur mit den Augen und lächelte. „Können wir jetzt gehen?", fragte er ungeduldig. Ich nickte und ging mit ihm zurück ins

Zimmer, wo ich den Teller für später auf den Tisch legte. Zuerst musste ich meine sexuellen Bedürfnisse befriedigen und wandte mich an Harry, der bereits in der Mitte des Bettes saß und sich an das Bettgestell lehnte. Ich war nicht geduldig genug, um mir die Zeit zu nehmen, dorthin zu gehen, also flog ich einfach die paar Meter direkt auf sein Schoß und fing an, ihn zu küssen. Seine Finger waren in meinem Haar und zogen meine Lippen näher an seine, während meine Finger langsam unter sein Hemd kamen und es nach oben und über seinen Kopf zogen. Dann zog ich mein Shirt aus. Gleich nachdem ich es auf den Boden geworfen hatte, fing er an, meinen Hals zu küssen, während seine Arme auf meinem Rücken lagen und mich näher an ihn zogen, sodass sich unsere nackten Körper berührten. Ich fing an, meine Taille über seinem Schritt zu bewegen. Meine Hände waren unter seinem Gesicht, während er zu mir aufblickte und ich zu ihm zurückschaute. Seine Hände wanderten runter zu meiner Taille und halfen mir, sie zu bewegen, während ich fühlte, wie sein Penis hart unter mir wurde. Ich fing wieder an, ihn zu küssen und legte meine Hände auf seine Brust. Seine Hände gingen zu meinem Rücken, um meinen BH zu öffnen. Nachdem er es von mir genommen hatte, ließ er es auf den Boden fallen. Meine Küsse bewegten sich zu seinem Hals, während ich seinen Gürtel und seine Hose öffnete, um seinen Penis heraus zu ziehen. Dann drehte ich mich zu meinem Nachttisch, wobei ich die Schublade mit meinen Kräften öffnete und von dort ein Kondom direkt in meine Hand fliegen ließ. Ich zog es über und ließ meine Hose und mein Höschen mit meinen Kräften reißen und sie zu Boden fallen. „Jemand scheint es eilig zu haben", lächelte

Harry zufrieden. „Halt die Klappe", sagte ich zu ihm und zog sein Gesicht näher an meines, um meine Lippen auf seine zu drücken. Dann setzte ich mich langsam auf seinen Penis und lenkte ihn in mich. Harrys Hände lagen auf meinem Rücken und drückten mich näher an ihn, während ich meinen Unterkörper bewegte. Er fing an, meinen Hals wieder zu küssen, während ich sein Gesicht näher an meinen Körper zog. Dabei grub ich meine Finger in seine Haare und atmete schwer. Ich wurde schneller, als er seine Hände auf meine Taille legte und mir half, mich zu bewegen. Ich stützte mich auf seine Schultern, als es intensiver wurde. Seine Hände zogen meinen Körper immer näher, während ich die letzten Male meinen Unterkörper bewegte. Dann stieß ich ein lautes Keuchen aus, als ich kurz darauf kam und er mit mir. Ich war außer Atem und fing an zu lachen, genauso wie er, wobei er mein Gesicht in seine Hände nahm, um mich auf die Stirn zu küssen. Nachdem er mich freigelassen hatte, stieg ich von seinem Penis ab und zog das Kondom aus, das ich zum Mülleimer am Schreibtisch brachte und meinen Kuchen zurück ins Bett nahm. Ich setzte mich wieder auf seinen Schoß, während er mir zusah, wie ich einen Bissen vom Kuchen nahm. „Kann ich ein Stück haben?", fragte er. Ich nickte, aber anstatt einen Bissen zu nehmen, nahm er etwas Creme mit seinem Finger und verteilte sie auf meinen Hals, bevor ich etwas dagegen tun konnte. „Oh, das tut mir jetzt aber leid, ich kann so ungeschickt sein", lächelte er, während er den Rest der Creme auf seinem Finger ableckte. „Ich denke, du wirst es einfach von mir essen müssen, weil wir diesen unglaublich guten Kuchen nicht verschwenden werden", kicherte ich, während ich den Rest des Kuchens aß und den Teller zurückfliegen ließ. „Wenn du das sagst", lächelte er und zog mich näher an sich und in einer Bewegung lag ich auf dem Rücken mit ihm über mir. Dann legte er seine Lippen über die Creme an meinem Hals, saugte sie ab, während er weiter meinen Hals küsste. „Harry, ich liebe dich, aber ich will mehr Kuchen", grinste ich. Er lachte und küsste mich auf die Stirn. „Ich besorge dir den Rest", sagte er dann und ging von mir runter. „Ich liebe dich", sagte ich ihm immer noch lächelnd. „Anscheinend nicht so sehr wie den Kuchen", lächelte er sarkastisch, während er seine Klamotten wieder anzog und ging. Ich lachte und stand auch vom Bett auf, um meine Klamotten erst mal zu reparieren, nachdem ich sie mit meinen Kräften zerreißen hab lassen und zog sie dann wieder an. Dann ging ich an den Tisch, weil ich Lust auf Musik hatte und schaltete das Radio ein. Ich fing an, zu dem Lied zu tanzen, das gerade spielte und sang dazu. Dann machte ich einige Drehungen und verlor das Gleichgewicht. Ein Arm fing mich, bevor ich auf den Boden fallen konnte. Ich sah überrascht zu Harry hoch, der mich mit einem Arm hielt und in der anderen einen Teller mit Kuchen balancierte. „Perfektes Timing", lächelte ich, während er mir wieder auf half. „Bitte? Timing ist mein zweiter Name", sagte er sarkastisch, während er den Kuchen auf den Tisch stellte. Dann sah er mich anklagend an. „Ich bin noch nicht einmal fünf Minuten weg und du hast schon wieder deine Brüste weggesteckt", er spielte beleidigt. Ich kicherte und warf meine Arme um ihn. „Du kannst meine Brüste haben, wann immer du willst", versicherte ich ihm lachend. „Ich liebe dich", lächelte er sanft und küsste mich auf meine Stirn. „Und ich liebe dich", küsste ich ihn kurz. „Aber du willst

Kuchen?", vermutete er. „Genau", grinste ich. Also nahm ich den Teller und setzte mich auf einen Stuhl. Plötzlich schaltete sich das Radio aus. Ich sah Harry verwirrt an. „Gibt es ein Problem mit dem Strom?", fragte ich mich. Harry ging zum Lichtschalter und versuchte, das Licht einzuschalten, aber es funktionierte nicht. „Sieht nach einem Blackout aus", sagte Harry unbesorgt. Zuerst war es mir egal, aber dann erinnerte ich mich an etwas. „Die Zellen", ich stand sofort auf. Die Zellen waren strombetrieben, sodass sich im Falle eines Stromausfalls die Zellen alle öffnen würden. Harry verstand, also rannten wir die Treppe runter in den Keller. Ich hoffte nur, dass wir nicht zu spät dran waren und Egor immer noch dort war. Als wir den Keller erreichten, versuchte er über die Treppen zu fliehen. „Nicht so schnell", rief ich. „Möchtest du mehr Zeit mit mir verbringen?", fragte er lächelnd. „Halt die Klappe", knurrte Harry. Ich sah Handschellen auf dem Tisch und ließ sie zu Egors Händen fliegen, wobei ich sie an seinen Rücken heftete. „Ich kümmere mich um den Rest", sagte Harry zu mir. „Danke", flüsterte ich ihm zu. Harry wusste, dass ich so weit wie möglich von Egor entfernt bleiben wollte. Er wollte auch nicht, dass er mir nahe kommt. Harry ging zu ihm rüber, packte seine Schultern und rammte sein Knie zwischen Egors Beine. Dann packte er grob seinen Arm und brachte ihn zurück in eine Zelle. „War das wirklich nötig?", klagte Egor. „Jup", antwortete Harry genervt. „Kannst du eine Barriere machen?", fragte mich Harry, als er Egor zurück in seine Zelle stieß, weil der Strom noch aus war. „Geh zurück", sagte ich ihm und stellte eine transparente Wand auf. „Willst du wissen, was ich nicht verstehe?" Egor setzte sich auf das Bett in seiner Zelle. „Nö", antwortete Harry.

„Ich verstehe nicht wirklich, warum du sauer auf mich bist", sagte Egor ihm trotzdem. „Machst du Witze?", Harry sah ihn angewidert an. „Ich meine all die Jahre, die Valerie bei Octopus verbracht hat und du hast nichts dagegen getan", beschuldigte er Harry. „Er kannte mich damals nicht", verteidigte ich ihn. Dann sah ich, wie sich Harrys Gesicht veränderte. Waren es Schuldgefühle? „Du hast Recht, er kannte dich damals nicht, aber er wusste, dass wir ein junges Mädchen in Gefangenschaft hatten, nicht wahr?", grinste er. Harry schwieg und sah Egor wütend an. „Er lügt, oder?", ich starrte Harry an und hoffte, dass er mir bestätigen würde, dass es eine Lüge war. Ich konnte nicht glauben, dass ich Harrys Integri-tät in Frage stellte, aber ich musste es einfach wissen. Harry schwieg und schaute auf den Boden. Ich fühlte, wie Tränen meine Augen füllten. „Nein. Sag mir, dass er lügt", ich machte mir Sorgen. „Harry?", flüsterte ich. „Es tut mir so leid", er hatte auch Tränen in den Augen. Ich konnte es nicht glauben. Er ging ein paar Schritte auf mich zu, aber ich trat zurück. „Valerie, bitte", er war ver-zweifelt. Dann hörten wir Stimmen. Auch Clary und Mike waren auf dem Weg hier her. „Wusste sie es?", frag-te ich Harry, ahnend, dass Clary wahrscheinlich nicht unwissend war. Er sah sie an und nickte beschämt. „Mei-ne Familie wusste es", gab er zu. „Was ist los?", Clary sah mein Gesichtsausdruck und wollte mich trösten, aber ich trat zurück. „Sie weiß, dass du sie beim ersten Mal nicht gerettet hast", schmunzelte Egor. Clary sah Harry an und dann erkannte sie es. „Valerie?", ihre Augen füll-ten sich auch mit Tränen. Ich verschränkte meine Arme vor meiner Brust und ging nach oben. Harry folgte mir. Als ich in den Raum kam, schloss ich die Tür hinter mir, aber Harry schien den Wink nicht verstanden zu haben und kam rein. „Lass es mich erklären", flehte er mich an. „Bitte tu das, denn ich kann mir nicht erklären, warum du einfach zulassen würdest, dass eine Organisation, von der du ganz genau weißt, dass sie nichts Gutes im Sinn hat, an einem Kind weiter experimentiert und es foltert", ich war wütend und verletzt. „Wir wussten, dass sie Experimente an einem Mädchen durchführten, aber wir wussten nicht, wie schlimm es wirklich war, und wir hatten Anweisungen, uns nicht einzumischen. Es hat mich in den Wahnsinn getrieben, aber es gab nichts, was ich tun konnte", er war verzweifelt. „Blake und Lilly?", fragte ich. „Sie folgten Befehlen", antwortete er. „Warum hast du es mir nicht gesagt?", ich fühlte mich betrogen. „Ich habe mich geschämt. Das haben wir alle", antwortete er. „War es Mitleid? Oder ein schlechtes Gewissen, als du mir vor all den Jahren angeboten hast, zu bleiben", fragte ich ihn. „Ich wollte es wieder gut machen, dass ich dir nicht geholfen habe, und ich wollte es dir sagen. Dann habe ich mich in dich verliebt und ich hatte Angst, dass du mir nicht vergeben würdest", er war hoffnungslos. „Hast du nicht gedacht, dass ich es verdient hätte es zu wissen?", wollte ich wissen. „Natürlich hättest du das verdient, aber als ich deine Wunden und deine Reaktion auf alles sah und wie du reagiert hast, als Kyle dich belästigt hat, begann ich mich zu fragen, wie schlimm es wirklich war. Es tut mir so leid, dass du es so herausgefunden hast, ich hätte es dir sagen sollen", er wischte sich die Tränen aus den Augen. „Das hättest du tun sollen", sagte ich verletzt. „Ich weiß", flüsterte er und wollte näher zu mir kommen. „Nein, bitte", hielt ich ihn auf. „Sag mir, was ich tun kann", er hatte Angst davor mich zu verlieren. „Ich muss allein sein", sagte ich zu ihm. „Okay", verstand er und verließ langsam den Raum, aber nicht ohne zurückzuschauen. Ich setzte mich auf den Boden und lehnte mich an das Bett, während ich meinen Kopf in meinen Händen vergrub. Ich fühlte mich so allein, als gäbe es niemanden auf dieser Welt, der mir jetzt Trost spenden konnte. Was ich gerade herausgefunden hatte, hatte ich noch nicht so ganz realisiert und ich konnte es immer noch nicht glauben. Warum würden sie nichts tun? Harrys Erklärung schien logisch zu sein, aber wenn ich wüsste, dass jemand ein Kind gefangen hält, würde ich sofort versuchen, es zu retten. Auch ohne Kräfte könnte ich so etwas nicht einfach loslassen. Plötzlich fühlte sich dieser Raum anders an. Als wäre es nicht mein Zimmer. Dieser Ort fühlte sich fremd an. Ich musste einfach nur raus. Im Schrank war meine Tasche. Ich nahm sie und steckte etwas Geld und mein Handy rein. Da ich nicht wusste, was ich tun wollte, öffnete ich das Fenster und flog raus. Ich blieb eine Weile in der Luft und flog nur in eine Richtung. In meinem Kopf war ein großes Durcheinander und ich brauchte einfach nur eine Pause von allem. Nach einer Weile sah ich eine Kleinstadt und beschloss dort zu landen. Es gab ein Diner nicht weit, von wo ich gelandet war. Ich ging rein und bestellte mir einen Milchshake und Tortilla-Chips und starrte aus dem Fenster. „Hallo, ist dieser Platz frei", fragte mich ein Mann. „Ich habe keine Lust auf Gesellschaft", sagte ich ihm direkt. „Willst du darüber reden?", bot er an. „Nö", antwortete ich genervt. „Es hilft normalerweise", argumentierte er und setzte sich zu mir. Ich sah ihn an und wusste, dass er mich nicht einfach in Ruhe lassen würde. „Okay, Mister Psychologie. Meine

Eltern haben mich verkauft, als ich fünf war. Ich wurde gefoltert, bis ich vierzehn war, dann entkam ich, weil ich Superkräfte bekommen habe. Die Familie meines festen Freundes, die auch Geheimagenten sind, haben mich aufgenommen und ich habe gerade herausgefunden, dass sie alle Bescheid wussten, als ich das erste Mal in Gefangenschaft war und es mir nie gesagt haben", lächelte ich genervt. „Du machst Witze, oder?", er fragte sich wahrscheinlich, ob ich auf Drogen war. „Natürlich", antwortete ich, wohl wissend, dass die Geschichte meines Lebens für einen normalen Menschen ziemlich schwer zu glauben wäre. „Superkräfte wären aber cool", er starrte aus dem Fenster. „Wenn du sie hättest, was würdest du tun?", ich wurde neugierig. „Meine Tochter hat Krebs und sie wird wahrscheinlich in ein paar Wochen sterben. Es gibt nichts, was ich noch tun kann?", er sah hoffnungslos aus. „Wie alt ist sie?", fragte ich. „Sechs", er schaute zu mir auf. „Warum bist du dann nicht bei ihr?", fragte ich mich. „Es ist frustrierend, dass ich nichts tun kann. Ich versuche, ein tapferes Gesicht aufzusetzen, aber manchmal wird es zu viel", ich sah eine Träne in seinen Augen aufsteigen, also legte ich meine Hand über seine. Ich konnte seinen Schmerz und seine Aufrichtigkeit fühlen. „Darf ich sie sehen?", fragte ich freundlich und fühlte das Bedürfnis zu helfen. „Was bist du? Ein super Arzt?", lachte er. „Vielleicht. Was hast du zu verlieren?", ich sah ihn an. Als er in meine Augen schaute, musste er etwas gesehen haben, oder er war einfach nur sehr verzweifelt. „Okay", stimmte er zu. Also bezahlte ich für meine Mahlzeit und ging mit ihm.

13. Instinkte

„Wie heißt du überhaupt?", fragte er mich, als wir zum Krankenhaus gingen. „Valerie", lächelte ich freundlich. „Mein Name ist Ben", sagte er mir. „Meine Frau ist gerade bei meiner Tochter", fügte er hinzu. Dann gingen wir rein und ich folgte ihm in den richtigen Raum. Als wir reinkamen, stand seine Frau auf und sah mich an. „Wer ist sie?", fragte sie Ben. „Eine Chance vielleicht", er sah sie mit Hoffnung in den Augen an. „Mein Name ist Valerie. Ben hat mir von eurer Situation erzählt", erklärte ich. Hinter ihr sah ich ein kleines Mädchen, das langsam aus ihrem Schlaf erwachte. „Mama", sagte sie schwach. „Lizzie geht es dir gut", sie klang besorgt und legte ihre Arme um sie. „Es tut wieder weh", sagte sie zu ihrer Mutter. „Darf ich?", bot ich an. Die Mutter schien auch verzweifelt zu sein und nachdem sie einen letzten Blick auf ihren Mann warf, stand sie auf und ließ mich näher an ihre Tochter heran. „Hallo. Mein Name ist Valerie. Wie ist deiner?", fragte ich sie leise, während ich mich neben sie setzte. „Lizzie", flüsterte sie mit ihrer schwachen Stimme. „Okay Lizzie, kannst du mir deine Hände geben?", lächelte ich sie an und streckte meine Hände aus. Sie legte ihre in meine. „Gut, jetzt schließ deine Augen und sag mir, was du schon immer tun wolltest. Stell es dir genau vor. Kannst du das machen?", ich schaute sie sanft an. Sie nickte und schloss die Augen. Ich schloss auch meine und fing an, ihren Körper zu spüren und wo die Krebszellen waren. „Ich möchte in einem Pool schwimmen. Ich darf es nie tun, weil ich so schwach bin", sagte sie mir. Ich fand die Zellen in ihren Lungen und begann, sie zu zerstören und die beschädigten Stellen zu heilen. „Ich fühle mich wärmer", bemerkte sie. „Das ist gut, kannst du mir mehr erzählen. Was willst du sonst noch tun?", ich wollte, dass sie weiter redete. Ich musste sehr vorsichtig mit dem Heilungsprozess sein. Es war nicht so einfach wie die Heilung einer einfachen Wunde, aber es funktionierte. Nachdem ich keine Krebszellen mehr finden konnte und alles verheilt war, öffnete ich meine Augen wieder. Sie öffnete ihre. „Tut es immer noch weh?", fragte ich. Sie schüttelte den Kopf und ich hörte ihre Mutter nach Luft schnappen. „Kann ich aufstehen?", sie schien eifrig zu sein, also nickte ich und stand auf, um ihr Platz zu machen. Sie zog die Decke weg und setzte sich auf, dann stieg sie vom Bett und ging zu ihren Eltern. Sie trauten ihren Augen nicht und umarmten ihre Tochter. „Danke", sagte ihre Mutter dankbar, während sich ihre Augen mit Tränen füllten, weil sie nicht glauben konnte, was sie sah. „Wie hast du das gemacht?", fragte mich Ben. „Glaubst du an Magie?", lächelte ich. „Jetzt tue ich es", lachte er. „Vielleicht solltet ihr die Ärzte fragen, ob der Krebs vollständig weg ist. Das war das erste Mal, dass ich mich mit so etwas beschäftigt habe und es ist nicht so einfach. „Ja, natürlich", stimmte die Mutter zu. Lizzie drehte sich zu mir um und wollte mich umarmen. Ich ging auf die Knie, damit sie es tun konnte. „Ich will auch fliegen wie eine Fee", sagte sie mir. „Wenn die Ärzte sagen, dass es dir gut geht, dann können wir das auch tun, aber du musst es geheim halten, okay", versprach ich ihr. Sie nickte aufgeregt. Dann stand ich wieder auf. „Ich werde sehen, ob ich jemand anderem helfen kann, aber ich werde in diesem Krankenhaus bleiben, falls etwas passiert", sagte ich, bevor ich die Tür öffnete, um zu gehen. „Danke, dass du uns eine zweite Chance gegeben hast", sagte Ben zu mir, bevor ich ging. Ich hatte es nicht wirklich als eine zweite Chance betrachtet, da ich nur helfen wollte, aber vielleicht war es eine. Harry wollte wahrscheinlich auch eine zweite Chance, nachdem ich herausgefunden hatte, was er die ganze Zeit wusste. Ich setzte mich auf einen Stuhl im Flur und zog mein Handy aus meiner Tasche. Ich hatte dreizehn verpasste Anrufe von Harry, sieben von Clary und vier von Lilly. Es gab auch eine Sprachnachricht von Harry. Ich klickte darauf und hielt mein Handy an mein Ohr, um sie mir anzuhören. „Valerie, ich kann dich nicht finden, bitte geh an dein Handy ran. Ich mache mir Sorgen, dass etwas passiert ist. Ich muss nur wissen, dass du in Sicherheit bist. Ich verstehe, wenn du eine Pause von uns brauchst, aber lass mich einfach wissen, dass du in Sicherheit bist. Ich könnte nicht mit mir leben, wenn dir wieder etwas passieren würde", dann war die Nachricht vorbei. Ich wollte nicht, dass er sich Sorgen macht, also rief ich ihn an. „Valerie, bist du es?", er ging hoffnungsvoll ans Telefon. „Ja, ich bin es. Mir geht es gut. Ich musste nur für eine Weile da raus", sagte ich ihm. „Wo bist du?", fragte er. „Ich weiß es nicht. Es ist ein kleines Dorf mit einem Krankenhaus", antwortete ich. „Warum bist du in einem Krankenhaus?", er machte sich wieder Sorgen. „Ich glaube, ich habe gerade ein kleines Mädchen mit Krebs geheilt", lächelte ich. „Das ist großartig. Ich wusste nicht, dass du das kannst", sagte er überrascht. „Ich auch nicht", lachte ich. „Willst du, dass ich komme und dich nach Hause bringe?", er klang hoffnungsvoll. „Ja, aber ich werde wahrscheinlich noch etwas länger bleiben. Kann James mein Handy tracken? Ich habe kein

Internet hier draußen und der Empfang ist ziemlich schlecht", schlug ich vor. „Ja, ich werde so schnell wie möglich da sein", versprach er. „Harry?", mein Herz wurde ein wenig nervös. „Ja", er wurde neugierig. „Ich werde es dir sagen, wenn du hier bist", Ich änderte meine Meinung. Ich wollte es ihm nicht am Telefon sagen. „Ich werde da sein", versicherte er mir. „Ich liebe dich", fügte er hinzu, aber dann brach der Empfang unseren Anruf ab. „Ich liebe dich auch", flüsterte ich. Ich würde es ihm sagen, wenn wir wieder vereint sein würden, versprach ich mir. Plötzlich hörte ich einen kleinen Jungen schluchzen und legte mein Handy weg. Er war direkt um die Ecke. Ich stand auf und ging zu ihm. Er saß auf einem Stuhl. Ich kniete vor ihm nieder. „Hallo. Mein Name ist Valerie", lächelte ich sanft. „Hallo. Ich bin Peter", er hörte auf zu schluchzen und wischte seine Tränen weg. „Wo sind deine Eltern?", fragte ich ihn. „Ich habe nur noch meine Mutter und sie ist krank", erklärte er. „Du liebst sie, nicht wahr?", nahm ich an. „Ja. Sie hat gesagt, dass wenn sie weg ist, ich mit meiner Nana leben werde, aber ich will meine Mama", sagte er mir. Er war wahrscheinlich etwa zehn Jahre alt. „Kann ich deine Mutter sehen? Vielleicht kann ich ihr helfen", bot ich an. „Du bist nicht einmal eine Ärztin, wie willst du ihr helfen?", er war hoffnungslos. „Glaubst du an Magie?", fragte ich ihn. „Nein, Magie ist nur in Filmen", sagte er. „Oh wirklich. Wie mache ich das dann?", forderte ich ihn heraus und legte meine Hände zusammen. Als ich sie öffnete, schwebte eine kleine leuchtende Kugel zwischen meinen Händen. Er betrachtete sie mit großen Augen. „Was ist das?", er wurde neugierig. „Es ist Licht. Man kann es auch als Hoffnung sehen", erklärte ich. Ich ließ es in seine Brust fliegen.

„Manchmal verlieren wir alle die Hoffnung, aber wir müssen einfach einen Weg finden, um das Licht wieder zu spüren", lächelte ich. „Kannst du meiner Mutter wirklich helfen?", fragte er. „Ich kann es versuchen", bot ich ihm an. Er stand auf und zeigte mir ihr Zimmer. „Peter, wer ist das", fragte sie schwach, aber glücklich, ihren Sohn wiederzusehen. „Ich will nur helfen", versicherte ich ihr. „Sie ist besonders", sagte er zu ihr. Ich kam näher an sie ran. „Ich habe kein Geld für eine andere Art von Behandlung", sie sah mich hoffnungslos an. „Ich will kein Geld", lächelte ich. „Irgendeinen Haken muss es doch geben", sie war misstrauisch. „Nein. Gib mir einfach deine Hände. Es wird eine Minute dauern", erklärte ich. Sie nickte und legte ihre Hände in meine. Ich schloss wieder die Augen und suchte nach dem Krebs. Diesmal war es Brustkrebs. Ich machte es genauso wie bei Lizzies Krebs und nach einer langen Minute war ich fertig. Als ich meine Augen wieder öffnete, sah sie mich schockiert und überrascht an. „Wie fühlst du dich?", fragte ich sie. „Der Schmerz ist weg", sie war erstaunt. „Wie?", sie schaute mich dankbar an. „Es ist Magie", sagte Peter und ich lächelte. „Wie kann ich dir danken?", wollte sie wissen. „Verliere nie die Hoffnung", sagte ich zu ihr und ging dann. Ich ging in die Lobby und setzte mich auf einen der Stühle. Ben betrat die Lobby und sah sehr glücklich aus. Er kam zu mir. „Was haben die Ärzte gesagt?", fragte ich. „Sie ist geheilt. Die Ärzte führen immer noch Tests durch, aber sie wird zum ersten Mal seit Ewigkeiten wieder zu uns nach Hause kommen", lächelte er mit Tränen in den Augen. „Das freut mich zu hören", lächelte ich zurück. „Was du mir vorhin über deine Vergangenheit erzählt hast, ist dir das wirklich passiert", fragte er sich.

„Mach dir keine Sorgen. Ich hatte einfach nur einen Streit mit meinem Freund, das ist alles. Er ist schon auf dem Weg hierher", versicherte ich ihm. „Gut zu wissen. Nochmals vielen Dank, ich kann dir nicht genug danken. Es ist wie ein Weihnachtswunder", lächelte er. „Weihnachten?", ich war verwirrt. „Wir haben sehr früh mit dem Dekorieren angefangen, für den Fall, dass Lizzie es nicht bis Dezember schafft", erklärte er. Dann sah ich, wie Harry das Krankenhaus betrat und es war, als wäre mir ein Stein von der Brust gefallen. „Entschuldigung, nur eine Sekunde", unterbrach ich Ben und rannte zu Harry. Er umarmte mich und hielt mich fest. „Es tut mir so leid. Ich hätte es dir sagen sollen", begann Harry sich zu entschuldigen. „Ich liebe dich", unterbrach ich ihn, nahm sein Gesicht in meine Hände und gab ihm einen langen Kuss. Er lächelte erleichtert und ließ mich wieder los. Ich drehte mich zu Ben und brachte Harry zu ihm. Dann stellte ich sie kurz einander vor. „Sie ist etwas ganz Besonderes", sagte Ben zu ihm. „Ich weiß", er sah mich mit so viel Liebe in den Augen an. Plötzlich hörte ich jemanden schreien. „Das könnt ihr nicht machen. Sie ist meine Frau", er war wütend. Ich ging in den Korridor, wo das Schreien herkam, während Harry und Ben mir folgten. Er saß auf dem Boden und hatte seinen Kopf in seinen Händen vergraben. Ich kniete vor ihm nieder. „Können Sie mir sagen, was los ist?", fragte ich. Er schien so außer sich zu sein, dass er sich nicht einmal fragte, wer ich war. „Meine Frau hat gerade ein Kind entbunden und ich denke, sie blutet aus und die lassen mich nicht rein. Ich kann sie nicht verlieren", er sah mich verzweifelt an. „Ich werde sehen, was ich tun kann", versprach ich und stand wieder auf. „Ist sie in diesem Raum?", wollte ich wissen.

Er nickte. Ich versuchte sie zu öffnen, aber sie war verschlossen. Ich schaute nach links und rechts, um sicherzugehen, dass niemand sonst da war. Dann öffnete ich die Tür und ging rein. „Wer sind Sie? Was machen Sie hier?", fragte ein Arzt. „Ich brauche eine Minute. Gebt mir etwas Platz", sagte ich bestimmt, aber sie hörten nicht zu. Natürlich taten sie es nicht, was dachte ich mir auch. Harry, Ben und der Mann von draußen kamen auch rein. „Sie kann helfen, sie braucht nur etwas Platz", rief Harry. „Steve", sagte die Frau auf dem Bett schwach. „Mara, ich bin hier", er ging an ihre Seite. Als die Ärzte die anderen sahen, machten sie schließlich Platz für mich. „Hallo Mara, mein Name ist Valerie", ich legte meine Hände auf ihren Bauch und schloss meine Augen. Ich konnte fühlen, wie die Wunde langsam von innen heilte, aber ihr Herz war schwach. Ich konnte sie kaum noch fühlen. „Mara, du musst durchzuhalten. Atme", wies ich sie an. „Bleib bei mir, Mara", sagte Steve mit Hoffnung in seiner Stimme zu ihr. „Du hast gerade eine wunderschöne Tochter zur Welt gebracht", fügte er hinzu. „Es ist ein Mädchen?", sagte Mara überrascht, aber glücklich. Ich fühlte, wie ihr Herz stärker wurde, sodass ihre Wunde schneller heilen konnte. „Sie wird stärker", bemerkte Steve. Dann war ihre Wunde endlich ganz verheilt. „Wie haben Sie das gemacht?", fragte einer der Ärzte erstaunt. „Magie", antwortete Ben lächelnd. Danach verließen wir den Raum und gingen zurück in die Lobby, wo Lizzie mit ihrer Mutter war. „Hast du ihr versprochen zu fliegen?", fragte sie mich anklagend. Ich lächelte und sah Harry grinsen. „Die Ärzte sagten, dass ich geheilt bin", sagte mir Lizzie. „Ein Versprechen ist ein Versprechen. Also lass uns nach draußen gehen", lä-

chelte ich sie an. Ihre Eltern und Harry folgten uns. Ich
ging auf Lizzies Höhe runter und sah ihr in die Augen.
„Das ist eine einmalige Sache, okay. Du kannst das nur
mit mir machen, also versuch nicht, alleine zu fliegen,
hast du verstanden?", ich wollte sichergehen, dass sie auf
keine dummen Ideen kommt und einfach vom Balkon
oder so springt, um zu fliegen. „Kannst du mir das Versprechen?", ich streckte meinen kleinen Finger aus. „Ich
verspreche es", sie verschloss ihren kleinen Finger mit
meinem. „Bereit?", fragte ich sie. Sie nickte. „Spring einfach hoch und du wirst fliegen", sagte ich zu ihr. Sie verlor keine Sekunde und sprang sofort hoch. Als sie in der
Luft war, nutzte ich meine Kräfte, um sie dort bleiben
und herumfliegen zu lassen. „Das ist so cool", lächelte
sie. Ich sprang auch hoch in die Luft und flog mit ihr herum. Nach einer Weile landeten wir wieder auf dem Boden und sie ging zurück zu ihrer Mutter, die mich dankbar anlächelte. Ich lächelte zurück. Harry kam zu mir.
„Ich denke, es ist Zeit zu gehen", sagte er mir. Ich nickte.
„Danke für alles", Ben kam zu mir und umarmte mich.
„Ich muss mich bei dir bedanken. Ohne dich hätte ich
nicht die Chance gehabt, jemandem zu helfen. Es hat mir
eine neue Perspektive gegeben", sagte ich ihm. „Also, ist
das ein Abschied", lächelte er halbherzig. „Es ist ein bis
wir uns wiedersehen", lächelte ich zurück. Lizzie und
ihre Mutter winkten mir zum Abschied zu. Dann gingen
Harry und ich zu seinem Motorrad auf der anderen Seite des Krankenhauses. „Ich habe meine Tasche vergessen", bemerkte ich. „Du meinst diese", er hielt sie hoch.
Ich lächelte. „Danke", ich nahm die Tasche und setzte
mich auf eine Bank neben dem Motorrad. Harry setzte
sich zu mir. „Ben hat mir erzählt, wie ihr euch kennen-

gelernt habt", begann er. „Du hast gehört, dass sie sterben würde und dein erster Instinkt war es, ihr zu helfen. Genau wie bei Steve und Mara. Du bist deinem Instinkt gefolgt. Als ich gehört habe, dass Octopus ein kleines Mädchen in Gefangenschaft hatte, sagte mir mein Instinkt, dass ich dir helfen sollte, aber anstatt dem zu folgen, folgte ich den Anweisungen. Ich kann dir nicht sagen, wie leid es mir tut. Es ist meine Schuld, dass dir all diese schlechten Dinge weiterhin passiert sind. Von diesen neun Jahren hätte ich mindestens zwei Jahre wegnehmen können", er starrte auf den Boden. „Erinnerst du dich, als Kyle ein Idiot war und Clary dich dafür verantwortlich gemacht hat?", fragte ich ihn. Er nickte. „Du hast das nicht gedacht. Als ich in dein Zimmer kam, um mich zu entschuldigen, hast du mir gesagt, dass seine Handlungen nicht meine Schuld sind", erinnerte er sich. „Es ist nicht deine Schuld, dass mir schlimme Dinge passiert sind und es ist auch nicht meine Schuld. Kyle, meine Eltern, Egor und diese Männer bei Octopus haben ihre Entscheidungen getroffen und nur sie sind schuld, nicht du", sagte ich ihm. „Du bist mit Anweisungen aufgewachsen und ich kann nicht erwarten, dass eine fünfzehnjährige Version von dir davonläuft, um eine zwölfjährige Version von mir zu retten. Als ich diese Menschen heute gerettet habe, habe ich mich nicht in Gefahr begeben. Es war nicht gefährlich oder schwer. Ich habe einfach meine Kräfte eingesetzt", ich schaute ihn an. „Du bist also nicht mehr sauer auf mich", fragte er hoffnungsvoll. „Nein. Ich denke, am Ende war ich einfach verletzt, dass du es mir nicht früher gesagt hast und dass ich es von Egor erfahren musste. Im Ernst, es gibt keinen schlimmeren Weg, um so etwas herauszufinden", lachte ich.

„Das muss wirklich scheiße gewesen sein", vermutete er. „Das war es, aber nach dem heutigen Tag vergebe ich dir", lächelte ich ihn an. „Du wirst also immer noch mit mir zum Ball gehen", scherzte er. „Ich habe nicht wirklich eine gute Alternative, oder?", neckte ich ihn. Er lachte. „In vier Tagen", sagte er. Dann stand er auf und streckte mir seine Hand entgegen. Als ich sie nahm, zog er mich an sich heran und hielt mein Gesicht in seinen Händen, während ich meine um ihn legte. Er küsste mich sanft auf die Stirn und dann innig auf meine Lippen. Als er dann seine Lippen langsam wieder von meinen löste, hielten wir beide unsere Köpfe zusammen. „Ich liebe dich", flüsterte er. „Ich liebe dich", antwortete ich. Dann fuhren wir auf seinem Motorrad los. Ich saß hinter ihm. Mit meinen Armen um ihn herum, lehnte ich meinen Kopf an ihn und schloss meine Augen. Als wir ankamen, war ich froh, dass niemand auf uns wartete. Harry und ich gingen in unser Zimmer. Dort ließ ich mich auf das Bett fallen. „Bist du hungrig?", fragte er. „Es gibt gleich Abendessen, oder?", wurde mir klar. „Willst du hinge-hen?", wollte er wissen. Ich nickte. „Ich werde mich nur zuerst umziehen", sagte ich zu ihm und zog meine Jog-ginghose und das Sweatshirt an, das eigentlich Harrys war. Dann gingen wir nach unten. Clary war schon da und legte gerade einen Kuchen auf den Tisch ab, als sie mich sah und zu mir kam. „Es tut mir so leid. Wir hätten es dir sagen oder dich retten sollen", Clary fing gerade erst an, also unterbrach ich sie. „Ich vergebe dir", lächel-te ich und umarmte sie. „Du willst also nicht meinen Entschuldigungskuchen?", fragte sie glücklich. Ich ließ sie los. „Ist es der Obstkuchen?", ich schaute sie miss-trauisch an. „Diesmal habe ich etwas Schokolade mit-

reingemacht", antwortete sie nervös. „Ich liebe dich",
lächelte ich und umarmte sie wieder. Sie lachte. Dann
setzten wir uns an den Tisch. „Wo warst du eigentlich
den ganzen Tag?", wandte sich Clary an mich. „Nur ein
kleines Dorf", antwortete ich. Harry nahm meine Hand
unter dem Tisch und küsste kurz meine Schulter, dann
legte er seinen Kopf dort ab. „Valerie", Lilly klang erleichtert, als sie den Raum betrat. Sie kam zu mir und nahm
meinen Kopf in ihre Hände, was Harry dazu brachte,
sich von mir zu lösen. „Mir geht es gut", sagte ich zu ihr
und legte meine Hände über ihre, um sie abzunehmen.
„Ich schulde dir eine Entschuldigung", sie schaute nach
unten. „Du hast nur Anweisungen befolgt", hielt ich sie
auf. „Ich hätte es dir zumindest sagen sollen", Lilly fühlte sich schuldig. „Jetzt weiß ich es und wir können weitermachen", ich vergab ihr. Nachdem alle gekommen
waren, aßen und unterhielten wir uns, bis es spät wurde.
Dann gingen Harry und ich zurück in unser Zimmer.
„Ich bin so erschöpft", stöhnte ich und fiel ins Bett. „Ich
auch", Harry legte sich neben mich. Ich näherte mich
ihm, um meinen Kopf auf seine Schulter zu legen und
meine Hand auf seine Brust. Er wickelte seine Arme um
mich und küsste mich auf die Stirn. „Lass uns einfach
eine Weile hier liegen bleiben", atmete Harry laut aus.
Ich kuschelte mich noch näher an ihn heran und spürte,
wie mir eine Träne über das Gesicht lief. Ich hatte keinen Grund zu weinen, aber mit den emotionalen Höhen
und Tiefen heute, fühlte es sich wie eine gute Möglichkeit an, das Ganze zu verarbeiten. „Weinst du?", Harry
legte seine Hand unter mein Kinn und zog mein Gesicht
nach oben, um einen besseren Blick auf mich werfen zu
können. Als er eine Träne sah, wischte er sie mit dem

Daumen weg. „Warum weinst du?", fragte er mitfühlend. „Es ist nichts, es fühlt sich einfach nur gut an", sagte ich ihm und lächelte, während die Tränen weiterflossen. „Sicher?", er war nicht überzeugt. Ich nickte und lächelte weiter. „Es war einfach ein langer Tag und ich bin so erschöpft", schluchzte ich. „Ich weiß", er zog meinen Kopf zurück an seine Brust und küsste mich auf meine Haare. „Für einen Moment dachte ich wirklich, ich hätte dich verloren", sagte er ruhig, aber ich fühlte seine Anspannung. „Du wirst mich nie loswerden", sagte ich zu ihm und zog meinen Kopf wieder nach oben, um ihn zu küssen. „Ist das eine Drohung?", lächelte er. Ich rollte meine Augen. „Halt die Klappe", lachte ich. „Bring mich dazu", forderte er mich heraus. Ich ging über ihn und küsste ihn leidenschaftlich, während ich mit meinen Fingern durch seine Haare fuhr. Er legte seine Hände auf meine Taille unter meinem Sweatshirt und drückte mich nach unten, so dass kein Platz mehr zwischen uns war. Dann gingen seine Hände auf meinen Rücken, während er sich mit mir auf seinem Schoß aufsetzte. Er fing an, meinen Sweater hochzuziehen, was mich zum Lachen brachte. „Ich weiß, wie man sich auszieht", sagte ich zwischen Küssen lächelnd. Mein Bedürfnis zu weinen war vollständig verschwunden. „Aber ich mache es so viel besser", antwortete er und zog es mir ganz aus. Ich fing an ihn auf den Hals zu küssen, während er mit seinen Händen in meine Haare fuhr. Plötzlich öffnete sich die Tür und ich hörte auf, Harry zu küssen. „Oh Scheiße. Tut mir leid, ich habe vergessen zu klopfen", Clary drehte sich im selben Moment um, als sie merkte, in was sie reingelaufen war. Harry atmete verärgert aus, während ich von ihm runter ging und das Sweatshirt wieder anzog. „Wolltest du etwas?", fragte ich sie, als wäre nichts passiert. Sie drehte sich wieder zu mir um. „Wir wollten Scharade spielen. Wollt ihr mitmachen?", wollte sie wissen. Harry stand auf und kam hinter mich, um seine Arme um mich zu legen und sein Kinn auf meine Schulter. „Wir waren eigentlich ziemlich beschäftigt", sagte Harry zu ihr und küsste meinen Hals. „Das habe ich gesehen", sagte sie mehr zu sich selbst. „Halt die Klappe", schnappte Harry nach ihr, aber sie rollte nur die Augen. Ich fing tatsächlich an, mich ein bisschen müde zu fühlen und war nicht in der Stimmung für Spiele. „Was denkst du?", fragte ich Harry. Wenn er spielen wollte, wollte ich nicht diejenige sein, die ihn davon abhalten würde. „Wenn es eine Option ist, es mit dir zu treiben ...", fing er leise an und küsste meinen Hals wieder. „Eww, Harry. Nicht vor mir. Ekelhaft", beschwerte sich Clary. Harry lächelte nur tückisch. Ich versuchte, es zurückzuhalten, aber ich konnte mir ein Lächeln nicht verkneifen. „Ich fühle mich ein bisschen müde. Vielleicht ein anderes Mal", sagte ich zu Clary. Sie verstand sofort und fühlte sich wahrscheinlich immer noch leicht schuldig, also versuchte sie nicht einmal, mich wie üblich zu überreden. „War das wirklich notwendig?", ich schaute Harry vorwurfsvoll an, nachdem Clary gegangen war. „Sie hätte nicht einfach reinkommen sollen", antwortete er unbehelligt und stand immer noch hinter mir, seine Arme um mich gewickelt. „Du willst also etwas von der guten Liebe, die ich zu bieten habe, oder?", nahm er an, weil ich mich den anderen nicht anschließen wollte, während er mit seinen Fingern bis zur Spitze meines Höschens fuhr. Seine andere Hand ging unter meinem Pullover, bis er den Rand meines BHs erreichte und mich näher an sich heranzog. Dann küsste er mich innig auf den Hals. Ich konnte ihn an meinem ganzen Körper spüren und es fühlte sich unglaublich an, aber ich war immer noch sehr müde. Also genoss ich es noch ein paar Sekunden und drückte ihn dann sanft weg. „Ich bin erschöpft", ich schaute ihm tief in die Augen. Dann nahm er meine Hand und küsste meinen Handrücken. „Was willst du dann machen?", fragte er, während er seine Arme um meine Taille legte und mich näher an sich zog. „Hinlegen, reden und langsam einschlafen", lächelte ich ihn mit müden Augen an. Er lächelte zurück und küsste mich auf die Stirn. Dann gingen wir zurück zum Bett, wo ich mich an Harrys Brust kuschelte und meine Hand über sein Herz legte, um seinen stetigen Herzschlag zu spürte. Er legt seinen Arm um mich, während ich seiner schönen Stimme lauschte, als er die Decke über uns zog und ich langsam einschlief.

14. Schlechtes Gewissen

Als ich aufwachte, schlief Harry immer noch friedlich. Mein Kopf lag auf seiner Brust mit meinem Arm um seinen Oberkörper geschlungen. Ich starrte aus dem Fenster und fühlte mich immer noch ein bisschen verträumt. Ich konnte nicht anders, als darüber nachzudenken, wie es gewesen wäre, wenn Harry mich tatsächlich gerettet hätte, als er davon gehört hatte, dass ein kleines Mädchen in Octopus gefangen gehalten wurde. Ich hätte nie meine Kräfte bekommen, also hätte Octopus mich nicht wieder entführt, um an meinen Kräften zu experimentieren. Mit etwas weniger Trauma hätte ich möglicherweise von Anfang an offener seiner Familie gegenüber sein können. Vielleicht wären wir früher zusammen gekommen. Vielleicht hätte er mir jetzt schon einen Antrag gemacht. Ich sah ihn an, wie er ruhig schlief, mit seinem Gesicht zu mir gewandt. Warum hatte er mich noch nicht gefragt? Aber dann erinnerte ich mich daran, dass ich erst vor ein paar Monaten entführt worden war. Bei ihm vergaß ich manchmal die reale Welt. Ihm gefiel es meinen Namen mit seinem Nachnamen zu hören, also hatte er definitiv darüber nachgedacht. Ich erinnerte mich an unser Gespräch, als wir über unsere gemeinsame Zukunft sprachen. Dann dachte ich darüber nach, mit ihm am Altar wartend, den Gang entlangzugehen in einem schönen weißen Kleid. Ich lächelte, als ich über unsere Flitterwochen, die wir dann haben würden, nachdachte. Nur er und ich ganz allein. Niemand, der uns stören könnte. Wir wären nicht in der Lage, die Finger voneinander zu lassen. „Du scheinst gut gelaunt zu sein", ich merkte während meiner Tagträumerei nicht, dass er aufgewacht war. Ich errötete, als ich darüber nachdachte, was mir gerade durch den Kopf ging. In der Küche, auf dem Boden, am Strand, vielleicht sogar auf dem Dach. Wir hatten es noch nie auf einem Dach. „Worüber denkst du nach?", er wurde sehr neugierig, als er sah, wie sich mein Gesichtsausdruck während meiner Gedankenkette veränderte. Ich konnte ihm definitiv nicht sagen, dass ich schon über unsere möglichen Flitterwochen nachdachte, obwohl er mir noch nicht einmal einen Antrag gemacht hatte. Natürlich wusste ich, dass ich ihn auch fragen könnte, aber ich hatte immer diesen Gedanken gehabt, dass in dem Moment, in dem er vor mir auf die Knie gehen und fragen würde, ob ich für immer seine Frau werden möchte, er auch wirklich für immer mir gehören würde. Es war lächerlich, seine Gefühle für mich an diesem Zeitpunkt überhaupt noch in Frage zu stellen und offensichtlich wusste ich, dass er mich liebte, aber ich konnte mir nie wirklich sicher sein, bei den Sachen in meinem Leben. Er war die einzige Konstante in meinem Leben, also wollte ich nicht nur, dass er zustimmt, ich wollte, dass er die Entscheidung traf, mich zu seiner Frau zu machen. „Hey, sag es mir", er wurde ungeduldig und drehte mich um, sodass er über mir war. Ich schüttelte verlegen den Kopf und lächelte. Er hielt meine Hände über meinem Kopf fest. „Ich werde dich nicht gehen lassen, bis du es mir sagst", er schaute mir intensiv in die Augen und lächelte bedrohlich. „Dann werde ich es dir definitiv nicht sagen?", küsste ich ihn lächelnd. Er sah leicht genervt aus, als er erkannte, dass seine Drohung in meinen Augen nur ein wirklich guter Deal war. „Ich werde dir eine Rücken- und eine Fußmassage geben", bot er an. „Verlockend, aber nein", lächelte ich. „Warum sagst du es mir nicht?", er schaute mich entmutigt an und legte sich wieder neben mich. Ihn so zu sehen, brach mir fast das Herz. Ich drehte mich zu ihm um und küsste ihn auf seine Wange. „Bestimmte Dinge müssen erst passieren, bevor ich es rechtfertigen kann, so etwas überhaupt zu denken", erklärte ich. Seine Stimmung änderte sich nicht, er fühlte sich eher etwas beleidigt. „Nicht einmal ein Teil von dem Grund, wieso sich dein Gesichtsausdruck gerade in dein ‚Ich bin so geil auf dich' Gesicht verwandelt hat", er sah mich hoffnungsvoll an. Jetzt war ich diejenige, die sich beleidigt fühlte. „Ich habe kein ‚Ich bin so geil auf dich' Gesicht", sagte ich verärgert. „Süße, du hast eins. Lass mich die anderen nicht bitten, es dir zu sagen, denn sie werden es tun", er sah mich mit dem Wissen an, dass er Recht hatte. Ich verschränkte genervt die Arme, vor meiner Brust. „Sei nicht so", sagte er sanft und drehte sich zu mir hin. „Ich liebe es, wenn du dieses Gesicht machst", lächelte er. „Natürlich tust du das, denn dann haben wir verrückten Sex", meinte ich eingeschnappt. „Stimmt, aber danach kuschelst du dich immer an mich und fängst an, mit meinen Haaren zu spielen, während du mir in die Augen schaust. Das sind die Momente, in denen du mir nicht sagen musst, dass du mich liebst, weil ich es bereits sehen kann", er strich mir eine Haarsträhne aus dem Gesicht und sah mich mit so viel Liebe in seinen Augen an. „Bitte sag mir, was durch deinen klugen und wunderbaren kleinen Kopf geht?", er ließ mich nicht einmal verarbeiten, was er gerade gesagt hatte. Ich fühlte mich so berührt von seinen Worten, dass ich, als ich ihn ansah und wirklich merkte, wie er sich fühlte, so viel mehr Liebe für ihn fühlte. Er legte seine

Hand auf meine Wange und küsste mich sanft. „Bitte", flehte er zwischen den Küssen. In meinem Kopf war so ein Rausch, dass ich ihn sanft wegdrückte, um ihn anzuschauen. „Du liebst mich", sagte ich. Er lachte. „Bitte sag mir nicht, dass du das erst jetzt merkst", er zog seine Augenbrauen ungläubig zusammen. „Nein, natürlich nicht. Es ist nur so, dass ich mich manchmal selber daran erinnern muss, dass das hier die echte Sache ist und nach allem, was passiert ist, denke ich, ach, ich weiß auch nicht", ich hatte Schwierigkeiten zu formulieren, was ich sagen wollte, aber er verstand. „Jetzt, wo wir festgestellt haben, dass ich dich wirklich liebe, komme was wolle ...", er sah mich mit erwartungsvollen Augen an. „Na gut. Ich habe über die vielen verschiedenen Orte nachgedacht, wo wir Sex haben könnte", gab ich nach. „Das ist noch nicht alles, oder." „Ich habe dir einen Teil von dem Grund gegeben, warum sich mein Gesicht in mein ‚Ich bin so geil auf dich' Gesicht verwandelt hat", kopierte ich ihn. Er lachte niedergeschlagen. „Okay, gut gespielt Miss Hale, aber ich kann geduldig sein", warnte er mich lächelnd. „Nein, kannst du nicht", lächelte ich zurück. „Oh wirklich", sagte er beleidigt. „Was war denn, als ich geduldig genug war, um darauf zu warten, dass du für diese Beziehung bereit bist?", forderte er mich heraus. „Du meinst die ganzen Zeiten, in denen du zu meinem Bett gekommen bist, als du dachtest, dass ich schon schlief, mir die Strähnen aus dem Gesicht gestrichen hast und ‚eines Tages' gesagt hast?", konterte ich, während mein Gesichtsausdruck weich wurde und ich mich selber erinnerte. „Du warst wach?", er war überrascht und schaute mir in die Augen, um sicher zu gehen, dass ich nicht log. Aber er wusste, dass ich die Wahrheit sagte, wie sonst hätte ich davon gewusst? Er hat es mir nie gesagt. „Warum hast du nichts gesagt? Warum hast du so getan, als würdest du schlafen?", er sah mich an und sehnte sich nach Antworten. Ich atmete tief durch. Dies war eine Erinnerung, die an einem besonderen Ort in meinem Herzen gespeichert war, die ich immer nahe bei mir hielt und das war das erste Mal, dass ich sie teilte. „Du warst immer sehr überfürsorglich was mich anging. Ich habe das erst sehr spät erkannt und wusste zwar immer, dass ich dir wichtig war, aber erinnerst du dich, als ich eine Phase durchgemacht habe, in der ich sehr mit Depressionen zu kämpfen hatte?", Ich sah ihn an und versuchte, ihm diese Erinnerung mit vielen Facetten zu erklären. Er hörte geduldig zu, was ich zu sagen hatte und nickte. „Du hast gemerkt, als ich aufgehört habe, regelmäßig zu essen, nur den Alibi-Snack, damit sich niemand Sorgen machen würde, aber du hast es gemerkt. Du hast angefangen, mich jeden Tag nach der Schule zu fragen, ob ich an dem Tag gegessen habe, und ich habe immer gelogen und dir gesagt, dass ich gegessen habe, aber als du weiter nachgefragt hast, hast du mich in meiner Lüge erwischt und dafür gesorgt, dass ich immer genug gegessen habe." Ich musste noch einmal tief durchatmen. Wir wussten beide, dass das ein schwieriges Thema für mich war. „Niemand kümmerte sich jemals darum, ob ich gegessen hatte. Während meiner Zeit bei Octopus war es ihnen egal, aber nicht dir. Also fing ich wieder an zu essen und dann, als du mich wieder gefragt hast, ob und was ich gegessen hatte, warst du so stolz auf mich. Das war das erste Mal, als ich gemerkt habe, dass ich Gefühle für dich entwickelt habe und das war dieselbe Nacht, in der ich das erst mal bemerkt habe, dass du zu meinem

Bett gekommen bist und meine Haare gestreichelt hast. Ich war so verunsichert und war mir nicht sicher, ob du mich wirklich magst. Ich konnte mir einfach nicht vorstellen, dass sich jemand wie du jemals in jemanden wie mich, die so beschädigt war, verlieben konnte. Deshalb habe ich es dir nie gesagt", beendete ich meine Geschichte. Er lächelte mich sanft an, legte seine Hand unter mein Kinn, damit ich ihn anschaute. Dann küsste er mich auf die Stirn. „Wann hast du es endlich geglaubt?", fragte er neugierig. „Der Sturm, als ich dich bat, bei mir zu bleiben und du genau das getan hast", ich ging über ihn und schaute auf ihn herab. Er legte seine Hände auf meine Taille. „Stellen dir mal vor, was hätte sein können, wenn einer von uns schon früher den ersten Schritt gemacht hätte", dachte er sich. „Ich mag es, wie es jetzt ist", ich küsste ihn kurz und setzte mich dann auf ihn. Aber er war noch nicht fertig damit, mich zu küssen, er wollte mehr. Also griff er mit seiner Hand so fest nach meinen Hals, dass es nicht unangenehm war, aber er die Kontrolle hatte. Dann zog er mich am Hals so nah an sich, dass er mich küssen konnte. Seine Arme gingen zu meinem Rücken und zogen mich näher an seinen Körper. Er blieb kurz still, um mich anzusehen, während ich zurück schaute und mehr wollte. „Das ist das Gesicht, das ich so gerne mag", lachte er. Ich verdrehte meine Augen und ging von ihm runter, um etwas zu beweisen, wissend, dass er voll und ganz recht hatte. Er griff nach meinem Arm, bevor ich vom Bett gehen konnte. „Sei nicht wütend, Liebste. Ich will dich wie wahnsinnig, genauso wie du mich willst", sagte er sehnsüchtig. „Wie wahnsinnig? Wie genau?", ich ging wieder über ihn und legte meine Hand auf sein Kinn, damit er mich anschaute. Er drehte

mich um, sodass er oben war. „Ich will es dir hart geben",
flüsterte er mir mit schwerem Atem ins Ohr. Ich holte
tief Luft und musste mich daran erinnern, wie man atmete, ohne wie ein Idiot zu klingen. Er schaute mir in
die Augen zurück und küsste mich einmal kräftig. „Dann
mach es", forderte ich ihn heraus. Er lächelte aufgeregt
und sehnsüchtig in dem Wissen, was jetzt kommen würde. Er legte seine Hand wieder um meinen Hals und drückte leicht zu, während unsere Gesichter nur Zentimeter
voneinander entfernt waren. Dann ließ er los und fing
an, mich leidenschaftlich und mit Eifer kraftvoll zu küssen, während sich seine Hand in meine Unterwäsche bewegte und mich so fest berührte, dass es illegal sein sollte, aber ich genoss jede Sekunde davon. Ich konnte nicht
still bleiben, also legte er seine freie Hand über meinen
Mund. „Reiß dich zusammen, Liebste. Ich fange gerade
erst an", warnte er mich. Ich kicherte, wurde aber von
einem Stöhnen unterbrochen. Er ließ mich kurz darauf
los, um mich umzudrehen, so dass ich auf meinem Bauch
lag. Dann zog er meine Klamotten aus und schlug mir
auf den nackten Hintern, bevor er sich über mich legte
und anfing, meinen Hals zu küssen und zu beißen. Langsam bewegte er sich mit seinen Lippen und seiner Zunge nach unten, während seine Finger bereits in mir waren, um mich auf das vorzubereiten, was als nächstes
kommen würde. Ich konnte es kaum aushalte, also vergrub ich meine Finger und mein Gesicht im Kissen, damit mein Stöhnen nicht so laut war. Dann hielt er kurz
wieder an, um ein Kondom aus der Schublade zu holen
und es überzuziehen, während ich wieder zu Atem kam.
Als er wieder über mir war, fühlte ich, wie mich sein Penis langsam berührte und in mich eindrang. Er nahm

mein Haar in seine Hand und zog es nach hinten auf meinen Rücken, so dass ich gezwungen war, nach oben zu schauen, als er anfing, seinen Penis immer und immer wieder in mich zu rammen, immer schneller. Ich liebte es, wie er mich einfach nahm, so wie er es gerne hätte. Es machte mich noch mehr an. Ich kam zuerst und so hart, dass er meinen Orgasmus noch länger andauern ließ, indem er seinen Penis noch intensiver und schneller in mich reinrammte, bevor er schließlich auch kam. Er legte sich neben mich, während ich noch versuchte, Luft zu holen. „Ich genieße die langsamen, leidenschaftlichen, aber manchmal sind die harten einfach besser", lachte ich immer noch außer Atem. „Ich weiß. Es hängt wirklich von der Stimmung ab", lächelte er und sah mich an. Ich kuschelte mich an ihn, wobei ich ihm in die Augen schaute und sein Haare streichelte. „Das tut es", dann bemerkte ich, was ich machte. „Es gibt wirklich ein Muster, nicht wahr?", ich stand auf. „Hey, komm zurück", er zog mich wieder an sich. Dann schaute ich ihn wissend an. „Ja", gab er nach. „Erst willst du es hart und dann bist du ganz süß und willst kuscheln", lächelte er und küsste meine Stirn. „Fick dich", neckte ich ihn. „Du hast das gerade getan", grinste er. „Oh, okay. Willst du wieder?", fragte ich ihn ironisch. „Sicher, aber ich denke, du müssest noch ein bisschen warten", konterte er. Ich rollte nur mit den Augen. „Wenn du willst, kann ich es dir auch anders besorgen", bot er an, während seine Hand nach unten wanderte und mich zwischen meinen Beinen berührte. Ich zuckte zusammen und nahm seine Hand weg. Er grinste, weil er genau wusste, dass sein Auftritt Eindruck hinterlassen hatte. Ich fühlte mich etwas schwach in den Knien und fing an, auch ein bisschen kalt zu werden, also zog ich eine Decke über uns und kuschelte mich zurück an Harrys Brust. Plötzlich öffnete sich die Tür. „Um Gottes Willen. Klopft an, bevor du ihn einen Raum gehst", sagte er wütend. „Tut mir leid", antwortete Clary. Ich drehte mich um und sah Clary an, hielt die Decke aber hoch genug. „Nein, aber wirklich. Zwei Minuten früher und unsere Freundschaft wäre nie mehr dieselbe gewesen", sagte ich ihr. „Im Ernst, wie geil aufeinander seid ihr beiden bitte", sie klang überrascht. „Offensichtlich hast du es nie versucht", grinste Harry. Sie verdrehte die Augen. „Ich werde das nächste Mal anklopfen. Aber ihr beide müsst zum Frühstück kommen. Es gibt eine Mission für uns", teilte sie uns mit. „Okay, wir werden in fünf Minuten da sein", sagte ich ihr und dann ging sie. „Kuschelzeit ist vorbei", sagte ich und stand auf, aber er zog mich an meiner Taille zurück und küsste meinen Hals. „Sie schaffen das auch ohne uns. Ein bisschen länger noch", bettelte er, wusste aber, dass er einen verlorenen Kampf kämpfte. „Ich würde lieber mit dir im Bett bleiben, als aufzustehen, aber die Pflicht ruft", seufzte ich und zog mein Shirt und eine Hose an. Er tat dann dasselbe, während ich auf der Bettkante sitzend auf ihn wartete. Als er fertig war, kam er zu mir, um mich hoch zu ihm zu ziehen und legte seine Hände auf meine Taille, während wir unsere Köpfe zusammensteckten, wodurch sich unsere Stirne berührten. Wir nahmen die letzten Sekunden in uns auf, in denen wir noch alleine waren, bevor uns die Zeit ausging. Dann küsste er meine Stirn. „Lass uns gehen", sagte er und dann gingen wir runter. Wir betraten Hand in Hand den Speisesaal und setzten uns nebeneinander. Die anderen saßen schon da. „Worum geht es bei der Mission?", fragte ich. „Octopus hält einige Zivilisten gefangen", begann Blake. „Und ihr wollt euch einmischen?", unterbrach ich ihn. Er war sich unsicher, was er nach dem Vorfall gestern noch sagen sollte. Harry nahm meine Hand in seine, die mich sofort beruhigte. „Tut mir leid", mir wurde klar, dass ich anscheinend noch ein bisschen nachtragend war. „Nein, du hast Recht. Wir wollen uns jetzt einmischen und wir hätten uns schon vor Jahren einmischen sollen", verteidigte er mich. „Aber ich habe euch gestern vergeben, es wieder zur Sprache zu bringen, ist einfach nur kindisch", sagte ich ihm. „Valerie, es ist dein Recht und einfach nur menschlich, immer noch sauer zu sein", sagte Mike. „Nun, ich verstehe, warum du nicht wütend auf Harry bist", fügte er leise hinzu und schaute zu Clary rüber, die neben mir saß und einen wissenden Blick austauschten. „Ernsthaft", zischte ich beiden zu. „Was hast du über die Zivilisten gesagt?", fragte Harry seine Eltern und kehrte zum Thema zurück. „Es ist eine Rettungsmission. Es sind etwa zehn Leute. Ihr geht rein, rettet sie und holt sie da wieder sicher raus", antwortete Blake. „Okay, alles klar, wann gehen wir?", wollte Harry wissen. „Bitte seid vorsichtig. Es ist immer noch Octopus", warnte Blake Harry. „Ihr werdet nach dem Frühstück abreisen", sagte Lilly uns. Also beendeten wir das Frühstück und machten uns bereit für die Mission. Irgendetwas fühlte sich daran nicht so ganz richtig an. „Alles in Ordnung?", Harry klang besorgt und legte seine Hand auf meine Taille. „Wie praktisch, dass es plötzlich eine Rettungsmission gibt, am Tag, nachdem ich herausgefunden habe, dass deine Eltern von meiner Gefangenschaft wussten", sagte ich. Er dachte darüber nach. „Vielleicht ist es nur Zufall", dachte er laut, aber es schien ihm nicht aus dem

Kopf zu gehen. Wir zogen unsere Anzüge an und stiegen auf das Schiff. „Zurück nach England", Mike ließ sich auf einen Stuhl neben Clary fallen und legte beiläufig seinen Arm über sie. „Eigentlich gehen wir nach Washington", stellte James klar. „Washington? Es gibt mehrere Gruppen von Agenten wie uns in Amerika. Warum schickt man das britische Team zu einer Mission in Amerika?", fragte ich mich laut. „Anscheinend haben die anderen Teams alle Hände voll zu tun mit anderen Sachen", sagte uns Andrew. „Oh bitte, sie versuchen nur, das wiedergutzumachen, was sie Valerie damals angetan haben", schnappte Mike. „Halt die Klappe, Mike", Harry ärgerte sich über ihn. „Nein Harry, denk darüber nach. Es würde mich nicht überraschen, wenn das White Star monatelang von den Zivilisten gewusst hätte", wandte sich Clary an ihn. „Lasst uns diese Mission einfach hinter uns bringen", antwortete er. Ich konnte fühlen, dass er einen inneren Konflikt hatte. Er sah das Offensichtliche, aber er wollte nicht schlecht über seine Eltern denken. Während des ganzen Fluges schwieg er, während wir Händchen hielten. Ich schaute zu Clary und Mike rüber, die tief im Gespräch zu sein schienen. „Beste Kämpfer im Team, los", sagte Mike. „Offensichtlich Valerie", begann sie. „Offensichtlich", wiederholte Mike. „Harry ist auch sehr gut", fuhr sie fort. „Machst du Witze? Neben dir sieht er wie Hundefutter aus", widersprach er. Ich lächelte und sah Harry an. Normalerweise hätte er Mike die Hölle dafür heiß gemacht, aber er schien nichts gehört zu haben und starrte nur tief in Gedanken aus dem Fenster. Ich seufzte und beschloss, ihm etwas Zeit zu geben. Clary errötete, nachdem Mike ihr das Kompliment gemacht hatte. „Du bist sehr geschickt mit dem

Stab", antwortete sie. „Ich weiß. Aber nach Valerie bist du hier die nächstbeste Kämpferin", er sah sie an und verschloss seine Finger mit ihren. Sie mochte es und starrte ihm weiter in die Augen. „Warum bist du so viel besser als Harry? Ist er nicht älter?", fragte Mike dann. Ich kannte die Antwort darauf bereits, weil ich so lange bei ihnen gelebt hatte. Ich dachte mir, dass er lange Zeit einfach mit den falschen Leuten unterwegs war. „Harry ging durch eine Phase, in der er sich um nichts kümmerte. Valerie musste zuerst erscheinen, bis er wieder zu trainieren angefangen hat. Er war von Anfang an in sie verknallt und nachdem ein ehemaliger Freund von ihm sie sexuell belästigt hatte, bemühte er sich auch noch ein Stückchen mehr", antwortete sie. Ich sah Harry überrascht an. Wie konnte ich mich so irren. Ich konnte nicht glauben, dass er so lange wirklich in mich verknallt war. Er hatte Recht, er konnte geduldig sein. „Wir werden in zehn Minuten landen", teilte uns James mit. Also beschloss ich, Harry aus seiner Gedankenkette herauszuholen. Ich küsste sanft den Rücken seiner Hand, die mit meiner verschlossen war. Er sah mich an. „Geht es dir gut?", fragte ich ihn. Er nickte. „Kannst du mir einen Gefallen tun?", er drehte mir seinen Körper zu. „Klar." „Keine unnötigen Risiken, okay. Ich werde dich nicht noch mal verlieren", er erinnerte sich an das letzte Mal. „Ich habe dir versprochen, mit dir zum Ball zu gehen und ich habe vor, dieses Versprechen zu halten", lächelte ich. Er lächelte auch, aber da war noch etwas anderes in seinem Lächeln, was ich nicht so wirklich deuten konnte. Harry legte seinen Arm um mich und zog mich nahe an seine Brust, um meine Haare zu küssen und mich in seinen Armen zu halten. „James, hast du irgendwelche

Fortschritte mit den Gegenwellen gemacht?", fragte er. „Ich arbeite immer noch daran, aber wir könnten es versuchen. Es ist in meiner Tasche. Die blaue Box", antwortete James. Harry nahm die blaue Box heraus und kam zu mir zurück. „Willst du es versuchen?", fragte er hoffnungsvoll. Ich nickte. Dann nahm er das Gerät aus der Box und bevor er es einschaltete, warf er noch einen letzten Blick auf mich. Es war immer noch sehr schmerzhaft, aber ich versuchte, meine Schreie zurückzuhalten, indem ich meine Finger in den Sitz presste und meine Augen schloss. Harry schaltete es sofort aus, nachdem er bemerkte, was es mit mir machte und seufzte. Dann steckte er es wieder in James Tasche und setzte sich zu mir. „Es wird schon gut gehen. Ich kann auch ohne meine Kräfte kämpfen", erinnerte ich ihn. „Ich weiß. Ich wünschte nur, du hättest zusätzlich Zugang zu deinen Kräften", antwortete er. „Du musst ihr mehr vertrauen. Ich auf der anderen Seite denke, dass Clary absolut in der Lage ist, sich selbst zu schützen", unterbrach ihn Mike. „Einfach für dich zu sagen. Deine Freundin wurde nie von einer bösen Organisation entführt und gefoltert", schnappte Harry zurück. „Und abgesehen davon wären wir alle sicherer, wenn Valerie vollen Zugang zu ihren Kräften hätte", fügte er hinzu. „Wir landen jetzt", sagte James laut und machte deutlich, dass es keine Zeit für unnötige Diskussionen gab.

15. Wegrennen oder Kämpfen?

In dem Moment, als ich aus dem Schiff stieg, erkannte ich diesen Ort. Ich war von diesem Ort, was sich wie vor einer Ewigkeit anfühlte, geflohen. Das waren die Türen, an denen ich meine leiblichen Eltern das letzte Mal gesehen hatte. Hier wurde an mir experimentiert und ich wurde hier gefoltert. Ich verschränkte meine Arme vor meiner Brust, als ich mich erinnerte. „Valerie?", fragte Clary. Als ich mich umdrehte, wurde mir klar, dass mich alle anstarrten. Harry kam zu mir. „Was ist los?", er sah mich besorgt an. Ich atmete tief durch. Ich wollte keine große Sache daraus machen, weil ich nur emotional werden würde, und ich konnte das jetzt nicht brauchen. „Erinnert ihr euch an meine neun Jahre Gefangenschaft, Folter und was nicht alles? Es ist alles hier passiert", lächelte ich schwach und nahm alle Erinnerungen und Emotionen und steckte sie in eine kleine Schachtel in meinen Hinterkopf, um mich später damit auseinanderzusetzen. „Du kannst auf dem Schiff bleiben." „Nein, ich komme mit", unterbrach ich Harry, bevor er noch irgendwelche Ideen bekam. „Wir sind aus einem bestimmten Grund hier, also lasst uns diese Mission hinter uns bringen", sagte ich dem Rest. „Die Zivilisten sind alle im Ostflügel. Es gibt keine Fenster oder Türen, also müssen wir durch den Westflügel gehen, der genau hier ist", teilte uns James mit. Wir näherten uns langsam dem Rand des Geländes und schauten uns die Türen an. Natürlich wurden sie bewacht. Als wir näher kamen, knockte ich sie einfach mit meinen Kräften aus. Ich wollte, dass diese Mission so schnell wie möglich vorbei war und ging rein. Sie hatten X-Wellen in diesem Gebäude. Ich konnte es fühlen, als wir reinkamen. „Gut gemacht", sagte Harry. „Ich habe meine Kräfte hier nicht, also müssen wir das nächste Mal kämpfen", informierte ich den Rest. Also nahm Harry meine Hand und lief immer einen Schritt vor mir her. Ich versuchte, mich nicht umzuschauen, obwohl ich jede einzelne Stelle hier kannte. „Hört ihr das?", stoppte uns Andrew. Es kamen Stimmen aus der Richtung, in die wir gehen mussten. Wir verstanden und warteten hinter der Wand. „Clary, Andrew und ich werden sie in Schach halten und der Rest von euch wird die Zivilisten sicher rausbringen", teilte uns Harry auf. Dann drehte er sich zu mir um und nahm mein Gesicht in seine Hände. „Du kommst besser ohne einen Kratzer zu mir zurück", sagte er und küsste mich. Unsere Augen waren für einen kurzen Moment ineinander verschlossen, bevor sich unsere Wege trennten. Während das eine Team gegen die drei Männer kämpfte, rannten wir den Ostflügel runter und folgten James. Nach einer Weile blieb er schließlich stehen. „Sie sind hinter dieser Tür", sagte James uns, aber er konnte sie nicht öffnen. „Es ist zugesperrt", erkannte er. „Geh zur Seite", Mike nahm eine kleine Maschine heraus, die wie ein Schraubenzieher aussah, die er in das Schloss legte und die Tür so öffnete. „Ich hätte es einfach aufgesprengt", rollte ich mit den Augen und ärgerte mich darüber, dass ich meine Kräfte hier nicht einsetzen konnte, dann aber ging ich den anderen beiden hinterher. James hatte Recht. Die Zivilisten waren hier drin. „Folgt uns, wir werden euch hier rausholen", wies James sie an, der keine Sekunde verlieren wollte. Die Menschen in diesem Raum reagierten sofort und hörten auf ihn. Ich schaute die Leute nicht wirklich an, aber eine Frau, die ein kleines Kind in ihren Armen hielt, fiel mir ins Auge. Sie hielt ihr Baby so fest, als würde ihr Leben daran hängen. Als ich es sah, löste es etwas in mir aus, aber ich durfte jetzt nicht darüber nachdenken. „Später", sagte ich mir leise. „Wir haben sie gefunden. Geht zurück zum Schiff und macht alles fertig zum Abflug", wies James, die anderen durch das Headset an. „Die Männer hier sind ausgeknockt", teilte uns Harry mit. Während wir uns auf den Rückweg machten, bemerke ich, dass rote Lichter an der Decke blinkten, also schaute ich auf und realisierte entsetzt, dass es sich um Bomben handelte, die im Begriff waren, jede Sekunde hochzugehen. „Es sind Bomben an der Decke. Beeilt euch", warnte ich alle und sorgte dafür, dass niemand zurückgelassen wurde. Die Bombe hinter uns ging zuerst hoch, wodurch alle anfingen, schneller zu rennen, aber die Frau mit dem Kind war nicht schnell genug. Ich ging zurück zu ihr und versuchte ihr zu helfen. Die zweite Bombe explodierte und hätte uns fast erwischt. Es war nur noch eine übrig und ich wusste, dass es eine knappe Sache werden würde. Als die letzte hochging, gab ich der Frau einen Schubs, damit sie es rechtzeitig schaffen würde, aber ich war nicht schnell genug, wodurch die Decke auf mir landete und die untere Hälfte meines Körpers einsperrte. Die Explosion wirbelte den Staub auf, sodass mich niemand sehen konnte. „Ich komme hier nicht raus", rief ich und hustete wegen des Staubes, der sich langsam legte. Von meiner Taille abwärts war ich unter der Decke gefangen und konnte nicht alleine rauskommen. Mike versuchte, es hochzuheben, aber es war zu schwer. Selbst mit James Hilfe konnten sie es nicht bewegen. „Mehr Männer nähern sich uns aus dem Südflügel. Sie werden in zwei Minuten hier sein", warnte James. Er drehte sich zu den Zivilisten und wies sie an, zum Schiff zu gehen. Die meisten von ihnen taten es, außer ein Mann. Er blieb und wollte helfen, aber selbst zu dritt waren sie nicht stark genug. „Ich komme, Valerie", hörte ich Harry durch das Headset. „Er wird es nicht rechtzeitig schaffen", sagte Mike, was ich mir schon gedacht hatte. Ich musste schnell eine Lösung finden. „James, benutz die Gegenwellen", befahl ich ihm. „Mike, ich werde mich nicht bewegen können. Du musst mich dann rausziehen, sobald ich es hoch hebe", sagte ich ihm, während James das Gerät herausholte. „Bereit?", fragte James. „Los", gab ich ihm das Signal. Die Wellen waren schmerzhaft, aber ich schaffte es, die Decke von mir zu heben, während Mike mich rauszog. Sobald ich draußen war, schaltete James es wieder aus, wodurch die Decke zurück auf den Boden fiel und die Luft wieder staubig wurde. „Kannst du gehen?", fragte Mike. Aber ich konnte nicht einmal aufstehen. Er wartete nicht lange und hebte mich hoch in seine Arme, um mich hier rauszutragen. Auf dem halbem Weg zum Schiff kam uns Harry entgegen, der mich in seine Arme nahm und mich zurück ins Schiff trug. Hinter ihm schoss Clary mit Pfeilen aus einer Waffe auf die Männer, die uns folgten. Die würden sie nicht töten, aber ihnen genügend Schmerzen zufügen, um sie aufzuhalten. Als wir ankamen, nahm James das Schiff sofort in die Luft, während Harry mich auf den Boden legte. Ich fing an, meine verletzten Beine zu heilen und schon bald konnte ich wieder aufstehen. Harry legte seine Hand auf meine Wange und sah mich an. „Geht es dir wieder gut?", wollte er wissen. Ich nickte und lächelte sanft. Dann nahm er seine Hand von mir und wurde leicht wütend. „Ich habe gesagt, keinen einzigen Kratzer und keine unnötigen Risiken und was machst du. Lässt dich unter einer Decke begraben, wodurch deine Beine so beschädigt wurden, dass du nicht einmal mehr laufen konntest", rief er. „Du hast einen Kratzer im Gesicht", bemerkte ich und wollte meinen Finger darauf legen, um ihn zu heilen, aber er hielt meinen Arm auf halbem Weg auf. „Ich meine es ernst", er war immer noch wütend. „Lass mich dich heilen, bevor es sich infizieren kann", protestierte ich. Er ließ meine Hand wieder los, wodurch ich meinen Finger direkt neben sein linkes Auge, wo er seinen Kratzer hatte drücken konnte und ihn heilte. Dann ließ ich meine Hand auf seiner Wange und sah ihm sanft in die Augen. „Das geht so nicht. Du kannst dich nicht immer so einer Gefahr aussetzen", sagte er mir. „Entschuldigung", die Frau mit ihrem Kind im Arm kam zu uns. „Sie hat mich und mein Baby gerettet. Bitte seien Sie nicht wütend auf sie", sagte sie zu ihm. Ich schaute sie dankbar an und dann das Kind in ihren Armen. Er starrte das Baby an und dann in meine Augen. Er verstand, was ich noch nicht gesehen hatte. „Ich werde nicht wütend auf sie sein", versprach er der Mutter. Dann nahm er meine Hand und schaute mir in die Augen. „Es tut mir leid. Ich kann dich einfach nicht wieder verlieren", sagte er. „Ich weiß, aber es geht mir gut", versicherte ich ihm. Die Frau stand immer noch mit einem besorgten Gesichtsausdruck neben uns. „Wie kann ich Ihnen helfen?", fragte ich sie, nachdem ich gemerkt hatte, dass sie noch nicht fertig war. Sie drehte ihr Kind zu mir. Es war ein kleiner Junge, mit dem süßesten Gesicht, das man sich vorstellen konnte, aber erst beim zweiten Blick bemerkte ich, dass er krank war. „Was hat er?", fragte ich die Mutter. „Ich weiß es nicht genau. Er hat Fieber und sie haben sich geweigert, ihm zu helfen", erklärte sie. „Ich habe gesehen, was Sie mit Ihren Beinen und dem Kratzer dieses Mannes gemacht haben", sie zeigte auf Harrys Gesicht und sah mich dann hoffnungsvoll an. Ich wusste, was ich zu tun hatte. „Darf ich ihn halten?", fragte ich sie und sie bot mir ihr Baby an. Ich legte ihn vorsichtig in meine Arme und legte meine Hand auf seine Brust. Er war so klein, dass ich nicht glauben konnte, dass er eines Tages zu einem erwachsenen Mann heranwachsen würde. Er schaute mich neugierig an. Dann ließ ich meine Heilkräfte wirken. Langsam fühlte ich, wie es ihm besser ging und nachdem ich fertig war, sah er viel besser aus und lächelte mich mit dem unschuldigsten und hellsten Lächeln an, das ich je gesehen hatte. Ich lächelte zurück und dann fing er an zu kichern. Ich machte einen leuchtenden Ball in meiner Hand. Er versuchte, es zu greifen, aber es war nur Licht, also gingen seine Hände direkt hindurch. Er versuchte es weiterhin erfolglos. „Es ist nur Licht", sagte ich ihm und ließ es in seine Brust schweben. Er fing wieder an zu kichern. Dann spürte ich Harrys Hand auf meinem Rücken und schaute zu seiner Mutter auf. „Hier. Es sollte ihm wieder gut gehen", ich gab ihn ihr zurück und sah ihn weiter an, als sie zu den anderen zurückkehrte, die wir gerettet hatten. Harry brachte mich auf die andere Seite des Schiffes. „Alles gut bei dir?", fragte er mich, als wir alleine waren. „Warum sollte etwas nicht in Ordnung sein?", ich war verwirrt von seiner Frage, immer noch an diesen kleinen Jungen denkend. „Ich habe gesehen, wie du ihn angeschaut hast", bemerkte er. „Bist du eifersüchtig?", fragte ich amüsiert, aber immer noch verwirrt. „Du willst ein Baby", sagte er. Ich wusste nicht, was ich dazu sagen sollte. Ich fühlte mich sprachlos. Er nahm mein Gesicht in seine Hände und schaute mir in die Augen. „Du hast sie gerettet, indem du dich selbst in Gefahr gebracht hast und jetzt, so wie du ihn angeschaut hast. Es ist offensichtlich", sagte er. Ich erinnerte mich daran, wie ich mich gefühlt hatte, als sie ihren Sohn angeschaut hat. Als wäre er das Wichtigste. Eine andere Art von ewiger Liebe. „Ja, du hast recht, ich denke, ich will ein Baby", wurde mir klar. Ich wollte diese Art von Liebe und Unschuld in meinem Leben haben. Ich wollte jemanden, den ich lieben und zusammen mit Harry großziehen würde. Jemanden, der aus Liebe gemacht wurde, mit einem Teil von mir und einem Teil von Harry. Dann wurde mir etwas anderes klar. „Wir hatten ungeschützten Sex in England", erinnerte ich mich. „Du kannst einen Schwangerschaftstest machen, wenn wir zurück sind", schlug er vor. Ich nickte. Dann änderte sich meine Stimmung. „Was, wenn er nicht positiv ist?", machte ich mir Sorgen. „Ich kann dir so viele machen, wie du willst", versicherte er mir lächelnd. „Ich habe meine Periode nicht zurückbekommen und wenn ich nicht schwanger bin …" „Ich habe dir gesagt, du musst deinem Körper nur etwas Zeit geben, sich zu erholen", er küsste meine Stirn. „Aber ich habe mich selbst geheilt", ich drückte seinen Kopf sanft weg, um ihn anschauen zu können. „Es sind nicht nur körperliche Verletzungen, von denen du dich erholen musst", meinte er. Ich legte meinen Kopf auf seine Brust, während er mich festhielt. Dann fühlte ich, wie sich die Box, die ich in meinem Kopf zurückgeschoben hatte, als wir an dem Ort ankamen, wieder öffnete. Es war, als hätte er es erwartet, dass ich zusammenbrechen würde. Ich fing an zu schluchzen, was sich sehr schnell in Weinen verwandelte. Dann wurden meine Knie schwach, wodurch sich Harry langsam mit mir hinsetzte und mich fest in seinen Armen hielt, während ich alles rausließ. Ich erinnerte mich, wie meine Eltern mich verkauften. Ihre Gesichter und wie froh sie aussahen, als sie mich endlich loswurden. Ich erinnerte mich auch daran, wie ich mich immer kalt gefühlt hatte, ohne die Sonne auf meiner Haut zu spüren, den Schmerz jeder Nadel und Injektion zu spüren. Wie ich bestraft wurde, als ich aus der Reihe tanzte. Jeder Schlag und jede Prellung. Wie ich mich immer über lange Zeit hungrig fühlte und dann nicht mehr, weil ich nur wenig bis gar nichts aß. Dann sah ich den Moment, der sich bildlich in meinem Kopf wiederholte, als Egor versuchte, mich zu Missbrauch und wie verängstigt ich dabei war, als ich sein Ding sah. Ich fühlte plötzlich diese Übelkeit und ging aus Harrys Armen raus, um auf die Toilette zu rennen. Harry hielt meine Haare hoch, während mein Frühstück zusammen mit meinen Tränen in der Toilette landete. Nachdem ich fertig und ruhiger war, wusch ich meinen Mund und mein Gesicht ab. Ich zog meine Haare zu einem Dutt hoch, um sie aus meinem Gesicht zu bekommen. Ich wollte die Toilette spülen, aber Harry hatte das schon getan. Also ging ich zurück in seine Arme. Als ich dachte, ich war fertig mit dem Weinen, fing ich wieder von Neuem an. Harry saß da und hielt mich geduldig fest. „Wir sind in ein paar Minuten zu Hause", sagte er mir nach einer Weile. Ich saß da mit meinem Kopf gegen seine Brust und starrte still ins Nichts, während er sanft meine Haare und meinen Arm streichelte. Dann landeten wir. Ich schaute mich im Spiegel an, bevor wir rausgingen. Ich sah schrecklich aus und ich wusste, dass wenn ich dieses Badezimmer verlassen würde, ich mich den anderen stellen musste, mit ihren Fragen zu meinem Wohlbefinden. Harry nahm meine Hand und gemeinsam verließen wir den Raum. Ich spürte, wie ihre Augen auf mich gerichtet waren, als wir das Schiff verließen. Die Leiterin des White Stars wartete draußen mit Lilly, Blake und ihrer sehr schönen Tochter Elizabeth und sie sah nicht glücklich aus. „Valerie, ich muss mit dir reden", sie war sehr wütend. „Nicht jetzt", sagte Harry zu ihr. „Ich kümmere mich genauso wenig um deinen Zeitplan, wie du dich um unsere Regeln kümmerst", sie schaute mich direkt an. „Ich habe gesagt, nicht jetzt", wiederholte Harry. „Wie kannst du es wagen?", sie fühlte sich sehr beleidigt. „Ist schon okay", sagte ich zu Harry. „Oh mein Gott. Was ist das für ein Geruch?", sie bezog sich wahrscheinlich auf meinen Atem, nachdem ich mich übergeben hatte. Das war es für mich. Ich wurde so wütend. „Oh, es tut mir leid. Ich dachte, du kümmerst dich nicht um mich. Da ich meine Seele auf der Toilette vom Schiff gelassen habe, hatte ich keine Gelegenheit, mir die Zähne zu putzen. Oder möchtest du mit mir über den Nervenzusammenbruch sprechen, den ich gerade hatte, weil ich an den Ort zurückgegangen bin, an dem ich neun Jahre lang gefoltert wurde, von wo aus du mich nicht retten wolltest." Ich hatte viele andere Dinge, die ich ihr noch an den Kopf werfen wollte, aber ich fühlte, wie sich ein weiterer Zusammenbruch näherte, also wollte ich so schnell wie möglich in unser Zimmer zurückgehen und beschloss, ihr den Rest später noch zu geben. Sie war zu geschockt, um etwas zu sagen, also brachte mich Harry in unser Zimmer. Ich ging direkt ins Badezimmer, um mir die Zähne zu putzen, als er mir auch dorthin folgte. Nachdem ich fertig war, sah er mich an. „Kommst du klar, wenn ich dich kurz für zwanzig Minuten alleine lasse, um dir den Schwangerschaftstest zu besorgen?", fragte er. „Nein und ich habe schon einen", antwortete ich und zog einen aus einer Schublade. „Warum hast du einen?", er wurde neugierig. „Erinnerst du dich an all die Zeiten, die wir hier verbracht hatten? Wir hatten viel Sex und für den Fall, dass etwas passiert wäre, wollte ich nicht zuerst in die Apotheke gehen. Ich habe den einen in England leider schon benutzt und hatte bisher keine Zeit gehabt, es gegen ein neues zu ersetzen", erklärte ich. „Vorbereitet wie immer", sagte er stolz. „Ich werde ihn schnell machen", sagte ich zu ihm und er verstand, dass ich ihn damit aus dem Bad schicken wollte, wodurch er sich auf das Bett setzte. Ich atmete tief durch und öffnete den Test. Es war einfach, ich musste nur auf die eine Seite davon pinkeln. Also setzte ich mich auf die Toilette und tat genau das. Nachdem ich fertig war, las ich noch einmal, wie lange wir warten mussten. Drei Minuten. Ich wusch mir die Hände und kam mit dem Test in der Hand, den ich auf den Tisch legte raus und ging zu Harry, der mich in seine Arme nahm. „Wie lange?", fragte er. „Drei Minuten." Er schaute auf seine Uhr. „Wärst du traurig, wenn er negativ ist?", wollte er wissen. „Wahrscheinlich", antwortete ich. In meinem Kopf war ich bereits schwanger, also konnte ich mir nicht vorstellen, dass er negativ war. Die Minuten vergingen langsam, bis das Warten endlich vorbei war. „Es ist Zeit", sagte er, nachdem er zum fünften Mal auf seine Uhr geschaut hatte. Ich konnte es kaum erwarten, den positiven Test zu sehen, also eilte ich zum Tisch und schaute ihn an. Ich wusste zuerst nicht, was er aussagte. „Zwei Striche sind positiv, einer ist negativ", erinnerte er mich. Es gab nur einen. Ich starrte auf den Test und wartete darauf, dass der Zweite auch erscheinen würde, aber das tat er nicht. Harry ging hinter mich und wickelte seine Arme um meine Taille, um ihn auch zu sehen. „Negativ", sagte er. Jetzt machte es Klick. Ich war nicht schwanger. „Das macht nichts, wir können jetzt einfach eins machen", sagte ich ihm emotionslos und drehte mich zu ihm um. Mein Gesichtsausdruck war tot. Ich konnte es immer noch nicht verarbeiten, also versuchte ich, seine Hose aufzubekommen, aber er griff nach meinen Handgelenken und sah mich an. „Valerie." Ich blieb still. „Valerie", wiederholte er lauter. „Was?", schnappte ich nach ihm. „Schau mich an", befahl er mit Schmerz in der Stimme, der tief in seiner Brust verwurzelt waren. Ich bewegte langsam meinen Kopf nach oben, um ihn anzusehen. „Lass es raus", sagte er leise. Ich schüttelte den Kopf, aber es war hilflos, ich fing schon an zu weinen. Er zog meinen Kopf an seine Brust. „Es hat nichts zu bedeuten. Wir hatten einmal Sex ohne zu verhüten und das war aus Versehen. Wir haben es nicht einmal wirklich versucht", versuchte er zu argumentieren. Mein Schluchzen wurde leiser. „Ich fühle mich, als hätte ich versagt", meine Stimme klang tot. „Hey, hey." Er nahm mein Gesicht in seine Hände und ließ mich ihn ansehen. „Du hast nicht versagt. Du hast gerade einen Haufen Leute gerettet und das nicht nur heute. Du hast eine Menge Folter und Schmerz durchgemacht und stehst immer noch hier vor mir. Du bist stark und mächtig. Und ich spreche nicht von deinen Kräften, sondern von deinem Charakter. Ich schaue zu dir auf. Jedes Mal, wenn wir ein Hindernis sehen, schaffst du es durch. Du brauchst vielleicht einen guten Schlaf oder eine Schulter zum Weinen oder einen Kaffee, aber du stehst immer wieder auf, richtest deine Krone ...", wir beide lachten beim letzten Teil. „... und machst dann weiter", er sah mich an. „Du hältst mich also für eine Prinzessin?", fragte ich lächelnd mit Tränen in den Augen. „Nein, du bist die verdammte Königin im größten Königinnenreich von allen", sagte er zu mir, immer noch mein Gesicht in seinen Händen haltend. Ich hörte endlich auf zu weinen und mit seinen Fingern wischte er meine letzten Tränen weg. „Valerie, ich weiß, dass du ein Baby willst, aber wie wäre es, wenn wir noch ein wenig warten, damit wir es weit weg von allem hier aufziehen können?", schlug er vor. Ich nickte. „Du hast Recht. Wir sind nicht einmal kurz davor, Octopus zu schlagen und wenn wir so ein Leben zusammen anfangen, darf Octopus nicht existieren", akzeptierte ich. Meine Stimmung wurde viel besser, nachdem Harry mich aufgemuntert hatte. Wir legten uns ins Bett, er lag auf mir, seinen Kopf auf meiner Brust und seine Beine zwischen meinen. Ich spielte mit seinen Haaren, während er meinem Herzschlag lauschte. Wir blieben so den Rest des Nachmittags. Dann bewegte er seinen Kopf nach oben, um mich anzusehen. „Was machen wir mit dem Grinch?", er sprach über Michelle, die Leiterin des White Stars. „Ich weiß nicht einmal, worauf sie wütend ist", rollte ich meine Augen und atmete tief durch. „Sie hat immer etwas", seufzte er. „Sollen wir sie noch etwas länger warten lassen?", grinste ich. „Verlockend, aber vielleicht sollten wir ihre Grenzen nicht austesten, wenn es nicht notwendig ist", antwortete er. „Wird es dir gut gehen?", er wollte sicherstellen, dass ich angesichts der heutigen Ereignisse, mit dem umgehen konnte, was kommen würde. „Ich schaff das schon", antwortete ich und wir beschlossen dann, unseren sicheren Hafen zu verlassen und uns um die Probleme hinter unserer Tür zu kümmern.

16. Eine Begegnung mit der Vergangenheit

Ich duschte schnell und zog mir ein lässiges Kleid ein, damit ich mehr Selbstvertrauen haben konnte, wenn ich mich mit Michelle auseinandersetzen würde. Zumindest war das, was ich Harry gesagt hatte. In Wahrheit wollte ich mich nicht minderwertig fühlen, wenn ich neben ihrer Tochter Elizabeth stehen würde. Sie war immer hinter Harry her mit ihren charmanten Augen und ihrer ganzen Perfektion. Es ging mir wirklich auf die Nerven, nicht weil ich Harry nicht vertraute, ich wusste, dass er mich liebte, aber sie war immer sehr hinterhältig. Nachdem ich bereit war, verschloss ich meine Finger mit seinen und küsste ihn sanft. Dann gingen wir ins Wohnzimmer, das fünfmal so groß war wie das, was wir in England hatten. Clary saß zusammen mit Mike auf einem Sessel. Sie waren tief im Gespräch, als sie mich sah und sprang dann sofort auf, um zu mir zu kommen. „Wie geht es dir?", fragte sie. „Besser. Es war nur, diesen Ort wieder zu sehen, nach so vielen Jahren … Es hat wieder einige Erinnerungen geweckt", erklärte ich. „Ich kann mir kaum vorstellen, wie schwer es für dich gewesen sein muss, heute dort zurückzukehren", sagte sie mir und ging zurück zu Mike, der sie sofort wieder in seinen Schoß zog. Sie waren beide so glücklich. Ich war froh zu sehen, wie sie sich beide in der Gegenwart des anderen fühlten. „Hey Val, ich habe gehört, dass du den Grinch sprachlos stehen lassen hast", lachte er. Ich errötete leicht und nickte. „Kannst du es noch einmal machen?", fragte er strahlend. „Naja, sie will mit mir reden, also werde ich sehen, was ich tun kann", lächelte ich. „Es ist an der Zeit, dass jemand meiner Mutter wiederspricht", Elizabeth kam rein. „Ich habe gehört, was passiert ist und das tut mir so leid", sie täuschte ihr Mitgefühl vor und nahm meine freie Hand in ihre. Dann schaute sie zu Harry auf. „Ich freue mich sehr, dich wiederzusehen. Es ist schon eine Weile her", sagte sie auf die charmanteste Art und Weise, aber Harry sah sie nicht einmal an, er hatte nur Augen für mich. Ich befreite meine Hand aus ihrer und rollte mit den Augen. „In der Tat", antwortete er und sah sie kurz an, um ihre Anwesenheit anzuerkennen, aber das war alles. Dann setzte sie sich auf einen Sessel Nahe am Kamin. Bevor wir uns auch hinsetzen konnten, betrat der Grinch, eh, ich meinte Michelle, den Raum. Harry ließ meine Hand los und legte stattdessen seinen Arm um meine Taille, um noch näher an mir zu sein. „Ich sehe, du fühlst dich besser, nach diesem Ausbruch", sie war nicht amüsiert. „Du wolltest mit mir reden", ich ignorierte ihre Implikation. „Ja, genau. Du bist erst seit etwa zwei Wochen zurück und bist schon so oft aus der Reihe getanzt", sagte sie empört. „Zuerst die Mission in London, wo du Egor absichtlich verletzt hast, anstatt ihn einfach auszuknocken." Ich wollte etwas einwerfen, aber sie ließ mich nicht. „Erst vor zwei Tagen bist du runter zu den Zellen gegangen und hast einen wehrlosen Mann verletzt. Gestern hast du angefangen, Menschen mit Krebs zu heilen und was nicht alles, was übrigens überall in den Nachrichten ist und ein Geheimnis sein sollte und heute bist du auf eine unauthorisierte Rettungsmission gegangen, die nie geplant war, wobei ich dafür eigentlich Lilly und Blake verantwortlich machen muss", beendete sie schließlich ihre Vorwürfe. Ich war schockiert, wie sie die Dinge hindrehte, um mir die Schuld zu geben. „Okay, zunächst einmal, Egor, der sogenannte wehrlose Mann, hast du es nicht so ausgedrückt, hat mir unaussprechliche Dinge angetan. Er hat Glück, dass ich ihn noch nicht umgebracht habe", ich konnte meine Wut kaum zurückhalten. „Du hast ihn gefoltert", warf sie mir vor. „Du stehst vor mir und nennst *das* Folter", rief ich und betonte dabei das Wort „das". „Wenn das alles wäre, was Folter zu bieten hätte, hätte ich es gerne angenommen anstelle dessen, was er mir angetan hat. Weißt du, wie es sich anfühlt, jeden Tag mit einer Substanz injiziert zu werden, die so schmerzhaft ist, dass du dich stundenlang nicht bewegen kannst oder immer wieder unter Strom gesetzt zu werden, was so schmerzhaft ist, dass du hoffnungsvoll auf den Tod wartest und ihn mit offenen Armen annehmen würdest, anstatt noch eine Sekunde durch den Schmerz zu gehen, während sich jeder Nerv in deinem Körper immer wieder gegen dich wendet. Oder so wehrlos und schwach zu sein, dass dich jemand für eine nie endende Ewigkeit missbraucht. Ich erinnere mich an jede einzelne Sekunde, weil sie in mein Gehirn eingebrannt wurde", ich wurde von Sekunde zu Sekunde lauter. „Wenn Folter für ein paar Minuten verletzt zu werden und dann für ein paar Wochen davon heilen ist, hätte ich es dankbar angenommen." Ich wurde wieder ruhiger. Der Raum war plötzlich mit Stille gefüllt, während mich alle anstarrten. Harrys Griff um mich herum wurde fester und ich konnte seine Wut spüren. „Und du hast auch meine Kräfte erwähnt. Sie gehören mir und stehen unter meiner Kontrolle, nicht unter deiner. Wenn ich jemanden heilen will, heile ich ihn und wenn ich der Welt zeigen will, was ich kann, dann ist es meine Entscheidung und hat nichts mit dir zu tun", ich wurde wieder laut. „Wir haben Regeln", schnappte sie zurück. „Mir sind deine Regeln scheiß egal", antwortete ich. „Du brauchst mich und nachdem Octopus nichts Weiteres als ein Meerestier ist, werde ich gerne gehen." „Wie kannst du es wagen, so mit mir zu reden?", sie war definitiv wütend. „Du hast das Recht verloren, mich herumzukommandieren, als du dich geweigert hast, mich beim ersten Mal von Octopus zu retten. Ich gebe weder Lilly noch Blake die Schuld dafür, denn es waren deine Anordnungen. Und sie haben die richtige Entscheidung getroffen, als sie uns diese unschuldigen Menschen retten ließen, weil sie im Gegensatz zu Egor wirklich unschuldig waren", schrie ich sie an. „Das ist noch nicht vorbei", zischte sie durch ihre Zähne, dann wandte sie sich an ihre Tochter. „Komm, wir müssen noch auspacken", sie war immer noch sauer auf das, was gerade passiert war. Harry ließ mich wieder los. „Ich werde ihn umbringen", knurrte er. „Stell dich hinten an", Mike war auch wütend. „Nicht, wenn ich ihn zuerst zwischen meine Finger kriege", Clary stand auf, um nach unten zu gehen, aber ich hielt sie auf. „Der Tod wäre zu gut für ihn", erinnerte ich sie. „Dann lasst uns ihn foltern. Haben wir nicht ein paar wirklich verrückte Sachen aus dem Mittelalter im Keller?", sagte Mike eifrig. Harry lächelte bei diesem Gedanken. „Wenn du jemanden folterst, kannst du davon nicht zurückkommen, außerdem will ich nicht in seine Nähe gehen", sagte ich ihnen und erinnerte mich an die Wut, die Egor in mir auslöste. „Valerie, bitte. Lass mich einfach etwas Dampf ablassen", bettelte er. „Das hast du schon heute Morgen gemacht", erinnerte ich ihn. Er musste bei diesem Gedanken schmunzeln. „Kann ich etwas Dampf ablassen?", fragte Mike dann. „Also eigentlich.", Clary schaute ihn errötet an. „Wirklich?", lächelte er sie an. „Dein Ernst Clary", rief Harry verärgert. „Warum darfst nur du Sex-Referenzen machen und ich nicht?", ärgerte sie sich. „Natürlich darfst du sie machen, sie machen Spaß. Aber willst du wirklich, dass dein Bruder weiß, wann du deine Jungfräulichkeit verlierst?", erinnerte ich sie. „Deine was?", Mike sah Clary überrascht an. „Du hast es nicht gewusst?", ich war verwirrt und schaute auch Clary an. „Ich dachte, du wüsstest es", Clary schien auch überrascht zu sein und fing an sich Sorgen zu machen. Sie sah Mike unsicher an und wusste nicht, wie er sich dabei fühlte. Ich konnte sehen, dass sie immer nervöser wurde. „Also warte ich mit den Handschellen lieber auf einen besseren Zeitpunkt", scherzte Mike und brachte Clary erleichtert zum Lachen. Dann tauschten sie einen sehr intimen Blick aus. Ich entschied, dass es besser wäre, zu gehen und sie alleine zu lassen. „Lass uns spazieren gehen", schlug ich vor und sah Harry an. Er nickte und verließ den Raum mit mir, um nach draußen zu gehen. Die Sonne war kurz davor unterzugehen. Es war noch sehr warm für den Spätherbst. Ich nahm seine Hand in meine, als wir über das Gelände gingen. Als ich zu Harry aufblickte, schien er abgelenkt zu sein. „Penny für deine Gedanken", bot ich an. Harry atmete durch die Nase aus und lächelte. „Clary und Mike sind gerade erst zusammen gekommen", sagte er und ich verstand. „Du hast mir nie von deinem ersten Mal erzählt", wurde mir klar. „Du hast nie gefragt", argumentierte er grinsend. „Jetzt frage ich", lächelte ich ihn an. „Es war nichts Besonderes", er schaute weg. „Wie alt warst du und wie lange warst du mit ihr zusammen, bevor es passiert ist?", ich wollte mehr wissen, um einen Punkt mit Clarys

Situation zu beweisen. „Ich war fünfzehn und wir waren nicht zusammen", er sah meinen verwirrten Gesichtsausdruck und fuhr fort. „Sie war sehr in mich verknallt und ich wollte mit jemandem schlafen. Sie wollte es auch, also haben wir es getan", erklärte er. „Hast du sie überhaupt gemocht?", ich war neugierig. „Sie war sehr nervig, aber heiß also ...", antwortete er unbehaglich. „Du warst ein Arsch", sagte ich und ließ seine Hand los. „Ich weiß, aber ich habe mich verändert. Das ist vor etwa zehn Jahren passiert", argumentierte er. „Ich bin sehr froh, dass ich dich so lange warten hab lassen", ich war noch ein bisschen sauer. „Es war nicht so schlimm", erinnerte er sich. „Dieses halbe Jahr verging so schnell. Außerdem wollte ich, dass du dich damit vollkommen wohl fühlst, und am Anfang wolltest du sehr oft für dich sein", erinnerte er sich. „Ich denke, Mike ist gut genug für Clary. Er würde nichts tun, um sie zu verletzen", sagte ich ihm. „Ich weiß, auch wenn man bedenkt, dass falls er sie doch verletzen würde, er es mit uns zu tun bekommen würde", schmunzelte er. „Aber sie ist meine Schwester und es würde ihr nicht schaden, etwas länger zu warten." „Das sagst gerade du. Du musst sie ihre eigenen Fehler machen lassen, womit ich nicht sagen, dass sie einen macht, aber wenn wir nicht unsere eigenen Fehler machen, können wir nicht aus ihnen lernen", ich schaute ihn an und blieb stehen, um mich an einen Baum zu lehnen. Er kam näher an mich ran und lehnte sich zu mir, sodass unsere Gesichter sehr nah waren. „Du hast Recht, aber ich weiß, dass Mike auch seinen Spaß hatte, als er jünger war", seufzte er und berührte meine Wange. „Sei kein Heuchler", sagte ich zu ihm. „Ich werde es versuchen, jetzt lass uns wieder reingehen", schlug er vor und küsste mich. Ich wollte draußen bleiben, musste aber nichts sagen, weil wir anfingen rumzumachen. Er drückte mich gegen den großen Baumstamm, während er sich näher an mich lehnte. Seine Lippen wanderten runter zu meinem Hals. „Lass es uns am Baum machen", schnappte ich nach Luft. Er hörte nicht auf, mich zu küssen, aber seine Hand zog mein Kleid hoch, damit er mein Höschen ausziehen konnte. Ich öffnete seinen Gürtel und zog seine Hose runter. Er hob mich hoch, damit ich meine Beine um ihn wickeln konnte, während ich mich gleichzeitig an einem Ast festhielt, um einen besseren Halt zu haben. Dann nahm er seinen Penis mit seiner Hand und steckte ihn langsam in mich rein. Er schob es immer und immer wieder rein, während er seine Lippen gegen meinen Hals drückte. Ich stöhnte, als er weitermachte und schneller wurde. Ich fühlte das Prickeln, dass es auslöste, als wir es draußen trieben, was mich noch mehr anmachte. Seine Atmung wurde schwer, als wir beide langsam zum Ende kam. Er ließ mich sanft wieder los, bis ich auf meinen eigenen Füßen stand, ließ aber weiterhin seinen Kopf auf meiner Schulter, während er wieder zu Atem kam. Ich fühlte, wie sein Sperma aus mir herausfloss, nachdem er in mir gekommen war. „Wir haben nicht verhütet", bemerkt er. „Ich weiß", wir fingen beide an, über diese unmögliche Situation zu lachen. „Vielleicht sollten wir wieder rein", schlug ich vor. Er nickte, aber bevor wir zurückgingen, küsste er mich ein letztes Mal. Dann gingen wir direkt in den Speisesaal, weil das Abendessen gleich beginnen würde. Diesmal hatten wir auch Michelle und Elizabeth am Tisch. Es war ein ruhiges Abendessen nur am Ende, bevor ich aufstehen wollte, hielt Clary mich auf. „Val, einer der Zivilisten, die wir gerettet haben, will mit dir sprechen", teilte sie mir mit. „Wo finde ich ihn?", fragte ich dann. Ich hatte nichts geplant, also dachte ich mir, dass ich ihm jetzt einfach einen Besuch abstatten könnte. „Er ist im Gewächshaus", antwortete sie. „Willst du, dass ich mitgehe?", wollte Harry wissen. „Er will alleine mit ihr sprechen", stellte Clary klar. „Das passt schon", versicherte ich ihm und ging zum Gewächshaus. Ich war schon eine Weile nicht mehr dort gewesen und ich hatte absolut vergessen, wie schön es war. Ich starrte auf die Decke, die aus Glas bestand. Draußen war es bereits dunkel und die ersten Sterne waren schon am Himmel zu sehen. Ich schaute mich um und nahm die Schönheit jeder einzelnen Pflanze in mich auf. „Valerie", ein Mann näherte sich hinter mir. Ich drehte mich um, um ihn anzusehen. Er war der Mann, der zurück geblieben war und versucht hatte zu helfen, als ich unter der Decke festgesteckt war, aber es gab noch etwas anderes Vertrautes an ihm. Ich kannte diesen Mann, aber ich konnte mich nicht erinnern woher, alles, was ich wusste, war, dass er keine schlechten Erinnerungen aufkommen ließ, also musste er ein Teil einer guten Erinnerung gewesen sein. Leider konnte ich mich nicht erinnern. „Du kennst mich", sagte ich. „Ich kann nicht glauben, wie groß du geworden bist. Wie selbstlos du angesichts deiner Vergangenheit geworden bist, es ist wirklich erstaunlich", er schien sehr erfreut zu sein, mich zu sehen, aber ich war immer noch verwirrt und sagte nichts. „Ich habe gesehen, wie du den kleinen Jungen, ohne zu zögern, geheilt hast. Du wirst mal eine wunderbare Mutter sein, wenn du jemals vorhast, Kinder zu haben", fügte er hinzu. „Danke", antwortete ich gehalten. „Woher kennst du mich?", brachte ich endlich die Frage raus, die mir auf der Zunge lag. Er seufzte und setzte sich auf eine Holzbank. „Das ist eine lange Geschichte", er sah mich mit Bedauern in den Augen an. „Ich habe Zeit", versicherte ich ihm und setzte mich neben ihn. „Ich war einer der engsten Freunde, die deine Eltern damals hatten", begann er. „Was?", ich wurde wütend. „Bitte lass mich meine Geschichte erzählen, vielleicht verstehst du es dann", flehte er. Ich atmete tief durch und nickte. „Ich erinnere mich, als sie mit dir schwanger wurden. Sie waren so glücklich, jung, aber sehr glücklich. Natürlich wussten sie nicht, dass mit einem Kind auch Herausforderungen einhergehen würden. Sie hatten unrealistische Erwartungen, wie es sein würde, einen Menschen in die Welt zu setzten, aber sie wollten nichts davon hören und lebten nur in ihrem eigenen Märchen. Ein paar Wochen, nachdem deine Mutter dich zur Welt gebracht hatte, begannen die Probleme. Ich habe sie damals oft besucht und versucht zu helfen. Jedes Mal, wenn ich kam, kümmerte ich mich um dich, während deine Eltern die Zeit nutzten, um für ein paar Stunden keine Eltern zu sein. Es machte mir nichts aus, so viel Zeit mit dir zu verbringen, manchmal fühlte es sich sogar so an, als wärst du mein kleines Mädchen", erinnert er sich. „Als du ein paar Jahre älter wurdest, ließen mich deine Eltern weniger Zeit mit dir verbringen. Ich bin mir nicht sicher warum, aber ich denke, sie waren eifersüchtig, dass es mir so leicht fiel, bei dir zu sein. Sie fühlten sich unsicher und ließen es an dir aus. Ich bereue es, dass ich das Jugendamt nicht eingeschalten habe. Eines Tages habe ich beschlossen, einen Überraschungsbesuch zu machen. Als ich dann sah, wie dich deine Eltern glücklich zum Auto brachten und selber auch einstiegen, wurde ich misstrauisch und folgte ihnen. Das war der Tag, an dem sie dich verkauft haben. Als ich ankam, war es schon zu spät. Ich habe alles versucht, was ich konnte, um dich da rauszuholen, aber ich war erfolglos. Eines Tages wurde ich so frustriert, dass ich zu deinen Eltern gegangen bin und sie angeschrien habe, bis sie die Polizei gerufen haben, die mich dann festnahm. Niemand glaubte mir, als ich ihnen erzählt habe, was sie dir angetan hatten. Das war das letzte Mal, dass ich sie gesehen habe", ich fing an, Mitgefühl für ihn zu empfinden. Er war der erste, der jemals für mich gekämpft hatte, und ich konnte mich nicht einmal an ihn erinnern. „Warum hat Octopus dich gefangen genommen?", begann ich mich laut zu fragen. „Ich habe es aufgegeben, nach dir zu suchen. Ich dachte, du wärst schon tot, aber neun Jahre später fand ich ein Bild von dir auf einer Website, auf der Leute über Außerirdische diskutiert haben und nach ihnen suchten", lachte er. „Sie dachten, du wärst einer, weil du geflogen bist, aber ich würde dein Gesicht immer erkennen. Natürlich konnte ich mir nicht sicher sein, also habe ich dich in dieser Gegend gesucht und eine Schule in einer kleinen Stadt gefunden. Anscheinend warst du dort, also bin ich an einem Tag vorbeigefahren und habe dich glücklich gesehen. Ich beschloss, mich nicht in dein Leben einzumischen. Ich wollte immer mal wieder schauen, ob es dir immer noch gut ging, bis du eines Tages nach England gezogen bist. Alles schien in Ordnung zu sein, aber dann wurdest du wieder entführt. Ich konnte es nicht glauben und versprach mir, dass ich dich da rausholen würde. Diesmal habe ich mich bei Octopus beworben. Ich wusste, dass ich das tun musste, um dich da rauszuholen und als ich gehört habe, was sie dir angetan haben, machte ich einen Fluchtplan für dich. Du würdest dich nicht an mich aus dieser Zeit erinnern, weil du viel zu schwach warst, um überhaupt zu sprechen. Aber ich war nicht erfolgreich. Sie schauten in meine Vergangenheit und fanden heraus, dass ich mit dir verbunden war, woraufhin sie mich eingesperrt haben", erklärte er. „Du warst wegen mir dort?", ich war erstaunt über das Ausmaß, in dem er sich um mich gekümmert hatte. „Ich würde es wieder tun. Zumindest konnte ich den Standort an deine Freunde schicken, bevor sie herausgefunden haben, wer ich war", er schien froh darüber zu sein. „Du warst das", ich sah ihn mit großen Augen an. Er nickte. „Ich muss mich dafür entschuldigen, dass ich nicht früher gehandelt habe", er nahm meine Hände in seine. „Es war nie deine Aufgabe, irgendetwas zu tun, aber du hast es trotzdem getan. Du brauchst dich nicht zu entschuldigen. Ich muss mich bei dir bedanken", lächelte ich ihn an. Er lächelte zurück. „Ich habe mich noch nicht vorgestellt. Mein Name ist Jonathan, aber du kannst mich John nennen", er sah mich glücklich an. „Danke für alles, John", sagte ich. Dann sah ich, wie jemand das Gewächshaus betrat. John drehte sich auch um und sah, wer es war. „Ich denke, dein Freund wartet auf dich", sagte er. „Ich kann bleiben", bot ich an. „Es ist schon spät und es war ein langer Tag für uns beide", er stand auf. „Es war sehr schön, dich nach so vielen Jahren wiederzusehen", er schaute mich ein letztes Mal an und ging dann. Harry bekam den letzten Teil mit und sah mich verwirrt an. Auf dem Weg zurück in unser Zimmer erzählte ich ihm, was Jonathan mir erzählt hatte. „Er hat das wirklich getan?", Harry klang überrascht, aber auch erfreut. „Ich glaube ihm", er sah mich an und ich wusste,

dass er meinem Urteil vertraute. „Du musst ein sehr süßes Baby gewesen sein", lächelte er. „Vielleicht hat er ein
paar Babybilder von dir", er wurde aufgeregt. Ich lachte.
„Du musst uns unbedingt mal vorstellen", forderte er.
„Mach ich", versprach ich, als wir in unser Zimmer gingen. Ich ließ mich ins Bett fallen. „Bist du müde?", fragte er und setzte sich neben mich. „Eigentlich nicht", sagte ich und setzte mich wieder auf. Er strahlte. „Was?",
ich wurde misstrauisch. „Ich habe eine Überraschung
für dich", lächelte er mich an und stand auf. Ich bemerkte, wie meine Aufregung stieg. Er nahm meine Hände
und ließ mich aufstehen. „Schließ deine Augen", sagte
er und das tat ich auch. Dann fühlte ich, wie seine Hände meine verließen und ich hörte, dass er sich weiter von
mir entfernte. Ein paar Sekunden später kam er wieder
näher. „Das ist die erste Überraschung. Du kannst jetzt
deine Augen öffnen", meinte er, also öffnete ich sie und
sah, dass er eine Vase mit Pfingstrosen in der Hand hielt,
meine Lieblingsblume. „Sie sind wunderschön", ich schaute zuerst auf sie und dann auf Harry. Ich nahm die Vase
und stellte sie auf unseren Tisch, dann drehte ich mich
um und ging in Harrys Arme, um ihn zu küssen. „Vielen
Dank", sagte ich zu ihm und küsste ihn weiter. „Das war
nur die erste Überraschung", erinnerte er mich, als er
mich wieder wegdrückte. „Was kommt als nächstes?",
wollte ich gespannt wissen. Er trat zurück und bot mir
seine Hand an. Ich nahm sie und folgte ihm. Er brachte
mich auf das Dach und als wir raus kamen, war der ganze Ort von Kerzenlicht erfüllt. In der Mitte stand ein
romantischer Kuschelsessel, mit Blick auf die Sterne.
Dann begann ein Lied zu spielen. Ich erkannte es sofort.
„Unser Lied", lächelte ich, als Harry mir seine Hand zum

Tanzen anbot. Wir tanzten langsam zu dem Lied, während ich meinen Kopf auf seine Brust legte. Das war das Lied, mit dem er versucht hatte, eine meiner Erinnerungen zurückzubekommen, als ich meine verloren hatte und auch das erste Lied, zu dem wir bei unserem ersten Date getanzt hatten. „Danke", ich schaute zu ihm hoch und fing an, Freudentränen zu bekommen. „Danke, dass du immer da bist, wenn ich dich brauche, und dass du mich nicht aufgegeben hast. Ich schätze alles, was du für mich tust und ich bin so dankbar, dich in meinem Leben zu haben." Ich küsste ihn wieder. „Ich liebe dich, deshalb habe ich das für dich vorbereitet. Ich dachte, dass du vielleicht mal eine Auszeit von der Realität brauchst. Auch wenn es nur für eine Nacht ist", er küsste mein Haar und zog mich näher. „Ich freue mich, dass es dir gefällt", flüsterte er und dann ging der nächste Song los. Wir tanzten noch eine Weile und starrten uns in die Augen. Dann kuschelten wir uns auf den Sessel und beobachteten den Sternenhimmel. Es wurde etwas kalt, aber Harry kam vorbereitet und holte eine Decke raus. Wir blieben sehr lange draußen, bis wir müde wurden. In solchen Momenten fühlte es sich an, als würde die Zeit nur für uns stillstehen. „Lass uns ins Bett gehen, bevor wir hier oben einschlafen", schlug Harry vor. „Wenn es Sommer wäre, würden wir das wahrscheinlich genießen", lächelte ich. „Das könnten wir im Sommer gerne wiederholen", bot er an, während er die Decke zusammen faltete und dann einen Bezug über den Sessel legte. Dann gingen wir zurück in unser Zimmer. „Kannst du den Reißverschluss runterziehen?", fragte ich ihn, weil ich ihn auf meinem Rücken nicht erreichen konnte. Während er es langsam runterzog, küsste er mich sanft auf

meinen Hals und half mir aus meinem Kleid. Ich drehte
mich um und fing an, ihn auf die Lippen zu küssen, während ich ihm aus seinen Klamotten half. Als wir nackt
waren setzten wir das Küssen auf dem Bett fort. Wir saßen beide, ich zwischen seinen Beinen und meine Beine
um ihn herum. Seine Lippen wanderten bis zu meinem
Hals runter, während ich seinen Kopf nahe an mich hielt.
Dann kehrte er zu meinen Lippen zurück. Er hörte auf,
um mich anzusehen. Seine Hände hielten zuerst mein
Gesicht fest und bewegten sich dann zu meinem Hals
über meine Schlüsselbeine zu meiner Brust auf meinen
Rücken und zogen mich so nah, dass es keinen Platz zwischen uns gab. „Wunderschön", flüsterte er, als er mich
ansah. Ich lächelte ihn glücklich an, als meine Hände in
sein Haar gingen, runter zu seinem Hals und ich sein
Gesicht nah an meines zog. Wir blieben eine Weile so,
dann legte sich Harry langsam hin mit mir auf ihm, während wir langsam einschliefen.

17. Unsicherheiten

Als ich aufwachte, war ich immer noch müde, weil wir so lange aufgeblieben waren, und kuschelte mich näher an Harry. „Guten Morgen, Liebste", sagte er mit sanfter Stimme. Ich murmelte etwas Unverständliches, das ihn zum Schmunzeln brachte. „Immer noch müde?", fragte er. Ich nickte und hielt die Augen geschlossen. Es fühlte sich sehr heiß unter der Decke an, also versuchte ich sie mit meinen Füßen loszuwerden. Harry bemerkte es und half mir. „Besser?" „Ja", antwortete ich zufrieden. Plötzlich schien er alarmiert zu sein. „Hey Val, geht es dir gut?", er klang besorgt. „Ja, warum", fragte ich immer noch entspannt. „Du blutest", sagte er. Ich setzte mich auf und schaute auf das Bettlaken. Er hatte Recht und ich erkannte, was passiert war. „Warum lächelst du?", Harry wurde von Sekunde zu Sekunde besorgter und jetzt dachte er wahrscheinlich, dass ich verrückt werden wurde. „Ich habe meine Periode zurückbekommen", erklärte ich. Er atmete erleichtert aus. „Ich werde mich schnell umziehen", sagte ich zu ihm und stand auf. Aber bevor ich auf die Toilette ging, ließ ich das Blut auf dem Laken verschwinden. Ich zog meine Jogginghose und ein kurzes Shirt an. Dann machte ich meine Haare zu einem unordentlichen Dutt hoch und ging wieder zu Harry ins Bett. Ich fühlte mich großartig, weil ich endlich meine Tage zurückbekommen hatte. „Ich denke mal, dass wir uns wegen gestern keine Sorgen machen müssen", sagte er, als ich auf ihn drauf ging. Er zog mich näher an sich, sodass ich auf ihm lag. Ich lächelte ihn an und gab ihm einen Kuss. „Lass uns nach unten gehen, ich werde hungrig", sagte ich zu ihm und stand wieder auf. Er zog sich auch an und ging dann mit mir nach unten. „Wir wollen heute trainieren. Wollt ihr euch uns anschließen?", fragte Elizabeth, als wir uns hinsetzten. Ich hatte das Gefühl, dass sie nur mit Harry und nicht mit mir sprach, aber er schaute zu mir, um zu sehen, ob ich heute darauf Lust hatte. „Wir sind dabei", sagte ich ihr. Sie lächelte süß, aber hinterhältig zurück. „Elizabeth, meine Liebe, du solltest besser an deinen Kicks und deinem Gleichgewicht arbeiten. In letzter Zeit waren die nicht so gut", sagte Michelle zu ihr. „Ja, Mutter", seufzte sie. Genau wie das Abendessen gestern Abend, ging das Frühstück heute still weiter. Ich sah Clary an und fragte mich, ob sie gestern wirklich mit Mike geschlafen hatte. Sie verhielten sich beide wie gewohnt, also zweifelte ich daran. Ich erinnerte mich, wie es war, nachdem ich zum ersten Mal mit Harry geschlafen hatte. Wir konnten unsere Hände nicht voneinander lassen, immer lächelten und kicherten wir und trieben es, wann immer es möglich war. Nachdem wir fertig waren, machte sich Harry bereit für das Training, während ich mit Clary zurückblieb. „Habt ihr gestern ...?", fragte ich neugierig. „Du weißt, dass wir es nicht gemacht haben", seufzte sie. „Was ist passiert?", wollte ich wissen. „Ich hab schiss bekommen", sie schaute auf den Boden. „Ich habe das Gefühl, dass ich ihn enttäuscht habe. Zuerst habe ich ihm gesagt, dass wir es auf jeden Fall tun werden, und dann, als seine Hand unter meinem Shirt war, habe ich ihn weggedrückt", es war ihr unangenehm, dass sie sich so unsicher fühlte, aber ich wusste genau was das Problem war. Ich war genauso, als ich mit Harry zusammen gekommen war. „Er mag dich und wenn nötig, wird er warten und das ist völlig in Ordnung. Du schuldest ihm nichts", sagte ich ihr. „Ich weiß, aber wie lange kann ich einen Kerl warten lassen, bevor er geht?", argumentierte sie. „Weißt du, wie lange Harry warten musste?", versuchte ich einen Punkt zu beweisen. „Keine Ahnung. Vielleicht ein paar Wochen", vermutete sie. „Sechs Monate." „Sechs Monate!", wiederholte sie lauter. Ich nickte. „Wow und er war damit einverstanden?", sie konnte es immer noch nicht glauben. „Er hat mich nie zu irgendwas gedrängt, was ich nicht tun wollte, oder mit dem ich mich nicht wohl gefühlt hätte. Das ist der Schlüssel. Jemand, dem deine Gefühle wirklich wichtig sind, wird warten, bis du dich bereit fühlst, weil er möchte, dass du dich auch wohl fühlst", erklärte ich. „Außerdem bin ich mir sicher, dass er es versteht und du kannst ja schließlich auch mit ihm darüber sprechen", fügte ich hinzu. „Eigentlich haben wir gestern darüber gesprochen", ich schaute sie an und wollte mehr Informationen. „Also, in dem Moment, in dem ich anfing, mich unwohl zu fühlen und ihn weggedrückt habe, wollte ich aus dem Raum gehen, weil es mir so peinlich war, aber dann hat er nach meinem Arm gegriffen und wollte, dass ich bleibe. Er wollte wissen was los war, also hab ich ihm die Wahrheit gesagt. Weißt du, dass mit dem, dass ich nicht so ganz bereit war, wie ich dachte. Dann hat er mein Gesicht in seine Hände genommen, um mir direkt in die Augen zu schauen und hat mir gesagt, dass ich entscheide, wie schnell wir gehen werden und dass ich ihm immer sagen sollte, wie ich mich fühle, damit er weiß, was er nicht tun soll", erklärte sie. „Was ist dann das Problem?", ich verstand nicht wirklich, warum sie sich so unsicher fühlte, aber vielleicht hatte ich einfach vergessen, wie es sich angefühlt hatte, als ich

auch so unsicher war „Das Problem war, dass, als wir angefangen haben zu kuscheln, ich sein, du weißt schon,
gespürt habe. Er hat versucht, es zu verstecken, aber ich
wusste die ganze Zeit, dass es da war. Er wollte Sex haben", sie sah wirklich besorgt aus. „Okay, es gibt einen
Unterschied zwischen angetörnt sein oder Sex haben zu
wollen. Wie erkläre ich es am besten? Wenn ihr beide anfängt rumzumachen, fühlst du etwas da unten?", fragte
ich. „Ja, ich möchte nur, dass er mich weiter küsst, besonders am Hals", sie verstand was ich sagen wollte. „Oh
ja, der Hals. Es ist das Beste, bevor man anfängt, noch
weiter in die Tiefe zu gehen", lächelte ich. „Also, was ich
sagen wollte, ist. Stell dir vor, er fühlt sich genauso, der
einzige Unterschied ist, dass sein Penis jedes Mal hart
wird, wenn er es fühlt. Er ist von dir angetörnt, das ist
ein gutes Zeichen und es bedeutet nicht unbedingt, dass
er dich unbedingt jetzt gleich vögeln muss", sagte ich ihr.
„Wenn du es so hinstellst, ist es eigentlich gar nicht so
schlimm", erkannte sie. „Siehst du. Du musst nur mit
deinem Partner kommunizieren", lächelte ich. „Lass uns
jetzt trainieren gehen", sagte ich und verließ sie, um in
mein Zimmer zu gehe und meine Trainingskleidung anzuziehen. Dann ging ich in den Trainingsraum, wo Harry
und Elizabeth bereits kämpften. Elizabeth schaffte es,
ihn auf den Boden zu bekommen. Sie war über ihm, seine Hände über seinen Kopf geklemmt. Ihr Gesicht kam
sehr nah an seins ran. „Vorsichtig, du verlierst sonst noch
deinen Flair", lächelte sie ihn an. Er schien nicht amüsiert zu sein. „Du hast gewonnen, jetzt geh von mir runter", sagte er zu ihr. „Ich erinnere mich an eine Zeit, in
der du es genossen hast", flüsterte sie und lockerte ihren
Griff. Harry drückte sie genervt weg und kam zu mir. Er

legte seine Hände auf meine Hüften und sah mich an. „Endlich bist du hier. Die Gesellschaft hier ist ziemlich nervig", flüsterte er so leise, dass nur ich es hören konnte. Ich lachte. „Willst du eine Runde mit mir machen?", fragte er lächelnd. Ich nickte. Also kamen wir in unsere Kampfpositionen. „Keine Kräfte?", fragte er. „Okay, aber nur so lange, bis ich verliere", grinste ich. „Und in welchem Szenario gewinne ich?", lachte er. „Später, in unserem Zimmer", bot ich an. „Verlockend, aber so wie ich dich kenne, wird das sowieso passieren", argumentierte er. Ich rollte mit den Augen. „Wie wäre es, wenn ihr beide endlich anfängt zu kämpfen?", beschwerte sich Elizabeth. Jetzt rollte er auch mit den Augen und fing an, mich anzugreifen. Ich hielt ganz gut stand, bis ich einen Fehler machte und Harry mich sofort auf dem Boden hatte. „Versuch, deinen linken Fuß besser auszubalancieren", sagte er und half mir beim Aufstehen. „Lass es uns noch einmal versuchen", schlug er vor, aber gab mir keine Zeit durchzuatmen und griff erneut an. Diesmal war ich besser, was hieß, dass wir gleich auf waren. Ich wusste, dass ich so nicht gewinnen konnte und geriet langsam außer Atem, während Harry noch genug Energie zu haben schien, also versuchte ich etwas anderes. „Erinnerst du dich, als wir in Miami waren?", fragte ich ihn. Zu unserem ersten Jahrestag nahm er mich mit nach Miami, aber anstatt die Vorteile der Stadt zu nutzen, haben wir es an jedem Ort, der es uns möglich machte, gevögelt. Selbst als wir touristische Dinge ausprobieren wollten, suchten wir nach einem ruhigen Ort und trieben es. Am Ende haben wir es zu einem Spiel gemacht, immer auf der Suche nach lustigen Orten, um es zu tun. „Das Museum war verrückt richtig", erinnerte ich ihn. „Ich weiß, was du tust", er ver-

suchte, konzentriert zu bleiben. „Erinnerst du dich an
das Café? Ich kann mich nicht erinnern, wie der Kaffee
geschmeckt hat, aber ich kann mich an andere Dinge erinnern", lachte ich. Damit schaffte ich es. Er machte einen Fehler, den ich sofort ausnutze, um ihn auf den Boden zu bringen. „Du hast geschummelt", warf er mir vor.
„Du wolltest, dass ich meine Kräfte nicht benutze, also
bin ich kreativ geworden", grinste ich. Ich war nicht stark
genug, um ihn weiterhin auf dem Boden zu halten, also
drehte er mich um, sodass er über mir war und meine
Hände über meinem Kopf runterdrückte. „Vielleicht sollten wir Miami noch einmal besuchen. Es war ein wirklich schöner Ort", schlug er vor und küsste mich, bevor
er wieder aufstand und mir seine Hand gab. Ich nahm
sie und stand auf. „Können wir jetzt eine Runde machen?", fragte mich Elizabeth. „Warum nicht?", sagte ich
widerwillig. Wir nahmen unsere Positionen ein. „Bereit?",
fragte sie gespannt. Ich nickte und sie fing sofort an,
mich anzugreifen. Ich konnte kaum standhalten. Ihre
Schläge wurden aggressiver und dann kamen Clary und
Mike rein, was mich kurz ablenkte, während Elizabeth
einen Schlag auf mein Gesicht machte. Ich fühlte, wie
meine Nase brach und Blut daraus floss. „War das wirklich nötig?", fragte sie Clary. „Es ist keine große Sache
für sie, richtig", sie sah mich an. „Du kannst es einfach
heilen", betonte sie. „Es tut mir nur leid, dass ich dein
süßes Shirt ruiniert habe", täuschte sie ihre Empathie
vor. „Verschwende dein Mitgefühl nicht, wenn du nur so
wenig zu geben hast. Ich kann das Shirt einfach so wieder sauber machen", ich schnippte mit den Fingern und
ließ das Blut verschwinden. Harry kam zu mir. „Alles gut
bei dir?", fragte er besorgt. „Meine Nase ist nur gebro-

chen. Ich muss sie erst wieder einrenken, bevor ich sie heilen kann", sagte ich ihm und platzierte meine Hände über meine Nase. In einer schnellen schmerzhaften Bewegung war es wieder an Ort und Stelle und ich konnte sie heilen. Dann entfernte ich den Rest des Blutes. „Willst du eine Runde mit mir machen?", fragte Clary Elizabeth. „Sicher", akzeptierte sie, ohne zu zögern. Ich warf Clary einen Blick zu, der ihr sagte, dass sie ihr die Hölle heiß machen sollte. Clary war die stärkste in unserem Team und ich wusste, dass sie Elizabeth leicht schlagen konnte. Sie fingen an und es sah wirklich gut aus für Clary, aber dann bemerkte ich, dass etwas mit ihrem rechten Bein nicht stimmte. Es fiel ihr immer schwerer Elizabeth stand zu halten und ich wusste, dass wenn sie sich nicht zusammen reißen könnte, sie verlieren würde. Also beschloss ich, Elizabeths rechten Fuß ein paar Zentimeter nach hinten rutschen zu lassen, was Clary den nötigen Vorteil gab, Elizabeth auf den Boden zu bekommen. „Gewonnen", lächelte Clary und stand wieder auf, um zu uns zu gehen. Ich stand auch auf und zog Clary zur Seite. „Was ist los mit deinem Bein?", wollte ich wissen. „Ich weiß es nicht. Ich glaube, ich habe mir bei unserer letzten Mission einen Nerv verklemmt. Kannst du einen Blick darauf werfen?", fragte sie. Ich kniete mich hin und legte meine Hand über ihren Knöchel. Sie hatte Recht. Es war ein verklemmter Nerv, also heilte ich ihn schnell. „Du hast sie Ausrutschen lassen?", realisierte sie. Ich schaute sie schuldbewusst an. „Du hättest sie vorhin mit Harry sehen sollen. Ich konnte ihr einfach nicht die Genugtuung geben, jeden Kampf zu gewinnen", versuchte ich mich zu verteidigen. „Hey, ich mache dir keine Vorwürfe. Ohne meinen verklemmten Nerv hätte ich sie gehabt", lächelte sie. „Clary, jetzt bin ich dran", lächelte Mike und näherte sich uns. „Willst du so sehr, dass ich dir in den Arsch trete?", neckte sie ihn. „Es macht mir nichts aus, wenn die Arschtritte von dir kommen", er bot ihr seine Hand an. Sie nahm sie und zusammen gingen sie in ihre Positionen. Mike startete den Angriff, aber Clary machte es ihm leicht. „Halte dich nicht meinetwegen zurück, Süße", grinste er. Aber sie hielt sich trotzdem zurück und nach einer Weile hatte Mike sie auf den Boden genagelt. „Du hast mich gewinnen lassen", warf er ihr vor. „Tja, zu schade", lächelte sie. „Ich werde dich jetzt nicht rauslassen. Das ist, was du bekommst, wenn du es mir leicht machst", lächelte er und tat so, als gäbe es nichts, was er dagegen tun könnte. Sie kicherte und drehte ihn ohne Probleme auf seinen Rücken. „Schade, dass ich stärker bin als du", lachte sie, während sie seine Arme auf den Boden hielt. Dann küsste sie ihn sanft und stand wieder auf. Sie bot ihm ihre Hand an und er nahm sie, um aufzustehen. „Wenigstens kenne ich eine von deinen Schwächen", schmunzelte er dann. Clary geriet in eine defensive Position. „Wag es nicht?", warnte sie ihn, aber er fing trotzdem an, sie zu kitzeln. Sie wand sich und versuchte sich zu befreien, aber es half nichts. „Ich gebe auf, hab Mitleid", sagte sie durch ihr Lachen durch, als sie wieder auf dem Boden lag. Er hörte wieder auf, damit sie sich aufsetzen konnte. Dann streichelte er eine lose Strähne von ihr hinter ihr Ohr. „Jetzt habe ich wirklich gewonnen", sagte er. „Ich werde es dir nie wieder mehr leicht machen. Deine Methoden sind brutal", übertrieb sie lächelnd. „Das will ich hoffen", lächelte er zurück. Elizabeth schien genug zu haben und ging. Dann kam Harry zu mir und legte seine Hände auf meine Hüften. „Lass uns an deiner Technik arbeiten", schlug er vor. Ich nickte. „Für ein besseres Gleichgewicht versuch so zu stehen", er bewegte mein linkes Bein weiter nach hinten, dann legte er seine Hand auf meine Hüfte, um sie anzupassen, was mich sehr ablenkte. „So bist du etwas flexibler", meinte er. „Lass es uns versuchen", sagte er dann und versuchte, mich anzugreifen. Ich spürte sofort einen Unterschied. Wir trainierten ein paar Stunden weiter und kamen dann zum Schluss. Danach gingen wir zurück in unser Zimmer, wo ich mich auf das Bett fallen ließ. Ich seufzte laut. Harry legte sich auch neben mich und legte seine Hand auf meinen Bauch, während er mich anschaute. „Ich will mich nicht bewegen, aber ich muss duschen", beschwerte ich mich. „Was für ein Dilemma?", sagte Harry sarkastisch. Ich seufzte wieder. „Weißt du, jedes Mal, wenn ich meine Hand auf deinem Körper nach unten bewege und einen bestimmten Punkt erreiche, scheinst du nicht stillhalten zu können", meinte er sarkastisch und bewegte seine Hand von meinem Bauch nach unten. Ich hielt sie auf bevor er zwischen meinen Beinen war und lachte. „Wenn du willst, kann ich mit dir duschen gehen", bot er dann an. „Wenn wir das machen, dann könnten wir rummachen, aber wenn wir es nicht tun, wäre ich schneller fertig." „Noch ein Dilemma", seufzte er und lachte. Dann erinnerte ich mich an etwas. „Warst du jemals mit Elizabeth zusammen?", fragte ich ihn. „Nein, es gab aber eine Zeit, in der wir zusammen geschlafen haben. Jetzt geht sie mir nur noch auf die Nerven", sagte er mir. „Warst du eigentlich jemals mit einer zusammen, oder hast du nur rumgevögelt?", kicherte ich. „Nennst du mich eine männliche Schlampe?", sagte er ironisch. „Wenn du es wärst, wärst du meine männliche Schlampe", ich schaute ihn lächelnd an. „Damit kann ich leben", akzeptierte er. „Aber nein, es waren nie wirklich Gefühle für mich mit im Spiel", erklärte er. „Mit wie vielen Frauen hast du vor mir geschlafen?", ich drehte mich zu ihm. Ich wusste, dass diese Antwort interessant sein würde. „Erst vor, oder auch nachdem wir zusammen gekommen sind?", fragte er sarkastisch. „Hey, bleib ernst", sagte ich zu ihm. „Du willst es nicht wissen", er fing an, sich unwohl zu fühlen. „Oh, es ist schlimm", wurde mir klar. „Mach dir keine Sorgen. Ich habe mich, bevor wir zusammen gekommen sind auf Geschlechtskrankheiten testen lassen, nur um sicher zu gehen. „Du hast dich aber nicht für mich verändert, oder?", obwohl es romantisch klingen würde, würde ich es nicht wollen. „Du hast mir eine neue Perspektive gegeben, die mich sehr zum Nachdenken gebracht hat. Ich wollte nicht mehr diese Person sein, die ich war. Du hast mich inspiriert, aber ich habe mich nicht für dich verändert", er beantwortete diese Frage viel lieber als die anderen. „Ich mag deine Antwort, aber ich möchte auch eine Zahl hören", ich sah ihn erwartungsvoll an, aber er blieb still. „Zehn", riet ich. „Mehr", er schaute unwohl weg. „Zwölf." Er schüttelte den Kopf. „Fünfzehn", versuchte ich wieder und spürte, wie meine Unsicherheit größer wurde. Er sagte nichts. „Sag es mir bitte", flehte ich. Er schaute nach unten. „Bevor wir zusammen gekommen sind, habe ich mit ungefähr zwanzig anderen Mädchen geschlafen", gab er nach. Ich schaute ihn schockiert an. Er wandte mir wieder sein Gesicht zu. „Es hat nie etwas bedeutet. Es war einfach nur bedeutungsloser Sex", versuchte er zu erklären. „Es sollte mir eigentlich egal sein, was du vorher gemacht hast", ich wollte mutig sein, aber die Fassade brach bereits. „Aber das ist es dir nicht, ich sehe es in deinen Augen", er streichelte mir eine Strähne aus dem Gesicht. „Das liegt daran, dass Sex für mich immer eine Bedeutung hatte. Ich weiß nicht, wie es ist, bedeutungslosen Sex zu haben", erklärte ich. „Wie viele von ihnen werde ich auf dem Ball sehen?", wollte ich dann wissen. „Fünf", sagte er. „Anscheinend warst du von Anfang an in mich verknallt?", ich erinnerte mich an Mikes und Clarys Gespräch von gestern. „Das stimmt", antwortete er glücklicher als meine anderen Fragen. „Wie viele, nachdem du in mich verknallt warst?", fragte ich. Er sah mich mit schuldigen Augen an. „Ich habe versucht, über dich hinwegzukommen, weil du anscheinend keine Gefühle für mich hattest", rechtfertigte er sich. „Beschwerst du dich, dass ich mich nicht schneller in dich verliebt habe, nachdem ich damals schon versucht habe, mit meinem Trauma umzugehen?", warf ich ihm vor. „Ich beschwere mich nicht. Was ich damit meinte war, dass ich nie Gefühle für irgendjemanden hatte außer für dich. Es hat mir Angst gemacht, weil sie mich verletzlich gemacht haben, also habe ich versucht, über dich hinwegzukommen, was offensichtlich nicht funktioniert hat." Ich konnte hören, dass er sich durch meine Anschuldigung verletzt fühlte. „Es tut mir leid", entschuldigte ich mich ruhiger. Mit seinem Lächeln sagte er mir, dass es in Ordnung war. „Nachdem ich gemerkt habe, dass es nicht funktioniert hat, habe ich angefangen, dir mehr Aufmerksamkeit zu schenken. Da habe ich gemerkt, dass du jedes Mal bei unseren Freunden eine Fassade aufgesetzt hast. Dein Lachen war schwacher, als bei Clary und mir. Wann immer dich jemand berührt hat, auch nur durch Zufall, bist du zusammengezuckt. Du hast es nicht getan, als ich dich berührt habe", er streichelte seine Hand über meinen Arm. „Nach einer Weile habe ich auch deine Essgewohnheiten bemerkt und sichergestellt, dass du nicht einmal in die Nähe einer Essstörung kommst. Mit dir schien alles heller zu werden und ich hörte auf, meine Gefühle zu bekämpfen. An diesem Punkt wollte ich dich nur lächeln sehen", lächelte er. Ich versuchte, es aus seiner Perspektive zu sehen und verstand, warum er so handelte, wie er es tat. Ich ging näher an Harry ran und legte meinen Kopf auf seine Brust. Wir lagen dort eine Weile, bis mein Drang zu duschen größer wurde. „Willst du nicht vielleicht doch, dass ich mich dir anschließe?", bot er noch einmal an. „Ich will es einfach nur hinter mich bringen", sagte ich ihm und ging in das Badezimmer. Nachdem ich wieder raus kam, fühlte ich mich viel besser. Harry lag still auf dem Bett und beobachtete mich, wie ich mich wieder anzog. „Gefällt dir, was du siehst?", lachte ich. „Ich ziehe es vor, wenn du dich ausziehst", grinste er. „Machst du diesen Teil nicht immer? Ich könnte vielleicht vergessen, wie es geht", lachte ich ironisch. Er stand auf und kam zu mir, um seine Hand unter mein Kinn zu legen. „Das ist wahrscheinlich der Grund, warum ich es so viel besser mache", seine Hand ging unter das Shirt, welches ich gerade angezogen hatte und zog mich näher an sich, während er mich küsste. Als er mich wieder los ließ, fing ich an, mich nach etwas Süßem zu sehnen. „Ich denke, ich werde mir etwas von dem Kuchen holen, den Clary gemacht hat", sagte ich ihm. „Du könntest mich auch zum Nachtisch haben", flirtete er. „Ich denke, ich möchte lieber etwas, in das ich reinbeißen kann und was mich vollmacht", erklärte ich lächelnd. „Wie gesagt. Dafür biete ich mich gerne an. Ich könnte dich immer füllen", sagte er aufrichtig. Ich lachte und rollte mit den Augen. Dann ging ich in die Küche, um mir ein Stück Kuchen zu besorgen. Auf dem Rückweg traf ich auf Elizabeth, die gerade anmutig den Flur entlang ging. „Hallo Valerie. Gut, dass ich dich sehe, denn ich wollte dich mal was fragen", sagte sie mit ihrer falschen Aufrichtigkeit. Ich fragte mich, ob sie wusste, wie falsch ihr Lächeln war oder ob sie wirklich so dumm war, dass sie dachte, dass wir ihr wirklich glaubten. „Wie kann ich dir helfen?", fragte ich sie mit dem gleichen falschen Lächeln, welches sie mir gegeben hatte. „Weiß Harry noch, wie man eine Frau berührt? Er hat immer so einen tollen Job mit mir gemacht. Weißt du, er mochte mich wirklich gerne", sie lächelte immer noch ihr hinterhältiges Lächeln. Zuerst war ich zu geschockt, um zu sprechen, aber dann fand ich meine Stimme wieder. Ich räusperte mich. „Sei nicht albern. Natürlich wollte er dich nur vögeln. Ich hingegen musste meine Beine nicht öffnen, damit er sich in mich verliebt." Ich versuchte es wirklich reinzureiben. „Weißt du, damit das so bleibt, solltest du vielleicht nicht so viel Kuchen essen. Du wirst nämlich ein bisschen pummelig", warf sie mir zurück. Dann schwang sie ihre blonden Haare hinter ihre Schulter und ging weg. Ich hasste sie so sehr, dass es mich wütend machte. Als ich zurück ins Zimmer ging, duschte Harry. Ich stellte das Stück Kuchen neben die Pfingstrosen auf den Tisch und lächelte sie halbherzig an. Dann sah ich mich im Spiegel und schaute mich genauer an. Elizabeths Gesicht war etwas schmaler als meins. Außerdem hatte ihr Bauch keine kleine Beule wie meine. Selbst als ich bei Octopus mein niedrigstes Gewicht hatte, blieb mir diese kleine Beule. Es hat mich bis jetzt nie gestört. Ich wusste immer, dass sie viel schöner war als ich. „Was machst du da?", fragte mich Harry verwirrt, als er sah, wie ich mit Abneigung auf meine Beule im Spiegel schaute. Ich zog mein Shirt wieder darüber und schaute zu ihm zurück. „Es ist schwachsinnig. Nur etwas, was Elizabeth gesagt hat", sagte ich ihm und setzte mich auf das Bett. Er schaute auf den Tisch und sah den Kuchen dort. „Was hat sie gesagt?", er hatte bereits einen Verdacht, wollte es aber von mir hören. „Dass ich immer mehr zunehme und dass du mich nicht mehr lieben würdest, wenn es noch mehr werden würde", seufzte ich und schaute ihn nicht an. „Nach allem, was wir durchgemacht habe und allem, was ich dir gesagt habe, zweifelst du ernsthaft noch an meinen Gefühlen für dich und denkst, dass sie auf dein Aussehen reduziert sind?", er fühlte sich sehr beleidigt. „Also, du glaubst nicht, dass ich fett aussehe?" Ich wusste, dass es eine dumme Frage war, nach dem, was er gerade gesagt hatte, aber ich konnte nicht anders. „Ich denke, dass du das schönste Wesen bist, das ich je gesehen habe und jemals sehen werde", antwortete er neben mir sitzend. „Du hast meine Frage nicht beantwortet", bestand ich darauf. „Nein, ich denke, du bist perfekt, aber ist es wirklich wichtig?", er schaute mir in die Augen. „Ich denke nicht", seufzte ich. „Wenn du schwanger wirst, wirst du wahrscheinlich sowieso an Gewicht zunehmen und ich werde dich immer noch lieben und denken, dass du die schönste Person bist, die es gibt, neben unserer Tochter oder unserem Sohn", lächelte er. „Wir werden die schönsten Babys bekommen, nicht wahr?", lachte ich. „Natürlich", er lachte auch. „Jetzt iss deinen Kuchen und fang an, es zu glauben, wenn ich dir sage, dass du wunderschön bist", befahl er lächelnd. „Ja, Daddy", lächelte ich und stand auf, um an den Tisch zu gehen. „Nope, damit wirst du erst gar nicht anfangen", lachte er. „Was, Daddy?", sagte ich unschuldig und drehte mich mit dem Teller in der Hand zu ihm um und biss in den Kuchen. „Ich weiß, dass du Vater Komplexe hast, du musst es mir nicht zeigen", lachte er nervös. „Oh, ich habe viel mehr, wo das herkam", grinste ich und aß den Rest des Kuchens. „Du kannst dir sogar einen aussuchen, wenn du magst", sagte ich ironisch, als er zu mir kam und seine Hände auf meine Taille legte. „Was bietest du an?", spielte er mit. „Ich habe Elternkomplexe, Wutprobleme, emotionale Probleme und vergessen wir nicht meine mentalen Probleme", lächelte ich. „Wie wäre es mit deinen Boyfriend-Problemen?", er küsste meinen Hals. „Welche Boyfriend-Probleme?", fragte ich. „Du hast immer Sex mit mir, überall und sogar ungeschützt. Ein bisschen unverantwortlich, findest du nicht", lächelte er sarkastisch. „Das ist kein Problem, nur Vergnügen", ich küsste seinen Hals und biss ihn sanft. „Und ich habe die Kontrolle", fügte ich hinzu und schaute ihn an. Er legte seine Hand sanft um meinen Hals und drückte leicht zu, aber nicht so fest, dass es unangenehm für mich war. „Ich denke, ich habe jetzt die Kontrolle", er zog meinen Hals näher an sein Gesicht, um mich zu küssen und drückte mich dann wieder weg, wobei er immer noch meinen Hals festhielt. „Ich habe vielleicht doch Boyfriend-Probleme, weil ich es mag, wenn du so dominant bist", ich biss mir auf die Lippe. „Ich habe dir gesagt, dass ich das nicht mag", erinnerte er mich. „Was wirst du dagegen tun?", grinste ich. „Das hättest du nicht sagen sollen", lächelte er gefährlich und schubste mich zurück auf das Bett, um über mich zu gehen, wobei er wieder nach meinem Hals griff.

18. Eifersucht

Ein klingelndes Telefon unterbrach unser Rummachen. Ich seufzte, verärgert über den Anrufer. Harry ließ mich los und ging ans Handy, während er die Worte „Tut mir leid" mit seinem Mund formte. Ich stand vom Bett auf und ging zum Fenster, während Harry zuhörte, was der Anrufer wollte. „Okay, ich bin in fünf Minuten da", sagte er in sein Handy und legte auf. „Es war meine Mutter. Sie hat angerufen, um mir zu sagen, dass Michelle ein Meeting hält und erwartet, dass ich dabei bin. Anscheinend haben sie neue Informationen über Octopus", teilte er mir mit. „Lass mich raten. Ich darf nicht kommen", vermutete ich. „Leider, aber ich werde dir von jedem Detail erzählen, wenn wir fertig sind", versprach er und gab mir einen Kuss auf die Stirn, bevor er ging. Bald darauf beschloss ich, ins Wohnzimmer zu gehen, vielleicht würde dort jemand sein. Und so war es auch. Clary und Mike saßen auf der Couch. Er hörte ihr wirklich aufmerksam zu, während sie über eine sehr langweilige Geschichte aus unserer Schulzeit sprach. Sie hatte ihre Beine über seine, während sie sich beide an jeweils eine Seite der Couch lehnten. Er legte seine Hände auf ihren Schoß und spielte mit ihren Fingern. Als sie fertig war, bemerkten mich beide. „Lass mich raten. Du wurdest auch nicht eingeladen", erriet sie richtig. Ich seufzte und nickte. Dann setzte ich mich zu ihnen auf die Couch. „Einige der anderen Agenten sind heute angekommen und wollten eine Party im Keller schmeißen. Wir wollen später auch hingehen", sagte Mike mir. „Ich denke, ich werde diesmal aussetzen", ich wollte nicht auf einen Teil der Frauen stoßen, mit denen Harry geschlafen hatte. Elizabeth ist mir heute schon in meinen Kopf gekommen und ich hätte Harry nicht bei mir, der mir das ganze wieder ausreden könnte. „Wenn du deine Meinung änderst, weißt du ja, wo du uns finden kannst", sagte Clary hoffnungsvoll. „Vielleicht sollten wir anfangen, uns fertig zu machen", schlug Mike vor. „Kommst du alleine klar?", fragte mich Clary. „Ja, geht und habt Spaß. Ich werde Jonathan vielleicht einen Besuch abstatten", versicherte ich ihr. „Wer ist Jonathan?", wollte Mike wissen. „Er ist der Mann, der bei Octopus zurückgeblieben ist, um mir zu helfen", sagte ich ihm. „Ist er derjenige, der gestern nach dir gefragt hat?", erinnerte sich Clary. Ich nickte. „Er kannte meine Eltern", erzählte ich ihnen. „Und du wieso hast du ihn noch nicht umgebracht?", Mike lächelte überrascht. „Du kennst nicht die ganze Geschichte. Er hat euch die Koordinaten geschickt, mit denen ihr mich vor ein paar Wochen von dort retten konntet", klärte ich sie auf. „Jetzt macht es Sinn, warum du ihn wiedersehen willst", lächelte Clary. „Na ja, wir gehen jetzt lieber und machen uns fertig", fügte sie hinzu. Dann standen sie auf und gingen. Ich beschloss, wieder ins Gewächshaus zu gehen, vielleicht würde John dort sein. Als ich ankam, saß er bereits auf der Bank. „Hallo Valerie", er schien sich zu freuen, mich wiederzusehen. „Hallo", ich gesellte mich zu ihm auf die Bank. Er hielt ein Bild in der Hand und gab es mir. Ich nahm es und schaute es mir an. Darauf war eine viel jüngere Version von John, der ein kleines Mädchen in seinen Händen hielt. Sie schaute lächelnd zu ihm auf. „Das bist du", erklärte er. „Dachte ich mir", antwortete ich fasziniert von dem Bild. Dann holte er einen Computer-Stick aus der Tasche. „Ich habe die Ergebnisse ihrer Experimente mit deinen Kräften gestohlen. Vielleicht willst du sie dir mal durchlesen", er gab es mir. „Warum sollte ich das lesen wollen? Ich brauche die Ergebnisse ihrer Folter nicht zu sehen", ich war entsetzt über die möglichen Informationen auf dem Stick. „Hinter deinen Kräften steckt mehr, als du weißt. Mir gefallen die Methoden, wie sie zu diesen Informationen gekommen sind, nicht, aber es könnte sehr hilfreich für dich sein, zu wissen, was sie herausgefunden haben", erklärte er weiter. Ich nahm es und ließ es in meine Hosentasche fallen. „Ich würde gerne mehr über dein Leben hören, zumindest die guten Teile", sagte er mir dann. „Was willst du wissen?", fragte ich unsicher, wo ich anfangen sollte. „Wie wäre es, wenn du mir etwas über diesen jungen Mann erzählst, der seine Augen nicht von dir nehmen kann? Harry war sein Name, richtig?", schlug er vor. Ich lächelte errötend. „Ja, Harry ist wundervoll. Nachdem ich entkommen bin, nahm mich seine Familie auf und im Laufe der Jahre kamen wir uns immer näher. Bis vor etwa drei Jahren, als wir dann endlich zusammen gekommen sind", erzählte ich ihm. „Ist er gut zu dir?", fragte er. „Ein bisschen überfürsorglich, aber er respektiert meine Entscheidungen", versicherte ich ihm. „Und nach deinem Geschichtsausdruck zu urteilen, macht er dich glücklich, oder?", lächelte er wissend. „Ja, er weiß immer, was er sagen oder tun soll", lächelte ich, als ich an die wunderbare Überraschung dachte, die er gestern für mich vorbereitet hatte. „Was ist mit seinen Eltern, die dich aufgenommen haben?", wollte er wissen. „Sie sind die nettesten Menschen, die ich je getroffen habe. Sie haben mich, wie ihr eigenes Kind behandelt", antwortete ich. „Das ist schön. Vielleicht kannst du uns mal vorstellen?", fragte er hoffnungsvoll. „Mach ich", versprach ich. „In zwei Tagen wird es einen Ball geben. Vielleicht willst du auch kommen?", bot ich an. „Ich weiß, uns wurde schon angeboten hinzugehen, aber ich ziehe es vor, an einem friedlichen Ort wie diesem zu sein, als unter vielen Menschen", lächelte er und blickte auf den großen Blauregenbaum in der Mitte des Gewächshauses. Ich verstand, wovon er sprach. Ohne Harry wäre ich wahrscheinlich gar nicht hingegangen. In großen Menschenmengen fühlte ich mich immer sehr unwohl. Dann bekam ich eine Nachricht auf meinem Handy. Ich nahm es aus meiner Hosentasche und las sie. Sie war von Harry. „Vertrau mir, du verpasst nicht viel. Jetzt müssen wir draußen warten, weil Michelle einen Anruf bekommen hat. Ich hoffe, dass das Ganze bald vorbei sein wird. Hab dich lieb", schrieb er. Ich lächelte. „Ich denke, ich werde wieder in mein Zimmer gehen. Ich fühle mich ein bisschen müde", sagte er mit Blick in den Himmel. Ich wollte ihm sein Bild zurückgeben, bevor er gehen wollte, aber er lehnte es ab. „Behalte es", lächelte er. Ich dankte ihm und dann ging er. Daraufhin beschloss ich, zu Harry zu gehen, vielleicht konnte ich ihn nochmal sehen, bevor das Meeting weitergehen würde. Ich ging durch den Flur, auf dem Stockwerk, wo das Meeting stattfand, aber bevor ich nach links abbog, wo sich der Besprechungsraum befand, hörte ich Stimmen. Es waren nur zwei Leute. „Du kannst das nicht ernst meinen", lachte Elizabeth. „Ich habe es dir gesagt. Ich liebe Valerie", Harry war sichtlich genervt. „Du hast mich schon mal gemocht", erinnerte sie ihn. „Wir hatten nur Sex. Ich mochte dich nie. Du bist mir zu oberflächlich, ohne eine eigene Persönlichkeit", sagte er zu ihr. Ich stand hinter der Wand und beobachtete sie aus der Ferne, während ich weiterhin ihrem Gespräch lauschte. „Du brichst mir das Herz", lachte sie wieder. „Vermisst du mich nicht?", sie kam näher an ihn ran und legte ihre Arme um seinen Hals. „Nimm deine Hände von mir", sagte er ruhig. „Du willst mich", lächelte sie und küsste ihn dann. In dem Moment, als sich ihre Lippen berührten, sank mein Herz in meine Hose und ich rannte zurück zu Harrys und meinem Zimmer. Nachdem ich die Tür hinter mir geschlossen hatte, rutsche ich langsam auf den Boden und lehne mich an die Tür an. Ich bereute es sofort, weggelaufen zu sein. Wenn ich ein paar Sekunden länger geblieben wäre, hätte ich wahrscheinlich gesehen, wie er sie weggedrückt hätte, denn es gab einfach kein Szenario in dem Harry, die Liebe meines Lebens, mich betrügen würde. Das Bild ihres Kusses blieb in meinem Kopf stecken und ich wollte es einfach nur loswerden. Ich brauchte eine Ablenkung. Ohne nachzudenken, beschloss ich, zur Party im Keller zu gehen. Ich wechselte mein Shirt in eine schwarze, funkelnde Bluse mit einem sehr tiefen Dekolleté und ging nach unten. Als ich dort ankam, war die Party bereits am Laufen. „Du bist doch gekommen", hörte ich Clary über die laute Musik schreien. Es war ziemlich dunkel, wodurch sie meinen Gesichtsausdruck nicht wirklich sehen konnte, worüber ich sehr froh war. „Gibt es hier auch Alkohol?", fragte ich sie. „Ja, die machen hier tolle Cocktails", informierte sie mich immer noch schreiend und drehte sich wieder zu Mike um. Ich ging an die Bar und fragte nach etwas Tequila, den ich in einem Schluck austrank. „Hey Hübsche, kann ich dir etwas zu trinken anbieten?", ein Mann erschien neben mir und bot mir einen Cocktail an. „Was ist das für einer?", fragte ich. „Ein Sex on the Beach", lächelte er. Ich nahm es, aber bevor ich es trank, schaute ich ihn an. „Wenn du da etwas mitreingemischt hast, werde ich es rausschmecken und den Boden mit deinem Hintern polieren", warnte ich ihn. „Nur etwas Wodka", versicherte er mir. „Gut", ich nahm den Strohhalm raus und trank das ganze Glas in wenigen Sekunden aus. „Vorsichtig. Es ist eine starker", er sah mich beeindruckt an. „Du nennst das einen starken? Was bist du, zwölf?", lachte ich, während ich mich langsam ein bisschen angeheitert fühlte und froh war, dass es funktionierte. Ich hatten den Namen dieser hinterlistigen Schlange bereits vergessen. „Du siehst aus, als hättest du einen harten Tag gehabt", vermutete er. „Eher ein hartes Jahrzehnt", rief ich über die laute Musik. „Was bist du, sechzig?", lachte er und ich mit ihm. „Simon, bring uns ein paar Shots", sagte er dem Barkeeper. „Geht klar, Jake", antwortete er, „Bist du dabei?", fragte Jake mich dann. „Sowas von", ich nahm den Shot, den Simon mir gab und hatte ihn in einer Sekunde unten. „Wie heißt du?", wollte er wissen, während Simon unsere Gläser wieder auffüllte. „Valerie", antwortete ich. Seine Augen weiteten sich. „Die berühmte Valerie Hale?", er sah erstaunt aus. „Du kennst mich?", ich war überrascht. „Jeder im White Star kennt dich. Ich habe großartige Dinge von deinen Fähigkeiten gehört", er flirtete mit seinen Augen. „Meinst du meine Fähigkeiten mit meiner Zunge", lächelte ich und trank den nächsten Shot. „Ich meinte deine Kräfte, aber ich würde gerne auch deine anderen Fähigkeiten sehen. Er kam näher an mich heran und legte eine Hand auf meinen Oberschenkel. „Ich liebe meinen Freund", sagte ich zu Jack. „Gib mir die Nacht und du wirst nicht einmal seinen Namen kennen", forderte er mich heraus, nahm aber seine Hand von mir und trank seinen Shot. „Das bezweifle ich sehr", lächelte ich. „Warum wird eine junge Frau in einer Bar betrunken, wenn sie in einer glücklichen Beziehung ist? Oder bist du nur eine Alkoholikerin?", wollte er wissen. „Ich habe seit Monaten keinen Schluck Alkohol getrunken und heute möchte ich einfach nur etwas vergessen", erklärte ich. „Was versuchst du zu vergessen?", er wurde neugierig. Ich nahm einen weiteren Shot. „Oh, hab es gerade vergessen", lachte ich und stand auf. Ich fühlte mich schwach in meinen Knien und wusste, dass ich anfing, den Alkohol richtig zu spüren. „Lass uns Bier Pong spielen", schlug ich vor und fühlte mich beschwipst. „Hast du nie gelernt, dass du mit dem Alkoholgehalt immer höher werden solltest", erinnerte er mich. „Wir könnten Tequila-Pong spielen", bot ich an. Er war dabei und so füllten wir einige Shotgläser mit Tequila und fingen an zu spielen. Zuerst war ich wirklich gut, aber er auch. Ich wurde von Sekunde zu Sekunde betrunkener, aber zumindest gewann ich das Spiel. „Hey Val, bist du sicher, dass du für heute nicht genug hattest", fragte Mike, als er mich sah. „Nein, mir geht es gut", versicherte ich ihm, wäre aber fast hingefallen, wenn er mich nicht aufgefangen hätte. Er schaute Clary besorgt an. „Mir geht es gut", sagte ich ihnen betrunken, wie ich war und stellte mich wieder gerade hin. Ich bemerke, dass sich das Wort ‚gut' witzig anfühlte. „Gut", wiederholte ich lachend. „Das Wort fühlt sich komisch an", kicherte ich. „Kannst du sie raustragen?", fragte Clary Mike. Er nickte, aber ich streckte meine Hand aus. „Na, na, na, na, na, ich bleibe", sagte ich ihnen und flog dann auf den Tisch hoch. „Wer will Shots?", rief ich und fing an, auf dem Tisch zu tanzen, während die Menge jubelte. „Hey, Mister Bizeps, kann ich die Flasche haben?", fragte ich den Barkeeper. Er lächelte und gab sie mir, während ich weiter tanzte und trank. Dann schüttete ich etwas auf mein Dekolleté, was dann in meinen Ausschnitt floss. Die Leute jubelten lauter und ich trank noch etwas mehr. Als ich mich umsah, sah ich einen sehr genervten Harry auf mich zukommen. „Harry, du bist gekommen", rief ich glücklich. „Komm hier hoch und tanze mit mir", sagte ich ihm und nahm einen weiteren Schluck. Als er die Bar erreichte, streckte er mir seine Hand entgegen. „Komm runter", befahl er genervt. „Nein, ich will bleiben", sagte ich enttäuscht. „Mach es mir nicht schwerer", warnte er mich. „Bitte", flehte ich. Er zog die Augenbrauen hoch. „Okay, dann musst du mich fangen", sagte ich zu ihm und drehte mich um, um mich in seine Arme fallen zu lassen. „Valerie, nein ..." Aber es war zu spät. Ich war bereits in seinen Armen gelandet. „Ich wusste, dass du mich fangen würdest", strahlte ich ihn an. Er rollte nur mit den Augen und trug mich nach draußen. Dort setzte er mich auf den Boden. „Ich lasse dich zwei Stunden allein und das passiert", er schaute mich anklagend an. „Sei nicht sauer", flehte ich ihn an. „Zu spät. Was hast du dir dabei gedacht? Wie kannst du so unverantwortlich sein?", er war wirklich wütend, aber er schrie mich nicht an. „Harry. Mir geht es nicht so gut", ich fühlte mich plötzlich wirklich schlecht. Harry erkannte, was ich vorhatte und nahm einen Mülleimer von der Party und gab ihn mir. Während ich mich im Mülleimer übergab, hielt Harry meine Haare hoch. Nachdem ich fertig war, stellte ich ihn zur Seite. Er legte seine Hand unter mein Kinn und zwang mich ihn anzusehen. „Du siehst müde aus. Lass uns morgen reden", sagte er mitfühlend. Dann hob er mich hoch in seine Arme und brachte mich zurück in unser Zimmer, während ich unterwegs auf seiner Brust einschlief. Am nächsten Tag wachte ich mit dem Geruch von Tequila in der Nase auf. Ich öffnete meine Augen und schaute auf mich herab. Ich trug immer noch meine Kleidung von gestern. Dann erinnerte ich mich daran, woher der Geruch kam und seufzte. „Wie fühlst du dich?", fragte er mich. Ich hatte solche Kopfschmerzen, sodass seine Stimme wie ein Schlagzeug klang, das direkt neben mir spielte. „Nicht so laut", beschwerte ich mich und lehnte mich an das Bettgestell. „Warum heilst du nicht einfach deine Kopfschmerzen?", erinnerte er mich an meine Fähigkeiten. Ich legte mein Gesicht in meine Hände. „Ich verdiene es wahrscheinlich, mich nach gestern so zu fühlen", sagte ich ihm. „Ich will dich wegen gestern anmotzen, aber wenn dein Kopf weh tut, wärst du zu abgelenkt." „Na gut", seufzte ich und fing an, die Nachwirkungen meiner schlechten Entscheidung gestern zu heilen. „Du kannst anfangen", ich schaute ihn an. „Was hast du dir dabei gedacht? Wenn Clary oder Mike nicht bei dir gewesen wären und mir davon erzählt hätten ...", er war wütend, aber nur, weil ich ihm wichtig war. Er atmete tief durch. „Du warst so betrunken. Was wäre gewesen, wenn das jemand ausgenutzt hätte? Du hast schon so viel Scheiße in deinem Leben, mit der du klarkommen musst, willst du wirklich diesen Haufen noch vergrößern?", rief er. „Es tut mir leid, aber ich kann auf mich selbst aufpassen", versicherte ich ihm. „Nein, das kannst du nicht", widersprach er und schaute mir tief in die Augen. „Ich bin stärker als du", protestierte ich. „Ich weiß, aber es scheint, als ob du nur alle anderen um dich herum beschützen kannst und nicht dich selbst", rief er frustriert. Er hatte Recht. Ich wusste es. Ich war in der Lage, mit meinen Kräften großartige Dinge zu tun, aber wenn es um mich selbst ging, war ich diejenige, die immer verlor. „Was hast du dir dabei gedacht?", fragte er ruhiger. „Ich habe nicht nachgedacht", sagte ich zu ihm. Er starrte mich an und als ich es nicht mehr ertragen konnte, schaute ich auf meine Hände runter. „Willst du mir etwas sagen?", fragte er und setzte sich mir gegenüber. „Vielleicht solltest du anfangen", sagte ich ihm und erinnerte mich an den Kuss. „Du weißt davon?", er erkannte sofort, wovon ich sprach und schien, überrascht zu sein. Ich schaute weg. „Sie hätte dich nicht vor mir erreichen können. Das Treffen war gerade zu ende, als Clary mir gesagt hat, dass du betrunken warst", er versuchte herauszufinden, woher ich es wusste. „Ich habe euch gesehen", erklärte ich. „Aber ich habe sie sofort weggedrückt, als ich realisiert habe, was sie gemacht hat. Ich wollte es dir sagen, bevor sie dir vorgaukeln konnte, dass ich dich betrogen hätte", verteidigte er sich. „Wenn du dort warst, musst du das auch gesehen haben", er versuchte herausfinden, wieso ich mich so verhalten hatte. „Das habe ich nicht. Ich bin sofort weggerannt. Später habe ich mir gedacht, dass du sie wahrscheinlich weggedrückt hast, aber ich hatte immer noch dieses Bild in meinem Kopf und wurde eifersüchtig", erklärte ich. „Und dann hast du versucht, das Bild wegzutrinken?", er schaute mich entschuldigend an. Ich nickte. Er zog mich zu sich und umarmte mich. Dann küsste er mich, aber hörte gleich wieder auf. „Süße, ich liebe dich, aber du riechst nach Tequila und dein Atem ist schrecklich", sagte er mir lachend. „Ich weiß", seufzte ich und stand auf. Bevor ich ins Badezimmer ging, zog ich meine Bluse aus und warf sie in die Ecke. Ich putzte mir zuerst zweimal die Zähne und nahm dann einen Schwamm und fing an, den klebrigen Tequila von meinem Oberkörper wegzuwischen. „Ich denke, ich werde nie wieder Alkohol anfassen", sagte ich, als ich wieder rauskam. Harry kam zu mir, um seine Hände auf meine Hüfte zu legen und mich näher an ihn ran zuziehen. Dann küsste er mich und wanderte mit seinen Lippen zu meinem Hals zurück zu meinen Lippen. „Viel besser", lächelte er zufrieden. „Dann hör nicht auf", forderte ich ihn heraus. „Brauchen wir ein Kondom?", grinste er. „Ich habe immer noch meine Tage", seufzte ich. „Dann lass uns eine verdammte Schweinerei machen", er war gierig und zog mich so nah wie möglich an ihn ran, während er mich wild küsste und meinen Hals runterging. Ich drückte ihn sanft weg. „Ich liebe dich dafür, dass du das gesagt hast, aber ich muss unseren blutigen Sex verschieben", sagte ich ihm. „Warum?", fragte er und hielt mich immer noch fest. „Weil wir in letzter Zeit viel Sex hatten und ich mich da unten ein bisschen wund fühle", erklärte ich lächelnd. „Oh wirklich", sagte er stolz. „Aber es gibt andere Wege", bot ich an und zog ihn an seinem Gürtel zu mir. Er fing wieder an, mich zu küssen, während ich sein Hemd auszog und seinen Gürtel öffnete. Dann zog ich seinen Penis raus und küsste mich langsam über seine Brust und seinen Bauch nach unten. Als ich an meinem Ziel ankam, fing ich an es zu lecken und in den Mund zu nehmen, genauso wie ich wusste, dass es ihm gefiel. Ich benutzte auch meine Hände, während er meine Haare aus meinem Gesicht zog und seine Hand auf meinen Kopf legte. Nach ein paar Sekunden musste er sich abstützen, indem er seine freie Hand auf den Tisch legte. Er fing an, schwerer zu atmen und schaute auf mich herab, bis er endlich kam. Zufrieden über mein Ergebnis, lächelte ich und stand wieder auf. „Ich habe es immer noch drauf", sagte ich und wischte mir mit dem Daumen den Mund ab. Er sah mich liebevoll an und legte seine Hand auf meine Wange. „Du hast es nie nicht drauf gehabt", lächelte er mich an und zog mich näher an sich ran, um mich zu küssen. Dann zogen wir uns beide wieder an und gingen zum Frühstück nach unten. Als wir in das Zimmer kamen, waren Michelle und Harrys Eltern noch nicht da, aber der Rest schon. „Hallo Harry, hattest du einen schönen Abend?", lächelte Elizabeth ihn an. Ich war immer noch wütend auf sie, weil sie Harry geküsst hatte, aber anstatt Höllenfeuer auf sie runter regnen zu lassen, beschloss ich, etwas anderes zu tun. „Ich denke, sein Morgen war noch viel besser, nicht wahr Schatz", lächelte ich und drehte mich zu Harry. Dann warf ich meine Arme um seinen Hals und drückte mich fest gegen ihn, um ihm dann einen langen, leidenschaftlichen Kuss zu geben. Ich fühlte, wie seine Hände auf meinem Rücken mich noch näher zogen, bis ich ihn wieder losließ. „Können wir für zwanzig Minuten zurück in unser Zimmer gehen?", spielte er mit und lächelte mich an. Ich drehte meinen Kopf zu Elizabeth und setzte mein Rachegesicht auf. Sie war nicht amüsiert und verschränkte ihre Arme vor ihrer Brust. Dann setzten wir uns auch hin. Als ich Clary anschaute, lächelte sie zustimmend. „Du scheinst zu gut ausgeruht zu sein für die Menge, die du gestern getrunken hast", klagte Mike, der offensichtlich Kopfschmerzen hatte. „Gib mir eine Sekunde", bot ich an und nutzte meine Kräfte, um seine Kopfschmerzen zu heilen. „Danke", sagte er und fühlte sich besser. „Hey, ich wollte mich für gestern entschuldigen. Ich war einfach so betrunken", sagte ich ihnen. „Mach dir keine Sorgen. Es war wirklich schön dich wieder so viel Spaß haben zu sehen. Ich habe dich seit Ewigkeiten nicht mehr so frei gesehen", lächelte Mike. „Du scheinst dich wirklich amüsiert zu haben, aber musstest du den Barkeeper wirklich Mister Bizeps nennen?", lachte sie. „Hast du nicht gemacht", Harry sah mich erstaunt an und konnte nicht aufhören zu lachen. „Möglicherweise schon", sagte ich etwas unwohl, fing aber auch an zu lachen. Dann kamen die Erwachsenen zu uns und wir fingen an zu essen. „Morgen ist der Ball, also solltet ihr das Walzertanzen auffrischen, denn wenn du nicht in diesem wunderschönen Kleid tanzt, das ich für dich ausgesucht habe, wird es verschwendet sein", Clary sah Harry und mich gefährlich an. „Machen wir, mach dir keine Sorgen", versprach er ihr und lächelte mich an. „Kann ich das Kleid sehen?", fragte ich sie hoffnungsvoll. „Ja", grinste sie, aber bevor ich mich freuen konnte... „Morgen", fügte sie hinzu. Also musste ich mich noch einen Tag lang gedulden. Nach dem Frühstück gingen wir zurück in unser Zimmer und beschlossen, das zu tun, was Clary von uns wollte. „Sie hat wahrscheinlich ein langes Kleid ausgesucht", vermutete ich. Sie konnte mir das Kleid vorenthalten, aber ich kannte ihren Geschmack. Um das Tanzen zu üben, zog ich mein langes rückenloses weißes Sommerkleid an und meine Schuhe mit Keilabsatz. Harry schaute zustimmend an mir hoch und runter. „Meine Augen sind hier oben", schmunzelte ich. „Oh, tut mir leid, ich glaube, ich habe mich gerade in deinem Dekolleté verirrt", grinste er. Ich rollte mit den Augen. „Lass uns ins Gewächshaus gehen", schlug ich vor. „Wird das etwa zu einem Date?", fragte er sarkastisch. „Nur wenn du deine Jacke anziehst, um sie mir später zu geben, wenn mir kalt wird. Und ich versichere dir, in diesem Kleid wird mir kalt werden", antwortete ich im gleichen Ton. „Ich werde das auf jeden Fall machen", meinte er ernst und lächelte am Ende. Dann zog er seine Jacke an, nahm eine Pfingstrose aus der Vase und ging zur Tür. „Wir müssen das richtig machen", sagte er und ging alleine aus der Tür, die er hinter sich wieder zu machte. Er wartete ein paar Sekunden und klopfte dann an. Ich öffnete sie und sah, wie er sich an den Türrahmen lehnte. „Oh, hallo hübsche", grinste er, nahm meine Hand und drehte mich herum. „Eine schöne Blume für meine wunderschöne Freundin", er gab mir die Pfingstrose. „Wie aufmerksam", ich gab ihm einen Kuss auf die Wange und legte die Pfingstrose zurück zu den anderen. Dann nahm er meine Hand und verschloss sie mit meiner, als wir zum Gewächshaus gingen. Dort holte er sein Handy raus und suchte sich einen Walzer aus, zu dem wir tanzen konnten. Als er die Musik anmachte, legte er das Handy zur Seite und bot mir seine Hand an. „Miss Hale, würden Sie mir die Ehre erweisen und mit mir tanzen", fragte er. „Es wäre mir eine Freude, Mr. Evans", ich machte einen Knicks und nahm seine Hand. Er legte seine rechte Hand auf meinen Rücken und zog mich näher an sich, während ich meine auf seinen Oberarm legte und mit dem nächsten Schlag begannen wir zu tanzen. Leider war es offensichtlich, dass wir seit einiger Zeit keinen Walzer mehr getanzt hatten. Ich verpasste einen Schritt und wäre fast hingefallen, wenn Harry mich nicht wieder hochgezogen hätte. „Lass es uns noch einmal versuchen", ermutigte er mich. Diesmal trat ich ihm auf den Fuß. „Tut mir leid", entschuldigte ich mich und trat zurück. „Valerie, ich glaube, du vergisst ein Schritt", hörte ich eine Stimme hinter mir. „John", drehte ich mich um und freute mich, ihn zu sehen. „Und du musst Harry sein", sagt er. „Ja, Sir", antwortete Harry formell. „Du kannst mich John nennen. Außerdem muss ich dir dafür danken, dass du mein kleines Mädchen gerettet hast, nachdem ich es nicht geschafft habe", dankte John ihm. Ich mochte, dass er mich sein kleines Mädchen nannte. Es gab mir das Gefühl, einen Vater zu haben, dem ich im Gegensatz zu meinen leiblichen Eltern wichtig war. Ich wusste, dass ich auch Blake und Lilly hatte, aber sie waren Harrys Eltern, der wiederum mein fester Freund war. Sie als meine Eltern zu sehen, wäre einfach komisch. „Eigentlich muss ich mich bei dir bedanken, weil du uns den notwendigen Hinweis geschickt hast", sagte Harry sehr dankbar. „Ja, ja. Schon verstanden. Ihr habt mich beide gerettet, aber ich muss diesen Tanz jetzt wirklich lernen", unterbrach ich. Harry lächelte. „Er hat Recht. Du lässt einen Schritt aus", wandte er sich an mich. „Es ist zuerst ein Schritt und dann zwei kurze Schritte", erinnerte er mich und zeigte es mir. „Okay, verstanden. Lass es uns noch einmal versuchen", ich hatte es eilig, es zu lernen. John setzte sich auf die Bank und beobachtete, wie wir weiter tanzten. Diesmal habe ich es richtig gemacht, also sind wir lachend durch den ganzen Raum gewirbelt. Bis die Musik zum Ende kam und er mich ein letztes Mal drehte. Wir lächelten uns beide glücklich an. Dann begann sein Telefon zu klingeln. Er ging ran und hörte zu, was der Anrufer zu sagen hatte. Nachdem der Anruf beendet war, drehte er sich wieder zu mir um. „Es tut mir leid, aber ich muss wirklich gehen", er schien es eilig zu haben, aber er wollte mich auch nicht verlassen. „Ich werde hier auf dich warten", versprach ich. Dann ging er zur Tür, aber bevor er sie erreichte, drehte er sich zu mir um. „Ist dir kalt? Oh, gut. Du kannst meine Jacke haben", spielte er einen wesentlichen Teil unseres Dates. Ich lachte, als er zurückkam und mir seine Jacke über die Schultern legte. Dann nahm er mein Gesicht in seine Hände und küsste mich kurz. „Ich komme so schnell wie möglich wieder", versprach er und rannte dann durch die Tür raus, während ich ihm hinterherstarrte. Nachdem er weg war, gesellte ich mich zu John auf die Bank. „Was war das mit der Jacke?", fragte er neugierig. „Wir tun so, als hätten wir ein Date", erklärte ich. „Du kannst nicht so tun, als hättest du ein Date. Entweder du hast eins oder du hast keins", sagte er mir. „Dann haben wir wohl eins", lächelte ich. „Warst du jemals verliebt?", fragte ich dann neugierig. „Ja, ihr Name war Ester. Wir haben früher viel Walzer getanzt, wie du und Harry", erinnerte er sich zurück und die Vergangenheit. „Was ist passiert?", fragte ich mich. „Sie wurde sehr krank und starb schließlich", seufzte er. „Oh, das tut mir leid", sagte ich zu ihm. Ich konnte mir nicht einmal vorstellen, wie ich mich fühlen würde, wenn ich Harry jemals verlieren würde. „Ich bin nie wirklich darüber hinweggekommen", er nahm ein Bild von der Innenseite seiner Jacke heraus. „Ist sie das?", fragte ich, als ich das Bild von ihm sah, wie er auf einem Stuhl saß und sie auf seinem Schoß lachte. „Ja", er starrte auf das Bild. „Sie war wunderschön", bemerkte ich. „Ihr habt beide die gleiche Augenfarbe", sagte er mir. „Braun mit einem Hauch von Grün", lächelte er und schaute mir kurz in die Augen. Dann steckte er das Bild wieder in seine Jacke. Wir blieben eine Weile im Stillen und dann sprachen wir über die Zeit, in der ich zur Schule ging. Ich erzählte ihm von den Dingen, die Harry, Clary und ich früher gemacht hatten, bis Harry zurückkam. „Tut mir leid, dass es so lange gedauert hat", entschuldigte er sich. „Ich verzeihe dir", lächelte ich. „Dann lasse ich euch Kinder mal für euer Date alleine", lächelte er und ging zur Tür. „Oh, und Harry, stelle sicher, dass sie um zehn zu Hause ist", sagte er und schloss sich unserem Date an. Ich lachte. „Ja, Sir", antwortete Harry und drehte sich zu mir um. „Ist etwas passiert?", fragte ich ihn. „Nein, nicht, wenn wir auf unserem Date sind", sagte er mir. Ich zog meine Augenbrauen hoch und schaute ihn an. „Ich werde es dir bald sagen", versprach er und dann setzten wir unser Date fort.

19. Ein Versprechen

Ich lag im Bett mit Harrys Kopf auf meiner Brust und seinen Armen um mich herum. Er schlief bereits, während ich den Tag heute Revue passieren ließ. Ich spielte mit seinen Haaren, als ich an unser Date zurückdachte. Wir tanzten sehr lange, nachdem John gegangen war, bis mir die Füße so weh taten, dass wir uns auf die Bank setzten und über den Ball morgen sprachen und wie sehr wir uns beide darauf freuten. Wir hatten nicht einmal bemerkt, wie die Zeit vergangen war Erst als die Sonne unter gegangen war, beschlossen wir, uns den anderen beim Abendessen anzuschließen, blieben aber nicht sehr lange dort. Als wir unsere Tür erreichten, blieben wir kurz draußen davor stehen. „Es ist neun Uhr. Glaubst du, das gibt mir Bonuspunkte mit John?", lächelte er, während ich mich an die Tür lehnte. Sein Arm war direkt neben mir, während er sich über mich beugte. „Wahrscheinlich", ich legte meine Arme um seinen Hals und zog ihn näher, um ihn zu küssen. „Ruf mich an", ich spielte unser Date-Spiel, während ich reinging und die Tür hinter mir zumachte. Dann fing mein Handy an zu klingeln und ich ging ran, ohne zu schauen, wer es war. „Ist es zu früh, um dich anzurufen?", fragte Harry. „Komm rein", lachte ich und legte auf. Harry kam lächelnd ins Zimmer. „Ich würde das ein ziemlich erfolgreiches Date nennen", sagte er stolz. „Wir sollten das öfter machen", stimmte ich zu. „Auf jeden Fall", er legte seine Hände auf meine Taille. „Also, was ist los mit Octopus?", fragte ich ihn dann. Er seufzte. „Wir wissen definitiv, dass sie etwas Großes planen, wir wissen nur nicht was", begann er. „Erinnerst du dich an das Eversorium, das wir von der Bank geholt haben?", erinnerte er mich. „Ja." „Es ist Teil eines Sets. Es gibt insgesamt drei. Octopus hat bereits einen und wir haben auch einen, aber wir wissen nicht, wo sich das Dritte befindet. Eins allein kann sehr mächtig und gefährlich sein, da es eine gesamte Stadt auslöschen kann. Du hast den Schaden selber gesehen, den es in dem Dorf angerichtet hat", erklärte er. „Warte mal. Meinst du das Dorf, wo ich entführt wurde? Das war auch ein Eversorium?", ich schaute ihn schockiert an. „Es ist ein Wunder, dass du überlebt hast und als du versucht hast es aufzuhalten konntest du den Radius des Schadens etwas verkleinern, sonst hätte es uns auch erwischt", er legt seine Hand auf meine Wange. „Jetzt stell dir diese Kraft verdreifacht vor", meinte er. „Das ist verrückt. Aus welchem Grund würden sie alle drei brauchen?", ich machte mir Sorgen. „Wir versuchen das immer noch herauszufinden. Aber solange wir einen Teil des Sets haben, können sie ihre Pläne nicht verwirklichen", versicherte er mir. Dann küsste er mich auf die Stirn und schaute mir mit einem schwachen Lächeln in die Augen. „Morgen wird ein wunderbarer Tag", versprach er mir, bevor wir ins Bett gingen. „Morgen wird ein wunderbarer Tag", wiederholte ich, um mich zu beruhigen. Dann schloss ich meine Augen und lauschte Harrys Atem, um schneller einzuschlafen. Als ich wieder aufwachte, starrte ich an die Decke. Etwas an diesem Tag beunruhigte mich, aber vielleicht waren es nur meine Nerven, die direkt vor dem Ball Alarm schlugen. Harry bewegte seinen Kopf nach oben, um mich anzusehen. „Guten Morgen", lächelte er. Etwas an ihm schien auch anders zu sein. Was war heute los? „Guten Morgen", antwortete ich auch lächelnd. „Kannst du mich für ein paar Minuten gehen lassen?", fragte ich. „Eher ungern", antwortete er, ließ mich aber trotzdem gehen. „Ich muss dringend aufs Klo", log ich und ging ins Badezimmer. Drinnen schaute ich mein Spiegelbild an. Irgendetwas stimmte definitiv nicht. Ich spülte die Toilette, nachdem ich bemerkt hatte, wie lange ich auf mein Spiegelbild starrte. Dann wusch ich mein Gesicht mit kaltem Wasser, aber es half auch nicht. Als ich zurückging, sah Harry meinen Gesichtsausdruck. „Alles gut bei dir?", fragte er besorgt. „Ja, ich brauche nur etwas von Clary", sagte ich zu ihm, während ich mich anzog. Ich ging eilig aus dem Raum und klopfte an Clarys Tür. Nach ein paar Sekunden kam sie zur Tür, öffnete sie aber nur weit genug, um herauszukommen. Warum war sie jetzt auch komisch? „Wie kann ich dir helfen?", fragte sie mich. „Was ist los?", wollte ich wissen. „Mike ist möglicherweise in meinem Bett. Schlafend. Oberkörperfrei", antwortete sie langsam. „Ihr habt es gemacht", lächelte ich sie an. „Nein, nein. Ehm. Wir haben ein bisschen rum gemacht, dabei sind wir sein Shirt losgeworden. Er sieht aber wirklich heiß aus. Ich habe es nie bemerkt", sie erinnerte sich zurück an letzte Nacht. „Und dann haben wir die ganze Nacht geredet und sind eingeschlafen. Weshalb er jetzt in meinem Bett ist", erklärte sie. „Gut für dich", lächelte ich sie an. Ich war froh, dass sie glücklich waren. Hast du etwas gebraucht. „Ja. Ich fühle mich heute ein bisschen unwohl, als wäre ich sehr nervös. Du hast doch immer einige ätherische Öle, die helfen. Kannst du mir da aushelfen?", fragte ich sie. „Ja sicher. Ich weiß genau, was du brauchst?", sagte sie zu mir und ging wieder rein. „Clary, warum bist du schon aufgestanden?", hörte ich Mike meckern. „Valerie braucht etwas. Ich werde in einer Sekunde wieder bei dir sein", versicherte sie ihm. Dann gab sie mir ein Fläschchen mit Lavendelöl. „Mach ein paar Tropfen auf ein Taschentuch und atme es durch die Nase ein. Es hilft auch, wenn du die Atemtechnik ausprobierst, die ich dir gezeigt habe. Vier Sekunden raus und dann vier Sekunden rein, dann schließt du sie mit den Fingern und wartest vier Sekunden und dasselbe mit der anderen Seite der Nase", erinnerte sie mich. „Danke", sagte ich ihr, aber sie hatte es so eilig wieder zu Mike zurückzugehen, dass sie die Tür schon geschlossen hatte, bevor sie es hören konnte. Ich ging zurück zu Harry und nahm ein Taschentuch aus einer Schublade und ließ einige Tropfen von dem Öl darauf fallen. Harry stand auf und ging hinter mich. Er legte seine Hände auf meine Schultern, während ich den Geruch einatmete und fühlte, wie es meine Nerven beruhigte. „Sag mir, was los ist", bat er mich. „Ich bin heute einfach etwas nervös", sagte ich ihm. „Warum? Heute wird ein schöner Tag", er konnte nicht verstehen, warum ich mich so fühlte und ich machte ihm keine Vorwürfe, weil ich es auch nicht verstand. Ich nahm wieder einen Atemzug von dem Öl und liebte das entspannende Gefühl, dass es in mir auslöste. Dann setzte ich mich wieder auf das Bett und probierte die Atemtechnik aus und nach ein paar Minuten war ich wieder ruhig. „Besser", fragte er. Ich nickte. Dann drückte er mich nach hinten und ging über mich. „Du scheinst sehr aufgeregt zu sein", bemerkte ich lächelnd. „Ich bin einfach froh, dich zurückzuhaben und dich heute auf diesen Ball ausführen zu dürfen. Ich bin so verliebt in dich. Ich kann nicht genug davon bekommen", er strahlte und küsste mich kurz, nur um mich dann noch einmal anzuschauen. Er fühlte sich so Energie geladen an, dass ich meine Nervosität gleich wieder vergessen hatte. „Ich liebe dich auch", sagte ich zu ihm und zog ihn für einen Kuss zurück. „Lass uns zu Clary gehen und dein Kleid holen", lächelte er aufgeregt. „Vielleicht willst du jetzt noch nicht dorthin gehen?", sagte ich vorsichtig. „Warum?", er war kurz verwirrt und erkannte dann, was ich meinte. „Nein", seufzte er. „Erinnerst du dich, als wir zusammen gekommen sind und ich dich quasi aus meinem Zimmer werfen musste, um wieder etwas Privatsphäre zu bekommen", erinnerte ich ihn. „Ja, aber das lag daran, dass ich mit dir zusammen sein wollte, aber wir trieben es nicht miteinander", argumentierte er. „Sie auch nicht", versicherte ich ihm. „Wirklich?", seine Stimmung hellte sich auf. „Und ich glaube nicht, dass sie es in nächster Zeit tun werden", sagte ich ihm. „Gott sei Dank", er küsste mich kurz. „Aber sie werden es wahrscheinlich irgendwann tun, also finde einen Weg, damit klarzukommen. Und denk immer daran, Mike ist nicht so ein Arsch wie du", neckte ich ihn. „Sind wir heute etwas kleinlich", lachte er und küsste mich immer und immer wieder auf den Hals. Ich konnte nicht aufhören zu lachen. „Lass uns nach unten gehen. Ich bekomme Hunger", er küsste mich wieder. „Ich auch", sagte ich. Er küsste mich noch ein paar Mal, bevor er endlich von mir runterging. Dann zogen wir uns an und verließen den Raum. Leider hatte Mike dieselbe Idee. Er verließ Clarys Zimmer ohne Hemd und hielt es in der Hand, anstatt es anzuhaben. Er sah Harry entschuldigend an. „Tut mir leid", errötete er. Harry starrte Mike nur missbilligend an. „Ich schwöre, wir haben nichts gemacht", versicherte Mike ihm. „Ich weiß", antwortete Harry tödlich. Clary kam auch raus, nachdem sie gehört hatte, was los war. Sie sah Harry genervt an. „Ernsthaft, gewöhn dich endlich daran", sagte sie zu ihm und drehte sich dann zu Mike, um ihn sehr leidenschaftlich zu küssen. Harry hatte definitiv nicht damit gerechnet. Er schaute nur weg und ging den Flur entlang. „Nicht heute. Heute ist ein guter Tag", erinnerte er sich selber. Ich musste ein Lachen zurückhalten, weil diese ganze Situation plus Harrys Reaktion einfach zu lustig war. Mike und Clary kamen kurz nach uns an. „Wollen wir eine Trainingseinheit einlegen, bevor wir uns auf den Ball vorbereiten?", fragte ich alle. „Ja sicher. Mike, wir könnten eine Runde machen", Harry schaute zu ihm rüber. „Wenn mein Gesicht auch nur so viel wie einen Kratzer hat, wird Clary mich umbringen", antwortete Mike. „Valerie kann dich heilen", argumentierte er. „Sie kann mich nicht heilen, wenn ich tot bin und ich habe keinen Todeswunsch", lächelte er, während der Rest von uns außer Harry zu lachen begann. „Du hast offensichtlich einen, sonst wärst du nicht mit meiner Schwester zusammen", zischte er. „Warum machen wir dann nicht eine Runde?", bot Clary herausfordernd an. „Wenn ich auch nur so viel wie einen Kratzer habe, wird Valerie mich umbringen", sagte er zu ihr. „Nein, das werde ich nicht, weil ich dich heilen kann", lachte ich. „Auf wessen Seite bist du?", Harry drehte sich zu mir. „Es tut mir leid, aber sie ist meine beste Freundin", entschuldigte ich mich lächelnd. „Ja, Sisters before Misters", jubelte Clary. Nach dem Frühstück machten wir alle eine kleine Trainingseinheit. Harry und Clary waren die ersten, die eine Runde machten, während ich neben Andrew saß. „Gibt es etwas, das du mir sagen willst?", fragte er mich. Ich sah ihn verwirrt an. „Weißt du etwas?", fragte ich zurück.

„Warum lag ein Schwangerschaftstest auf deinem Tisch?",
fragte er etwas klarer. „Woher ..." „James und ich waren
im Moment drinnen und abgelenkt, als wir in euer Zimmer gegangen sind, als ihr beiden weg wart. Unsere Zimmer liegen direkt nebeneinander und wir haben sofort
gemerkt, dass es nicht unser Zimmer war, aber bevor wir
wieder rausgegangen sind, habe ich den Test dort liegen
gesehen. James hat mich davon abgehalten, mir das Ergebnis anzusehen und ich konnte seitdem nicht mehr
schlafen", erklärte er sehr schnell und entschuldigend.
„Macht Sinn, und ich bin nicht schwanger", sagte ich
ihm. „Warum hast du ihn gemacht? Gab es Anzeichen?
Warst du spät dran? Gib mir mehr Informationen", bettelte er. Ich lachte nur. „Es gab keine Anzeichen und ich
habe meine Tage jetzt erst, nachdem ich sie ein paar Monate lang nicht hatte, wegen der ganzen Folter- und Ent-
führungssituation, wiederbekommen. Als ich den Test
gemacht habe, war das nur ein Teil meines Nervenzu-
sammenbruchs an diesem Tag und ich habe es tatsächlich bis zu diesem Zeitpunkt wieder vergessen", stillte
ich seine Neugier. „Also, versucht ihr es nicht gerade? Es
wäre so cool, wenn ihr beide ein Baby hättet. Wir alle
sechs in England mit einem kleinen Baby." Er wurde schon
aufgeregt als er nur daran dachte. „Wir planen, das White Star zu verlassen, nachdem wir mit Octopus fertig
sind und bis dahin werde ich keine Babys in diese Welt
setzen", sagte ich ihm. Sein Gesicht wurde traurig. „Du
verlässt uns?", er schien enttäuscht. „Es tut mir leid, aber
das ist nicht das Leben, das wir wollen. Wir wollen beide
ein normales Leben in der Kleinstadt, mit normalen Problemen wie schmutzigen Windeln und einem Licht, das
nicht funktioniert. Nicht Trauma und Weltuntergangs-

szenarien", seufzte ich. „Wir werden wahrscheinlich in Großbritannien bleiben, dann könnt ihr uns immer besuchen kommen", versuchte ich ihn aufzumuntern. „Du hättest es verdient. Ich hoffe wirklich, dass es für euch klappt", sagte er mir und ich wusste, dass er es ernst meinte. „Danke", lächelte ich und schaute dann zurück zu Harry und Clary, die gerade kämpften. Harry bekam gerade einen Schlag ins Gesicht, wodurch er anfing zu bluten und war im Begriff, einen Weiteren zwischen seine Beine zu bekommen. Ich ließ sie mit meinen Kräften auf den Boden fallen, bevor sie ihn treten konnte und rannte zu Harry, um mir seine Wunden anzuschauen. „Clary, was sollte das? Ich möchte später noch Kinder haben und die am liebsten von Harry", rief ich, während ich sein Gesicht heilte. „Danke, dass du dich so viel mehr um mein Sperma kümmerst als um irgendetwas anderes", sagte er ironisch, als er wieder normal war. Ich konnte mir das Lachen nicht verkneifen. „Tut mir leid", entschuldigte sich Clary bei mir. „Ich wäre gerne eine Tante", lächelte sie. „Und wo ist meine Entschuldigung?", beschwerte sich Harry. „Wenn du dich bei Mike entschuldigst und aufhörst, ihn zu belästigen, dann werde ich mich gerne entschuldigen", sagte sie zu ihm. „Komm schon. Ich bin dran", sagte ich zu ihm. Dann fingen wir an zu kämpfen und ich hielt mich wirklich gut, aber als ich gewann, wurde mir klar, dass es zu einfach war. „Du hast mich gewinnen lassen", warf ich ihm vor. „Ich habe keine Ahnung, wovon du sprichst", lächelte er unschuldig, als wir uns an die Seite setzten, um Mike und Andrew eine Runde machen zu lassen. „Oh, ich habe vergessen, dir etwas zu sagen", ich erinnerte mich an all die Leute, die wir auf dem Ball sehen würden. „Was?", er sah mich neugierig an. „Ich habe vielleicht mit jemandem auf der Party geflirtet. Es war bedeutungslos, ich wollte nur einen Trinkkumpel", sagte ich ihm. „Wusste er, dass du mit mir zusammen bist?", wollte er wissen. „Ich habe es ihm gesagt, nachdem er mich angemacht hat", antwortete ich. „Dann stört es mich nicht", versicherte er mir und fing an zu lächeln. „Was?" „Ich musste nur gerade daran denken, dass all die Frauen, die ich zum Spaß gebumst habe, die Liebe meines Lebens treffen werden", lachte er. „Ich hasse dich", sagte ich zu ihm. „Nein, das tust du nicht", er küsste mich auf die Schulter. Ich schubste ihn so stark, dass er von der Bank fiel. Er lachte nur und setzte sich wieder drauf. Dann schaute ich mir die anderen an, die kämpften. Mike hatte Andrew auf dem Boden und gewann. „Wie bist du so gut geworden?", Andrew schien überrascht zu sein. „Clary ist eine gute Lehrerin", lächelte er und sah sie an. „Und du bist ein schneller Lerner", lächelte sie zurück. „Clary, ich denke, es ist Zeit", ich wollte unbedingt das Kleid sehen, das sie für mich ausgesucht hatte. „Du hast so recht", sie weitete ihre Augen. Dann sah sie Mike und Harry an. „Wenn es einer von euch wagen sollte in mein Zimmer zu kommen, bevor ich es euch sage ...", sie schaute beide mit gefährlichen Augen an. „Verstanden", sagten beide gleichzeitig und hatten leicht Angst vor Clary. Wir gingen in ihr Zimmer, um uns fertig zu machen. Sie holte ein eingewickeltes Kleid aus ihrem Schrank heraus, hängte es auf und wickelte es aus. Es sah wunderschön aus. Ein rückenfreies, langes cremefarbenes Kleid mit goldenen Details. „Gefällt es dir?", fragte sie unsicher. „Du bist unglaublich. Ich liebe es", antwortete ich und umarmte sie. „Kann ich deins sehen?", ich war neugierig. Sie nahm ein anderes eingewickeltes Kleid aus ihrem Schrank, hängte es neben meins und wickelte es auch aus. Ihres war rot mit Stickdetails und kürzer als meins mit einem V-Ausschnitt. „Es sieht wunderschön aus", lächelte ich sie an. Dann fingen wir an, unsere Haare zu machen. Ich habe mir einfach nur ein paar Locken reingemacht und einige Details reingeflochten. Clary wollte, eine Hochsteckfrisur haben, also half ich ihr, ihr Haar so zu flechten, wie sie es wollte, und steckte es hoch. Dann schlüpften wir in unsere Kleider. Ich konnte nicht aufhören, mich selbst im Spiegel zu betrachten. Dieses Kleid war genau das Selbstvertrauen, das ich brauchte, um all den Frauen zu begegnen, mit denen Harry geschlafen hatte. Ich war froh, dass er mir davon erzählt hatte, denn wenn eine von ihnen versucht hätte, es mir heute rein zu reiben, ohne dass ich vorher Bescheid gewusst hätte, hätte es meine Nacht ruinieren können. „Bereit?", fragte sie mich euphorisch. Ich nickte und dann holte sie ihr Handy raus, um Mike anzurufen. „Trefft uns direkt vor der Halle", wies sie beide an. „Vielleicht ein bisschen intimer", schlug ich vor, weil ich Harry unbedingt zuerst ohne eine große Menschenmenge sehen wollte. „Du hast Recht", sagte sie zu mir. „Streich das, trefft uns im Wohnzimmer", sagte sie und legte dann auf. Bevor wir gingen, gab sie mir Harrys goldene Krawatte. Ich freute mich sehr, Harry wiederzusehen. Er stand mit dem Rücken zu mir und konnte mich noch nicht sehen. Also ging ich auf ihn zu und legte meine Hand auf seiner Schulter. Er drehte sich langsam zu mir um und sah mich verzaubert an. Dann machte er einen Schritt zurück, um wirklich das ganze Bild zu sehen. „Du siehst umwerfend aus." Er nahm meine Hand und drehte mich einmal herum, ohne seine Augen von mir zu nehmen. Rasch zog er eine Halskette aus seiner Hosentasche, die er mir vor einiger Zeit mal geschenkt hatte und ließ sie von seiner Hand baumeln. „Ich dachte, du möchtest sie vielleicht tragen", sagte er. Ich drehte mich um, damit er es mir umlegen konnte. „Danke", sagte ich ihm dankbar und warf meine Arme um seinen Hals, um ihn zu küssen, nachdem ich sie an meinem Hals hatte. Er zog mich näher, aber bevor wir unsere Meinung über den Ball ändern und zurück in unser Zimmer gehen konnten, räusperte Clary sich. Ich ließ ihn langsam wieder los und schaute sie an, während seine Augen auf mir blieben. „Die Krawatte und dann müssen wir zum Ball", erinnerte sie mich. Ich legte ihm die goldene Krawatte, die ich hielt, um und machte den Knoten vorne rein. „Du siehst wunderschön aus", ich schaute ihn dieses Mal wirklich an. Etwas an diesem Anzug brachte mich dazu, einen ruhigen Ort aufsuchen zu wollen und ihm dort die Klamotten vom Leib zu reißen. „Du machst wieder dein Gesicht", flüsterte Harry. Ich musste ein Lachen zurück halten. „Ich kann nicht anders. Dieser Anzug macht mich einfach schwach", flirtete ich. Dann streckte er lächelnd seinen Arm für mich aus. Ich lege meinen Arm um seinen und zusammen mit Clary und Mike machten wir uns auf den Weg zum Ball. Die Musik spielte bereits in dem Raum, der mit Menschen gefüllt war. Wir beobachten, wie einige von ihnen bereits auf der Tanzfläche tanzen, als Jake von der Bar auf uns zukam. „Hey, Tequila-Mädchen, willst mit uns Shots machen", er schien schon ein paar getrunken zu haben. „Oh, toll, ich habe einen Namen", flüsterte ich Harry sarkastisch zu. „Nein danke, nach der Party habe ich Alkohol abgeschworen", sagte ich zu Jake. „Das ist zu schade.

Hey, ist das der Freund, von dem du mir erzählt hast", er schaute Harry erstaunt an. „Ja, das ist er", lächelte ich Harry an. Jake lehnte sich näher zu Harry. „Ich habe gehört, dass sie sehr geschickt mit ihrer Zunge umgehen kann", flüsterte er und klopfte ihm auf die Schulter. „Was für ein Glückspilz", sagte er und ging wieder. Wenn ich etwas im Mund gehabt hätte, hätte ich es jetzt wieder ausgespuckt. Harry schaute mich verwirrt an. „Ich habe möglicherweise dieses Gerücht in die Welt gesetzt", seufzte ich. „Es ist kein Gerücht, nur die Wahrheit", schmunzelte er. „Warum finden wir nicht einen ruhigen Ort und ich erinnere dich daran, wie wahr es ist", bot ich an. „Verlockend und ich werde auf jeden Fall später darauf zurückkommen", versprach er mir. Dann kam eine junge Frau auf uns zu. „Hallo Harry, erinnerst du dich an mich?", fragte sie ihn mit funkelnden Augen und tat so als würde sie mich gar nicht sehen. „Nein, nicht wirklich. Wie heißt du noch mal?", er war genervt. „Sarah", erinnerte sie ihn beleidigt. Dann sah sie mich an. „Ist das deine Neue?", fragte sie abgeneigt. „Nun, wenn drei Jahre für dich kurz sind, dann ja. Ich bin seine Neue", lächelte ich sie an. Sie schaute nur an mir hoch und runter, drehte sich dann um und ging. Ich schaute nervös zu Harry auf. Er konnte fühlen, dass ich angespannt war. „Denkt daran, sie sind eifersüchtig auf dich, nicht umgekehrt", er nahm mein Gesicht in seine Hände und küsste mich. „Tut mir leid, für meine schlechten Entscheidungen vor ein paar Jahren", entschuldigte er sich. „Ich habe schlimmeres überlebt", sagte ich tapfer und lächelte ihn an. Dann räusperte er sich, als ein Walzer zu spielen begann. „Miss Hale", er bot mir seine Hand an. „Mr. Evans", ich nahm sie. Dann zog er mich näher und fing an, mit mir zu tanzen. Ich hatte so viel Spaß an diesem Abend. Harry und ich tanzten stundenlang. „Bist du glücklich?", fragte er mich. „Ich könnte nicht glücklicher sein", sagte ich ihm, als ich wieder zu Atem kam. „Herausforderung angenommen", strahlte er wissend. „Was?", ich war verwirrt, aber er nahm einfach meine Hand und führte mich nach draußen in die wunderschönen Gärten, die von Lichterketten erleuchtet wurden. Ich schaute mich um und mochte den Blick auf die Blumen. Er wickelte seine Arme von hinten um mich und legte sein Kinn auf meine Schulter. Dann küsste er meinen Hals sanft. „Du hattest Recht. Heute war wirklich ein schöner Tag", lächelte ich glücklich. Er ließ mich langsam los und drehte mich zu sich um. „Nachdem du entführt wurdest, war ich so am Boden zerstört. Es fühlte sich an, als wäre der wichtigste Teil von mir weg. Ich verbrachte Wochen lang schlaflos und suchte vergeblich nach einem Weg, dich wieder zu finden und ich versprach mir, dass ich, wenn ich dich wieder in meinen Armen halten würde, dich nie wieder mehr gehen lassen würde und mich dauerhaft an dich binden würde", ich schaute ihn zärtlich an, während er seine Rede fortsetzte. „Ich gehöre dir und ich möchte jeden Tag damit verbringen, neben dir aufzuwachen, dich daran zu erinnern, wie wichtig du für mich bist und dich zu lieben, wie niemand jemals jemand anderen geliebt hat", er kniete sich auf ein Knie und hielt einen Ring hoch. „Valerie Hale, willst du mir die Ehre erweisen und mich heiraten?", ich war sprachlos und konnte meine Freudentränen nicht zurückhalten. Er wurde leicht nervös, weil ich so sprachlos war, dass ich ihm nicht antworten konnte. „Das ist der Teil, wo du etwas sagst", erinnerte er mich. Ich nickte und fand meine Stimme wieder. „Natürlich werde ich dich heiraten", lächelte ich überglücklich und ging auf seine Höhe runter, um ihn zu küssen. Gemeinsam standen wir auf, ohne dass sich unsere Lippen voneinander trennten. Er drückte mich kurz weg. „Der Ring", erinnerte er mich und nahm sanft meine Hand in seine, um den Ring auf meinen Ringfinger zu schieben. Wir teilten beide einen langen, sehr intimen, leidenschaftlichen und sentimentalen Moment, in dem wir uns einfach nur in die Augen starrten. „Ich will dich", sagte ich ihm und ich konnte sehen, dass er dasselbe dachte. Gemeinsam gingen wir zurück in unser Zimmer und sobald die Tür hinter uns geschlossen war, begann ich, seine Krawatte zu lösen, während ich ihn küsste. Seine Hände gingen zu meinem entblößten Rücken und zogen mich näher an sich, während seine Finger sich in meine Haut bohrten und mich fest hielten. Wir wurden beide unsere Kleidung sehr schnell los, als er mich hochhob und auf das Bett warf. Dann machte er sich auf den Weg zwischen meinen Beinen, um meinen inneren Oberschenkel zu küssen und näherte sich der Stelle, an der es mich wirklich aufstöhnen ließ. Ich lege meine Hand auf seinen Kopf, während er weiterhin magische Dinge mit seiner Zunge tat. Langsam bewegte er sich zu meinen Lippen und legte meine Hände über meinen Kopf, wobei er seine Finger mit meinen verschränkte. Dann fing er an, meinen Hals zu küssen, bevor er kurz anhielt, um ein Kondom aus dem Nachttisch zu holen. Er zog es schnell über und ging zurück über mich. Ich zog seinen Hals näher an mich und fing an, ihn dort zu küssen, während seine Hand meinen Oberschenkel nach oben zog und dabei wirklich zu packte. Dann steckte er seinen Penis in mich rein und fing an, seine Hüften zu bewegen. Ich küsste seinen Hals weiter, während ich ihn nah an mir hielt. Er wurde langsam schneller, bis es sehr schnell zu viel für mich wurde und ich kam, ein lautes Keuchen ausstoßend. Er stieß es weiter in mich rein, was es für mich fast unerträglich machte, aber ich wollte nicht, dass er aufhörte, weil es sich auch gleichzeitig so gut anfühlte. Er fing wieder an, meinen Hals zu küssen und Sekunden bevor er kam, kam ich wieder. Außer Atem lag er auf mir, mit seinem Penis noch in mir und seinen Lippen an meinem Hals. Ich fing vor Freude an zu lachen. „Das war unglaublich", sagte ich außer Atem. „Bist du gerade zweimal gekommen?", fragte er mich überrascht. Ich lachte und nickte. Er war sehr stolz auf sich selbst. „Ich habe dir gesagt, dass dieser Tag unglaublich wird", erinnerte er mich. Dann nahm er meine Hand, wo der Ring drauf war und sah ihn glücklich an. „Verlobte klingt viel besser als feste Freundin", lächelte er. „Willst du meinen Nachnamen nehmen, oder sollte ich deinen nehmen?", fragte er mich dann. „Ich möchte deine nehmen. Wenn ich eine Chance habe, den Nachnamen meiner leiblichen Eltern loszuwerden, werde ich es, ohne einen weiteren Gedanken darauf zu verschwenden machen", sagte ich ihm. „Valerie Evans", er konnte nicht aufhören zu lächeln. „Es klingt sehr gut", bemerkte er und küsste mich wieder.

20. Es wird so nicht enden

Nachdem wir uns wieder angezogen hatten, versuchte
ich, meine Frisur zu richten, aber die Locken fielen einfach nicht so schön wie zuvor. „Du siehst wunderschön
aus. Wen interessieren deine Locken?", versicherte er
mir und drehte mich vom Spiegel weg zu ihm, um mich
wieder zu küssen. „Lass uns nach unten gehen, bevor
jemand bemerkt, dass wir weg waren", schlug er vor, aber
es gab etwas, was ich davor noch unbedingt tun wollte,
bevor ich zurückging. „Warum gehst du nicht schon vor
und ich schließe mich dir in ein paar Minuten an", sagte
ich zu ihm. „Warum?", wollte er wissen. „Ich werde es dir
später erzählen", lächelte ich und ging aus der Tür zum
Gewächshaus. Ich war froh, John dort zu sehen, denn er
war derjenige, den ich suchte. „Valerie, solltest du nicht
auf einem Ball sein?", fragte er lächelnd. „Ich wollte dir
etwas sagen und dich dann etwas fragen", ich war immer
noch sehr aufgeregt. Er sah mich geduldig an. „Also,
Harry hat mir heute einen Antrag gemacht", lachte ich
verlegen. „Das ist unglaublich", freute er sich für mich.
„Und was wolltest du mich fragen?", wollte er wissen.
„Bei der Hochzeit wird es nicht wirklich einen Teil meiner Familie geben. Also wollte ich wissen, ob du vielleicht
kommen und mich zum Altar führen würdest", fragte
ich ihn hoffnungsvoll. Er nahm meine Hände in seine
und sah mich an. „Es wäre mir eine große Ehre, dich zum
Altar zu führen", lächelte er überglücklich. „Danke", ich
umarmte ihn. Dann ließ er mich langsam wieder los.
„Jetzt geh und genieße den Rest deiner Nacht", ermutigte er mich. Ich lächelte und ließ ihn wieder alleine.

Als ich wieder zum Ball kam, fand ich schnell Harry, der neben Clary und Mike stand. „Möchtest du mir sagen, wo du gewesen bist?", sie war sichtlich wütend. „Dieser Typ steht hier einfach nur rum und lächelt, als hätte er gerade im Lotto gewonnen", sagte Mike zu mir und zeigte auf Harry, der seinen Arm um meine Taille legte. Ich lächelte ihn an. „Ein Lotto Gewinn also", lachte ich. Clary räusperte sich ungeduldig. „Ich werde es wieder gut machen", ich drehte mich zu ihr und strahlte sie an. Sie schaute mich misstrauisch an und hob eine Augenbraue. „Willst du...", fing ich langsam an, wartete aber kurz, während sie noch ungeduldiger wurde. „... meine Trauzeugin sein?", beendete ich die Frage lächelnd. Ihre Augen weiteten sich, als sie zuerst Harry und dann wieder mich ansah. „Hat er nicht gemacht", sie wurde aufgeregt und nahm meine Hand, um den Ring zu sehen und wirklich sicherzustellen, dass ich nicht mit ihr spielte. „Natürlich will ich deine Trauzeugin werden", sie warf ihre Arme um mich und umarmte mich. Als sie losließ, wandte sich Mike an mich. „Herzlichen Glückwunsch. Mrs. Evans? Oder wird es Mr. Hale sein?", er lächelte mich an und umarmte mich auch. „Ich werde seinen Namen annehmen", sagte ich ihm, als er mich wieder losließ. „Hey, was ist los?", wollte Andrew wissen, als er und James zu uns kamen, nachdem er erkannte, dass ich aufgeregter war als sonst. Ich hielt meine Hand mit dem Ring hoch, während ich ihn angrinste. Er verstand sofort. „Er hat es getan?", strahlte er mich an. „Er hat es getan", bestätigte ich lachend, bevor er mich auch umarmte. „Ich freue mich so sehr für euch beide", sagte James zu uns und umarmte mich auch. „Wie hat er dich gefragt? Wann ist die Hochzeit? UUnd ganz wichtig, wer wird wessen Namen nehmen?", warf Andrew eine Frage nach der anderen nach mir. „Warum geben wir meiner Verlobten nicht etwas Raum zum Atmen?", schlug Harry vor und sah mich liebevoll an. „Nein, wir wollen es wissen", sagte Clary zu ihm und sah mich ungeduldig an. Ich lachte. „Ist schon okay", lächelte ich Harry an und wandte mich dann zu allen anderen. „Er hat mich nach draußen in die Gärten geführt und hatte diese ganze Rede vorbereiten, woraufhin er auf sein Knie gegangen ist und um meine Hand angehalten hat", Ich schaute zurück zu Harry. „Wann soll die Hochzeit stattfinden?", fragte er mich und ließ mich nicht aus seinen Augen. „So schnell wie möglich", antwortete ich. „Was ist mit dem Namen?", Andrew wurde ungeduldig. „Valerie Evans", sagte Harry zu ihm und starrte mich immer noch an. Ich bemerkte, dass er es genoss, meinen Namen mit seinem Nachnamen zu sagen, was mir ein unglaubliches Gefühl gab und wodurch ich mich mehr mit ihm verbunden fühlte. Ein neues Lied begann und Harry bot mir seine Hand zum Tanzen an. Ich nahm sie und ging mit ihm auf die Tanzfläche. „Du willst also so schnell wie möglich heiraten", lächelte er, als wir anfingen zu tanzen. „Hast du Angst, dass ich meine Meinung ändere?", neckte er mich. „Ich habe schon ja gesagt, also warum warten?", antwortete ich. „Freust du dich auf die Flitterwochen?", grinste er. „Hast du Pläne?", fragte ich zurück. „Du meinst das Cottage am Strand, dass ich für uns gekauft habe?", lächelte er wissend. „Du hast was?", ich war überrascht. „Deshalb musste ich unser Date gestern kurzzeitig verlassen. Es gehört jetzt uns", sagte er mir. „Wo ist es?", ich wurde aufgeregt, als ich merkte, dass er keine Witze machte. „In Schottland", antwortete er. Anstatt weiter zu tanzen, warf ich meine

Arme um seinen Hals und küsste ihn kurz. „Ich liebe dich", strahlte ich ihn an. Er nahm meine Hand mit dem Ring und zeigte es mir. „Ich weiß", lächelte er und küsste mich auch. Leider wurden wir von einigen Leuten unterbrochen, die vom White Star waren, aber deren Namen ich nicht kannte. „Entschuldigung. Du bist Valerie Hale, richtig", fragte ein Typ. Ich erkannte ihn von der Party. „Nicht mehr lange, aber ja", antwortete ich. Er sah verwirrt aus, aber Harry lächelte nur. „Wir haben uns gefragt, ob du uns ein paar deiner Fähigkeiten zeigen könntest. Wir haben großartige Dinge darüber gehört und wollten es selber sehen, wenn das in Ordnung ist", er sah nervös aus. „Ja sicher, warum nicht?", sagte ich zu ihm und sah Harry an, der mich immer noch anlächelte. Sie machten einen großen Kreis um mich herum, während ich darüber nachdachte, was ich als nächstes tun wollte. Ich ließ Feuer in meiner Hand erscheinen und bewegte es um mich herum, dann warf ich es hoch und ließ es in Funken verschwinden. Danach sprang ich hoch und flog höher in die Luft. Die Halle hatte eine sehr hohe Decke, sodass ich sehr hoch fliegen konnte. Plötzlich fühlte sich etwas falsch an und ich konnte meine Kräfte nicht mehr spüren. So hoch oben in der Luft zu sein, war ein wirklich schlechter Zeitpunkt, um meine Kräfte nicht zu spüren, weil es bedeutete, dass ich wieder herunterfiel. Bevor ich auf den Boden aufkommen konnte, fing mich Harry auf. „Ich hab dich", ich konnte das Entsetzen in seinen Augen sehen. „Was ist passiert?", fragte er, als er mich runter ließ. „X-Wellen", wurde mir klar. Harry wusste sofort, was los war. „Octopus bricht ein", rief er. Clary und die anderen Jungs kamen zu uns. „Wir müssen das Eversorium beschützen", sagte Harry zu ihnen.

Wir warteten keine Sekunde und rannten zu dem Raum, wo es in einem Safe eingeschlossen war. „Ich hoffe, wir kommen nicht zu spät", machte ich mir Sorgen. „Wir können nicht zulassen, dass sie damit durchkommen", James war entschlossen. „Ihr Timing ist so schlecht wie immer", beschwerte sich Mike. „Warum mussten sie die Party für uns ruinieren?", Clary war verärgert. Aber als wir dort ankamen, waren wir zu spät. Der Safe war bereits geöffnet. „Verdammt noch mal", rief Harry. „Nein", ich bekam Angst. „Wir könnten sie immer noch fangen", Andrew war hoffnungsvoll. „Sie werden auch versuchen, Egor zu retten", erkannte ich schockiert. „Lass uns dann gehen", rief Mike. Also rannten wir zu den Zellen im Keller. Auf dem Weg dorthin tauschten Harry und ich einen bedeutungsvollen wissenden Blick aus. Wir durften ihn nicht entkommen lassen. Harrys Gesichtsausdruck sagte alles. Er wollte meine Erlaubnis, um ihn umzubringen. In der Vergangenheit war ich dagegen, weil ich dachte, es wäre zu gut für ihn, aber die Dinge hatten sich geändert. Harry und ich wollten unser gemeinsames Leben beginnen und ich hatte endlich das Gefühl, dass ich von meinem Trauma heilte. Mit ihm da draußen, würden die Dinge unvorhersehbar werden. Ich wollte ihn weg haben. „Töte ihn, wenn nötig", sagte ich entschlossen. Er nickte. Als wir dort ankamen, kam Egor gerade aus der Zelle und mit ihm waren sechs andere Männer. Sie waren bewaffnet und begannen auf uns zu schießen. Wir gingen so schnell wie möglich hinter die Mauern, aber Clary wurde angeschossen. „Clary", rief Mike und nahm sie zu sich in Sicherheit. Er schaute mich flehend an. „Ich spüre meine Kräfte nicht. Ich kann sie nicht heilen", ich wurde frustriert. Dann schaute ich hektisch zu James. „Hast du die Gegenwellen dabei?", fragte ich ihn. „Ja, aber ich hatte keine Gelegenheit, daran zu arbeiten", antwortete er bedauernd. „Ist mir egal, mach sie an", ich war verzweifelt. Er machte sie an und ich fühlte sofort den Schmerz. Harry legte seine Hand auf meine, als er sah, was sie mir antaten. „Schalt sie aus", befahl er. Ich erinnerte mich, warum ich das tat. Clary war schwer verletzt, Egor wollte fliehen und sie hatten das Eversorium. „Ich schaffe das", es hatte mich all die Kraft gekostet, die ich hatte, um aufzustehen, aber ich schaffte es. Sie schossen immer noch und ich wusste, dass ich das nicht lange ertragen konnte. Ich ging aus meinem Versteck raus und ließ ihre Waffen, eine nach der anderen, zu Boden fallen, aber ich war nicht schnell genug. Eine Kugel traf meinen Arm, was meine Konzentration unterbrach und mich zu Boden fallen ließ. „Nein", hörte ich eine Stimme rufen, aber es war nicht Harrys. John trat vor mich, um mich vor den Kugeln zu schützen. Harry und Andrew kamen hinter der Mauer hervor und nahm jeweils eine Waffe, die ihnen am nächsten lag. Ich fühlte, wie der Schmerz der Gegenwellen verschwand, weil James das Gerät ausgemacht hatte. Dann erschossen sie die letzten beiden Männer mit den Waffen. Während Harry von einer letzten Kugel verletzt wurde. Der Rest von ihnen, einschließlich Egor, versuchte mit dem Eversorium zu entkommen und waren schon fast draußen, aber bevor sie ganz entkamen, schoss Andrew einen letzten Schuss gegen Egor, der sofort zu Boden fiel. Leider entkam der Rest mit dem Eversorium, aber auch mit den X-Wellen. Ich sah John an, der schon so viel Blut verloren hatte. Ich entfernte die Kugeln aus seinem Körper und begann, seine Wunden zu heilen, aber ich fühlte, wie er schwächer wurde und wenn er nicht lange genug durchhalten würde, gäbe es nichts, was ich tun könnte. „Bleib bei mir", flehte ich unter Tränen. „Es ist okay. Ich habe es wieder gut gemacht", sagte er mir. „Nein, du sollst mich doch noch zum Altar führen", schluchzte ich. „Schau mich an", bat er mich. Er starrte mir mit einem Lächeln in die Augen, bis er das Bewusstsein verlor. Ich konnte immer noch sein Herz fühlen. Es wurde stärker, als ich mit der Heilung fertig war. „Wach auf. Ich habe dich geheilt. Bitte", rief ich. „Warum wacht er nicht auf? Er ist geheilt", schrie ich die anderen an. „Valerie", bettelte Mike unter Tränen und ich erkannte, dass Clary fast das Bewusstsein verlor. Ich kroch zu ihr und nahm sie in meine Arme, um die Kugel nahe an ihrem Herzen verschwinden zu lassen. Mein Kleid, dass bereits mit Johns Blut getränkt war, saugte jetzt auch noch Clarys auf. Dann fing ich an, sie zu heilen, während meine Augen von meinen Tränen verschwommen wurde. Als auch sie geheilt war, wandte ich mich an Harry und ließ die Kugel in seinem Arm verschwinden und seine Wunde heilen. Sobald ich fertig war, nahm er mich in seine Arme, während ich weiter weinte. James ging zu John und überprüfte seinen Zustand. „Er lebt noch, aber er braucht medizinische Hilfe", sagte er zu Andrew. Nach ein paar Minuten kamen dann zwei Männer, die ihn in den Krankenhausflügel brachten. Während ich noch schluchzend in Harrys Armen lag. Die Zeit verging und als wir Mitternacht erreichten, wurde ich endlich still. Ich hatte überall Blut. Mein vorheriges cremefarbenes Kleid war jetzt rot von all dem Blut, das es aufgesaugt hatte. Ich hatte es an meinen Händen und in meinem Gesicht. Das war ein sehr dunkler Moment für uns alle. John wachte nicht nur nicht auf, nachdem er mich gerettet hatte, sondern Octopus war jetzt auch einen Schritt näher dran, um ihre Pläne in die Realität umzusetzen. Ich stand vom Boden auf. Wie konnte ein Tag, der so schön war, in wenigen Minuten so schwarz werden? Ich ging in den Krankenhausflügel, um zu sehen, ob sie herausgefunden hatten, was mit John los war. Harry folgte mir schweigend und legte mir seine Jacke über die Schultern. Als wir ankamen, ging ich direkt zu seinem Bett und setzte mich auf einen Stuhl daneben. Ich nahm seine Hand in meine. Ich konnte seinen Puls spüren, aber dadurch fühlte ich mich nicht wirklich besser. Andrew und James waren auch hier bei uns. „Habt ihr herausgefunden, warum er nicht aufwacht?", fragte Harry eine der Krankenschwestern, die noch in ihrem Kleid vom Ball war. „Wir denken, dass er in ein Koma gefallen ist, aber wir müssen mehr Tests durchführen, um sicherzugehen", sagte sie ihm. „Wir müssen Michelle sagen, was passiert ist. Sie wird wahrscheinlich mit uns allen reden wollen", erinnerte James Harry. „Du kannst ihr sagen, was passiert ist, aber ich lasse Valerie nicht in ihre Nähe und ich möchte auch sicherstellen, dass sie nicht alleine ist." Ich fühlte, wie er mich anschaute, aber ich starrte nur John an. „Er ist die einzige Familie, die sie hat und nur wenige Tage nachdem sie wiedervereint wurden, fällt er in ein Koma. Ich wollte wirklich, dass dieser Tag perfekt für sie wird, aber Octopus hat alles ruiniert", er war wütend. Mir wurde klar, dass es nichts gab, was ich für John tun konnte, also wollte ich hier einfach nur raus. Ich stand wieder auf und wollte zurück in den Keller. „Wohin gehst du?", fragte mich Harry, bevor ich aus der Tür ging. „Ich muss irgendetwas tun, sonst werde ich noch verrückt", sagte ich, ohne zurückzuschauen und ging dann zurück zu den Zellen. Ich hob die Waffen vom Boden auf und legte sie auf einen Tisch. Als nächstes stapelte ich die beiden toten Männer in der Ecke, in der Egor bereits lag. Aus einem Schrank nahm ich einen Wischmopp und einen Eimer heraus, den ich mit Wasser und Seife befüllte und begann, den blutigen Boden zu reinigen. Du musst das nicht tun", Harry kam zu mir und nahm mir langsam den Wischmopp aus der Hand. Ich starrte nur weg von ihm und schloss meine Augen. „So wollte ich nicht, dass unsere Verlobung verläuft", seufzte er. Ich öffnete meine Augen wieder. „Ich habe das Gefühl, dass jedes Mal, wenn ich glücklich werde und die Dinge großartig laufen, eine Abrissbirne hereinfliegt und alles wieder zerstört", ich fing wieder an zu weinen. Er zog meinen Kopf an seine Brust und streichelte meine Haare, bis er merkte, dass ich immer noch eine Wunde am Arm hatte, wo mich die Kugel gestreift hatte. „Du hast vergessen, dich selber zu heilen", erinnerte er mich leise. Dann ließ ich die Wunde langsam wieder verheilen. „Willst du duschen?", fragte er mich. Ich schüttelte meinen Kopf. Er nahm meinen Kopf in seine Hände und sah mir in die Augen. „Was brauchst du?", seine Stimme war sanft. „Ich möchte dieses Durcheinander aufräumen", sagte ich zu ihm. Ich konnte John nicht dazu bringen aufzuwachen oder das Eversorium zurück bekommen. Ich konnte auch nicht alle Schäden in meinem Kopf beheben, aber ich konnte alles um mich herum aufräumen. „Okay. Du weißt, wo du mich findest, wenn du mich brauchst", er akzeptierte, dass ich das einfach brauchte. Manchmal war ich einfach so überrascht, wie gut er mich kannte, aber genau das brauchte ich in meinem Leben und das war auch einer von vielen Gründen, warum ich ja gesagt hatte, als er um meine Hand angehalten hat. Harry war alles, von dem ich nie wusste, dass ich es wollte. Nach allem war er derjenige, der nie aufgehört hatte, für mich zu kämpfen. Alles, was er jemals für mich wollte, war es glücklich zu sein, schade nur, dass das Universum andere Pläne für mich hatte. Ich dachte an all das, während ich den Rest des Blutes wegwischte und das Wasser dann die Toilette runterspülte. Dann nahm ich eine Schaufel und ging nach draußen in die Nähe des Waldes, um ein Grab zu graben, das groß genug für alle drei Männer war. Obwohl meine Arme schwächer wurden und schließlich anfingen weh zu tun, hörte ich nicht auf zu graben, bis ich fertig war. Die Sonne begann langsam wieder aufzugehen und ich setzte mich auf das Gras, um es zu beobachten. War es nicht einfach nur wundersam, dass auch nach der schlimmsten Nacht die Sonne wieder aufgehen würde? Egal, was passierte, die Sonne tat immer dasselbe. Am Morgen aufgehen und am Abend wieder untergehen. Es könnte der bewölkteste Tag sein, an dem niemand auch nur einen einzigen Strahl sehen könnte, aber sie würde trotzdem wieder aufgehen. Ich blieb noch eine Weile in der Sonne und ging dann wieder rein, um nach einer Schubkarre zu suchen. Nach ein paar Minuten fand ich eine und versuchte, den ersten Mann dort reinzubekommen. Ich wusste, dass ich es mit meinen Kräften einfacher und schneller machen könnte, aber ich wollte es richtig machen. Ich rollte ihn nach draußen und ging den langen Weg zu dem Grab, welches ich gegraben hatte. Bevor ich ihn hinein warf, überprüfte ich seine Taschen auf Sachen, die uns helfen könnten, und fand ein Handy, das ich in die Seitentasche von Harrys Jacke steckte, die ich immer noch über meinem blutigen Ballkleid trug, das jetzt auch noch voller Dreck war. Dann ging ich den Weg zurück, legte den anderen Mann in die Schubkarre und ließ das Handy aus meiner Tasche neben den Waffen liegen. Ich überprüfte auch seine Taschen auf etwas Wertvolles und fand ein weiteres Handy, das ich neben das andere legte. Nachdem ich ihn auch noch ins Grab geworfen hatte und zurück ging, blieb nur noch Egor übrig. Ich habe ihn zum ersten Mal wirklich angeschaut. Er war schon blass. „Nicht mehr so furchterregend, wie vorher", sagte ich zu ihm. Ich wollte ihn wirklich nicht anfassen, also beschloss ich ihn, in die Schubkarre schweben zu lassen und ihn dann nach draußen zu rollen. Als ich ihn ins Grab warf, fühlte ich mich endlich ein bisschen freier. Schließlich beschloss ich, mich selber in Ordnung zu bringen. Ich ging zurück in das Zimmer, in dem Harry noch schlafend im Bett lag und ging direkt weiter ins Badezimmer, zog alles aus, legte meinen Verlobungsring auf das Waschbecken und ging unter die heiße Dusche. Ich stellte sicher, dass ich wirklich alles vom gestrigen Tag runterwusch. Als ich rauskam, föhnte ich meine Haare und steckte sie zu einem Pferdeschwanz zusammen. Ich zog meine bequeme Jeans und ein weißes Shirt an. Darüber zog ich meine schwarze Jacke an. Ich nahm das Kleid, das ich letzte Nacht getragen hatte, und Streichhölzer aus der Schublade am Tisch. Dann ging ich zurück in den Keller und übertrug die Daten von den Handys auf den dortigen Computer. Während die Daten heruntergeladen wurden, suchte ich nach etwas Alkohol und nahm ihn zusammen mit den Handys, den Waffen und meinem Kleid nach draußen mit zum Grab. Ich legte das Zeug neben das

Grab und schaute auf Egor herab. „Schau, wohin dich deine Sünden gebracht haben", sagte ich zu ihm. „Du hast mir alles genommen und ich wünschte, du hättest mehr gelitten, bevor du gestorben bist, aber zumindest ist die Welt jetzt ein besserer Ort ohne dich. Ich werde nach dem Rest von euch kommen und das nächste Mal werde ich nicht zögern, die Männer zu töten, die mich all die Jahre gefoltert haben. Das ist dein Werk und jetzt erntest du, was du ausgesät hast", schrie ich und sah ihn mit nichts weniger als Hass in meinen Augen an. Ich nahm die erste Waffe, hielt sie hoch, um den Rest der Kugeln herauszuschießen, und warf sie ins Grab. Ich tat dasselbe mit den restlichen Waffen, warf dann auch die Telefone und mein Kleid ins Grab und schüttete den ganzen Alkohol über das Grab, bis der letzte Tropfen herunterfiel und warf auch die Flasche hinein. Dann nahm ich ein Streichholz raus und zündete es an. „Brenn, du Monster", rief ich aus dem tiefsten Inneren. Ich saß dort für den Rest des Tages und beobachtete, wie die Flammen langsam niederbrannten und dachte an nichts. Mein Kopf war leer und ich fühlte mich endlich bereit, in mein Leben zurückzukehren. Ich füllte das Grab mit der Erde, die ich ausgegraben hatte, diesmal mit meinen Kräften und ging zurück zu Harry. Er saß auf dem Bett, als ich reinkam. „Wie fühlst du dich?", wollte er wissen. „Frag nicht", ich schaute weg und setzte mich neben ihn. Er legte seine Hand auf meine Wange und schaute mich an. „Hast du geschlafen?", er schaute mich fürsorglich an. Ich schüttelte den Kopf. „Was hast du die ganze Nacht gemacht?", er wurde neugierig. „Ich habe alles aufgeräumt und bin dann nach draußen gegangen, um ein Grab zu graben. Ich habe sie alle reingeworfen, bin unter die Dusche gegangen und habe sie alle mit meinem Kleid zusammen verbrannt", sagte ich ihm. „Hat es geholfen?", fragte er. Ich versuchte, meine Tränen zurückzuhalten, während er seinen Arm um mich legte und mich an seine Brust zog. „Ich wusste, dass etwas Schlimmes passieren würde, aber ich habe nicht auf meine Intuition gehört. Wenn ich darauf gehört hätte ...", schluchzte ich. „Es ist nicht deine Schuld", versuchte er mich zu beruhigen. „Ich weiß nicht, ob John wieder aufwachen wird", ich ließ jetzt meine Tränen einfach fließen. „Er wird es schaffen", Harry wollte mir Hoffnung geben. „Er war bereit zu sterben. Ich konnte es sehen", erinnerte ich mich. „Wusstest du, dass manchmal, wenn Menschen ins Koma fallen, sie immer noch ihre Umgebung wahrnehmen können. Vielleicht kannst du ihn überzeugen", ermutigte er mich. Ich lächelte halbherzig und hörte auf zu weinen. „Glaubst du das wirklich?", fragte ich ihn, nachdem er mir neue Hoffnung gegeben hatte. „Ich glaube an dich", sagte er zu mir und lächelte. Dann küsste er mich auf die Stirn und nahm meine Hand. „Wo ist dein Ring?", er bemerkte, dass ich ihn nicht trug. „Ich habe es auf dem Waschbecken gelassen, als ich duschen war", sagte ich. Dann stand er auf und brachte es zu mir zurück, aber er gab es mir nicht gleich. Stattdessen ging er wieder auf ein Knie. „Gestern war es nicht so, wie ich es mir vorgestellt hatte. Ich wollte, dass du nach einem schönen Tag glücklich einschlafen würdest, aber ich hoffe, dass es heute besser wird, also stehe ich hier vor dir und versuche es noch ein zweites Mal. Valerie, ich verspreche, dich zu lieben und zu schätzen und immer für dich da zu sein, wenn du mich brauchst, also frage ich dich noch einmal. Erweist du mir die Ehre und wirst meine Frau?", ich konnte nicht anders, als wieder sentimental zu werden. „Ja, das werde ich", lächelte ich durch meine Freudentränen und beobachtete, wie er mir den Ring wieder an den Finger legte. Dann küsste er mich und stieg wieder mit mir aufs Bett. Wir würden nicht mehr so viel Zeit wie jetzt haben, nachdem Octopus das zweite Eversorium hatte und ihrem Ziel einen Schritt näher gekommen war. Wir wussten nicht, was sie planten, aber wir wussten, dass wir sie um jeden Preis stoppen mussten. John blieb in seinem Koma und wir wussten nicht, wann oder ob er wieder aufwachen würde. Ich wollte unsere Hochzeit so schnell wie möglich stattfinden lassen, aber ich konnte nicht anders, als es zu verschieben, um John an diesem besonderen Tag doch bei mir zu haben. Alles, was wir tun konnten, war auf eine bessere Zukunft zu hoffen.

HERZ FÜR AUTOREN A HEART FOR AUTHORS À L'ÉCOUTE DES AUTEURS MIA KAPΔI
HJÄRTA FÖR FÖRFATTARE UN CORAZÓN POR LOS AUTORES YAZARLARIMIZA GÖNÜL V
CUORE PER AUTORI ET HJERTE FOR FORFATTERE EEN HART VOOR SCHRIJVERS TEMO
VERZŐINKÉRT SERCE DLA AUTORÓW EIN HERZ FÜR AUTOREN A HEART FOR AUTHOR
INAÇÃO ВСЕЙ ДУШОЙ К АВТОРАМ ETT HJÄRTA FÖR FÖRFATTARE Á LA ESCUCHA DE
AUTEURS MIA KAPΔIÁ ΓΙΑ ΣΥΓΓΡΑΦΕΙΣ UN CUORE PER AUTORI ET HJERTE FOR FORFAT
YAZARLARIMIZA GÖNÜL VERZŐINKÉRT SERCE DLA AUTORÓW EI
FOR SCHRIJVERS TEMOS OU CORAÇÃO ВСЕЙ ДУШОЙ К АВТОРАМ ETT

Die Autorin

Sophie Wörner wurde 2003 in Augsburg geboren.
Sie hatte schon in der Jugend ein großes Interesse
am Schreiben entwickelt und sich immer mal
wieder an Buchprojekten ausprobiert.
Nachdem sie immer auf der Suche nach der
passenden Liebesgeschichte war, die all ihren
Ansprüchen genügte, schrieb sie nun selbst eine,
bei der sie ihre Fantasy allumfassend austoben
konnte.

novum VERLAG FÜR NEUAUTOREN

Der Verlag

*Wer aufhört
besser zu werden,
hat aufgehört
gut zu sein!*

Basierend auf diesem Motto ist es dem novum Verlag
ein Anliegen, neue Manuskripte aufzuspüren, zu ver-
öffentlichen und deren Autoren langfristig zu fördern.
Mittlerweile gilt der 1997 gegründete und mehrfach
prämierte Verlag als Spezialist für Neuautoren in
Deutschland, Österreich und der Schweiz.

**Für jedes neue Manuskript wird innerhalb
weniger Wochen eine kostenfreie, unverbind-
liche Lektorats-Prüfung erstellt.**

Weitere Informationen zum Verlag und
seinen Büchern finden Sie im Internet unter:

w w w . n o v u m v e r l a g . c o m